imaginist

想象另一种可能

理
想
国

imaginist

抗战时代生活史

陈存仁　著

上海三联书店

图书在版编目（CIP）数据

抗战时代生活史 / 陈存仁著 . -- 上海：上海三联

书店，2025.6.（2025.7重印） -- ISBN 978-7-5426-8850-7

Ⅰ . I251；K295.1

中国国家版本馆 CIP 数据核字第 2025XC2015 号

抗战时代生活史

陈存仁 著

责任编辑：苗苏以
特约编辑：周　玲
装帧设计：赤　祥
内文制作：马志方
责任校对：王凌霄
责任印制：姚　军

出版发行 / 上海三联书店
　　　　　（200041）中国上海市静安区威海路755号30楼
邮　　箱 / sdxsanlian@sina.com
联系电话 / 编辑部：021-22895517
　　　　　发行部：021-22895559
印　　刷 / 山东京沪印刷科技有限公司

版　　次 / 2025 年 6 月第 1 版
印　　次 / 2025 年 7 月第 2 次印刷
开　　本 / 1168mm × 850mm　1/32
字　　数 / 224千字
印　　张 / 16
书　　号 / ISBN 978-7-5426-8850-7/I·1928
定　　价 / 79.00元

如发现印装质量问题，影响阅读，请与印刷厂联系：0533-8510898

1951年，作者在香港新开诊所时，费穆、白沉、王人美、王丹凤等香港电影界名人到场祝贺

1949年之前，有关当局寄给本书作者的函件

存仁先生惠存

程潛

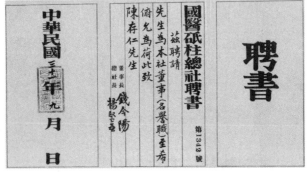

國醫砥柱總社聘書　第1342號

茲聘請
先生為本社董事（名譽職）至希
俯允為荷此致
陳存仁先生

董事長　錢今陽
總社長　楊壽山

中華民國三十三年九月　日

著名爱国人士程潜先生所赠照片（上）　国医砥柱总社聘书（下）

1978年9月6日，本书作者（左一）与邵逸夫（左二）、包兆龙（左三）、包玉刚（右二）等著名实业家在一起

目 录

引言

　　我在诊余之暇，曾经写述我亲身经历的生活情况。第一次写成一部《银元时代生活史》，记述我从小到开业十年时光的生活情况。我本是一介寒士，辛辛苦苦地学成行医，内中对我帮助最大的是长者丁福保先生，他告诉我"理财方法"，后来竟洗净了孤寒贫苦的穷态，居然在上海威海卫路（今威海路——编注，以下地名括注均为编注）二号兴建了一座国医大厦，藏书近一千万卷。

　　第二部个人的生活史，叫作《抗战时代生活史》。因为日本军人在上海掀起侵略大战，穷凶霸道，深入内地，残害良民，无所不为，杀死成千上万的同胞。我留在上海孤岛，插翼难飞，但屡次灾祸临到我身上，总能化险为夷。中间还有一位盛君，因我曾经为他看好过一场大病，他算是报恩，请我参加整个华北、华中的贩毒组织，这是许多贪财的人求之不得的好机会，我却用轻轻松松的手法，既不令盛君难堪，也脱离了这种毒祸万人的羁绊。结果盛君入狱，不知所终。

在敌伪末期，我还在跑马厅里看到日本海陆空三军首领和成千上万的日本军民跪在地上，聆听日皇裕仁的投降停战命令。那时节，日本军民都痛哭流涕，跪在地上，解除军刀枪械，接受投降停战命令。

我在这本书中，还记述了一个黑龙会大汉奸，冒充中国接收大员，移居虹口。这件事实，因为描述曲折离奇，美国艾奥瓦大学中国同学会，曾经请我编成一部话剧。我动笔写文字是会的，但要我写剧本是不容易的，最后勉勉强强交了卷。经过话剧团修改，居然大家叫好，而且轮流在美国各大学演出。关于这一段情节，究竟写得好不好，不妨请读者自由评判。总之，这一部《抗战时代生活史》就是我身为一个中国人留在上海时又悲愤又狂喜的生活情况，如今可作为雪泥鸿爪。写到这里，不敢云序，作为引言而已。

1979 年 6 月 20 日　陈存仁识于香港

第一章

战事爆发在上海

民国时期，上海外滩

民国二十六年（1937）八月十三日，日本侵略上海，直到民国三十四年（1945）八月十五日日皇下诏投降为止，这是近代史上的一件大事，也是我住在上海一生之中最难忘的八个年头。

中国抗战，虽然公私书籍记载频繁，但是目下存书不多，见到的人越来越少，况且现在日本军国主义的军阀已经完全倒下去了，时势推移，局面全非，中年人记忆日益淡薄，三十岁以下的年轻人，简直都不知道是怎么一回事了。不过我在上海亲身经历实况，可以反映出当年上海人在沦陷八年中的生活是怎样度过的。现在执笔仍然记忆犹新，唯感年月时日以及地名人名，每每想不起来，而且容易把事情和年月弄错，这是我上了年纪的必然现象，要是如今再不写出来的话，恐怕再过几年更加糊涂了。*

战事未起　间谍密布

侵略战争开始之前，日本军阀在上海有几个优越条件：在民国二十一年（1932）"一·二八"事件之后，中国在

---

* 因本书写作时间较早，为保留原始语言文字的时代特色，故行文中的历史概念、时间、方言等用语均保持原貌，特此说明。——编注

屈辱的情况之下订立了《淞沪停战协定》，中国军队不得驻扎上海周围数十里之内，只准到昆山为止，昆山以东，是见不到一个中国兵的。可是日本人反而可以在上海公共租界的虹口区屯驻军队，同时黄浦江中经常有大批军舰驻守，海陆空军都有，而且当时日军在上海布下了许多间谍，混在中国的各阶层组织之中，中国老百姓不知道的事情，日本人早已都知道。那时节上海市政府设立在市中心区，可是上海人要到那个区去，必定要经过在北四川路（今四川北路）底的日本海军司令部，才可以到达市中心区，所以这个司令部就控制了市中心区的咽喉。

当时上海市市长是俞鸿钧，他每天出出入入都感到日本军人的威胁。市政府有一个情报处，有一天，俞市长下手谕把历年情报档案运出中心区，哪知道所有档案早已全部失踪，代替档案的完全是白纸。原来当时市政府的秘书王长春早已受日本军部的利诱，勾结部分职员，干了这件"盗宗卷"的事情。因此市府一切情报，日本人早就知道。换句话说，这时市政府的情报处，早已变为日本人的情报处了。

上海市政府从那年的八月五日起就由俞鸿钧带了十六名亲信和八个卫士，在法租界白赛仲路（今复兴西路）一座神秘的屋宇之内，办理一切公务，上海的一般老百姓是不得而知的。

白赛仲路的办公处，五号上午开始办公，下午就有日本同盟社送来一份油印的新闻稿。俞鸿钧见了这个新闻稿为之骇然，因为他在此地办公是极端秘密的，何以当天就被日本方面知道了呢？

日本同盟社送来的稿件分为两种，一种是报纸用的新闻稿，一种是不公开的参考资料，在参考资料中就提到上海市政府已秘密迁移，且将全部人员名单调查得一清二楚。后来才发觉，俞鸿钧的秘书中有一法文秘书耿绩之，就和日本人关系非常密切。同盟社每天送来的参考资料，竟然把南京最高当局每天给俞鸿钧私人的密码公文都译了出来，足见日本间谍不仅上海市政府有之，连政府最高机关都有，这么一来，才把俞市长吓坏了！

日本人在"八一三"之前，驻在上海的军队实在很少，其实不能应付较大的战争，他们所依仗的力量，只有三分是兵力，七分却是这批间谍的情报；他们对国民政府和市政府的情报了如指掌，所以一味靠"吓"和"诈"两个字，要令中国政府屈服。

当时民情和舆论，一致主张抗日，要对日本决一死战，所有报纸都同样主张要强硬对付，其他出版物如《抗日必胜论》等小册子，销数竟达数万册。表面的情况是如此，而当政的人都知道日本间谍已经渗透了全国上下，等于一个梨子已经从核心里腐烂开来，所以主张"不到最后关头，不作最后牺牲"。

在时局最紧张时，国民政府百般委曲求全，如代表国民党的《民国日报》登载了一段提及日本皇室的新闻，日本军部就认为是侮辱元首，要求停版，政府竟然立刻应允。

上海文化界的救亡集会

　　市政府在南京路大陆商场设立了一个新闻检查处，处长为陈克成，日本人又要求撤换，市府也马上答允。原来其中潜伏着一个叫黄香谷的人，也是日本人的间谍。

　　在这般情况之下，政府方面对日本人任何要求都唯唯答应，大家以为战事可能打不起来，所以从闸北逃到租界的人，虽成千上万，但是因此时的局势时紧时弛，有好多人又搬回了闸北。

国军开到　惊喜交集

　　当时上海市政府在市中心区，无数市民散居租界周围的闸北、南市、沪西和浦东，以及法租界和公共租界内。

所谓公共租界，是英、美、日三国全都有份的，英美两国为了避免纠葛，将虹口区划作日本人的防区。我住在英租界的中心区，所以即使战事发生，我的住处当时还不会被波及。

在"八一三"前半个月，报纸的记载虽有山雨欲来之势，但是天天情况不同，今天说非战不可，明天又说可以妥协，究竟是战是和，任何人都断不定。

要是战事爆发的话，一定在虹口区与闸北区互相对峙，我虽安居在英租界中心，但因上海国医公会办了一座中国医学院，占地五亩，自建大厦七座，是在闸北宝通路。这个建筑物虽说是公会所办，但是建筑的全部费用五万元，是由我和丁仲英老师两人签发债券负责借、负责还的。当时的五万元，实际币值比现在港币一百万元还大。我负上了这个债务的责任，又担当了总务主任的名义，所以每天清晨七时，一定要坐汽车到学院中去处理一切。此时学院的师生已逃避一空，但是如何善后，如何看管，着实要费些脑筋。

八月十一日，正在风声鹤唳的紧张情况之中，我一清早就赶到闸北，忽然看见无数军服辉煌的国军，威风凛凛地在闸北布防。本来"一·二八"之后的条约规定上海不得驻扎军队，此时竟然有国军开到，这说明国民政府已开始抗战的布置。闸北老百姓见到这种情况，一则以喜，一则以惧，喜的是国军准备作战，惧的是祸及己身。数十万老百姓，扶老携幼地由闸北逃入租界，我坐着汽车想开进去，可是人潮正在冲涌出来，车辆简直无路可走。

我心想，今天该是到了最后的关头，无论如何要到中国医学院去处理一下。我知道有一条小径，可以通到宝通路，但是此时国军已架设铁丝网，只准人出，不准人入。我心生一计，就在西瓜摊上买了无数大西瓜，装满了一汽车，开到闸口，对防守的国军说："我是来慰劳的。"防军便把闸口开放，让我进去，西瓜搬下车了，防军拍手欢迎。接着我就一直开到中国医学院，此时院门大开，两个校役正在打包袱，准备离去。我说："慢，慢！这次战事一开，这所学校一定会被炸为平地，你们也不必看守。但是有一件事情，要等我做好了，我带你们同坐汽车离开。"

于是，我坐在校务室，想了很久，就写了一封信。这封信是给军事当局的，说中国医学院全部新建，内有学生寄宿用的铁床四百多张，希望国军接收作为伤兵医院，同时把宿舍所有的钥匙，贴上了房间号码也准备一并交给他们。于是我将大门锁上，带了信和钥匙，交给一位军人，要求他转送司令部。离去之前，我在学院中巡视一周，不胜依依，因为这所学院的一砖一瓦，都是我和丁仲英老师的心血所寄。（按：这所学院，地近八字桥，后来在战事最剧时，我认为一定已被炸为平地，哪知道它始终未受炮火损坏。国军退出之后，日本军人把这个处所改为"中影制片厂"，在广场上搭了四个摄影棚，拨交影业巨头张善琨使用。抗战胜利后改为中央制片厂，上海解放后，又改称上海第一制片厂，据说现在还是片场。）

战争爆发　群情激昂

日本人对这次战事，虽然摆足"华容道"，实际上只有海军陆战队数万人，真正的全面战争，这点人数是不够的，他们依仗的力量，首要是汉奸活动，窥透了国民政府的政治军事情况，对京沪路国军部署情形，简直像看玻璃房屋一般清楚。

文的方面，俞鸿钧早被包围；武的方面，杨虎当着一个没有军队的警备司令。"八一三"之前，忽然到了一大批国军，日本人倒手足无措起来，于是只得改用恫吓的方法，当晚命令虹口所有商店住宅完全把门关闭，挨户口头通知，不准窥看，同时有成千上万的日本军队由兵舰登陆，每一个军人胸口绑着 X 形的白色皮带，戴着防毒口罩，这般的动静在虹口区整整闹了一个晚上，居民大为恐慌，纷纷传说这支军队是"毒气队"。次晨，几十万虹口居民都逃避到租界中心区，后来才知道这完全是恐吓手段，实际上，日本人希望中国不战而屈服，所以在"八一三"早晨，还对市政府下了一个最后通牒，说如国军撤退，一切都可以谈判。

哪里知道"八一三"晚上，国军人人想决死一战，胜败在所不计，等枪炮之声一起，几千军队首先从闸北攻打虹口日本海军司令部，日军伤亡很多，可是司令部的堡垒攻来攻去攻不下，国军也牺牲不少。另一方面，国军由华界"虹镇"出击，攻打日军心脏部分，先锋部队一直打到

回国抗日的留日学生

虹口汇山码头。日军虽勇，死亡也以千计，这一来，日方就感到军队的实力不够了。

八月十四日早晨，国军的空军出动，轰炸黄浦江中的日本主力舰"出云号"，虽然没有击中，但是附近的军舰却受了很大的损失。上海市民见到这般全面抗战的序幕已经展开，欢欣鼓舞，租界上的华文报纸，一致主张要清算甲午以来的旧账。

这时节我也高兴得了不得，各界人士赶紧组织各种民众性的后援工作，其时日本军队在上海的人数实在不多，一下子可能有歼灭之望。国军的英勇，战斗力的顽强，都高度体现了爱国雪耻的精神，让上海的所有中国人深深地透了一口气。

八月十四日，上海南市大火烧起，烧到满天通红。我的老家在南市王信义浜，也被烧成一片平地，幸而我早已将母亲接到租界来，才免受惊吓。老宅焚毁，母亲就泪盈于眶地对我说："老家别无可恋，但是有一套紫檀木的家具，是我嫁时妆奁之物，在你六岁时节，家里的三家绸缎店同时倒闭，你八岁时，父亲逝世，我抚养你长大，家中四壁萧条，旧物就卖剩这套家具，现在竟然付之一炬，实在心痛。"我就安慰她："留得青山在，不怕没柴烧，日后我还可以再买一套更好的家具。"我母亲这才展颜微笑。

在这次大火中，可以说，南市数千人家，都受到同样的损失，闸北的惨象更不必说。第一晚的炮声枪声，从租界听来震耳欲聋，不少楼宇的玻璃窗都被震碎了，大家既是惊慌，又是高兴。

四郊难民 聚集租界

当时上海的人口，是三百多万，原本住在租界的人不过二百三十万人，由南市闸北，以及四郊逃到租界来的大约有一百万人。这一百万难民，只有一小部分能暂住在大旅店或小客栈和亲戚家中，其他七十多万人都栖身马路边，这时一个大问题就发生了。

晚间，市民利用电话互相传递消息，然而打的人太多，电话很难打得通，因此在午夜一时，仁济育婴堂特地派出一个人来告诉我："育婴堂在半天之内收容的弃婴达二百多名。"足见当时避难的市民多么狼狈!

仁济育婴堂，我是义务性质的堂长，附属于上海最大的慈善机构仁济善堂。仁济善堂有百年悠久历史，善款积贮下来，置了很多产业，把产业的收入拨作慈善费用，其规模之大，不亚于香港的东华三院。

仁济育婴堂专收弃婴，凡是人家送来的孩子，向例一定要收养，但是从前没有奶粉来喂养婴儿，所以雇了几十个奶妈专门哺养婴儿。平常有七十多个弃婴，如今突然在半天之内，多了二百多个，弄得手忙脚乱，不知所措，因此夤夜来叫我去想办法。

我步行到了仁济育婴堂，见到门前地上还放着一排排的弃婴，走进堂内只听到婴儿的一片啼声。堂里的司事对我说："原来的奶妈，本来就不够用，现在又有不少弃职逃跑，这怎么办呢？"我仔细想一想，就拿出两个办法：一面命在职的奶妈继续喂奶，其他婴儿都暂时喂粥汤，一面次晨在堂门口贴出一张招请奶妈的布告。许多弃婴的母亲都来应征，当天暂时解决了这个有孩没乳的难题。

那天晚上我刚入睡，仁济善堂又有电话来说："明天上午七时，所有董事一定要到仁济善堂出席会议，因为难民问题，租界当局责成仁济善堂来处理。"

第二天清晨，我坐车到仁济善堂附近，见到成千上万难民阻塞道路，车辆无法通行，只得下车步行进去；我的老师丁仲英早已在那里正襟危坐，其余董事十七人，却只到了七人。

争先恐后逃离上海的人民

仁济善堂的董事，多是地方上六十以上高龄的绅士，虽然都很乐于为善，但是在董事会上，议论纷纷，一时讨论不出办法来，认为这次的战事，非短期内所能了结，对这批难民的生活如何解决，连续讨论了几个钟点一无结果。

公共租界警务处当局，派了一个捕头弗兰臣（所谓捕头，香港称为警司；弗兰臣是英国人，能讲流利的中国话，职属外事科主任，相仿于今时所谓公共关系主任）出席这个会议，他说，难民聚集街头，第一没有吃，第二满地粪尿，要是没有办法收容救济的话，抢米的风潮就会开始，要是米铺关上门，租界的市民也就不能安居了，如果你们有办法想出来，我们都乐于支持。

善堂董事黄涵之对我说："我们都老了，你是最年轻的董事，应该想些办法出来。"我想了好久，就说："只有办难民收容所。收容所以庙宇、学校、教堂、戏院最为合适，只要把难民的数目分配好，有秩序地进驻，想来在这个时候，房屋是所有人是无法拒绝的；另一方面由仁济善堂按日供给白米，那就不至于闹出抢米的风波了。"

弗兰臣认为我这个办法很好，在座的董事们问："每个收容所由谁去管理呢？"我说就在难民之中选择有能力的人担当主任，负责自治和管理。大家说很好。于是我就请一位董事，把施诊所的空白挂号卡纸，作为临时难民证，凭这个证才可以进入收容所，由我和董事谢驾车两人办理这件事。为了避免人多口杂发生纠葛，就请捕头派两个巡捕去组织这些难民队伍。

我走出仁济善堂董事室，门口挤满了难民，一路走一路拣选身强力壮又有能力的男性，先给他一张纸委任他做一个难民所的主任，请他进去参加开会，当时就选出八十多个主任。

这许多临时主任开会之后，就带领难民赴各处。我记得光是天蟾舞台一家，就容纳了两千名难民，玉佛寺竟容纳了四千多人，静安寺容纳了五百人。主任之中有一位是虹口一家小学的校长翁国勋，我对他说："请你担任第一收容所所长，率领二百个难民，进驻慕尔堂，一切难民表格、领米证，以及每天报告表等由你设计，作为难民所的组织资料。稿件到后，由十家印刷所日夜赶印正式的难民证和各种章则表格。"

这样，就把无数难民安排好了，第一天就组成了八十个难民收容所，第二天一切条例和表格渐渐印好，难民陆续来，由后援会继续组织，一共组织了三百八十处难民收容所，安置难民的大问题也就解决了。

处理这件事情，把我每天睡眠的时间剥夺了，以致寝食俱废，眼红刺痛，连声音都嘶哑了，好在每天看到报上国军英勇抗战，致使日军死伤无数，也可聊以自慰。

弹落闹市 死伤无数

战事的情况，以闸北八字桥最为剧烈，国军发挥了高度的威力，日本军人死亡不计其数，这下子把日本人夸口三小时占领此地的狂言完全打破了，租界的居民，无不鼓舞欢欣。正在高兴到极点的时候，忽然"大世界"游乐场门前十字路中心，由飞机上落下一枚大炸弹。这个地方，原是英法两租界的交通中心，熙攘往来挤迫不堪，这个炸弹落地爆炸之后，死亡的人数达到一千几百人，伤的是无法统计。

这天的早晨，有个朋友打了一个电话来说，他有病住在大世界对面的时疫医院，病已痊愈，出院后无家可归，要我代他说想多住一天。我心里颇不以为然，只说："下午见面时再说吧。"上午我就到仁济育婴堂办公，新收的弃婴又增多了，这让育婴堂人员毫无办法。

我正在堂长室发愁，总巡捕房的捕头弗兰臣突然来了一个电话，他说："关于难民收容所的事，由你设计安排，我因此被记了一个大功，所以专程打电话向你申谢，嗣后

炮火蹂躏下的上海

你有什么困难的事，我会尽力协助。"我说："现在收容弃
婴的问题越来越严重，请你来帮助一下，否则后果也会严
重起来。"片刻之间，弗兰臣就来了，此时育婴堂中几百
个嗷嗷待哺的婴儿，啼声震天，无数女童子军帮着做抚慰
工作。我说："现在每天总有成百个弃婴，送到堂里来，
屋宇不敷应用，我们旁边有六幢房子，想收回自用，而且
我们另行替他们找到新居，但是他们始终不肯搬迁，可否
请你协助一下。"他说："好的。"十分钟之后，弗兰臣召
来十名巡捕，挨户去劝他们搬迁，有些肯，有些不肯，弗
兰臣要我派所有做抚慰工作的女童子军，每人抱两个婴儿，
排队分别送入六幢房屋里，各住客也就不得不勉强迁出。

处理这件事告一段落之时，突然间天空中起了一阵尖锐的嘘声，嘘声方毕，接着又是猛烈的爆炸声，一时楼宇都被震得摇动起来。我觉得眼前一晃，有些支持不住，等到睁开眼睛，屋宇内现出一层黑雾，大约弥漫达五分钟之久都是飞沙，我心想，这一下，又不知道发生什么滔天大祸了。

育婴堂地处跑马厅路（今武胜路），距离大世界三四百步，只见排山倒海的人群逃过来，说是大世界门前炸弹爆炸，那是从飞机上丢下来的，不知死了多少人。逃的人惊悸万分，好多人身上都溅到了血，天空中不但飞沙走石，还有许多被炸得飞起来的窗门铁片以及断手残臂。我看着呆了一阵，两脚软到一步走不动，回想那个留在时疫医院不肯走的朋友，不知他如何了，又想到战事这样下去，租界也不是安乐土，来日大难，不知如何了局。

大世界的一颗炸弹，引起了无数可悲可泣的故事，有的全家死亡，有的死去丈夫或妻子，惨状不胜缕述。事后，我觉得自己是幸运的，那天如果我到时疫医院去探访那位朋友，也可能"适逢其会"，想到这一点，心头犹有余悸。

这一天，西药业公会正在大世界共和厅召开紧急会议，袁鹤松坐了一辆汽车直到大世界。他走进共和厅就听到轰然一声，知道外面出了事，急忙奔出去看究竟出了什么事，因为他想到车上还有许多西药和一位司机。一到外面只见死伤枕藉，他的汽车也被炸毁，他顿足长叹，想到那位忠厚的司机可能已遭难了，他呆得说不出话来。刹那间，这位司机突然从远处跑过来，问有什么事。他见到司机心中为之讶然，问道："你怎样会逃出这个劫难？"司机说："我因为早晨没有吃东西，所以下车到恒茂里去买一团粢饭，因此就逃过这一劫。"袁鹤松不禁向他握手道贺。

我的老师丁仲英那天到仁济善堂去开会，到了大世界，难民塞道，车辆不能通过，但仁济善堂的会不能不去参加，一念之善，他就下车步行从人群中走到仁济善堂。待到大世界的炸弹爆炸之后，他也想到他的司机阿唐会不会遇难，放心不下特地亲自去找寻，一看他的汽车并不在场，他倒放心，可是直到晚间不见阿唐回家，方才知道这辆汽车已被炸毁，阿唐当然也被炸得体无完肤了。丁师想到要是他不步行到仁济善堂，一定也被炸死了。事后很多人向他道贺说："吉人天相，善人当有善报。"（按：丁师现年八十三岁，健强如昔，今侨居美国三藩市，仍操医业。[*]）

虽然有人逃过了大世界的一颗炸弹，但隔了不多天，还是被炸死在南京路先施公司门前的第二枚炸弹中。诸如此类的幸与不幸之悲惨故事，真是多到不胜缕述。

乐土不安　弃婴剧增

这时无数人感觉到租界也不是安乐土，一部分人想逃出上海，很多贫穷的人觉得婴儿拖累最不方便，先后把襁

---

[*]　丁仲英于 1978 年 12 月在美国旧金山逝世。——编注

褓中的婴儿送到育婴堂来，于是育婴堂又遭到一个更严重的困难。

大世界门前的炸弹爆炸之后，仁济育婴堂门外人声鼎沸，加上救护车、警备车、救火车飞驰而来，一种急迫的钟声、喇叭声叫人惊心动魄。这些车子上走下来的工作人员，是抢救伤者的，但是死者多而伤者少，于是他们第一步的工作就是把死尸一排排地放在跑马厅路的地上，排列的方式是一排与一排之间，留出空间，以便死者家属前来认领。整条马路有六排尸体，这些尸体都是较为完整的，其他支离残缺的，如无头的尸体，以及有头无躯的和断手断臂，就由普善山庄的车辆，运到沪西郊区"万人冢"埋掉。单是这种运载残骸的车辆，就先后开出二十多辆。

仁济育婴堂，就在跑马厅路中段。我这时坐在堂中办公，见到救伤人员和商团中人把尸体一排一排地排过来，心想这样一路地排过来，一种恐怖的情形一定会影响堂内服务人员的工作情绪，所以我请育婴堂张少堂主任，要他把前门锁起，窗口用牛皮纸密封起来，免得大家看见了引起心理上的不安，所有工作人员，都由后门老街出入。

不一会儿，人声嘈喧。认尸的人从四面八方赶来，呼天抢地，哭声不绝，堂内的人都听得到，一时所有的工役都逃跑了。到了下午四时，忽然有五个奶妈来求见，说是所有育婴的奶妈都已溜走，她们五人无家可归，要求我介绍她们到难民收容所去，否则，外面尽是尸体，吓都会吓死的，晚间怎么能合眼呢？我听了这些话，一面安慰她们，要她们继续做下去，一面告诉她们，我准备给她们每人一封证明书，证明她们忠实可靠，可以永久任职，而且日后还有重酬。

当时帮助抚慰婴儿的是慕尔堂学堂的女童军，家庭环境都很好，年龄不过十四五岁，我想这班女童军，今天即使很诚恳地服务，明天一定会受到家庭的阻止，未必会来，那么收容所的婴儿，要是没有人照顾的话，我和张主任变成无兵司令，怎样也维持不下去，难道让这群婴儿活活饿死吗？我愁眉不展，心烦意乱，就对张主任说："别人会走，你会不会走？"他很爽朗地回答我："别人走光，我决不离开。"我说："好，那就有办法了。"

我就打电话给两江女子体育师范学校的校长陆礼华女士，那时全市电话很忙，每每要打十几次才能接通。但是这次电话恰巧一接就通，我就将育婴堂服务人员走散的情况告诉她，要求她号召所属的女童军次日来帮忙。陆校长一口应说："我校共有一千多童军，每天分三班，每班派四十人来绝无问题，同时我也来坐镇指挥，否则你文绉绉是撑不下去的。"我说："好极！好极！"

隔了三小时，陆礼华亲自赶到，巡视四周，看到婴孩哭声震天，嗷嗷待哺，恻隐之心大动，因为她是一个性格爽朗、躯体健硕而有丈夫气概的女性，见了这种悲惨情况，也不免潸然泪下，又见到我忙得声音嘶哑、疲惫不堪，她说："明天起我来代替你当堂长，你去休息几天。"当晚她就号召了十几个女童军来参加值夜。

我得到陆礼华的帮忙，心上的一块石头才放了下来，为了回家路近，我叫张主任开前门走出去，顺便看看外边的情形。本来我看过电影《西线无战事》和《乱世佳人》中死伤枕藉的大场面，但电影是一时的刺激，如今目睹惨况，身历其境，心灵上的感觉就完全不同了。

见到这般惨烈的大场面，对日本侵华战争实在恨透了，我怀着悲痛的心情走出这个恐怖的环境，忽然觉得两腿萎软不能动弹，说话也哑不成声，只能坐在街边等候车辆。好容易见到一辆黄包车（即人力车），但是两脚已无法走动不能上车，幸亏车夫扶我上车，才能回到住处，下车时还是两足无力，车夫又扶我下车。一到家中，家人问我何事，我说不出话，只是摇手倒在床上就睡。

次晨，觉得两脚更不能动。我一想，这虽不是中风，也不是极度贫血的瘫痪症，但可能是受惊过度，变成神经性萎痹症，自己想想倒也害怕起来了。

家人和我讲话，我只用笔写了几个字："不听电话，不问事务，我要休息。"如此摒绝一切，连睡了三天，自行调治进服各种药物，到第四天，仁济育婴堂张主任赶来，见到我这般情况，他说："陈医生，你如何这般无用？我年已六十开外，尚且支撑得住，堂内一切幸亏有那位'恶娘子'陆礼华指挥着，才渡过三天难关。"我听到"恶娘子"三字不觉好笑起来（按：恶娘子三字，相当于人们所说的恶婆），又听他说我没有用，受他一阵刺激，竟然一跃而起，我对他说："我们还是呷些酒罢。"于是两人苦口苦面地对酌起来。张主任唠唠叨叨地说了三天的经过，讲到弃婴还是不断有人送来，认为来日大难，真不知伊于胡底？

谈话时我精神越来越好，我说："你不要多谈无谓的话，你提出几个难题，我会对症下药地为你解决。"当下张主任就归纳一下，提出四个问题：

第一，没有钱，雇不到奶妈和长工。

第二，婴儿睡的小铁床不够用，大多数孩子都排睡在木板上，没有被、没有衣、没有尿布。

第三，病孩子越来越多，医疗设备不够，虽有一幢楼隔离着专供病孩之用，但是两个义务医生时常不到，即使到来，也束手无策，病孩死亡很多。

第四，向来收容的弃婴，养到能步行之后，就送到王一亭办的上海龙华孤儿院去，现在龙华成为战场，今后已无出路，这又是不得了的事。

我一边听一边饮酒，想想这真是"疑难重症"。大约饮了一小时，边饮边想，我已经想出对症的办法来，拍了下桌子说："有了，明天早上你在育婴堂大天井间，排四张桌子，第一张桌子收捐款，第二张桌子收小铁床衣被什物，第三张桌子款接义务医生，第四张桌子款接领养婴孩的人。每一张桌子要请陆礼华派几个女童军来服务。"

张主任听了我的话以后就走了。等他走了之后，我起身兜了几个圈子，觉得脚力已经恢复，就立刻草拟一篇向社会呼吁的新闻稿，又写了一段电台用的广播文稿，一面叫一个学生查出距离我家最近电台的地址。等到写好，我精神百倍，亲自把一篇稿送给《申报》的赵君豪，一篇稿送给《新闻报》的严独鹤，他们说："现在只有难民问题，何以还有这种弃婴问题？"我说贫穷人家滥生滥养，现在大家只想逃难，所以都把襁褓中的婴儿送来，我希望这段新闻要登在显著地位。他们恍然大悟，都欣然接受我的要求。

临别时，独鹤问我："这些弃婴是怎么送到你们堂里来的？"我说："育婴堂门前本有一个砌在墙上的大抽屉，是专门接受弃婴的，多数在天亮前后，人家偷偷抱来放在抽屉中的，现在一个抽屉根本不敷应用，所以他们就把弃婴放在门前行人道上，我们恐怕婴儿受凉，特地在地上铺了几块大红毡，借以避免弃婴在水门汀上。"独鹤听了觉得惊奇，说"我明天派新闻记者来拍照"，同时他也通知赵君豪照办。

我一路走，觉得精神越来越旺盛，一口气走到第一个无线电台。找寻主任，给他一份广播稿，主任一看之下大为感动，他立刻宣布游艺节目暂行停止，在广播室麦克风前说："现在有一个特别报告……"跟着就把广播稿播了出来。接着我又跑了两家电台，也同样地接受了我的稿件。第四家要我亲自播送，我除了照稿讲述之外，还补充了几句话，要求大家送小铁床，声明我们没有人去取，要送的人请自己送来。

深宵奔走 打破难关

等到回家时，恰巧已到戒严时间，倒头便睡，次晨一早赶到育婴堂去看宣传的反应如何。张主任果然已排好了四张桌子，第一张桌子是收捐款的，捐款的人很多，亲自送来的小铁床已有几十张，堂内拥挤不堪，我就请大家把小铁床放在大门外阶沿上。

张主任见了我微笑相迎，大家忙着处理一切，也来不及谈话，只见陆礼华出出入入指挥女童军维持秩序，一点也没有倦容，令我心中暗暗佩服。

大家忙到中午时间，张主任特地备了一些酒菜，他说："昨天你请我，今天让我来请你，作为庆功之宴。"我说："好的，我们一面饮酒，一面倾谈各项事宜。"我匆匆饮了三杯酒，吃了半碗饭。正在这时，外面有一对衣饰华贵的夫妇，昂然而入，那位先生先问谁是堂长，我就起立欢接，料不到他一开口都是詈骂之词，说是："我以为育婴堂总有相当规模，料不到如此破败，房屋旧，家具旧，婴孩连床都没有，排在木板上，挤在一堆，像什么样子？真是腐败！腐败极了！"

我听了他的话，并没有生气，我说："仁济育婴堂是在五十年前开办的，房屋旧，家具旧，我接手时也看不惯，本来我们只预备经常收容一百个婴儿，平时经常不足此数，现在一天要收到几十名，所以弄得连小铁床都不够，这是事实。在我接办时，就想要将旧屋拆掉，全部家具换过，现在乱糟糟的，既缺人又少钱，一切谈不到！"说罢这话后，已经陆续有工役、童军、主任、书记、客人进来要我逐一解决问题，那对夫妇反而看呆了，坐在一旁静静地等着不走。

我在办公桌前应付一切忙个不停，有一位邵万生南货铺的小东主，拿了四种奶糕的样子来给我看，要我选一种，我就选定浅红色的一种。他问："你何以选这一种？"我说："这是我设计的，在奶糕中掺入赤豆汁，以防脚气，奶糕价钱，我和你父亲争执了好久，我当时说过'积财不如积德'，不知你父亲是否生气？"他说："我父和你争执一场之后，已改变态度，只要你选定一种，他可以无限制地供应，一个钱都不收，全上海能做奶糕的工场，只有我们一家最大，所以我们才敢接受。"我听了满面笑容地说："好！好！"接着上海大绅董顾馨一来到，他虽是仁济堂的董事，但是视钱如命，因为育婴堂欠他一笔很大的米账，他听说我们大收捐款，就赶来收账。我见了他啼笑皆非，既客气又严厉地对他说："顾老伯！这几天你们送来的米，品质恶劣，掺入了无数细沙白粉，明明是四号杂米，而你开的价钱却是二号白米的价格。"顾老伯面色马上转变，说："小世兄，你不要听人家乱说，我也是个做好事的人，绝对不会做这种丧尽天良的事。"我笑了一笑，就叫张主任把淘米淘下来的沙粒杂质拿出来，请这位顾老伯过目。张主任走进厨房拿出一个米桶，里面满是沙石杂质和黑小米（即最廉价的北籼米），顾馨一料不到这一着，当堂就发呆了。我说："今

"难民工作委员会"工作人员在照顾弃婴

天恰巧我们要招待新闻记者，可否把这件事公布出来？"
顾老伯听了我这话，当时两手震颤，讷讷说不出话来，后
来说了一句："好了，好了，小世兄全部积欠米账一笔勾销，
算我捐给育婴堂的。"说毕又连叫了几声"小世兄"，并且
大谈其和我家三代世交的旧话，我就手拉手地把他送出育
婴堂。

接着集成药房屠开征来看我，说："你上半天连打几
个电话找我，究竟有什么事？"我说："现在新辟一处专
住病婴的医疗室，隔离疾病的传染，中药由童涵春药店免
费供应，西药我搞不清楚价钱，我想请你们集成药房平价
供应一切药品。"屠氏很豪爽地说："全部药品由我免费供
应两个月，满了两个月，我再叫别家药房来继续两个月，

现在战争方开始，大家今天不知明天事，钱有什么用呢？"说罢，他就和我握手而别，我连感谢他都来不及。

坐在旁边静观的那对夫妇，见我处理事务这样迅速干脆，夫妇俩耳语了一会儿，就对我说："你刚才说缺人，缺钱，我觉得'人'的一方面，你应付有余，'钱'的一方面，我来出一分力。"说毕当场开出一张麦加利银行一万元的支票。当时外面捐款的虽拥挤非常，但都是三元五元的，最多的一人不过五百元，我对他捐出这笔巨款，真是感动。接着我问他尊姓大名，他坚不肯说，并且说："不要问我姓名，只是要求你一件事，我们夫妇没有子女，现在想领养四个婴儿，你可否答应？"我说："照堂里规矩，领养婴孩以一名为限，多则恐怕别人拿去贩卖，你地位不同，当然不会做出这种事，但要补一份店铺保证书，你的身份可以不必暴露。"他们夫妇欣然而去，不一会儿，把保证书拿来，并且很精细地花了两小时，选了四个五官端正、面目清秀的婴儿，每人抱了两个欣然而去。后来我和这对夫妇成了好友，不过相见之时绝对不提领养孩子的事。我到香港，有一次在沙田碰见他们夫妇，身旁只有一个大学生模样的男孩。他的太太笑着对我说："这是我生的最小的孩子，由美国回港度假，其余三个都在美国，两个得到博士学位，一个正在进修硕士。"我当时就向他们道贺，别的话一句不提，大家只是作了一个会心的微笑。

第一天收捐款的结果，除了那对夫妇的一万元之外，共收到四千多元，小铁床七百多张，排列在门前街边，白布二百多匹，志愿来参加工作的中西医生有十多位。我对张主任说："一切都如愿以偿，明天起我只出主意，不再到堂办公。"张主任说："还有两个问题，这些白布如何改制成床褥衣被和尿布，而且现在收到的弃婴除了被人领养出去的以外，还有七百余名，婴儿每天要换上四块尿布，七百名就要二千八百条，洗涤大成问题。"我说："这问题可以打电话给第一难民收容所所长翁国勋，征求懂得缝纫洗涤的妇女来担任这项工作，每天给她们一块钱薪酬。"张主任照着做，事情也就解决了。

陆礼华说："现在捐款的情况很好，应该每天到电台上去报告一下以昭信用。"我说："你的见解很好，如果连续十天如此，大可以把一部分旧楼改建新屋。"那时育婴堂四周的邻屋，还有几座也属于仁济善堂的产业，住着的人见到育婴堂的尿布每天有二三千条，比扯万国旗还多，而且等待晒干，这些尿布虽说已经洗过，但经过曝晒，秽浊的气味仍是日夜不散，都向仁济善堂请求易屋迁居。我叫张主任从速接纳他们的意见，因此又收回了四幢空屋，于是运用捐款，把一部分旧屋拆除，改建新屋。同时我们还得到"生生护士学校"的合作，由该校长期派出护士学生来接替女童军的工作。这么一来，育婴堂就面目一新，大非昔比了。

人人遭难 事事为难

我是上海的一个市民，无党无派，非军非商，所以见闻有限。我写述的"安置难民"和"收容弃婴"的情况特别详尽，绝不是炫耀自己的才能，因为当时的上海人，各就自己的本位，万众一心，抢着去做各种后方工作，如民食问题、伤兵问题、急救医院和供应前方物资等，大家不求名不求利，在仓促间，各尽所能，有钱出钱，有力出力。我遭遇到困难，当然别人也同样遭遇到困难；至于后来遭受到敌伪方面的压迫，别人也是一样的，所以我虽然着重是讲自己的几件事，举一反三，也可以反映出当时无数人民的苦难情况了。

当时国军越战越勇，顾祝同是淞沪会战的总指挥，右翼指挥是张发奎，左翼指挥是陈诚，中央指挥是朱绍良，作战部队的指挥是孙元良、罗卓英。八月二十一日日军大举进攻吴淞，在浏河双方决一死战，相持了十天光景，国军竟然把吴淞前线的日军全部歼灭。这下子，上海市民更是兴奋热烈地做后援工作。

上海本来有一个市民协会，组织最庞大，财力最雄厚，抗战开始，它联合各方组成为"抗敌后援会"。后援会的委员，都是上海有名的热心公益的人士，内中有一个小组，叫作"慈善救济组"。后援会中人，请仁济善堂推出几个委员来参加这个小组。

仁济善堂的董事，都是老迈的绅士，也不知道他们是

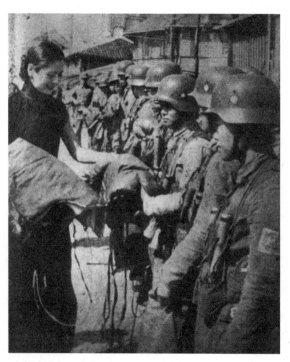

上海妇女向战士献棉衣

重视我，还是老谋深算，怕将来有什么问题，只把我的名字提出来，因此我那时也名列后援会慈善救济组的委员名单之中。

　　大约抗战了三个月之后，国军撤退，日军势力就伸张到公共租界上来，所有后援会的委员，日军都认为是"抗日分子"。那时节，所有后援会的人溜的溜，走的走，有些溜到香港，有些走入后方，全部名单二百多人，可是连我在内，只有八个人留在上海，我就成为当时黑名单中的人物，天天都在心惊肉跳，生命危在旦夕。后来八个人之中有两个人倒向日方做汉奸，保全了生命，四个人遭到极其凶残的杀害，只有我和另一个人，竟然得免于难。

第二章

烽火三月话上海

民国时期，上海南京路夜景

日本人在中国北方揭开了大侵略战争的序幕，对东三省一战而陷锦州，东北方面不曾抵抗，日军唾手而得大幅疆土。在平津方面，靠着哄、吓、骗、诈，只打了几场仗，虽然有几员猛将奋力抗战，如张自忠等战死沙场，平津及华北数省，也轻易地失陷了。

日本军阀对南京、上海，处心积虑已有十多年，间谍及各业各行组织密布，深谋远虑，认为掌握京沪路一带没有问题，而且公然说："上海一天之内就可解决，三天可以打到南京。"万不料在上海就大大地碰了一个钉子，被国军棋先一着，大军开进淞沪，日军措手不及，改攻为守，而且因为变化来得太快，自感兵力不及，虽然军舰络绎不绝地驶来，在时间上究竟比不上用火车一师一师地运来那么多那么快，因而日本人向来"轻敌"的计划都告失败了。

古堡扬威　出人意料

中国东南几省的海口，以吴淞最险要，面临长江口，军舰进入黄浦江，首先要经过设在吴淞口的炮台，这炮台能控制长江口岸，建在明代初年，作为防倭寇的重地，在清代屡加修葺补充，历史已极悠久。

民国二十一年（1932）一月二十八日，爆发了"一·二八"

之役。十九路军在上海闸北掀起了对日抗战，那时节这个吴淞炮台，曾经发挥绝大威力，指挥的人是现在隐居香港的翁照垣将军。

十九路军撤出上海之后，就在五月五日，中日两方签订了淞沪协定，明确在上海周围数十里不驻军队。在撤军之后，日军竟对吴淞炮台大加破坏，但炮台周围的建筑物依然存在，后来日军撤退之后，由上海的保安队作象征性的防守。

在十九路军撤防到福建之后，吴淞已成为一个平静无事的地带，那边有一个吴淞镇，我有几个亲戚是吴淞乡绅，平素因业务缠身，我极少到吴淞去探望他们。吴淞海滨有一家福致饭店，做的咖喱鸡名震全沪，逢到假日，不少人都驾了私家车到那边去进餐，顺便观海，因为上海人轻易是看不到海的。

有一次，我在福致饭店碰到了我的亲戚王建亭，他是吴淞商会会长。我随便问他，对吴淞炮台中人是否相熟，能不能带我们去参观一下。他说："炮台原是禁区，不过炮台中的防守人员与我们商会常有往来，不妨各人带了名刺去访问一次，顺便参观参观。"于是我们就驾车直趋炮台。

我们到了炮台一看，原来这炮台的范围极广，虽曾被日军破坏，但是炮台的地面建筑物依然存在，而且还有许多古炮昂然对着海口。我曾细细地观摩一番，只见这许多炮上都刻有建造年月的字样，字体清晰可辨，可以看出乾隆几年铸造或同治几年铸造等，还刻着铸造人某某镇守使某某官衔。只有几尊比较新的炮上面，看出是清代某年"江南制造局铸制"等字样。炮的式样当然很古老，有的已被腐蚀，看来已老态龙钟，早已不中用了。我看了之后，有一个感想，这不像来察看国防重镇，只能算是来参观陈列古物的博物院了。

万不料"八一三"前夕，日军二百人，把中国保安队完全赶走，等"八一三"闸北枪声一响，大队国军开到吴淞，将二百日军全部歼灭，接着国军开到吴淞和宝山的仓库中，搬出大批钢板钢条以及水泥，连夜把炮台重建一新。又由淞沪铁路运了不少新式钢炮，据说若干钢炮是德国克虏伯厂制品，射程极远，所有炮兵都是训练了多年的熟练军人。所以等到吴淞炮台放炮时，日本军舰出于不备，损失极大，因此日舰出入黄浦江，都受到重大的威胁，日间运兵发生了极大困难，只好在夜间偷运，一面用远程野炮轰击吴淞炮台，始终达不到目的。而且中国工兵配合了民众在吴淞炮台周围，掘下了深达丈余的地道，所以后来日本空军来轰炸，也不生效力。

日军认为吴淞炮台不攻下来，兵舰出入就受到威胁，所以就在吴淞蕴藻浜登岸，抄袭炮台后方，借此切断国军后援的通道，因此在闸北方面的战事，只处于被打的地位，而无出击的能力。

国军也觉得蕴藻浜被日军占据，炮台势难持久，所以调派大批军队开到蕴藻浜，与日军决一死战。整整激战了近二十天，到九月二日，蕴藻浜的战役，国军获得胜利，日军纷纷溃退，能逃回军舰的也不多，而大部分的日军都被国军歼灭。这下子，日军受到极大的损失，这是"八一三"战役初期日本大吃败仗的一役。

日本当局异常震惊，于是在这次大伤亡之后，发动空中攻势，用无数飞机轰炸炮台，再用大批海军陆战队，直接猛攻吴淞炮台，这样才攻下来。到九月三日，吴淞炮台就被占领，而且日军还攻陷了宝山县城。

九月八日，日军开始向国军作总攻击，连打了四天，双方伤亡惨重。直到九月十二日，国军节节后退，转移阵地。

宝山陷敌 兽行暴露

宝山是邻近吴淞炮台的一个小镇，人口十余万，市廛繁盛，我小时曾去过一次，记得那里的大街都是用方块石板铺成的，所有商店，也有相当规模，居民全是小康之家，富庶的人家也不少，贫苦的人却不多见。

日本人对吴淞炮台久攻不下，恨之切骨，所以一等吴淞炮台沦陷，就把军队开入宝山，同时一般军人大肆逞凶，奸淫掳掠，无所不为。

日本人带来一批浪人，一部分是朝鲜人，一部分是汉奸，挨户抢劫，不仅把居民的金银财物洗劫一空，甚至连人家的家具都搬了出来，用火焚烧。

我的亲戚王建亭，在宝山也有住宅，沦陷之前，早已拖儿带女逃到上海租界上来。他是一位很俭朴的老人，到了上海之后，就住在郑家木桥一间小客栈中。他是宝山绅士，所以后来凡是从宝山逃来的难民，也都跟着他住在这个小客栈中。我奉了嗣父之命，送去许多衣被食物，于是就碰到不少由宝山逃出来的人，他们很愤慨地讲出许多沦陷后的情况。

据说，宝山沦陷后，日军和浪人连抢了三天。不少人被指为抗日分子，被拘捕到监狱去，受尽拷打。日军有五种刑具，第一种是用铁针插入手指尖中；第二种是把手指甲一个个拔掉，令人痛彻心肺；第三种是用温水灌入鼻孔中，令人呛出血来；第四种是鞭打；第五种是坐老虎凳，一坐上了老虎凳，这人便会昏厥过去，不少人抵受不住，就死在老虎凳上。

至于在街道上，见到了日军，一定要作九十度鞠躬，否则枪柄就打上头来，同时皮靴乱踢，被踢伤的人不计其数。日军奸淫掳掠，无日无之。

到沦陷的第三天，地方维持会也出现了，成员多是地痞流氓，加上几个当地的歹徒，居然遑遑然贴出安民告示。他们成立了一个"慰安所"，要拉二百个妇女供日军泄欲。这班汉奸奉命连日到处强拉适龄的妇女，不少良家妇女被捆绑起来，送到城隍庙去，就成立了这个慰安所，一时妇女们哭声震天，在汉奸的看守下，受尽了日本兵的蹂躏。最初有十几个妇女，把衣衫脱下来撕成布条，悬梁自尽。后来日军下令所有妇女全部一丝不挂，脱得精光，以免再有自杀事件发生。其中许多妇女，在日军的淫威之下，活

日军在上海设立的"皇军休憩所"，
为日军提供特殊服务

活地被摧残而死。有时因军务紧急，日军调出去的很多，毫无人道的汉奸，也穿上日军的军服，乱来一通。这种暴行，当然片刻之间就轰动全城。许多妇女想尽方法，要逃出虎口，可是很多地方早已架设了通电的铁丝网，触上了铁网便惨叫一声而死，有衣服穿得多的人，竟烧成一个焦炭人，因此不少人都绕道小径逃出。

在日军的暴行下，宝山城几乎变成死城，日军感觉到要是每占一城都这样，也不是办法，过了十多天，居然贴出告示说："奸淫掳掠行为，尽是不法歹徒所为，与日军无关。"除下令禁止之外，还使出一种戏剧性的手法，枪毙了十几个人，其实这十几个人之中，有三个还是效忠于日军的汉奸，因为他们抢的财物实在太多，日军对汉奸本来有一种特殊的办法，先让他们抢一个饱，等到抢饱了之后，日军就坐享其成地把财物接收过来，所以借此弄死几个小汉奸，作为掩饰。这在初期的宝山已经如此，后来在各省各县也脱不了这一套。

又据说，罗店的汉奸鉴于宝山如此情况，所谓地方维持会的人，就改变了一个办法，早就预备了大批土娼，等日军一到，就欢迎他们进入慰安所。

上面所说的种种情况，当时租界的报纸也陆续披露，见到的人，无不咬牙切齿地痛骂汉奸为虎作伥。

战事激烈 租界筑墙

上海南市、闸北以往曾经有过几次战争，如小刀会、泥城之战、齐鲁战争以及北伐军开到上海和奉军交战，每次战争，市民都逃入租界。租界的人口，每经一次战争，就增加许多，"一·二八"十九路军抗战一役，人口已增加到三百万，所以一般人的观念中，"租界永远是安乐土"。

每次战争，焦点都在闸北，所以闸北的居民受到的灾难最大，居民中则以苏北各地的人为最多。可是这次"八一三"战役，把公共租界的虹口区，划归日军接管，虹口的居民，如北四川路一带，全是广东人的市面，所以这次广东人受到的灾害也很大，但是稍有积蓄的人，都已逃出虹口区，迁居在公共租界和法租界的中心区。

这时上海租界的人口，增加到三百五十万人以上，法租界毗连华界南市，租界当局深恐战争波及，早已在沿民国路（今人民路）口，装上一道极高极大的铁栅门。但是从西门斜桥起，沿着一条很长的陆家浜，通达沪西的大西路（今延安西路），本来是不设防的，到战争一起，战争中心虽在闸北，法租界当局想到这次战争不会轻易结束，所以就从斜桥开始沿着陆家浜，整个法租界边缘连夜加筑近二丈高的砖墙。这道砖墙动用了数千工人，在三天之内抢建完成。我曾经到这围墙下巡视了一番，觉得人力之巨大，实在不可思议。现在想来，这道围墙的长度，相当于香港从筲箕湾起，经轩尼诗道、皇后道，直达坚尼地城而有余。公共租界当局也接着法租界的边防区，围绕整个区域，分段堆起沙包和架上铁丝网。两个租界如此严密的防患，才保持了租界市民的安全。

中国人有一种蚂蚁经营的精神，即使是难民，也会挣扎图存。整个租界，不但安静无事，而且一天比一天繁荣，尽管四周烽火连天，而租界内却夜夜笙歌，租界当局也把宵禁的时间逐渐放宽，从晚九时、十时、十一时，放宽到十二时为止。

留居在难民收容所的难民，白天都经营着各式各样的小本生意，利益最厚的是抄小路向四乡去搜罗租界上所缺乏的粮食和手工物品，脱手之后，在租界上购买些五金洋杂，到四乡去贩卖。因为是个人经营的小生意，当时称作"跑单帮"，往往可以得到几倍的利钱。凡是两方面特别需要的东西，常达十倍利钱，因此不少难民，反而因为战争而步入小康，他们由难民所迁出，搬进住宅区。

当时租界上最感缺乏的是米，本来上海四乡正常米粮供应，是靠常熟、太仓等地运来的，然而还是不够，要靠泰国的"洋暹米"来补充。战事开始之后，常熟、太仓等地有米运来，米行的存粮不够充裕，于是就由顾馨一、王一亭等利用英商船只到香港采购洋米。至于五洋杂货，如火油、肥皂、火柴、香烟、灯胆等，向来大部分靠外来输入，这时人口又多，消费更大，大家感到战事一时不能结束，纷纷从事囤积，最敏感的就是那些跑单帮的小贩，个个都发了财。

战事继续到第二个月，有若干富商巨贾，在申商俱乐部天天讨论今后的经济趋势，各自的见解不同，大部分人以为国军即使英勇抗战，但防线一次一次转移，一旦日军打到苏州，政府可能就会屈服。大家想这次的战争，和"一·二八"战事不同，"一·二八"仅仅是十九路军打了个头阵，政府没有下决心全面抗战，但是这次出动的都是中央军的精锐部队，只许胜不能败，败了之后，再也打不下去了，所以多数人认为战事的时间不会太长，一切都作短期的打算。因而最初的时候，大商人还没有开始囤积货物。

当时有一位经济学大家马寅初博士，申商俱乐部邀请他参加讨论今后经济的趋势，因为马寅初的哥哥马小琴是中医，我和马寅初很熟，那次的商讨，他邀我同去。他到了那里，大家一致推崇他，要他发表高见。他认为，战事绝不会拖长，劝大家不要囤积居奇，否则将来是要后悔的。商讨完毕之后，有一个知识极平凡的颜料商人，轻轻地对我说："马寅初虽是经济博士，但是所说都是书生之见，我的看法和他完全相反。"我也看不出前途如何，只能唯唯诺诺地敷衍了一阵。谁知道经济博士的看法，竟然是完全错误，而这位平凡的颜料商竟是看对了，他到后来发了数百万的大财。

囤积居奇　演成风气

　　向来生意人很少关心国家大事，他们所关心的，就是战争期间的暴利。换一句话说，就是想发"战争财"。1914 年第一次世界大战，上海几个颜料巨商，如贝家、邱家、奚家，都因大战而发了大笔财，所以这次的战争，有些商人也料到有发财的机会，这位颜料商就根据过往的历史，如法炮制。

　　那时节白报纸涨得最厉害，产生了许多"纸老虎"。西药业更是发到盘满钵满，这都是事先料不到的。

　　"八一三"战役之前，我的朋友袁鹤松，是上海济华堂药房的老板。济华堂本来在云南路租着很小的一幢二层高的旧楼，底下是门市部，楼上就是他的住家。这个区域，晚间满街都是"流莺"（即最低级的拉客妓女），出出入入时常受到这班妓女和老鸨的滋扰，他不胜其烦，但是又觉得她们的行径很可怜，每次被困扰，就拿出银元一枚并说："我是住在此地的，以后不要拉我。"于是这个区域中的妓女老鸨个个都认识他，称他为"四老板"。

　　有一天深夜，济华堂楼下起火，好多妓女不见楼上有人逃出来，有一个妓女是江湖卖解出身，她顺手找到一个大罐，用力抛上二楼，一下击中玻璃窗。袁鹤松探首出来问发生什么事情，一看楼下都是火，才从熟睡中惊醒逃出。这场火，不但把济华堂烧成平地，连育仁里的房屋也烧掉了六七幢。

一场大火之后，袁鹤松向业主提议，全部空地由他租来建屋，因此大兴土木，造成了一座五层楼钢骨水泥的大厦。落成之后，袁鹤松正愁着多余的地方无法租出，许多经销西药的外侨，都想整装离沪返国，一个个把堆存的药品，以最低廉的价格倾销给济华堂。我记得最大的一笔交易，有八百箱奎宁丸（即金鸡纳霜），因此堆满了他的一层空屋，其余名贵药品，不计其数地送来，他情不可却，照单全收，有十几家洋行还肯赊货，暂不收款。袁鹤松还说："这么多的货，要几十年才能销得清。"谁知道后来西药缺货，袁鹤松一枝独秀，飞跃涨价，他就发了一笔无法估计的大财。后来他想到要是没有那个江湖卖解的妓女，打烂他的玻璃窗叫他逃生，他全家的性命就不保，所以他到处访寻找到这个妓女，给了她两箱奎宁丸，再送她一些现款，叫她改行转业。后来这妓女到重庆去开了一家药房，竟然成为富婆。

　　后来囤货的风气大盛，大有大囤，小有小囤，几乎家家户户都有囤货，货涨得最快的，一种是奶粉，一种是洋铁皮，这两种东西，日日高涨，囤的人都不肯脱手。有一越剧女伶，许多卖洋铁皮的店家，把洋铁皮卖给她，她就三张五张地收集起来，最多的时候，她家里囤满了洋铁皮，连床铺都拆掉了，自己睡在洋铁皮上。

身陷敌区 目击惨剧

第一道防线国军退却之后，各式各样的汉奸就乘机而起，本来早有无数汉奸潜伏在租界，租界虽是一个中立区，"八一三"炮声一响，租界上的中国老百姓一致拥护抗战，所以汉奸在租界上绝对不敢抛头露面。记得八月十四日那天，在新闸路上有一个当日军翻译的汉奸被人认出，大家一阵叫嚣，拳脚交加，只十多分钟，就将那个翻译活活打死。同日在爱文义路（今北京西路）、卡德路（今石门二路）、霞飞路（今淮海中路），也有类似情形发生，日军当局向租界提出强硬抗议。租界当局认为这种事情，防不胜防，责令日方自行限制工作人员，包括华籍、朝鲜籍的属员，全部撤至虹口防区，免生意外，一方面警告市民，切勿再发生事端。这一来，租界上不出面的汉奸，都销声匿迹了。

向例日军一经占领了一个地方，这地方最初成立的一个组织就是"地方维持会"。上海最早的维持会，是在虹镇。虹镇是在虹口公平路底华界的一个小镇，这个小镇，国军曾经防守过，作战初期，有一支军队冲进租界日军防区汇山码头，就是由虹镇出发。

初时，租界上一到晚间九时，就施行宵禁，市民在九时之后，仍徘徊在街头的，就会被拉入巡捕房过夜，因此几乎每个巡捕房夜夜总有二三百人被拘留，就连好多专做夜生意的小贩，也不例外。

但是被拘留的人，因为没有睡觉，眼巴巴地等到天亮，不免饥肠辘辘，见到被拉的小贩，有些是卖夜点心的，因此竟抢购一空。所以有好多小贩，爽性晚晚备了点心，如茶叶蛋、火腿粽子、八宝饭等，等待拘留，可以从中取利。

因为我是当医生的，常有急症出诊，而且为了仁济育婴堂的事务，有时夜间都要去料理，对于晚间九时宵禁极感不便，于是就向警局申请领取通行证。初时他们限制很严，一连申请几次，都不得要领。

一天，有一个马夫拿了一张"孙嘉福"的卡片来见我，匆忙地说："孙先生要送你一张特别通行证，请你即刻给我两张相片，明天就可以把通行证送来。"我对病家向来不问名字，所以这孙嘉福究是何人，一时也想不起来，但是对来人觉得面熟，既然有人肯送我通行证，总是好意，我就给了他两张相片。

到了第二天，诊务方毕，有一个麻面的老妪，哭哭啼啼地来见我。我一眼认出她是我很熟的病家，因为她满面豆皮，所以我记得很清楚。那老妪说："现在有件不得了的事，我与孙嘉福生的一个孩子，今年已有二十四岁，病得半死半活，非你去救他的命不可。"我也没有问清楚他住在什么地方，跟了她就走，走出门外，已有一辆开篷的福特汽车在等着，车上坐着两个人，我也登上了汽车。

汽车一路开到北四川路桥堍，我说："我不进日军防区，你还是载我回去，因为过桥一定要向日军作九十度的鞠躬，否则会被抽上几下耳光。"车里的人也不理会我的话，一味地向前开去，我身不由己，到了日军驻守的地方停下来，

横行在上海街头的日军装甲车

那老妪和其他两人下车，关照我说："你不需要下车。"他们三人对日军深深鞠了一躬，其中有一人，日语讲得很好，从袋中掏出一张白纸，上面贴有我的相片，日军见了这张纸，就一挥手让我们自由开入，我在车中大大地着急起来，想来想去，身入禁地，自己全失自由，这次定然是凶多吉少，要被绑架的话，更不得了，顿时慌到不知所措，只好自己安慰自己。这老妪和她的丈夫确乎是我的老病家，而且当时因他是乡邻马夫，贫困非凡，没有收过他们的诊金，想来不至于恩将仇报。

在车中我向他们要来这张通行的证件看，全是日文，约略认出我的身份是医生，而签证发出的是"梅机关"。

车子行驶了好久，才到了公平路底，又有几名日军拦住，我一看形势更坏了。他们在车中把通行证一扬，车子又轻轻松松地通过了，我一看这地方就是虹镇，那老妪这才告诉我："陈先生你不要急，孙嘉福现在当了虹镇地方维持会会长，对你绝不会伤害。"我到此地步，也只得随遇而安了。

虹镇是一个只有百数十家商店的小镇，从前我曾到过，但这次到了这里，觉得市面完全不同，简直热闹非凡，正在想哪里来这么多人，细细一看，商铺并没有增多，只见许多住宅前面，装上很多的电灯，光芒万丈。我留心观察，原来有些地方已变为赌场，招牌有发财俱乐部、黄金窟等名堂，有些则改为鸦片烟窟，招牌名为一线天、安乐窝等，还有不少是"慰安所"。到这时我才明白虹镇已变成一片歹土，所以有这般熙熙攘攘的盛况。

我们坐的汽车，直开到虹镇商会，门前挂着"地方维持会"招牌，居然有两个人在门口站岗。进入里面，孙嘉福已抢步出来迎接，我一看依稀相识，虽然那天他衣着很华贵，但是从他的举动和行止看来，我还识得他就是三年前见过的那个马夫。他那个大堂的布置，正中挂着一面膏药旗和一面黄旗，堂中摆上一张太师椅，两旁各有十来个座位，看起来，这大约是他的会议厅了。

孙嘉福一见了我，就把我拉入后堂，只见堂中排着四张鸦片烟榻，旁边有一张床，卧着的是他的儿子，满面病容。孙嘉福说："从前我生斑疹伤寒，是由你看好的，现在这孩子患的也是严重的斑疹伤寒，希望你把这条小性命挽救过来。从前我没有付你诊金，这次我预备了两个金元宝送给你。"我默不作声，只细细地诊察他儿子的病情。他的儿子看来二十多岁，正在壮年，但是骨瘦如柴，面无血色。一经诊查，觉得他的脉搏浮如游丝，一忽儿跳几下，一忽儿停一下，这叫作歇止脉，是心脏衰竭的现象。又见他两手抽搐，有时两手摸床，有时伸手玩弄衣角，有时高举两手作捻线状，这叫作"循衣摸床，撮空理线"，乃脑神经败坏的现象。我看他的眼睛，瞳孔已经放大，所以昏不识人，全身发出许多紫斑。我看罢之后，刚要说话，孙嘉福问："他的斑疹伤寒还有救吗？"

我回答孙嘉福，他儿子患的不是斑疹伤寒，这是中毒现象。我问他平时是不是打吗啡针或吸白粉，孙嘉福说："这里有的是白粉吗啡，但我的儿子从没有这个习惯。"我说："这可能是你平日有所不知吧！"这句话刚说完，那麻面老妪突然顿足长叹，呜呜咽咽指着孙嘉福说："自从你这个挨千刀的做了汉奸，开了这么多烟间、白粉窝之后，好好的儿子早就染上了恶癖，你还蒙在鼓里，陈医生说的话是对的。"孙嘉福那时还有些不相信，我就把病人的臂部翻过来一看，上面针孔有如蜂巢一般，这下子，孙嘉福无言可说也哭了起来，问我："如今怎么办？"我说："病人瞳孔已经放大，足见中毒已深，撮空理线，死亡即在目前，恐怕只有几个钟头的生命了。"他又坚决地问我："你的话是真的吗？"我说："是真！现在中药已无能为力，要立刻送医院急救。"孙嘉福这时忍不住哭出声来，连说几声：

"自作孽！眼前报！自作孽！眼前报！"要求我继续替他想办法。我说："只有一个办法，急速车送麦家圈仁济医院，那边有急救的设备，我有熟人可以要他立刻医治，否则这条命就毫无挽救的希望。"孙嘉福夫妇两人此时也不知所措，一筹莫展。我这时向他们告辞，孙嘉福在一无办法之下说："陈医生慢走，希望你把我的儿子同车送到仁济医院去，我也同去。"他一声令下，来人七手八脚把病人搬上汽车后面，我和一位能说日语的人被安排坐在汽车前部，汽车飞驰而出虹镇。

料不到到了虹镇铁丝网口，又遇到了看守的日本军人，孙氏夫妇都下车向军人深深地鞠躬，由日语翻译说明赶赴医院的事，但是双方喃喃不已地发生争执，我也不知他们说些什么，只见我的那张通行证晃来晃去，日本人看也不看，立刻打电话向上级请示。这时孙嘉福面如土色，卑躬屈膝跪在日军之前，到后来日军得到上级的回话，就有一个日军走过来大声地吼了一声，接着就伸出巨掌，清清脆脆掴了孙嘉福四下耳光，连老妪也挨了四下，他们不出一声，坐上汽车疾趋租界。在车中孙嘉福说："一因病人无通行证，二因日本人主张送虹口日本人办的福民医院，电话来来往往接洽，福民医院住满伤兵，不肯接受中国病人，所以耽搁了几乎一小时。"

我在车中，见到这幕戏剧，想到做汉奸也不过只能欺压自己人，想不到一个维持会会长竟会受到这般侮辱，我便联想起北方一位老牌汉奸石友三说过："做过汉奸，孙子王八蛋再要做汉奸！"这真是一句名言。

我本来身陷虹镇敌区，简直像到了匪窟一般，心上重重地压上一块大石头，一到租界，顿觉全身轻松了下来。到了仁济医院，介绍给一位李医生，我就急忙回家，心中犹有余悸。

后来知道孙嘉福的儿子，到了医院不过四小时就不治毙命。孙嘉福死了这个宝贝儿子之后，不但不痛改前非，作恶更日甚一日。我从朋友方面听到，孙嘉福诨名叫强盗阿毛，向来是专做掳人勒赎的，还有几件惊人的盗劫案，也做得很干净利落。听到这些话，我不禁捏了一把汗。

八百壮士 誓死抵抗

自从吴淞炮台失守之后，上海门户大开，日本军船载来大批日军，因此战区一天一天地扩大。我们每天除了看报之外，就是不停地收听电台广播，这时期双方的战斗很是激烈，当然死亡的数字也极高。

不过这次战事，出乎日本人意料的，就是八月十三日开火之后，以大场一战最为剧烈，足足打了一个月，日军才占据了杨行、大场、罗店等镇。直到九月十二日，国军在闸北阵地发生动摇，屡败屡战，最后形成拉锯战的形势，竟然有一次大反攻，再把大场克复过来。一直到十月二十六日，大场国军正式撤退，一面退，一面有一支军队负责掩护，继续向日军作一个大反攻，这一次日军意想不到地吃了一个大亏，伤亡惨重。

十月二十七日，国军奉命撤退，一夜之间，数十万军队由八字桥撤出闸北阵地，等到日军发觉进击，为时已晚。

当国军撤退时，由八十八师五二四团团长韩宪元统率两营军队负责掩护，以保证京沪铁路运兵线的畅通，这两营驻守在八十八师司令部，这个司令部设在四行仓库。

所谓四行仓库，是中南、盐业、金城、大陆四家银行所建造的一座大仓库，楼高六层，全部用水泥钢筋建造。地处苏州河北，北西藏路（今西藏北路）口，本来有一座很阔的大桥，叫作西藏路桥，是贯通闸北租界的咽喉，在战时这条桥早已封锁，租界上的居民，隔岸都可以看得到。

日军知道我大军已经撤退，即行追击，追到樽颈口，驻守在四行仓库的两营军队用猛烈的火力向其扫射，令日军无法继续追击。日军见四行仓库内有这么强大的火力发出，无法估计里面究竟有多少军队。

但是日军一定要把这个障碍打开，以便夺取京沪铁路，所以第一夜双方的火力猛烈得无法形容，租界上的居民整夜听到连珠一般的枪声、手榴弹声，同时又见到火焰冲天，可以想象战事的猛烈。

租界上成千上万的市民，都爬到高楼上去看双方枪弹往还，大家兴奋到整夜不睡觉。后来才知租界当局，向日军发出一个通牒，说枪战尽管枪战，但千万不可用炮轰击，因为在四行仓库附近，有一个很大的煤气鼓，这个煤气鼓贮满了煤气，要是被炮弹击中了，会使住在煤气鼓四周一

第八十八师五二四团团副谢晋元

英里范围内的市民，遭到死亡的危险，日军也免不了受到极大的伤害，所以日军尽管隔岸相击，而始终未敢开炮。

后来又知道一个消息，指挥四行仓库两营军队作战的韩宪元，身先士卒，当晚就殉难，接着由团副谢晋元、营长杨瑞符继续指挥，日夜作战。

本来全上海的市民，对闸北国军的抗战，不断地输送后援物资以及劳军的食品。但是到了死守四行仓库的一个阶段，由租界到闸北的通路已断，所有后援物资以及劳军的食品，只好堆积在河岸，一点也送不过去，眼巴巴地看着一支孤军奋勇作战，展开了震惊世界的一幕抗战史实。

此时，世界各国的记者和洋商，都在隔岸观战，并且个个脱帽对四行仓库的抗战壮士致敬。这时，租界与闸北的电话已经不通，忽然有一个懂得军事旗号的人，自告奋

女童子军杨惠敏向坚守四行的
八百壮士献国旗

勇向对岸孤军打旗号，问他们需要什么紧要的援助物品，对方也旗号回答："什么都不要，只要一面国旗。"

大家知道了这个消息，却一时毫无办法。就在这时，突然有一位女童子军杨惠敏，很勇敢地用油布包着一面大国旗，在枪林弹雨之下，跳入苏州河，泅水到达对岸，把她带的一面国旗送入国军手里，一时两岸掌声如雷，感动得大家流出泪来。不一会儿，这面国旗就随风飘扬在四行仓库之上，国军更是士气高昂准备与日军对抗到底。

本来国军的战斗意志，有很多人不了解，对华文报纸的报道，似乎都有些不信任。自从在租界边缘见到孤军壮烈抗战的一幕之后，这些人的观感就为之一变，国际间的舆论也大加称颂。

当时各方面的推测，四行仓库是八十八师司令部，里面可能有数千军队，这样双方枪战下去，不知伊于何底？

在四行仓库奋战的八百壮士

租界当局深恐后来波及煤气鼓，那样整个上海局面要受到影响，于是由租界出面做好做歹，要求日军停战，国军由泥城桥经租界撤退。日本军方也同意，倒是国军方面不同意，他们还要继续打下去。可是这时国军泄露出一个秘密，就是他们一共只有八百人，这个消息给日军知道之后，日军态度又强硬起来，说是国军撤退之后，一定要向租界全部缴械，而且要进入收容所，租界当局全部答允，国军却蒙在鼓里。

阵地转移 枪声静寂

如是相持了很久之后，租界当局千劝万劝，以上海数百万市民生命安全为理由，而且允许团副谢晋元在租界上行动自由，招呼一切。

坚守四行仓库的八百壮士

八百壮士也鉴于煤气会危及同胞，所以忍痛答应了。于是日军停火，八百孤军陆续撤退，一踏进租界，军械便被缴收，被送入胶州路收容所，只有谢晋元一人可以在外自由行动，做着种种善后工作。这一幕可歌可泣的英勇抗战壮举，全国人民都钦敬不已。后来有一部影片，就叫作《八百壮士》，故事描写的就是四行仓库一役。最可悲的是后来日本宣布太平洋战争开始，接收了租界，也接收了这八百壮士的看守所，八百壮士受尽日本人残酷的折磨，这个悲惨的结果是上海市民始料不及的。八百壮士撤退之后，上海的枪炮声就跟着静寂下来，战线转移到昆山，国军早在阳澄湖西边建筑了很坚固的防御工事，继续与日军周旋。上海的租界，仍然由英法当局维持，那时节洋商的轮船还可以由黄浦江出入，所以有许多爱国分子，都陆续搭船离开上海。

第三章 十里洋场成孤岛

民国时期，上海大英总会

民国二十六年（1937）十月三十一日，八百壮士奉命撤出四行仓库。淞沪区域的战事，自此告一段落，但是南市的守军还没有撤退。直到十一月五日，日军由金山卫登陆。六日又有一支军队，由杭州湾登陆，包抄了南市守军的后路。到了十一日，守军绕道京沪路线，撤离上海，在南翔布下了一道新防线继续作战。

上海旧称十里洋场，也是外国人心目中的"冒险家乐园"。这一次的战事在最初两月，局限于闸北一个地区，东面的浦东，南面的南市，西面的虹桥路（今淮阴路），一向由国军守着，没有动摇。到了南翔防线部署完成之后，上海四周都被日军侵占了，只有公共租界和法租界两块地方幸获独存，成为名副其实的"孤岛"。

国军撤退 民气消沉

国军撤离淞沪，租界上就不再听到炮声枪声，本来慷慨激昂的民气，也突然之间消沉了下去，大家心头压着一块石头，不知来日大难，要演变到什么地步。

这时候，上海市民对自己的今后命运，做出许多打算，有各种各式不同的想法：

大部分人根据上海历次受到战争的经验，认为租界总是安乐土，"一动不如一静"，静观其变，可能京沪线的战争，会像"一·二八"时期随时可以停下来，或是进行一场有条件的讲和。

小部分人，认为会"长期抵抗"下去，租界虽然能相安一时，但是一旦日军不顾一切地闯到租界上来胡作非为，也是防不胜防的，所以无数与党、政、军有关的人，都不声不响地溜走了。

从租界到国军的后方，最大的一条通道，就是由上海到杭州。凡是没有钱而又怕战祸波及自身的，都向浙江方面逃，逃出去的人数，前前后后也有二三十万。

那时节租界黄浦江中还有几艘英商的太古、怡和轮船，定期来往，有钱又有办法的人，都乘搭这批船只逃到香港，但是人数不很多，其中最著名的人物，就是杜月笙领导的许多上海工商界人士。

宋子文曾经开出一张名单，凡是与政治有关的人物，每人分送所需要的轮船船票，要他们离开上海，再坐飞机到后方，免得将来受日本人的利用。据说这张名单一共有四百多人，包括俞鸿钧以下许多大小官员。

军界中人，凡是退休在租界上做寓公的老军人，亦由当局分别致送路费，要他们各奔前程。只有若干别有用心的人留着不走，如老军阀周凤岐，就是其中之一，后来被暗杀。

一般与党、政、军无关的市民，绝大多数还是留在上海，这许多人认为租界的防范还是可靠，而且既与党、政、

上海租界有外国士兵
和日军站岗，租界内
被称为"孤岛"

军无关，更没有逃难的必要。何况久居上海的人有一种心理："出门一里，不如家里。"就在这种心理之下，上海租界上还是有着四百万的人口。

在这时还有那么多的人口，不但房屋奇缺，屋租飞涨，而且一切食用杂品，来源少而用量大，各行业的生意，在奇货可居的情况之下，比平时更容易赚钱，好多难民向四乡跑单帮，来来往往赚钱，因此无形中添了不少小康之家和暴发户，大家称其为"发国难财"，国难越大他们发财亦愈多。这类人自然不想逃离上海，而且还希望永久乱下去，那样他们的财源可以日增月盛。

这时不少人感到非常苦闷，大家都想找寻刺激，于是娱乐场所的生意利市百倍，最显著的就是舞厅。本来租界上的舞厅不过十多家，到了这时，好似雨后春笋一般平添了几十家，不但晚间有晚舞，下午有茶舞，中午有餐舞，最奇怪的是有几家舞场还举办"晨舞"，竟然一清早就有人在这些舞厅开始蓬嚓嚓地跳起舞来。

除此之外，有一部分人，认为这场战事，中国没有什么希望，不声不响钻头觅缝地找门路去当汉奸。

群丑蠢动　袍笏登场

日本人在"八一三"战事爆发之前，已经收买了许多汉奸，从事破坏活动。初期被吸收去的人，很少知识分子或知名之士，即使是正当商人，也不肯为虎作伥、认贼作父，干这些勾当的只是一批地痞流氓。

日军占领了上海东郊各乡各镇各县之后，所到之处都出现了所谓地方维持会。这些组织起不了大作用，只能欺压同胞。等到接收了整个浦东一区之后，日军就想到要组织一个上海市政府，同时还组织了一个类似党部的群众机构，定名为"新民会"。会员多数有手枪，所以最初的一个时期，都是新民会的世界。日本人的想法虽很周详，但是附和的人，多数目不识丁，只会贩毒或是些一向从事杀人越货以及盗窃的下流分子。

日本人给上海市政府定了一个新名称，叫作"大道市政府"。这"大道"两字，是根据《礼记·礼运篇》之"大道之行也，天下为公"而来的。就字面看，他们认为可

日本侵略军开进上海市区，上海市区沦陷

以博取中国大部分老百姓的拥护，但是一经发表，中国人都笑起来，因为"大道"两字的读音，同于"大盗"，认为大道市政府，就是许多大盗组织的市政府。

大道市政府市长的人选，完全由日本人支配，选了一位苏锡文当市长，袍笏登场，可是这个市长大家都不知道他的来历。到了后来，才知道苏锡文是一个台湾人，因为他肯听话，又精通华文华语，所以被看中了当上大道市政府的第一任市长。市政府设在浦东的东昌路。

第一任警察局局长卢英，虽说本来是南市警察局的侦缉队长，但也声名极坏。他的工作，就是捕杀良民，凡是不肯和他同流合污的，即被指为抗日分子，要捕要杀，为所欲为。

我有一个老朋友，本来是卫生局的一名小职员，平素很爱杯中物，从前常跟我到高长兴酒店饮酒，彼此无话不谈。在战争时期，好久没有见到他。一天，他忽然带了四色礼物来送给我，而且衣饰煌然，气宇轩昂。他告诉我，他已经当了大道市政府卫生部门的高级职员，奉命来和我打交道。我听了他的话，心里觉得很不自在。我说："你什么事都可以做，何以要在大道市政府中当一名'小道'呢？"我的语气实在是说他在大盗之下当小盗。他也明白我这句话，当堂作了一个苦笑。他说："只为了要吃饭，为了要活命，什么事都要做一下。老朋友，请你不要取笑。"我说："做这种事并不是单为吃饭活命，老实说，总有一个野心，想靠此发一笔大财，所以才肯落水。"他说："真是给你一语道破，但是时势转变，老兄也该跟着潮流走，逆流而行是走不通的。"我说："对！对！做这种事情的都是聪明分子，所谓识时务者为俊杰，这是你老兄的人生哲学。"他听了我这句话便说："你的话是讲得透了，但是归根结底，一个人总想发财，所以才走上这条路。"我说："一个人有了财，还要有势，有了势可以满足一切欲念，现在归附到这一个圈子里，是最能倚财仗势、作威作福的。"这些对白虽很简单，却可以代表当时所有汉奸的心理。

狐群狗党　初期汉奸

　　日本人在上海收买的汉奸，初期是一些无恶不作的流氓，最有名的是常玉清。他是一个不识字的旗人，生长在南京，所以能说一口南京话，手下有一千多个徒弟，都是窃盗绑匪和打家劫舍之流。他是一个痴肥的大胖子，拥有许多不义之财，但是没有职业，恐怕被人轻视，于是就在北泥城桥平乔路口开了一间规模很大的浴室，用"大观园"三字作为浴室的名称。这间浴室，每天自早到晚，总有三四百人出入，在浴室内大家都是袒胸露腹，肉膊相见，本来没有什么稀罕，但是用"大观园"为名，稍有知识的人看了都为之失笑，认为这个命名的人，颇有些幽默感。

日军方面给他一个使命，就是在闸北各地段，预先租了好多房屋，他的徒弟们就潜伏在那里，在战事最激烈期间，负责燃放真假信号弹，供给日军作为攻击目标。对日军来说，他确实有些作用，这种信号弹在夜间红红绿绿，直射天空，令国军心理上受到很大的威胁，苦于这班小汉奸，东流西窜，不知从何查起，一时也真奈何他们不得。

直到国军撤退之后，日本人论功行赏，常玉清成为日军旗下的红人，终日盘踞在日本军部所在的北四川路"新亚大酒店"中。他占着一间办公室，声势不可一世。

日军培养出来的汉奸，大都是这一类流氓，文人极少做他们的走狗。只有一个知名的人物叫余大雄，他本是日本留学生，最初在望平街的《神州日报》社担任日文翻译，但是当时的中文报，很少采用日本的特写稿件，而且该报日出一大张，篇幅很少，余大雄无法发挥他的才干。于是他建议每三天出版一张小报，夹在《神州日报》中附送，名称用"晶报"二字，这是表示三日一次的意思。《晶报》编得很精彩，渐渐改为独立发行，销数竟远远超出《神州日报》。《晶报》着重社会上的内幕新闻，执笔的都是一流文人，如张丹斧、钱芥尘、袁寒云、毕倚虹等。余大雄善于奔走拉稿，所以这张报纸办得有声有色，人家替他题了一个外号，叫作"脚编辑"。

从前的小报畅言无忌，对个人隐私，或显或隐地尽量揭露，《晶报》常有惊人的消息，所以销数日广，达到数万。

余大雄这人工于心计，表面上从不暴露轻狂嚣张的姿态，他又善于理财，常常为了一篇揭露社会名流的稿件，敲上一笔竹杠，数目不大是不要的，尤其是贩卖烟土或是走私方面的著名人物，给他按月发津贴，因此他早已成为一个殷富的报人。

他因精通日文，早和日本人拉上关系，待到"八一三"炮声一响，若干报纸都停顿下来，他就潜入新亚大酒店，替日本人做工作，这是日本军部方面红极一时的文人。

常玉清是个粗人，既不会写，又不会讲日本话，一切要靠余大雄传译。因为利益上的冲突，常玉清对余早已怀恨在心。一天晚上，常玉清的徒弟用一把小斧头，就在新亚大酒店的浴室里把余大雄砍死了。这是上海人在战争期间第一次听到的新闻，足见当时汉奸之间，相处也是很不容易的。

繁盛地区　人头高悬

本来日本人蓄意培养许多文人，由庚子赔款中拨出一笔很大的数目，在上海开设一间大规模的"同文书院"。庚子赔款的数目极大，由于清朝在庚子事变中战败，被迫订立城下之盟，每年赔款给八国联军的各个国家，由海关的关税中拨付，从来不曾中断。后来美国首先提议用这笔款项创办清华学校、协和医院等。接着英国、法国也把赔款拨作各项文化事业。日本人把赔款用作侵略性的各种文化设施，如"同文书院"之类。

照例来讲，同文书院的毕业生，个个都是日本栽培而成的亲日分子，可是结果却适得其反，只有一部分愿当日本人的翻译，或在日本商行中做职员，大多数尝够了日本人苛刻相待的滋味，竟一变而成抗日分子。

国军退出淞沪区后，日本人对租界当局还相当尊重，轻易也不到租界上来横行不法，所以租界上的华文报纸，论调始终是坚决抗日，对汉奸毫不留情地大张挞伐，因此报纸的销数就越来越大。

日本军部，也办了一张华文报纸，名叫《新申报》，因为当时上海有两大华文报纸，一张是《新闻报》，另一张是《申报》，他们就以这两张报纸的名字，各取一字，名为"新申报"。可是销路不出虹口，初期在租界上是买不到的，只有少数小汉奸，拿着报纸到人家拍门而入，硬销一份而已。

这时节，《新闻报》《申报》的态度，虽然反日，但并不激烈，倒是无数晚报每天一到下午四时，出现各种极刺激的红色头条新闻，不是说国军如何英勇，就是说日军如何惨败，震撼人心，力量极大。当时最激烈的一张晚报，叫作《大美晚报》，其次是《社会夜报》等。

《社会夜报》的编辑方式是信口开河，所以上海人叫它"野鸡报"，主办人叫蔡钓徒，是上海浦东周浦人。他虽说是文人，事实上却是一个文氓，整天和许多歹徒混在一起，谈吐粗俗，行动乖张，我本来不认识他，仅不过知道他的名字而已。

我行医为业，各阶层的人都有相识。当时上海有一个女相士，叫作菱清女士，姿容娟秀，谈吐文雅，但是身体瘦弱，常请我去看病，我总在出诊将完之时，最后才去菱清家中。她家地处三马路（今汉口路），是交通的中心，加上她好客，交往的都是一时的名士，我到她家中，她总是请我在烟铺上坐下，虽然我不会吸鸦片，但是几位老师都有此癖，所以横在榻上一躺，谈话时觉得极为舒服。

一天，我正躺着与名画家交谈，忽然进来一个粗鲁人物，菱清的母亲开口就说："杀头的！你又来做什么？"那人说："今天囊无分文，要问菱清借二十块钱。"于是菱清的母亲，声声叫着："杀头的！你来总没有好事。"一面骂一面把钱给了他，但这个"杀头的"并不就走，还提起电话叫了一碟蛋炒饭，据案大嚼。

那个"杀头的"吃饱了之后，菱清为我介绍："这位就是蔡钓徒，我母亲说他这个'杀头的'，将来总不得好死！"我微微一笑，由此开始就认识此人。

隔了不过十天，蔡钓徒到我诊所来。我问他："有何见教？"他说："今天实在经济困难，《社会夜报》连买白报纸的钱都没有，想来想去，你一定肯帮忙。"我说："也好，我借二十块钱给你。"他眼睛一瞪，面上横肉都暴露出来，说：《社会夜报》销数成万，你想拿念只洋（沪语之二十元）来打倒我？"我一看形势不对，便说："不问你白报纸要多少，我把今天诊金收入，分一半给你。"他一听这话，形势才缓和下来，拿了钱就走。

隔不上三天，他竟然又在我门诊将毕时，等在候诊室中。我心想长此以往，不胜其扰，便对他说："今天再给你一次，也是最后一次，下不为例。我的隔壁就是老闸捕房，探长尤阿根曾经告诉我，要是有人来滋扰，只要打电话给他便是。"蔡钧徒一听见"尤阿根"三字，顿时默不出声，接过我给他的二十块钱，郑重地说："我再也不来了，但请你在尤阿根面前不要提起这件事。"从此我就不曾再见过他。

蔡钧徒办的《社会夜报》仍然每晚出版，头条新闻很够刺激，但是十之八九出于虚构，不是骂上海名流私通敌人，就是说日军败绩，虽然多数出于杜撰，但是有时也有些真实新闻，别的报纸不敢登，而他竟然全部刊出。

就在日军军部占据新亚大酒店的一段时期中，《社会夜报》突然停版，在停版三天之后，上海忽然曝出一件大新闻，说是在法租界薛华立路（今建国中路）法院附近的电线杆上挂着一个骇人的人头，从早到晚围观者成千上万，当天大家都不知这个人头是什么来历。

人头出现的次日，《时报》用红色大字刊出一个大标题——"蔡钧徒砍头"，这一来大家才知道原来这是蔡钧徒的头颅。

究竟蔡钧徒被谁砍了头呢？报纸上只说由虹口方面运来。于是读者纷纷推测，有人说他骂日军骂得太厉害，也有人说这是汉奸内讧的杰作。又过了一天，独有《时报》刊出蔡钧徒头颅的摄影，又白又胖，双眉倒垂，两眼凸出，令人惊骇！

那时节，《时报》的采访部主任是胡憨珠兄，我和他是多年老友，就问他："蔡钧徒杀头的内幕究竟如何？报纸上隐约其事，不够清楚。"他就原原本本地告诉我。原来那时蔡钧徒曾经一再进入新亚大酒店和日本人打交道，领到很大一笔津贴，但是他用的是两面手法，在租界上见到的报纸是红标题骂日本人，而另外印一批报纸同样也用红色标题，却是大捧日军，每天着人送往虹口报销。

有一天，他在妓院中玩得昏天黑地，报纸没有派人送去，日本人为了汇集整理，着人向租界方面买了几份，一看大标题，竟然是大骂日本人在某处奸淫掳掠，骂得有声有色，日本当局大为震怒。

到了次日，蔡钧徒派人补送昨天的报纸，日本方面的人拿来一看，与他们买到的报纸，头条新闻记载恰恰相反。日本人当时不露声色，引诱蔡钧徒到虹口，拳打脚踢，使其全身受伤，在他极度疲乏时，车拉到江湾体育路，叫他自己掘了一个极深的泥坑，令他站在坑中，由常玉清的徒弟，把泥土倾倒下去，埋了他的身子，等他断气之后，把他的头割了下来，送到新亚大酒店销案。

这个头颅首先浸在浴缸中，到血液流清之后，面孔又白又胖，于是送到法租界挂在电线杆上示众。照日本人的意思，是把不忠实而用两面手法的汉奸们作为惩戒的示范。憨珠兄还说："《时报》登出这个头颅，是从法租界台拉斯脱路（今太原路）验尸所中摄到的，所以特别清楚。"这时我就想到菱清的母亲，叫蔡钧徒为"杀头的"，竟被言中。菱清女士说他将来总不得好死，也说对了。

人口突增　空屋皆满

战事逐渐扩大，住在战区的老百姓，纷纷向租界上逃来，不仅是上海四郊的人，连苏州、无锡、镇江、南京的人也都避难到上海，于是上海租界的人口，突然间直线上升。

我回忆起民国二十六年（1937）"八一三"之前上海的房屋情况，与香港是完全不同的。上海的房屋，在南市都是旧式宽敞住宅，有庭有院，屋高二层，深度则有二进三进至五进，每一进必有一大厅，厅的四周都是居室。富有的人家，全家住在这么大的住宅里，一如电影中描写的书香门第一般，要是家道中落的话，才分租一部分给人家，但是上海的法律对欠租的追索，没有香港那么严厉，因此住客欠上两三年的租金并不为奇。所以业主有了空屋，除非是相熟而有信誉的人，一般是不肯随便出租的。

无家可归的难民

　　闸北方面，穷苦的人比较多，很少有南市那么大的宽大住宅，而且以一层的平房为多，住的人多数是劳苦阶层。

　　租界上的房屋就完全不同了，大多数的住宅都是弄堂房子，叫作"里"或"坊"。公共租界最有名的是"大庆里""会乐里"，法租界最著名的有"宝康里""霞飞坊"等，里弄内的房屋，多数是二层楼石库门的房屋，分一上一下、二上二下、三上三下等几种，房屋的形式，有厅有房，还有附属的亭子间。此外新式的洋楼，是三层楼都归一家居住的。

　　从前富有的人，从事于置业，新屋造成之后，租得出与租不出是一个大问题，选择住客又是一个大问题。我清清楚楚地记得，在战前空屋之多，不可胜数。举几个例子来说，我最初在南京路望平街口的诊所，位置在上海公共租界商业中区的一座楼宇中，当时的房租不过五十银元，亲友已认为太富丽，晚间空闲的时间，供严独鹤、周瘦鹃等作俱乐部之用。后来我的诊务较有把握，就搬迁到先施公司斜对面黄楚九造的一座新楼中。这座新楼，大约有写字间三百间，租出只有二十多间，我因四周空屋太多，冷清清的不惯孤寂，恰好新新公司对面新建了一个慈安里，前面是新新公司，后面是新光大戏院，我觉得地点不错，就搬了过去。初时房租是一百九十五两（每两约合银元一元四角，计数有时高些，有时会低些），我住第一弄第一家，那时节人口少而房租贵，所以前前后后都是空屋。

例如那时的南京路上，有一大排哈同洋行的新屋建成，无人问津，空置了二三年之久，其间只开了一家粤菜馆，叫作"新雅酒楼"，在当时可说是第一流的粤菜馆，不仅地方宽大，而且菜好茶靓，厨房的设施清洁异常，顾客可以随时入内参观。但是从民国二十四年（1935）到二十六年（1937）那一段时期，新雅酒楼生意很清淡，积欠租金两年，业主哈同洋行一再通知他欠租可以从缓付给，但切不可结束业务，可见那时节空屋有人来租，业主是很迁就的。

"八一三"战事一起，不过三天时间，整条慈安里，住得满坑满谷，我就觉得这个地方只宜于作诊所，不宜兼作住家，我就想到法租界亨利路（今新乐路）永利坊，马路清幽，房屋华丽，空着无人过问，就到永利坊租了一座三层楼的新住宅，房租为一百五十元。那时永利坊还有空屋二百多间，因为房租太贵，空置已达二年，一般居民都望而止步，而外来的逃难客也对之不敢问津。谁知道战事一紧张，不过二十天的时间，全部租了出去。老牌电影皇后胡蝶，由虹口北四川路余庆里，逃入租界，就住在我的贴邻，可见得那时房屋的紧张程度已达巅峰。

从前上海人互相询问，总是问："你家是二上二下呢，还是三上三下呢？"有一天我遇到江亢虎逃难到上海，他是一个野心勃勃的人物，留美回国后，组织党团，各方面都排挤他，于是成为一个穷教授。我问他住的楼宇是什么形式，他说因为一时租不到相当的房屋，只租到一个"六上六下"的旧楼。我就觉得奇怪，何以他一家要住这么大的屋子？看到我有些诧异的神情，他就解释说："我说的六上六下，不是六上六下的'六'字，实在是落上落下的'落'字。"原来他住的是楼与楼之间搭的一个阁楼，一天总要落上落下好几次，上海话的"六"字与"落"字同音。

后来人口越来越多，凡是有余屋可租的，都租了出去，包租的人大发其财，所以后来有一出滑稽戏叫作《七十二家房客》，就是形容当时房屋与住客的严重挤迫情形。

战争挫败　租界繁荣

从前上海建造房屋，二三层楼的屋宇，自申请到批准，需要经过工务局和救火会的审核，但时间是极短的，有办法的人只要一个星期便可获得执照；这时申请建屋突然增加，无数房屋先后筑成了，一下子吸收了几十万外来的难民。我记得吕宋路（今连云路）有一块很方整的地皮，里边建了几十间商店，构造简陋，形似路边的摊位，只是四周的墙是用红砖砌成的，不过两月时间，各式各样的商店都开了起来，中间还简单搭了一个城隍殿，因此这个地方，被称为"新城隍庙"。它吸引了无数善男信女来参拜，竟然车水马龙、香火鼎盛，逢到初一月半更是拥挤不堪。

上海南市本来有一个城隍庙（又称邑庙），范围极大，供奉的那位城隍，是曾经对保卫上海有功的秦裕伯，他的塑像是根据他生前的画像塑成的。秦姓子孙繁衍，我有一位同学是当时上海名医秦伯未，就是裕伯公的后裔，故以伯未为名。有一天我和秦伯未两人一同去参观那间新城隍庙，见到供奉的那个城隍，非但与裕伯公的相貌不同，而且不是塑像，原来是随随便便粗制滥造用木头雕成的。后来经过调查，才知道这个新城隍庙，就是向来从事娱乐事业的"小世界"老板陆锡侯所建造，包办香烛的人，全是上海一班黑社会中人，但是若干市民是盲目的，觉得租界能安居乐业，一定要向城隍庙膜拜还愿，所以这个新城隍庙的盛况，竟也不输于盛平时期的老城隍庙。

这时候，许多贫苦人家，只要肯走肯跑，都可以到四乡去走单帮，作物物交换，很多人家都成为小康之家，这些人有了钱之后，便想到要享受一下，常到菜馆去进餐。上海那时节高等菜馆很多，因他们不懂得点菜技术，所以都拥向较为大众化的本地菜馆，这一流菜馆，有一个大致相同的名称叫作"老正兴"。在极短期间，上海添了好多家新开的老正兴。

本来上海有钱的人，因为战争爆发，地价飞升，房租高涨，他们便越来越有钱。第一种消费就是吃，于是新开的餐馆也很快增加起来，特别是粤菜，因为虹口失守之后，这一行的人都逃向租界，纷纷开设大大小小的粤菜馆。其中有一位粤籍大商家钟标，本来在北四川路桥堍集资自建一家规模宏大的"新亚大酒店"，自从该旅店被日军占领之后，他就率领员工，到租界中心来开设粤菜馆。他开的菜馆都有一个"华"字，第一家是京华，接着又有荣华、新华、美华等，上海"华字头菜馆"，都是很够气派的。

前方浴血　后方作乐

上海虽是孤岛，但是四乡来的居民越来越多，他们初进洋场，无非是先到大世界去玩玩，看看哈哈镜，许多人会笑出眼泪来；而且那时大世界百戏杂陈，应有尽有，门券只收两角小洋，可以盘桓一天。

久居上海的人，因为苦闷无聊也要找娱乐，跳舞场越开越多，一部分小户人家生活困难，把清清白白的女儿，多送进跳舞场当舞女。只是上海原有的妓院，在抗战时期大大消沉下去，因为妓院的规矩多，消费大，不适宜一般人，所以妓院关闭的很多，好多妓女也转移到舞厅改操搂抱生涯。

京戏院的生意也好到极点。向来京戏每年要到北平去

上海沦陷后醉生梦死的人们

请名角儿来演唱一个时期，这时南北交通中断，京角儿没有法子来，因而成了海派角儿的世界，特别是麒麟童排演的海派连台本戏《文素臣》，卖座满坑满谷，其他戏院排演《西游记》《火烧红莲寺》生意也都极好。

当时的电影界，因为拷贝外销困难，不易发展，最大的明星公司，设在枫林桥，被轰了一炮，完全烧光，其余的联华和天一两大公司也陷入停顿状态，演职员们纷纷另想办法，于是话剧团体就乘机崛起，占据了好多家戏院。其中最早的一个，就是辣斐舞厅旧址改建的辣斐戏院，初期职员都不支薪水，每天只领些钱作零用，伙食由剧团开大锅饭，可是他们的剧本编得相当好，演员都是一流明星，所以演出之后，轰动一时。这班演职员戏散了之后，就在戏台上打地铺过夜，后来收入渐渐好起来，一部分人便迁居到吕班路（今重庆南路）吕班公寓，也是一间房中，往往住上十多个人，睡的都是地铺。

辣斐戏院有了相当成就之后，接踵而起者，有不少投资于话剧，大规模而十分精彩的话剧都在这时纷纷上演。

我记得唐槐秋主持的中国旅行剧团演的一出《葛嫩娘》，剧本好、演员好、服装好、道具好，轰动一时，剧本描写明末许多名士和武人，卑躬屈膝地向敌人投降，这完全是一出讽刺汉奸的好戏，所以看得大快人心，场场满座。

越剧（绍兴剧）也是在这个时候蹿起的，因为这时电影院无片可演，越剧便打进了电影院，如青岛路的明星大戏院等都演越剧。当时还有一批电影界中人，帮着他们从事服装、布景、音响、灯光的工作，所以越剧的形式，从这时起为之一变，称作新越剧；又因越剧唱词简单明了，所以成为当时上海老太太和家庭主妇以及女界唯一的嗜好。

除了越剧之外，还有一种申曲，此时改名沪剧，竟然也打进戏院。如英租界的新光大戏院、法租界的恩派亚戏院等，演出的都是申曲的名角，如王筱新、筱文滨、施春轩等，有几个女演员王雅琴、筱月珍，或以貌称，或以艺胜，亦曾风靡一时。

家家储粮 米商发财

战事离上海越来越远，人们抗战意志消沉得很厉害，看严峻的情势一天一天地迫近南京，国民政府并没有求和的意图，报纸上所提到的口号仍然是长期抗战，最响亮的口号叫作"抗战必胜，建国必成"。大家就想到这一次的战争，可能会拖长下去。

大家想到苦难的时期来日方长，不能不有所准备，上海租界成为孤岛，人口一天天增加，大家怕人口一多，米粮会断绝，因为上海人吃的米，一半是靠常熟、太仓运来的，一半是外洋运来的暹罗（泰国旧称）米。而常熟、太仓的米，不能储藏太久，唯有暹罗米，经过机器的焙干，可以久藏不变，于是大家就抢购暹罗米，我也将每天收入陆续用来收购一些，堆满了一间小屋。

这时节，租界上通用的货币，还是中央银行的钞票，战事展开了很久，法币的价值竟然没有动摇，除了中央银行的钞票，还有中国、交通、农民以及四家小银行的钞票，外国银行的钞票并不通用。大家对法币币值一点也没有怀疑。除了米价和五洋杂货略涨之外，其余没有什么波动，这是抗战开始之前，国民政府聘请英国人鲁斯爵士研究出来的方案，一定要把全国所有的银元收归国库，使民间不可能把银元作买卖的单位，那么法币就不会动摇，这是长期抗战的一种法宝，要是币制一动摇，抗战是不能持久的。尤其是上海的金融，能影响到全国，所以这一次抗战能长久维持下去，鲁斯有功焉。

上海的主要粮食及副食品，始终供应如常，这要归功于许多跑单帮的小商人，他们不知疲倦地在四乡搜购米粮

淞沪战事期间
疯狂抢购食物
的市民

杂物，虽说他们都发了财，可是对一般市民来说也是有功的。只是跑单帮的人，喜欢携带轻便的物品，而跑米的人，因为米重得厉害，最是辛苦，但是利益也相当丰厚。

米业公会的首长因为贩运米粮大发其财，不原谅的人，都骂他是米蛀虫，其实要是没有他采购大批米粮，上海的米价还要贵得多。

上海还有一位航运界名人虞洽卿，他从香港采购了很多暹罗米，由太古、怡和船只运到上海，虽然也有人说他运米发财，但是上海米粮没有中断，他是有功绩的。初时他留在孤岛，也没有离开，直到太平洋战争开始之前，才到内地去的。

首都沦陷　大肆屠杀

战事情况越来越恶劣，到了十一月二十一日，中日两方军队在嘉兴、南浔作战，二十三日无锡失守，三十日常州沦陷，江阴要塞也失掉了，镇江防无可防。

到了十二月九日，敌军迫近首都南京，发出一个最后通牒，要国民政府无条件投降，配合着日本首相近卫文麿的"膺惩支那"宣言，声称一定要打到中国屈膝为止。这个通牒措辞强硬，令人毫无还价余地。

本来抗日战争，论武器的精良，中国实在不是对手，而将士竟然能如此坚强抵抗，打破了日人三天打到南京的美梦，靠的完全是士气，虽然节节败退，但是"屡退屡战"，

日军占领上海后，市民纷纷逃难

日军死了不少人，这是他们始料不到的。

国民政府大员早已撤退到了汉口，南京移交军人防守。到了这时，日军已兵临城下，国民党军队士气大大地消沉下来，最高当局召集许多名将，商讨今后战略。大家一致认为宁为玉碎，不为瓦全，虽然对防守南京没有多大把握，但是决定不理日军的最后通牒，一定要决一死战。

这时有一个勇而无谋的唐生智，慷慨激昂地向当局请缨，自愿负责防守南京，要求一切军权都交给他。最高当局认为唐生智精神可嘉，所以便把这重大的责任交给了他。同时当局把大部分军队整编之后，在汉口另设一道防线。

南京防守之战，国军完全处于孤立状态，四周都是日军，待到日军大炮运到，开始猛烈进攻，只打了两天，南京的防线就被打破了。

日本军队在十二月十七日浩浩荡荡地侵占了南京城，因为他们原以为占领南京易如反掌，万不料从八月十三日起，拖了整整四个月，所以一到南京，兽性大发，实行大屠杀。那时死亡的数字，传说是十几万人，我后来从日本人所作的《南京占领记》中看出来，中国人在这一役中一共死了六十万人。

日本投降之后，有一个日本人写过一本书叫作《南京是怎样占领的！》，书中刊出一百多幅奸淫掳掠和排队杀人的图片，这本书在一个月内销售一空，日本人民才知道当时军队的暴行，也纷纷加以谴责。我知道了有这本书出版，但是托人购买始终买不到，据说这本书使得日本朝野震惊，不知怎样一个转变，这本书就在市场上绝迹了。

后来我到日本游历，到旧书店去找寻这一类的"反战"书籍，可是我在东京神田区一百多家旧书店中，偏偏找不到这一类书籍。不过日军在南京施暴时期，当时上海租界上的外国记者还没有撤退，所以发到全世界的电讯，都描述得非常详尽，全世界都震惊起来。日本朝野对此事也反应不一，大约也有不少人反对军人的横暴，认为其有辱国家的名声，所以后来每占一城，没有像占领南京城那么惨烈的屠杀，多多少少因受到中外舆论指责，不得不加以约束。

第四章

褚民谊糊涂一世

民国时期，上海公共租界内的欧战和平纪念碑

民国十六年（1927）北伐成功，蒋介石在南京建立了国民政府，当时的老百姓对政府各首长都很仰望钦羡，但"中央委员"在上海与市民接触的人不多，第一个到上海来的"中央委员"，就是褚民谊。

初到上海　表演踢毽

我们最初知道的褚民谊是一位留学法国的医学博士，汪精卫当行政院院长，他就做行政院秘书长，汪精卫当中央党部主席，他做中央党部秘书长。他第一次到上海，参加了在公共体育场举行的市立学校运动会，站在演说台上，个子很高，发音洪亮，讲得头头是道，当时受到无数青年的拥戴。在运动会上，他又参加了一个踢毽子的表演，他踢毽子的功夫很高，不但手脚敏捷，而且花式繁多，令全场学生为之鼓掌不已。他和上海的一班新闻记者搞得很好，谈笑风生，一点也没有架子，所以在他表演踢毽子之后，各报一致热烈捧场，还刊出他踢毽子的照片。

不久，褚民谊又在民立中学演讲了"打太极拳的益处"，跟着他又在报上发表了一篇"太极操讲义"，是将太极拳化为团体操，于是各学校纷纷加上一课太极操。当时褚民谊有一句口号，叫作"救国不忘运动"，上海人对他的这

在下关码头列队欢迎日本特派"大使"的褚民谊（中）

种举动着实拥护。

　　褚民谊平时常穿西装，但有事时喜欢穿蓝袍黑褂，和人谈话极为客气，与一般人交往频繁，一点没有官架子，大家都称他为"好好先生"。他又写得一手颜体而有柳骨的好字，好多报纸刊登他的墨迹。此外他还手写过一部《孝经》，印刷很精美，流传极广。大家对他刮目相看，认为他虽是留法学生，但是还能保持中国士大夫的风范。

再到上海　结交闻人

　　那时节，上海商务印书馆有一位专门联络各学校推销教科书的职员，名叫黄警顽，人称"交际博士"。他有一种特别的本领，只要他和这人见过一面通达姓名之后，就

张啸林

会永远记在心头，哪怕隔十年八年不见面，见面时他仍能呼出其人姓名，所以人人对他都有一种亲切感。褚民谊重来上海，得到这位交际博士的帮助，更是活跃，认识了无数上海知名人物。

本来黄警顽所认识的人，以文教界及商界知名人士为最多，他介绍给褚民谊认识的也不出这个范围。有一天褚民谊突然向黄警顽说："我想见上海的'闻人'张啸林。"黄警顽期期以为不可，并说："此人声名不佳，你是中央大员，以不接触这种人物为妙。"但褚民谊不以为然，他说："为了要深入民间，这人我在法国已经听到过他的'大名'，见见何妨。"黄警顽迫于无奈，只得先和张啸林通了一个电话，说明来意。张啸林大喜过望，就说："今晚我为褚委员洗尘，立刻送请柬给你转交。"

民国时期，上海妓女"十美图"

片刻之间，张啸林的请帖已经送来。当晚褚民谊就请黄警顽陪着同去，宴客的地方是在四马路（今福州路）大西洋西餐馆，陪座的都是法租界的名流，其中也有不少游侠儿做了座上客。

张啸林是所谓法租界"闻人"，人很粗鲁，脾气暴躁，但是他认为一位南京中央委员到上海，首先指名要认识他，这是无上光荣，所以那晚特别高兴，对陪座的人一一介绍。

褚民谊在席上作了一个简单的演说，他说："我在法国的时候，有一个法国留学生，特别推崇上海的一位豪侠张啸林，所以我到上海就要一识荆州，今天见到了张先生，果然觉得他豪爽非凡，十分幸会。"

主人敬酒上菜之后，张啸林要黄警顽转问褚民谊："可不可以叫堂差（即妓女）？"黄警顽很拘谨地不肯转达，不料褚民谊早已听到，很爽快地说："大家随便好了，我绝不介意。"于是大家纷纷写局票，不上二十分钟，果然全场莺燕乱飞，到了妓女一百余人。何以妓女来得如此之快呢？因为这家大西洋西餐馆，就开设在妓院区域的附近，所以一群妓女能在片刻之间到达。

张啸林也替褚民谊叫了两个妓女，褚三杯酒落肚之后，见了这两个如花似玉的美人儿，也放浪形骸，大乐特乐。

从前的妓女出局，必然有一位琴师跟着，坐定之后，照她们的规矩要唱一段京戏或是小调。那晚因为妓女人数太多，张啸林就指定几个唱得好的唱几段京剧。褚民谊一面听歌，一面用手轻轻拍板，张啸林是唱"黑头"的，不觉技痒起来，唱了一段。不料褚民谊听了，逸兴遄飞，戏瘾大发，便叫琴师操琴，他也引吭高歌了一段"草桥关"，唱得响遏行云，大家听得都呆了。

这一晚的宴会，气氛非常热闹，黄警顽虽是交际博士，但对这种生活极不习惯，那时他三十岁左右，已经抱了独身主义，所以对这种声色场合极为不习惯，不等席散，先自溜走。那晚直闹到深宵二时，由张啸林亲自送褚民谊回寓所。

次日，张啸林又在会乐里妓院请客，一连数天。褚民谊本来就很随便，又经过张啸林多次请他到妓院中玩乐，中央委员的尊严，一扫而空，荡然无存。

张啸林在妓院中宴客，黄警顽并未参加，但是在他商务印书馆的办公桌上，却放着三张妓院请客的局票，同事之间引为咄咄怪事。

游杭携妓 求签问卦

有一天，褚民谊亲自到商务印书馆去看黄警顽，轻轻地问他，为什么张啸林屡次请客，他都不到。黄警顽愁眉苦脸地回道："我在外间虽有交际博士之称，但是从未踏进过妓院，而且在'商务'地位不高，仅是一名交际员而已，所以未便奉陪。"谈话之间，总经理张菊生走到黄警顽面前，要他介绍与褚民谊相识。于是延入总经理会客室谈了好久。

张元济（菊生）是一位前清翰林，学问很好，待人极诚恳，对褚民谊着实恭维了一番，希望他对文教事业多多贡献，临别之时，又亲自和黄警顽两人恭送到门口，褚民谊也鞠躬告退。

不料在握别之际，褚民谊从怀中取出一张火车票，向黄警顽手中一塞，只说了一句话："我要你陪我到杭州西湖玩一次。"

黄警顽迫不得已，只得向商务印书馆方面请了假，陪同褚民谊到杭州去，同行的还有张啸林。张啸林原是杭州人，这次有褚民谊同行到杭州，他自己更显得威风凛凛，一切行动出乎常规。报纸上虽然不敢揭露只字，但是他俩的行踪已为当地学术界所不齿，尤其是之江大学请褚民谊去演讲，他竟然表示事情太忙，加以谢绝，反而陪了一个妓女到"月下老人祠"去求签，那时黄警顽也在场，文教界人士为之大哗。

黄警顽回到上海之后，张菊生早已接到杭州分馆的报

落寞的晚年黄警顽

告，立刻令黄警顽到经理室问话。张氏开口第一句说："褚民谊到上海结识张啸林是不是你介绍的？"黄警顽点头称"是"。第二句问："在上海召妓，你在场不在场？"黄氏又点头称"在"。第三句问："你在杭州是否天天陪他游玩？"黄警顽点头称"是"。最后张菊生问："褚民谊偕同妓女往月下老人祠求签，你有没有同去？"黄警顽仍然点头称"有"。

张菊生很严肃地说："商务印书馆是中国最大的文化机构，褚民谊看来是一个糊涂虫，你同他一样的糊涂，实在要不得。将来舆论的攻击，当局的指责，会因你的陪伴导引，影响到本馆的声誉，所以不得不对你作停职处分。"黄警顽听了张的一番话，只有不作一声而退。

黄警顽一生谨慎，向无越轨行为，这一次竟为褚民谊所累。但为了这种事情而被停职，是他自己意想不到的，而且因这类不名誉的事情而被革退，要影响到他一生的前途。

那时节我与褚民谊并不相识，但是与黄警顽相交有年。黄警顽在停职之后，经常失眠，一天，他来向我诉苦，我就邀他同到老正兴小叙，上面所述，都是他亲口告诉我的。

我对褚民谊的接近民众、提倡体育，印象本来不坏，可是听了黄警顽的一番话之后，对褚民谊的看法也有点改变了。

黄警顽失业后，抑郁潦倒，但是他对推销教科书很有办法，结果仍由商务印书馆总务科长张效良把他找回去恢复原职，但是这一次他受到精神上的打击很大。

排除中医　全国反对

民国十七年（1928）间，褚民谊奉汪精卫之命，召集中央卫生会议，汪精卫想做一个维新人物，模仿日本明治天皇的"明治维新运动"，以废除中医来作为第一炮。

褚民谊到了上海，又想到黄警顽，要利用他来联络各方。黄警顽很坚决地拒绝了，并且说废除中医这件事不但全国偏僻省份行不通，连上海都会引起极大反对的。同时黄警顽告诉他为了陪同他游杭州，已经打破饭碗，这次恕不奉陪。褚民谊怅然若有所失，也不再勉强黄警顽。

黄警顽一方面告诉我，汪精卫有废除中医的主张，要我们当心，同时他还透露，这次是有外国大药厂筹集好大一笔经费来推动这主张的。

到了民国十八年（1929）二月十一日，在南京举行了大规模的中央卫生委员会议，被邀的卫生委员，是中央医院院长，各省市医院、医学院的院长，以及各省卫生署各市卫生局的首长，完全是西医，一共到了一百二十人。

汪精卫在会议席上演讲说："中国卫生行政最大的障碍就是中医中药，如果不把中医中药取消，不能算是革命。日本能强大，全靠明治维新，明治维新能够一新民间的面貌，就是废除汉医汉药，所以卫生会议要负起全责拟订议案，交由政府执行，才算完成革命大业。"褚民谊也有演说，而且一切联系和推动都由褚民谊安排，会期一共三天，通过了废止中医的议案。次日，全国各报都发表了这个惊人的大新闻。

那时言论很自由，首先提出严厉反击的是南京总商会，接着上海总商会以及各报的社论也大肆攻击，其时恰巧全国商联会正在开会，发出一个郑重通电，对政府此举表示反对。这是国民政府建都南京后受到民众责难的第一炮，因为除了西医界赞同之外，民间人士全部反对。

我们上海的中医界，立即通电全国中医团体，在上海召开全国中医药团体会议，约一月后，全国各省各市各县代表都到达上海，就在三月十七日举行全国代表大会，结果推定谢利恒、张梅庵、隋翰英、蒋文芳、陈存仁五人为请愿代表。我们到了南京分别谒见各首长，才知道这些政府首长个人都不赞成这个议案，如林森、谭延闿、于右任、陈果夫、陈立夫、戴季陶等。接着代表们又晋谒蒋介石，他只说了两句话："中国人都靠中医中药长大的，你们的请愿书就会得到批复。"到了这时，我们才明白汪精卫的处境是极端孤立的，褚民谊更起不了作用。

这样一来，汪精卫就大为震怒，首先由中央社发出一个褚民谊发表谈话的电报，题目叫作"土车与汽车"。原文节录如下：

今旧医既以国产为号召，则吾有一适当之比喻，试以汽车与土车，电灯与油灯言之。土车油灯国产也，汽车电灯非国产也，岂有今人不用电灯而用油灯，不乘汽车而乘土车哉，则知物竞天择，适者生存，优胜劣败，天演公例，断非国产二字所能范围人心，国粹一词所能阻碍进化也。旧医之国粹国产哓哓于人前，直无异使用电灯者用油灯，乘汽车者乘土车，引人入退化之途，大开其倒车，自身开倒车，而强人亦随之退化，岂可得哉。徒见心劳日拙耳。且人类之进化无已，疾病之繁复亦愈甚，疾病之所以繁复，虽由于水土之不适宜，饮食起居不调节，而最大之原因，则病菌之繁复，实有以致之，是故正本清源之方，应先致力于病理学与细菌学之研究，而研究病理学与细菌学，必先具有科学上之基础学术，如数学理化地质博物解剖组织生理卫生等皆是。今旧医乃数千年以前之产物，夫以数千年前人类生活之简单，较之今日人类之繁复，相去岂啻霄壤哉，而谓适应于数千年前者，亦能适于今日耶？不宁惟是，今日吾国各种学术，百不如人，方引为奇耻，而力图精进，乃谓医学独可保守，不图进取乎？今假令旧医从兹得势，新医从此消灭，科学无事乎研求，病菌一任蔓延，而死亡日众，人口日减，纯任其自然，则若干年后，无需外人之任何侵略，吾族必日趋于消灭矣。是故吾人于新旧医学，非有所好恶于其间也，感于时代之进化，民族之存亡，不得不惟科学之真理是求，而大声疾呼，发聋振聩也。虽然，列强之医学，今虽臻于科学化，初非一蹴而成者，其始之浅陋，亦奚异于我，盖亦循序渐进，递变而成者，特外人不甘保守，勇于进取而国人善于保守，惮于进取，不惟惮于进取，抑且阻挠他人之进取。

这段谈话刊布之后，中医界觉得很不利，我就草拟了一篇驳复的文字，交申新通讯社发表。原文节录如下：

至言医药之新旧，谓中医等于土车，西医等于汽车，一若中医天然必至淘汰之途，然医药实无分新旧，要以实验为依归。近年来全世界咸知麻黄为特效药，"阿特拉灵"之销数，遍于全国，人人认为新药，孰知此即先生所认为应淘汰之旧药也。如山道年乌路托，无一非中国年销五千万之中药原料也，方今德国研究若狂之汉医药，被人目为新知者，亦即先生所认为应即淘汰之旧药也。数千年来，中医治病，成绩具在，前者中国未尝因无西医而死亡率倍加，今者中国亦未尝因有西医而延寿率激增，西医有长短，中医亦有长短，此乃国人一致之断语，愿中西医界各取人之长，以补我之短，毋谓中医不合科学，应即废止。孙中山先生建国大纲，首言西人昔日笑我饮猪血酱油，认为违背科学，其后始知猪血含铁质甚富，有补血之功，酱油含维他命成分，有牛肉汁之效，乃创行之非艰，知之惟艰之说。然则中医之不尽合科学，盖亦吾人行之而不知也，是以吾人治病，恒能愈西医不愈之病，此行之而不知及知之而不行之故。否则科学万能，西医来华，即能使中医无自存之可能，何劳西医界西药界奔走会议，以政治势力消灭中医药哉？今日中医界之势力，单就上海一市而论，中医达二千人以上，西医不出五百，中药贸易年达九千万元之巨，中药职工达万人之多，中医常识之报纸，销达数万份之多，如中医消灭，则西药销数，自当十倍此数，然则中医之取缔，实乃造成西药畅销之机会，中国虽富，恐亦不胜此巨额漏卮也。况乎当此西药商百计推销出品之际，经济侵略其实可虑，素仰先生以党国为重，掬诚上陈，或不以土壤细流而忽之也。（下略）

两段原文都很长，各地报纸全文披露，接着中西医在报纸上掀起了论战。可是最后，还是卫生部部长薛笃弼公开表示："这个议案已搁置不予执行。"这一场震撼全国的大风波，也就烟消云散了。中医界为纪念"三一七"请愿事件，定此日为"国医节"。

粉墨登场 引起非议

褚民谊爱好戏剧，对昆曲更感兴趣。本来昆曲是戏剧中最古雅的一种戏，一般文人雅士都喜欢按谱寻声，褚民谊曾经手写影印过二本曲谱，分送同好。

有一位剧评家徐慕云，江苏徐州人，编著一本《中国戏剧史》，但没有钱付印，原稿被褚民谊发现了，他问："这样一本好书，为何不印？"徐答说："印这部书非六千元不行，我哪里有这么多钱呢？"褚民谊听了很慷慨地允诺资助三千元，而且打电话给当时哈同花园的总管姬觉弥，要他也负责三千元。姬觉弥一向对中央大员怕得很，不能不答应下来。于是《中国戏剧史》得以由世界书局付印出版，时在民国二十七年（1938），书的后页列褚民谊为主编者。

初时褚民谊唱的是昆曲，曾向红豆馆主溥侗请益，但是功夫很浅，所以又花钱请了一位仙霓社的华传浩练习身段和唱工，不久又因张啸林的介绍，认识了金少山。

那时节的金少山，原本住在上海六马路（今北海路）中央旅社，因为他在房间里养猴子、养狗，有次金不在家的时候，猴子忽然开放浴室的水喉，闹得满屋是水，中央旅社就下逐客令，请金少山迁地为良。金少山搬到郑家木桥附近的大方饭店下榻，故态复萌，又积欠了不少房金，褚民谊为了要学戏，时时替金少山偿付积欠。有年，褚民谊做了一袭质料极好的大氅，金少山见了爱不释手，坚要褚民谊借给他穿几天。金少山穿了大氅，到处拜客并向人说，这件大氅是褚委员所赠，弄得褚民谊毫无办法，只能把大氅送给金少山，自己另外再做一袭。

汪精卫重返政坛，在上海举行改组派的全国会议，褚民谊当筹备主任，因为租界上向来不欢迎任何人作政治活动，公共租界对此加以拒绝，褚就和张啸林、黄金荣等商量。黄说："我只有一个大世界游乐场共和厅，可以借给你们，但是开会时间限上午，事前不宣布，开罢了会，一走了事可也。"褚民谊不加考虑便答应了。汪精卫就在大世界共和厅举行会议，选出了几十位中央代表。

这一次会议，报纸上讥讽得很厉害，说大世界游乐场共和厅是群芳会唱的所在，所谓"群芳会唱"，即汇集全上海善唱的妓女会唱之所，现在竟然在此举行政治会议，认为是大笑话，太儿戏了！

民国二十五年（1936）夏天，张啸林六十岁生日，在海格路（今华山路）大沪花园唱两天堂会，那次最扫兴的是金少山不来参加，褚民谊京戏唱不成，只能以"乐天居士"别署，粉墨登场，演唱昆剧"训子"演关公，由票友沈恒一配演关平，报章上虽未公开攻击，可是挖苦他的人却说张啸林做生日，害得褚民谊"老爷上身"，一时传为笑谈！

为美人鱼 擦油拉马

民国十九年（1930），全国各省渐渐打成一片，由朱家骅筹备第一次全国运动大会，在杭州梅东高桥举行，各省选派的运动员纷纷到达，汇集在西子湖滨各旅馆。

运动会举行，一连几天，其中最出风头的，就是哈尔滨选派出来的短跑健将孙桂云、吴梅仙、刘长春和上海篮球健将陆钟恩等，还有华南来的足球队，阵容甚为强大。

在运动会期间，褚民谊天天和男女运动员混在一起。有一天，上海各报突然刊出一段花边新闻，说许多女性赛跑健将，在出赛之前，都要在大腿上擦上一些松节油以舒筋络。这项工作的负责人，竟然是堂堂委员褚民谊，他那擦油时的神态，都被收入镜头，一经刊出，观者无不失笑。

第二次全国运动会在南京举行，有一位华南选派出来的游泳代表杨秀琼，此人体格非常健美，人生得漂亮，游泳技术又高人一等，引起全国各报记者的瞩目，称她为"美人鱼"。她的泳装照片不断在报纸上巨幅刊出，而且好多杂志都把她的照片作为封面，一时成为全国青年们崇拜的偶像，是当时的风头人物。

在这一次运动会中，又曝出一件离奇的新闻，就是褚民谊亲自为杨秀琼坐的马车执鞭拉缰，游览南京中山陵。本来这件事情也没有什么了不起，可是新闻记者，却把它当作好资料，着意渲染，刻意描写，连同照片一并刊在报上。从前的风气到底比较保守，大家认为以中央大员的身份做执鞭拉缰的事，未免有点"那个"了！

向来南京报纸发表新闻，非常谨慎，这一次却也把褚民谊执鞭拉缰的照片巨幅刊出，虽然未加攻击，但是也因此引起大家的反感。这件事情后来为汪夫人陈璧君所知，

执鞭拉缰的褚民谊

大为震怒，褚民谊为此还被陈璧君拍案大骂。

至于上海报纸登载这件事情，更没有一张报纸予以好评，有些讥笑他风流成性，有些攻击他有失官箴，总之都不是好话。

初度见面　自述身世

民国二十四年（1935），丁福保的哲嗣丁惠康，一位留学德国归来的医学博士，在上海郊区虹桥路，自己置地建造了一座五层高的大楼，创办了"虹桥疗养院"，占地颇大，院屋宽敞，内部的设备都是最新的，可是地处偏僻，交通不便，住院的病人极少。

那时节李石曾已在蒲石路（今长乐路）办了一间"中西疗养院"，西医是西人诺尔博士，中医是陆仲安，因为是中西医合作，竟然大受欢迎，院内病房长期客满。丁福保是我的老友，他建议虹桥疗养院也应该聘请一位中医，因为那时的富商巨贾，有病都是既看中医又看西医，他们父子两人商议之下，一意要邀请我去负责中医病人的住院之事。一天，丁惠康亲自来拜访我，说明来意，我说："不妨试试看。"于是我就成了虹桥疗养院的一员。

丁惠康托庇先人余荫，财力充沛，为了联络友好，特地在上海最高贵的闹市中区华安大厦设立一个俱乐部（其地即后来的金门饭店），专门招待医药界、新闻界、文化界人士。

丁惠康实际上是一位正宗的花花公子，每天晚上总有许多莺莺燕燕来吃饭，吃饭之后，有些打牌，有些跳舞，有些唱戏，真是夜夜笙歌，热闹非凡。

有一天晚上，褚民谊翩然光临，见到佳丽满堂，怡然大乐，竟然也参加唱戏跳舞，那晚我在俱乐部中，经过丁惠康的介绍，才识得褚民谊其人。

在介绍之时，褚民谊立刻想起我是"三一七"事件中和他开过笔战的中医生，但在他的言语之间毫无芥蒂。而且他对我说，他原籍是浙江湖州双林人，正蒙小学出身（张静江尊翁定甫先生主办），毕业于上海八仙桥中法学校，后到法国入里昂大学。他的父亲也是中医，而且还开设一间中药材店，他自己非但不反对中医，而且有病还常服中药，中西疗养院他也是董事之一，希望我对中医的改进，多多努力。

我观察褚民谊，完全是一个胸无城府的人，一点傲气都没有，和他做朋友，令人有一见如故之感。

那晚褚民谊一直玩到深夜才离去，而且说："以后我有空就会来的。"丁惠康说："来这里玩乐的人，不准带太太，但女朋友则特别欢迎。"褚民谊大笑说："好极了，好极了。"从此他就时常光顾，而且每次都带一位女性同来。

当然，俱乐部中的风气，凡是带女朋友来的，总是拣有名的交际花，或者是著名的女伶、电影明星，以及名妓或红舞女，花枝招展，争妍斗艳。后来因为到的人太多，开支太大，于是改为会员制，每人要纳会费，共同维持。我与姚君伟（即香港广告业商会理事长姚玉棣之尊人）不会赌博，时间空闲，乃由君伟任司理，我任司库。褚民谊也是会员之一，于是我们便时时见面了。

爱好越剧 滋生事端

褚民谊有一天对丁惠康说："现在电台上最流行的是越剧，我听上了瘾，可否想办法请几个越剧女演员来见见面。"丁惠康脱口而出说："要请越剧女伶，只要问陈存仁好了，因为这些女伶，都是请他看病的。"我知道这事如果一开端，就会有麻烦，便立刻说："越剧女伶不但知识有限，而且十居其九是不识字的，邀她们来参加，实在是毫无趣味的，即使请她们，她们也不会来，所以我想还是不请为妙。"

褚民谊听我如此说，大不以为然。他说既然她们不肯出来，有什么办法能见一见她们的庐山真面目呢。我说："你要见她们，不妨到华东电台去看好了。"

那时上海有一家"三友实业社"，在华东电台有一个特约的播音节目，播的是越剧，由袁雪芬、马樟花等演唱。三友实业社是一家规模很大的棉织厂，附设多个部门，其中有一部分是国药部，专门制造成药，我是该社的医药顾问，兼任国药部主任，出品的成药如"方便丸""三友补丸"等，都由我处方。该社的总经理是陈万运，每逢星期一，召集各部主任在功德林素菜馆举行业务会议。

一天，我循例参加三友实业社的业务会议，袁雪芬和马樟花也出席，吵着要求陈万运加请一个守门员，负责守卫华东电台广播室的门口，拒绝一切越剧迷及外客的滋扰，因为每天都有不少越剧迷和一位褚民谊来滋扰。但是请一个守门员的薪水要十二元，陈万运不肯多加这一笔支出，争执得很厉害。我心中明白褚民谊找到华东电台来，是我一时失言闯的祸。

我就说："褚民谊到电台来看你们，你们稍微敷衍一下，送他出门也就算了。"袁雪芬说："这个褚民谊实在麻烦极了，他每天按时按刻到场，坐着不肯走，而且唠唠叨叨地讲个不停。播音室地方很小，因时间关系，我们都在播音室随便吃一些东西，有陌生人在旁，使得我们连饭都不能吃了，而且褚民谊天天吵着要请我们出去吃饭，更是讨厌。"

那时节，袁雪芬、马樟花年纪都很轻，不会应付男人。

我就说："褚民谊是我的朋友，我可以劝他下次不要来。"

隔了几天，我见到褚民谊，就劝他以后最好不要去华东电台，不料褚民谊非但不接受我的劝告，还说："我们湖州人，在北京路有一个'湖社'，内有舞台，规模很大，如果她们肯到那里去演出，保证还要受欢迎。"

到了第二个星期一，我又参加三友实业社业务会议，我把这件事告诉陈万运。袁雪芬和马樟花说："要是湖社肯借地方给越剧团作为营业性的演出，我们是赞成的。"因为那时越剧团的剧场都简陋不堪，她们当时演出的场子，在北京路宋家弄浙东戏院，地方极狭窄，座位更劣，场场客满，还是满足不了观众需要。

后来我把袁雪芬等人的意见转告褚民谊，褚氏大悦，说："由我负责去办。"其实湖社是陈英士纪念堂，设备庄严，礼堂中哪里可以长期出租演唱越剧？主任陈霭士（其采）力表反对，许多理监事也都不赞同。大约争执了半个月，碍于褚民谊的面子，结果才将地下的会议厅改为剧场，借给袁雪芬等，定名为大来剧场。第一次演出的戏是《恒娘》，取材于《聊斋志异》。向来越剧没有什么布景灯光及华丽服饰，这次演出才开了越剧的一个新天地。

大来剧场演出天天满座，成绩美满，不料只有一个半月时间，褚民谊竟和班中一位女伶张桂莲搅得火一般热，发生不寻常的关系。张桂莲原是有未婚夫的，天天闹得不像话。那位未婚夫曾经和褚民谊打过一场架，褚氏有的是太极功夫，张桂莲的未婚夫受伤跌倒，于是报警呈案，事情闹得很大。湖社当局认为这事影响到该社的声誉，打算取消越剧团租约，但是租约有法律保障，不能随意中止，因此纠纷越闹越大了。

褚民谊要我陪着去见陈万运，因为三友实业社可以影响她们整个越剧团。我说："我对这种事向不过问，我以为调解人只有王晓籁最相宜，他是绍兴人的领袖，由他出面最好。"后来，这场风波果然是由王晓籁出面把它平定下来，不过褚民谊拿出一笔很大数目的钱，补偿张桂莲的未婚夫，才算了事。

身陷孤岛　放浪形骸

七七事变后，上海成为孤岛，党、政、军有关人士已全部离去，唯有褚民谊留着不走，大家觉得诧异。

丁惠康的虹桥疗养院，因为地处郊区，已被日军占领，只得在霞飞路叶家花园另起炉灶，我那时仍在这个疗养院每日驻诊两小时，华安公寓的俱乐部，这时也宣告结束了，另外在麦特赫司脱路（今泰兴路）大厦中组织了一个小规模的俱乐部，参加的只限十个人，但是褚民谊还是硬要参加。每次参加，他都邀约一位女伴前来，每隔两三个月，又换一个新人。为了掩饰他的行径，迎送之事，总是托一个姓金的朋友代劳。

丁惠康是爱好摄影的，尤其喜欢摄裸体照。于是在那公寓的楼上，辟了一间精致的摄影室，褚民谊对此大感兴趣，只是当时女性模特儿不易找到，可是褚民谊所识的女伶，知识程度很低，反而不加拒绝，大家暗想，这班女伶与褚氏总有相当关系。

我们起初以为褚民谊留在孤岛上，一味纵情声色，大约是借此作为一种掩护。有几次褚民谊设席在他所主持的中法工业学校，邀我们去赴宴，每次宴罢，他总是放映他收藏的"小电影"，这些小电影，以法国、德国的为最多，日本的也不少。从前这种小电影在上海很少见，大家见了不免惊讶！这时我对褚民谊起了很大的反感，认为一位堂堂校长，竟在学校会客室中锁上了门放映这种东西，实在太不成体统了。

后来战事扩大，租界沦陷，市况相反繁荣起来，歌场舞厅，妓院剧院，天天满坑满谷，生意好得了不得。褚民谊的行径越发放纵，竟然常和仙乐斯舞厅的老板谢葆生、大舞台老板范恒德等混在一起，于是他的一些女伴越发日新月异，而他的行径也越来越荒唐。

我和范恒德等人，向少往返，这时范恒德在我家隔邻建了一座大住宅，新屋落成的那天，因为邻居关系，他给了我一张请柬，我只得按时往贺。那晚褚民谊也在座，我适巧与他同席，有位演戏的女角坐在他身旁，酒醉之后，褚民谊乐不可支，在谈话之间，范恒德透露了一句话,说:"褚先生虽是英雄本色（指好色），可惜本钿不够，我介绍他许多女朋友，他都是咬死了老鼠，不会入口的。"这几句话大家听来都不很明了，后来细细一想，才知道话中的含义。

我认识褚民谊很久，他虽是医学博士，在任何场合却从未听到他谈过一句医药方面的话。有一次在俱乐部中，他忽然问起我关于中药中的鹿尾巴、鹿茸、肉苁蓉、老虎鞭等药，怎样的吃法，我一一告之。他听得眉飞色舞，娓娓不休地谈了半个小时，当时同座的刘海粟就插口说了一句："斯人也而有斯疾也。"

兔阴博士 由来有因

每次代褚民谊接送交际花或女伶的金姓朋友，为人沉默寡言，轻易不说一句话。一天，他忽然告诉我，他最近担任一家报纸的副刊编辑，需要一些参考书，他知道我搜集的小品书籍很多，要我借一部分给他。我要他给我一张名刺，一看之下，才知道他原来就是大名鼎鼎的金满成。他既然向我借书，我不能不应付一下，我说："好的，我准备把若干本《语丝》汇订本送给你。"他听了很欢喜。

送书之后的一天，金满成执意邀我上一家天津馆子小叙一番，我也不推辞。到了这家馆子，金满成酒话连篇，大发牢骚，他一连串说了许多关于褚民谊的私事。

一件是褚民谊怎么会得到医学博士学位。他说，他和褚民谊是留法同学，而且还同住在一个宿舍中。褚民谊并不是"勤工俭学"半工半读的留学生，而是他父亲卖掉一间药材铺供他留学的。到了法国，他的父亲就死了，经济来源断绝，后来由同乡张静江资助，他在法国一边搞革命运动，一边搞风流事情，对读书，有时很用功，有时满不在乎。他有许多研究动物交尾的照片，最多的就是狗类猪类，马类牛类。他对这件事有特别的兴趣，经常到动物园去耐心等候拍摄各种动物的交配状态。法国的医学院，读书采取自由制，他对医学方面实在并不用功，专门研究动物试验中的兔子的交配方式。他发现了若干兔子的性生理是有阴阳两性的组织，所以雄兔与雄兔也能相交，简直雌雄难辨。他就用解剖的工具，从兔子的性器官上发现很大的秘密，毕业时他作了兔子阴部构造的论文，竟然获得博士学位，所以人家称他为"兔阴博士"。我听了不禁哈哈大笑。

还有，他对于诊病，自知浅薄，所以他虽是医学博士，却从来没有诊过病人，他在法国如此，回国之后，亦复如此。

又一件事，褚民谊认为人类的性器官也有很大的区别，所以他对这方面兴趣特别浓厚，他之所以留在上海胡天胡地不肯走，也就是这个原因；他自从遇到了谢葆生、范恒德等之后，研究女性的资料也就更丰富了。

最后金满成告诉我，褚民谊的太太，本姓石，小名阿珍，本来是陈璧君家的丫头，相貌很丑，仪态又庸俗，褚民谊由于常在汪公馆出入，竟然和这个丫头搅上有了孩子。陈璧君生性凶恶，逼着他一定要结婚，褚民谊生平最怕她，迫于无奈，只好从命，于是这个丫头就改名为陈舜贞，算是陈璧君的堂妹，因此褚民谊也就算是汪精卫的连襟。但是褚民谊对这位夫人是不喜欢的，任何场合从不让她出面。

（按：褚民谊这位太太，奚玉书夫人金振玉女士曾经见过一面，说这位太太的仪态实在不行。）

末了，他讲到褚民谊留上海的经济来源，是有一笔很大数目的法国庚子赔款，退还给中国政府办文化事业，组织一个中法协会管理其事，该会董事本来很多，但中日战争开始皆已离开上海，签字付款的权力就落在褚民谊身上，所以他可以任意挥霍，没有人能管他。沦陷之后，他的荒唐生活是无忧无虑的，用钱也随意得很，往往为了一个女人闹翻，花上二万三万不算怎么回事。真正办文化事业却徒具其名，好多事办得一塌糊涂，毫无成绩可言。

这些话虽然都是金满成醉后之言，但是我相信离事实是不远的。其余有许多话，不便形诸笔墨，我也不写了。

生也糊涂　死也糊涂

在抗战的紧张阶段，突然间汪精卫逃到河内，发出"艳电"主张和平，实际上是在日本卵翼之下组织一个伪政府，这对全国军民上下抗战的心理起了一个绝大的分化作用。

褚民谊最初听到这个消息时，还躲在上海，不久，突然不露面了，他本来有三个公馆，都绝迹不见人影。我们一班友人也得不到他的消息。

可是不久，报纸上就发表出来，汪伪政权在酝酿时期，褚民谊担任中央党部秘书长，汪伪政权在南京将成立时，他又担任了还都委员会主任委员，此后出任外交部部长，做过驻日大使，就这样跟着汪精卫搅了几年。汪精卫原来就是日本人的傀儡，而褚民谊更是傀儡中的傀儡。

汪伪政权创建初期，汪精卫本决定任褚民谊为行政院秘书长兼海军部部长，但陈公博、周佛海两人竭力反对，因为褚民谊过去唱大花脸、打太极拳、拉马车、踢毽子、放风筝，以中央大员而有此行径，已显得滑稽，如再由他出任海军部部长，更将腾笑中外。陈、周向汪言之再三，始改任褚为行政院秘书长兼外交部部长。但那时的外交部部长，也是一个滑稽角色，因为外交对象只有一个日本，褚只做画诺签字工作，真正做到了尸位素餐的地步。原来褚民谊想做海军部部长，到轮船上去威风威风，结果两个次长凌霄和姜西园都想升部长，汪精卫难为左右袒，只能以代理主席兼行政院院长再兼海军部部长了。

民国三十二年（1943）一月，日本发表了交还专管租界及撤废治外法权宣言。二月九日，汪伪政权派褚民谊、李圣五、吴颂皋、周隆庠为接收租界委员会委员，并以褚民谊为委员长。褚民谊搭足架子，一直等到三月二十九日方才收回苏州、杭州、天津、汉口等地的日租界。又等到七月三十日，才收回上海法租界。八月一日收回公共租界。褚民谊原意想辞掉外交部部长做上海市市长，过过瘾，想不到都被陈公博一个人包了去。当时陈公博的官衔是立法院院长兼军事委员会副委员长，兼上海市市长，兼上海特别市第一区（即公共租界）区公署署长，兼上海特别市第八区（即法租界）区公署署长，再兼上海特别市第一警察

褚民谊在法庭上接受审讯

局（公共租界）局长，又兼上海特别市第三警察局（法租界）局长。褚民谊大卖气力，结果接收完成，他的委员长也卸任了，丝毫分不到利益，把他气得半死。

汪伪政权的最后阶段，汪精卫病死日本，陈璧君坚要褚民谊陪她同到广州，让他担任广东省的省长。到了广州没有多久，日本宣布投降，陈公博、陈璧君、褚民谊等都以汉奸罪被捕，先解到南京，后来又转解苏州。苏州高等法院对褚民谊起诉，指出他有五大罪状：（一）附和汪精卫反抗中央；（二）签订丧权辱国条约；（三）对英美宣战；（四）成立公司套购物资供给日方；（五）在广东省省长任内擅加关税。褚在庭上答辩得很妙。褚说，他和汪精卫的关系既是亲戚，又是同学、同志，更是僚属，所以他没有办法不跟汪走。他虽然有外交部部长之名，但他不精通日本话，一切都让人牵着走，叫他讲话就讲话，要他签字就签字。讲到广东省省长，他说一共只做了一月有余，二月不足，什么擅加关税，根本不知道有这么一回事，最可以表白的是他在敌伪时期，从未杀过一个人。说了长长一大篇，但这些话丝毫不发生作用，法官仍旧将他判处死刑，定期执行。

他的留法同学、老友李石曾等认为褚民谊虽然附逆有据，但是此人愚忠有余，为恶不足，因此为他奔走各方，最后得到最高当局的手令，关于褚民谊执行枪决的日期暂行展缓，李石曾等认为如此一展缓，有可能改为无期徒刑，可以免褚民谊一死了！

褚民谊一生糊涂，而他的家属更糊涂，他的女儿拿到了这个手令之后，从南京出发赶到苏州，途中竟然把这个手令遗失了。

褚民谊于民国三十五年（1946）八月某日在苏州被执行死刑。行刑那天，他正领着许多囚犯在打太极拳，此前，他早有"褚太极"之号，在监狱中仍在教人打太极拳。此时他知道要执行了，还去和陈璧君诀别。临死以前，忽然很镇定，跟摄影记者们笑着说，这次是最后一次照相了，希望照得好一点。他的一枪，是从背后打进去的。褚民谊原有太极拳的功夫，中枪之后，忽然作一个鹞子翻身，仰天而逝，结束了他糊涂的一生。

第五章

傅筱庵热衷做市长

民国时期，
《字林西报》大楼

民国二十六年（1937）十二月十三日，日军攻入南京城，那时上海的市民多数觉得抗战已受重大打击，前几个月的欢欣鼓舞高唱抗日论调，至此已成泡影，大家心头都觉得难过。

这时上海虽有一个"大道市政府"，但对租界范围之内，一点也不起作用。不久，大道市政府陷于终结状态，新政府易名"上海特别市政府"，改由傅筱庵当市长，本节就由他上场讲起。

南京沦陷 民心动摇

南京沦陷之时，一场大屠杀，不但上海报纸大登特登，外籍记者更纷纷拍电报发向世界各地，把日本军人奸淫掠杀的情况描述得非常详细，各国外电都译成中文再转刊在上海报纸，大家看了都咬牙切齿，格外增加了对日军的仇恨。日本人对这件事也慌了手脚，为了转移世界人士的视线，忽然公布一张进军南京所获枪炮军器的数字报告，这张报告的全文约有一千五百字，都是军器的数目，大抵说，所获卡宾枪几万几千支，机关枪几千挺，步枪一百几十万支，小钢炮几千几百尊，迫击炮几百门，重炮几十尊，还有坦克车、装甲车几百几十辆，运输车一千几百辆，至于

占领南京的日军举行入城式

弹药的数字都是以吨计的。

这张数目单，在电台上公布出来，报告的时间，达半小时之久，日本人办的《新申报》还出了号外。这段新闻公布之后，有识之士就想到这些数字不甚可靠，但普通人不懂得军事，算不出军队应该有多少武器，只知这大批军器被日军掳去，抗战的希望更渺小了。日本人这种宣传，打击了中国人的人心，大家细细一研究，觉得战事再也打不下去了。

向来日本人在租界上的宣传，大家总是不睬不理、充耳不闻，唯有这段新闻公布之后，无不奔走相告，没有一个人不沮丧到心灰意懒。这时节租界上还有船只来往香港和上海，因而逃出上海的人更多。

和谈开始 国军布防

国军撤出南京之后，日本军方认为大局已定，军人在南京肆意取乐，他们以为战事告一段落，国军再也打不起来。日本政界的意见，也认为适可而止，不要追击得太厉害，所以等待着时局的自然变化，他们很希望国民政府肯低头软下来，取得一纸征服性的和约，那么可以不必再兴师动众地打下去。

这时节，德国驻华大使陶德曼倡议和谈，这个呼声，不但得到日本人赞同，中国政府也表示不妨谈谈条件。于是陶德曼就居间调停，时间拖了几个月之久。在拖延期间，日本人只在芜湖当涂打了一仗，轻轻松松地把当地国军赶走，此外就没有什么军事行动了。

国府一面谈，一面防着日军进攻，就在长江马当方面加以封锁，使日本军舰不能由南京开入长江以上。

在和谈期间，国军得到喘息的机会，整编各地军队，重新布下了一道新防线，这时杭州也沦陷了，国军便退到钱塘江南岸。

最紧张的一幕，就是留在浙江的军队数字极大，辎重极多，那时节钱塘江大桥还没有通车，但是已完成大部分，军事当局下令所有火车和车头，聚集在杭州。一夜之间，将军人和军器粮食都搬上车，在黑夜中通过钱塘江大桥，运入杭州南岸。这时浙赣路本已通车，偷偷地运了两日夜之久，待到所有车辆抵达对岸，就把钱塘江大桥加以破坏，所以有人说钱塘江大桥造了好多年，只用了这两天。直到后来长期抗战达数年之久，与这次迅速大撤退极有关系，陶德曼的和谈奔走，实际上是给了国府一个重新部署的机会。

旧官请出　新官上任

日方重视前线军事，对后方政治工作可以说是束手无策，所谓上海大道市政府和市长苏锡文登台之后，一筹莫展，什么政绩都没有。伪市府设在浦东东昌路，居民都是乡下人，市库收入微乎其微，一切开支都向日方领取，所以大道市政府徒有其名，教育局只管一座浦东中学，学生少得可怜，维持治安的警察局，规模也很小，不要说中国人看不起，连日本人也不把它放在眼内。

苏锡文唯一的工作，就是雇用了一班浦东土老儿，穿着长衫马褂，扮成绅士模样，专做迎送日方要人的工作，仿佛是大道市政府的仪仗队一般。久而久之，日本人看来看去总是这班人，也看得乏味了。

日本人又组织了一个党部性质的机构，叫作"王道会"，原想以这个会出面来组织民众，可是民众对这个王道会也毫不理睬，而王道会的会员，只是计划开设赌档和烟窟，所以对民众运动更起不了作用。

这时候，日方就想到市政府的市长，一定要用真正的中国人，而且还要是真正的上海人，知识分子既然不肯上钩，因此就想到商界方面的领袖。要有金融知识而兼有政治的组织能力，于是就想到一个上海商界领袖又是真正的中国人，那人就是傅筱庵（官名宗耀），他曾经做过招商局总办，上海总商会会长，又当着上海通商银行总经理，论资格与地位远远在苏锡文之上。

傅筱庵本来不是一个亲日分子，只是一位"长袖善舞"的政商两界活跃分子，在清朝末叶，盛宣怀（杏荪）在上海置业和经营，都由他全权办理。清朝的官吏卸任后，多数有点积聚，而盛宣怀独多，他在上海租界上拥有极多地产，以及招商局大机构的股权。盛宣怀去世之后，其妻庄老太太最器重傅筱庵，他主持的中国通商银行，也很有成就，所以他不但在上海商场中有领导能力，而且很早就被推选为总商会会长，那时节上海一般商界闻人，多数还要追随在他的左右。

民国初年（1912）至十六年（1927），军阀割据各省，傅筱庵周旋于几个军阀之间，很是活跃。招商局以上海为根据地，航线远至北方海口，南至广州、香港，那时上海被操纵在五省联军总司令孙传芳势力之下，傅和孙传芳来往很密切。国民革命军北伐开始，矛头指向江浙两省，孙传芳不敢轻敌，委托傅筱庵在上海采办军火，他用招商局轮船一批批运送，所以北伐军到上海之后，首先通缉的就是傅筱庵。

傅筱庵住在上海租界上，虽有租界庇护，但是禁不住精神上受到的威胁。一天，他的浦东住宅被没收，由五区党部占据。他感觉到情况不好，而且租界方面的法院、国民政府的势力也伸展了进去，所以他只好搭了日商轮船逃往大连和天津日本租界，托庇于日本人势力之下以求自存。

傅筱庵到了大连和天津日本租界，经营商业，和日本人的来往更为密切，他特地请了一个中国籍的日语翻译。不久他又成为大连、天津两地日本租界上的中国商界领袖，这时日本人对他早有深刻的印象。

所以改组上海市政府时，日本人就请他出来登上市长的宝座，他也因国民党对他有宿怨，欣然接受这个任命。

傅筱庵做上海伪市长之前，对日方提出两个条件：第一，市政府要改称"特别市政府"，不能设在浦东，要设在市中心区旧日的上海市政府原址，这是一座宫殿式的大厦，市政府包括十个局，局长的人选由他全权支配；第二，因为南市的国军业已撤退，傅筱庵要求日军退藏于密，由他的警察局来担任南市治安工作，不要日本人参与其事。日本当局——答应。

傅筱庵登场的那一天，上海一部分商界中所谓场面上的人物前去道贺，日本人看在眼里，更认为他比苏锡文强多了。

傅筱庵当伪市长时，每天早晨一早由虹口住宅坐了一辆大汽车出发，前后有护卫车四辆，浩浩荡荡，直达市府大厦，坐在从前吴铁城、俞鸿钧坐过的市长室中，四周由装备精良的警卫队保护，显得声势雄壮，很讲派头。

附属市府的各局局长，他都选择仪表堂皇、薄有声誉的人物担任，虽然那时节没有什么公务可办，但是每天上午总是像模像样地各人伏案办公，中午时节就算一天的公务完毕，回到公共租界九江路乐乡饭店进午餐。

乐乡饭店是他的同乡胡雄笙创办的，当时因资本不足，由傅筱庵玉成其事，所以他未做市长之前，每天都在那里吃中饭，陪同他进餐的都是商界知名之士，多年来习以为常。

乐乡饭店是供应法式菜的西餐馆，那时普通西餐每客仅售六角半、八角半，沙利文售一元二角半，而乐乡饭店竟高达一元六角，所以去进餐的人并不多。

傅筱庵在乐乡饭店中，有一个固定的座位，他坐的是一只特制的藤椅，他做了市长之后，仍然准时莅临，不过四周布下了几个警卫，门外也有人防守。

他对上海各方面的人认识很多，每天开了名单邀约各界名流到那边去进餐，有几天时间专门邀约世居南市的乡绅，这时节他们都避居租界，不肯回到南市老宅，经他力劝之后，这批乡绅心头也活动起来，但是仍然有几个人说，不愿意看见南市几个闸口的日本防军，因为要脱帽鞠躬，极不甘心。傅筱庵当下答应想法子教日本防军撤离。

傅筱庵每天下午都和日本人周旋，晚间总是到虹口吴淞路"六三亭"艺妓馆去请客，到的是日方的军政要人，他们对傅筱庵的建议，往往言听计从，又因为日军在后方人数不多，傅筱庵既肯负起防守责任，也就采纳了他的要求，把南市防军撤去。

不久，南市的乡绅们陆续迁回南市老宅，一般居民见到乡绅们都已回家，大家纷纷跟着搬回去，静寂的南市，又重新繁荣起来。

苏锡文当市长时，在浦东区曾经发出过一种"良民证"，表示拿到这张证的都是纯良分子，日本人要求傅筱庵也照办，傅筱庵只得顺从，所以南市居民也变成了"顺民"，有许多人是不以为然的。

傅筱庵对饮食之道颇有研究，中午喜吃西菜，晚间喜欢吃本地菜和他家乡的宁波菜，他在私宅中也常请客，其中有一个厨子叫阿朱，是山东人，后来傅筱庵的一条老命就是送在这个阿朱手上。

市府开支 仰给日方

上海公共租界的行政收入，最重要的税收，就是巡捕捐，数目相当大，任何居民，年租可欠而巡捕捐是欠不得的。房地产项下的税收，叫作道契税，更办得精密。其他各项税收，都有条例，所以公共租界的经营，年年都有盈余。

从前国民政府时代的上海特别市政府，税收年年都在整顿之中，房地产的税叫作"宅地税"，因为产权不确定，所以税收也不稳定，好多老乡绅十年八年都是欠的，土地局成立了好多年，一般业主都不肯换取新地契，所以市府的收入，为数极微。南市、闸北、浦东都属华界，向来没有巡捕捐的制度，所以警察的饷银都无着落。不过市民要缴付一种清洁费，因为从前上海的房屋，都没有抽水马桶，家家都用木制的马桶，一清早由市政府雇的清洁工人来处理，市民对这笔清洁费是非缴不可，所以市府只有这一项收入，倒是相当可靠的。当年上海还有一位姓马的"粪大王"，即是以倒马桶起家的。

其他税收，除了货物税的收缴略有成就之外，所得税还是推行不开，市政府也只好眼开眼闭，采取认捐制，由商家包认了事。所以上海市政府的开支，向来是要靠中央津贴的。

"八一三"事变发生，华界的人民，有能力的都逃入租界，华界的商业全部陷于停顿状态，所以傅筱庵当上了伪市长，只有庞大的开支，而没有可靠的收入。初时傅筱庵到市府旧屋去看过之后，一切装修布置以及办公桌椅，都由他自掏腰包，连办公室中的地毡，都是自己搬进去的。各局成立之后，人员众多，开支浩繁，虽然其中若干局略有收入，但是警察开支全无着落，即使各局设法向人民榨取，也是入私囊的多，归公家的少。

所以傅筱庵当了几个月的伪市长，贴的钱真是不少，日本人也知道这件事没有适当的解决办法，这个市政府是支撑不下去的。

在"八一三"之前，中国银行曾在日本东京开设了一家分行，行长是经济专家戴蔼庐，因为戴精通日语，对日本人向多往还。事变一起，南京失陷之后，戴投靠日方，日本人请他回到上海，办理一个经济机构，他长袖善舞，接收了日方掳掠来的许多财富，然后运到了日军占领区的政治部门去。

傅筱庵对市政府的经费没有解决办法，也要仰仗戴蔼庐来维持。

沪西歹土 潘达上任

这时节，上海四郊日军占领区，情形各有不同：闸北得一个"穷"字，浦东得个"苦"字，南市可以说得个"安"字，沪西的情况，却不能拿一个字来概括。因为这时的沪西，已经有大大小小的赌窟开设，来来往往的都是赌客，而支撑这个局面的都是黑社会人物，不过，租界上大部分洁身自爱的居民轻易不敢走入这个地区。

沪西本属华界，有几条极长而又宽阔的柏油路，这些路是租界当局斥资越界建筑的，所以上海人称这个地区为"越界筑路地区"。这事由来已久，每逢中国政局不安靖时，租界当局便乘机筑路，所以路线越来越长，幅度越来越广。在未筑路之先，原本都是耕地，一经筑路后，两旁的地价便直线上升，所以拥有耕地的人，也唯恐租界不来筑路，筑路之后立刻便成为富翁，同时筑起华丽的大住宅来，路旁都栽有树木，显得格外幽静高雅，很多有钱人都在那里置业。

中国官方明知租界当局侵犯主权，但是这些地区经过租界筑路之后，就异常繁荣，道契税、宅地税、警务捐不在话下，令华界当局也有一笔丰富的收入，所以一只眼开一只眼闭任由筑路，不予理睬。日久之后，这个越界筑路区就成为高档住宅区，住在那里的人，一方面要缴租界的巡捕捐，一方面还要缴付华界的税捐。

最滑稽的是，在街头维持治安的是租界上的巡捕，而路旁范围仍由中国警察驻守，虹口北四川路就是这种情形。至于沪西越界筑路情况，更是广泛。

"八一三"战事一起，租界当局最着重防守租界中区，以静安寺为防守的终点，表面上将越界筑路置之不理，事实上，还是不肯放弃，每隔数日还有警车巡视。

国军撤退之后，日军在沪西开纳路（今武定西路）设有防军本部，有时租界的巡逻车开到那里会受到干涉，但是租界当局尽管受到阻挠和干涉，警车还是不断进入该区，表示对越界筑路不肯放弃。

这时，我有一个年轻的朋友，叫潘志杰，他是圣约翰大学毕业生，他的叔父是英商洋行的买办潘澄波，他的堂兄是潘志铨，都是家私百万、声誉卓著的人物。可是潘志杰的父亲并没有钱，所以经济上常捉襟见肘。潘志杰大学毕业之后，郁郁不得志，常向叔父借钱，屡被叔父责骂，但是外界的人，还以为潘志杰是一个世家子弟公子哥儿。

潘志杰在交际方面非常活跃，我年轻时和他很合得来，他又当上了租界上的"特别巡捕"。所谓特别巡捕，是业余性的警察，凡是地方上有身价地位的子弟才能参加。他常常穿着一套华丽的警官制服，威风凛凛，招摇过市。

日本人最初占领上海南市时，有一个神甫到南市去办理救济善后工作，潘志杰当过这位神甫的秘书，当然与日本军方渐有往来。后来他见到租界的警车进入沪西越界筑路区，时生纠葛，因此灵机一动，便进行三方面的活动：一方面向租界当局贡献意见，说是租界当局要保持越界筑路主权，应该设立一个沪西警局，由他来当局长，制服与租界警察的相同，那么以后警车出入就可通行无阻、平安无事，保持着租界警务还存在越界筑路区。潘志杰本是租界特别巡捕，对训练警员组织警署都是熟手，租界当局表示同意。另一方面他与日本军方接洽，就说沪西区幅员广泛，要有一个警察局才可以维持治安。日本军方也答应了，不过要在沪西警察局中安插向来在租界当警务的日籍人员，潘志杰也答应了。第三方面他与傅筱庵接洽，他说越界筑路区是一个富庶区域，他拟议中的沪西警察局，要由市府委任，将来的收益，以三分之一贡献市府，傅筱庵也答应了。

一天，沪西警察局成立，潘志杰改名"潘达"，警局设在沪西长宁路，他当了正局长，副局长是一个日本警官。沪西早就被上海人称作"歹土"，这时候他就签发几十张赌台执照，并勾结日方特务机关的小林，在短短的时间内，他成为红极一时的新贵。

潘志杰和我同年，还有一位以写《秋海棠》小说成名的秦瘦鸥也是同年，我们在二十岁左右时，常和摄影家林泽苍、画家胡伯翔结伴出游，彼此都有相当的交谊。潘志杰一提起他的叔父潘澄波，便咬牙切齿地骂其毫无叔侄情分，一点不照顾他，所以他特地办了一份周刊，叫作《现世报》，请小说家徐卓呆当编辑，周刊中有一长篇小说，暴露潘澄波的家庭隐私，他的叔父看到了，大骂潘志杰是"现世宝"。这本刊物亏耗极大，出了没有几期就停办了，而他和叔父就因为这本刊物结下了不解之仇。

潘志杰生得英俊，面目清秀，平时衣着考究，所以女性很喜欢他，事实上他的口袋中常常不名一文。

有一次，潘志杰拉着我去给他父亲看病，那时他父亲住在新闸路一个很小的阁楼中，他父亲生的是伤寒，其时病势已很危笃，他的母亲只在床旁流泪，说："潘志杰日夜不回家，天天在外边鬼混，一旦老头儿倒了下来，连儿子都找不到。"我当时诊视了他老人家的病，觉得责任很大，但是碍于情面，脱不了身，后来老人家渐渐好转，神志清醒时对我说："志杰和他的叔父闹到我们老兄弟都不相往来，我又没有固定收入，志杰只做一些保险生意，家用常感不足，要是我一旦不测，只希望你们几个好朋友为我料理后事，我对他早已气出肚皮外了。"

潘志杰和我们往来渐疏，"八一三"事端发生，连消息都不通。一天秦瘦鸥来告诉我，长宁路沪西警察局局长潘达，就是潘志杰，而且告诉我上面所说三方面接洽的情况。照秦瘦鸥的意思，想请他吃一次饭叙叙旧。我就说："这事千万做不得，我们应该远而避之为宜。"

一天，潘志杰的父母到我诊所来，他俩容光焕发，衣饰煌然，见了我便打开皮包，取出一包用红纸包好的一百块银元，那时银元重量是每块钱七钱三分，所以一百块银元分量极重。他说："从前请你看病，多少年来未付过诊金，现在我境况好转，这一百块钱请收下吧。"我心中为之一怔，自以为是读过正气歌的人，认为这种钱是有"血腥气"的，万万收不得，乃婉言拒绝。

两位老人家拗我不过，他们便说："钱不要，就算了！我们要请你吃一次饭，你一定要赏光的。"我也再三地婉言称谢。过了几天，潘志杰的父母送来十个请帖，除了我，还有秦瘦鸥、林泽苍、胡伯翔等十个老友，帖子上写的是"席设本宅"。老人家口头又说："大家聚集在你的诊所，到时我有汽车来接。"临行前再三叮嘱切不可以不给面子。

我拿了这十个帖子，自己也难定去与不去，帖子又不能不转，于是我就打电话给每个人，其中最高兴的是林泽苍和秦瘦鸥，其他人也不表示去否，只说到时再商量。那天商量尚未决定，两部汽车已到门口，潘志杰从车上一跃而出，走进我诊所客厅，见许多老友在座，他便嘻嘻哈哈地同各老友握手道故，问长问短，接着就拉拉扯扯把我们拉上车子，风驰电掣般而去。

当时我们没有想到所谓"席设本宅"的"宅"在哪里，谁知道车子驶出静安寺防区，一下子已开到沪西忆定盘路（今江苏路）他的住宅，其地花木扶疏，环境清幽，一派豪华气象，他的父母早已双双站在门口含笑相迎。

等到宴会完毕，有人说："沪西本是旧游之地，已有好久没有来过。"潘志杰接着就说："我带你们去玩一下。"

车子离开了忆定盘路，到了愚园路（今华山路以西）。愚园路本是高档住宅区，晚上很清静，谁知道这时期，两旁全是霓虹灯，开了无数游乐场。所谓游乐场，全是公开的大赌场，我们的车子停在一个"好莱坞游乐场"门口，大家跟着下车，门前的警察见到局长驾临，大喝一声，立正行礼，我们的汗毛都竖起来。这家"好莱坞"原是一个大型花园住宅，里面熙熙攘攘挤满了千百赌客，灯光照耀如同白昼。潘志杰带我们进入餐厅，由赌场老板请客，他也不知道我们是什么贵宾。

这一幕情况，令我们非常受刺激，沪西变到如此模样，真是住在租界中人所意料不到的，我虽深深地悔恨有此一行，但也亲睹了"歹土"的真面目。

我们大家回到租界之后，互相谈论，有人说潘志杰现在的住宅，就是他的叔父潘澄波的产业，潘澄波想到潘志杰摇身一变成为局长，一定会对他不利，所以自动把这座花园洋房送给了潘志杰的父母作为养老之所。

同时还知道沪西歹土赌场中的赌客，大部分都是从租界去的，因为喜欢赌的人什么都不怕，只要有得赌就如蝇逐臭，但是不喜欢赌的人，却一点也不知道。

在报纸上，常常见到有抨击歹土的消息，最惨的是一件自杀案。一位外交官的太太，名字未经刊载，外交官在"八一三"逃离上海，而太太仍住在租界。临走时他给太太一个银行保管箱钥匙，里面有美钞两万元、墨西哥金币一千元，说是战争会延长下去，日常用途可把这些外币陆续兑用，吃十几年是没有问题的。谁知道这位太太好赌成性，进入歹土短短几天就全部输光，不要说再无面目去见丈夫，连日用开支也无着落，于是自杀以了一生。

从前上海自杀案件并不常有，人命关天，偶有发生，报纸便大登特登，尤其是这个新闻更是骇人听闻。其实居民们受到赌场之害，后来死的人也不知多少，此时便传出好多赌场闹鬼的故事。

那时节在越界筑路区，任何人自杀或被暗杀，租界上的报纸是不登出来的，但是这十多家赌场，每天抽头，很多人倾家荡产，也是意料中的事。

有人见鬼的事情，闹得歹土方面都信以为真。那时节上海有一家"祥生汽车"，是规模最大的的士公司，常有搭客从歹土跳上汽车，司机明明见到有男有女上车，但是到了指定的地方，车内却杳无一人，从此凡是由歹土上车的搭客，都要先付车资然后开车。据传说有几个司机拿到的竟是"冥钞"。这类故事，传说纷纭，不一而足，当然不可深信，但也足见赌台害的人多，疑心生暗鬼，大家都信以为真。

伪府开支　财来有方

潘志杰带我们一行人去"好莱坞"玩了之后，眼界为之一开，原来所谓歹土，竟是这般情况，当然有人也见到我们和潘达同行，过了几天有一个潮州籍的病人来看病，问我："你怎么和潘达相熟？"我说："因为我们从小是朋友而已。"那位潮籍病家就很郑重地对我说："这是一条很广阔的财路，你大可以利用一下，我们有许多人专做押当、赌台和鸦片生意，要是你能请他签几张执照，我们可以同你合作。"

我一听情形不对，便顾左右而言他，那位潮籍病家就说："现在傅筱庵的市府开支，全靠沪西的红、黄、蓝、白、黑，所谓红是红丸，黄是黄色艳舞，蓝是赌场，白是白粉，黑是鸦片，这五种收入，每月直线上升，为数极为可观。"最后他要求我设法请潘达认一些干股开几家小押当。我说："潘达和我玩过一次，以后我不会再去找他。"那人便失望地走了。

我在这些谈话之中，方才明白傅筱庵的市政府，不仅靠戴蔼庐的日本机构来支持，后来还靠歹土的津贴来维持开支。

七十六号 谈虎色变

在傅筱庵当市长时期，沪西歹土上虽然无恶不作，但我们住在租界中人，却还是平靖无事，偶然也会发生一两起暗杀案件，究竟哪一方杀人，一般人都不甚了了。

此外，开始发生的几件绑票案，被绑的都是富翁，藏票的所在，一部分在沪西歹土，一部分在浦东乡下，因此有钱的人提心吊胆，深恐轮到自己身上。

汪伪特工总部所在地——极司非而路 76 号（今万航渡路 435 号）

　　一天报纸上曝出了一件大新闻，说是静安寺路（今南京西路）与大西路交界的租界闸口，警察防守岗位，见到有几辆汽车由歹土方面开来，防守的警察照例命令车辆停止，上车检查。万不料这时车上就有人开枪，击伤了十多名警察，击毙了一名印度巡捕，于是防警也予以还击，一时枪声大作，路人争相走避，秩序大乱。报上说这些开枪闹事的暴徒，全是"沪西七十六号"派出来的特工人员。

　　当时我们不知道什么叫作七十六号，就由这一事件开始，上海人才知道有这样一个七十六号机关。

　　报纸上还说明设在极司非而路（今万航渡路）七十六号一间大洋房中，是敌方的特务机构。我见到这段新闻，就想到七十六号这座洋房，原是从前陈调元汇款三十万，委托杜月笙代购的产业，这座住宅虽很广大，内部却陈旧不堪，杜月笙为他代购之后，找不到适当的人去居住，空置着好久。杜月笙弄得没有办法，房租分文不取，四面托人找寻住客，我也到这座洋房去看过，只见一个又破又旧的大厅，可供居住的房间并不多，所以去看屋的人，都茫茫然而去之。

某年，陈调元到上海来做寿，便将那个住宅加以粉刷，一连在大厅中唱了三天戏，南北名伶被邀而来的很多，我拿到几张座券，又去过一次，曾在园子里盘桓一下，内部房屋大致都看过。

自从七十六号的人和租界警察开枪之后，纷纷传说七十六号内幕，主持的人叫吴四宝，是一个杀人魔王，提起这人大家都谈虎色变，我起初并不知道这人是何等人物。

杀人魔王　坚请出诊

后来有一天，我诊务刚毕，家中约了两位广告界老友，一个是郑耀南，一个是陆守伦，大家正商讨晚上到哪里去吃一顿晚餐。突然有人拍门，进来的是一个彪形大汉，说是要请医生出诊。我一看那人的行径，有些异相，推说疲劳已极，不再出诊，而且那时节刚发生过一件绑票案，国医公会印过一张出诊的保单，凡是不相识的人请出诊，一定要有"铺保"，我便把这个规矩告诉那人。那人便说："陈医生你怎么不认识我？我是从前世界书局排字工头金阿六。"我仔细端详一会儿，觉得依稀面熟，因为多年前，我著的《中国药学大辞典》版权是卖给世界书局的，在排印期间，我常到大连湾路（今大连路）世界书局编辑部去做修正和编排工作，所以这人认识我，他还背出书局中许多人的名字，说是董事长沈知方，总经理陆高谊等，历历如数家珍。因为这个关系，我倒不好意思严词拒绝。交谈之时，他忽然说出："现在请你出诊的人是吴四宝！"我问："是不是七十六号的吴四宝？"他说："正是。"我当堂就发呆了。他说："吴四宝说和你很熟，你怎么想不起来？"我说："我向来不认识吴四宝，何以说和我很熟？"他说："四宝，就是沈知方从前的汽车司机。"我连声说："不认识！不认识！"他接着又说："四宝在为难时，是你为他的老母诊病的，所以四宝一定要请你去一趟。"当时在旁的郑耀南听到"吴四宝"三字，面孔立时变色，陆守伦听见这个大名，比较镇定，为我婉转地说了许多话，那人面色就有些不好看起来。他说："只要花一小时就办妥了，而且现在许多人都想认识吴四宝，陈先生为什么坚拒不去，岂不要伤感情？"这般相持了很久，那个金阿六就打电话给吴四宝，吴四宝亲自对我说："现在有一个要紧的人有病，必须你走一次，包接包送，决不为难你。"我答复他："我们二人多年不见，你的声音我不记得，是真是假，叫我怎能相信？"吴四宝说："我找出一个和你相熟的人来做担保，你总不能不来一次。"金阿六在旁边听得很明白，只能坐着等候，不肯离开一步。

隔了大约一小时，袁履登打来一个电话，袁是公共租界的华董，是所谓"海上三老"之一。他一口宁波口音，我是听惯的，陆守伦也是宁波人，抢了话筒就和袁履老对话："陈医生实在是胆小，不肯走出租界一步，你既然来电话，可不可以用你的汽车送去送回。"袁履老一口答应，而且说："我正在一品香旅店为魏廷荣的侄儿证婚，你们一起来，我陪陈医生同去同返。"于是我就坐了陆守伦的车子带了金阿六同去，袁履老见了金阿六，开口叫他科长，随后大家就登车直驰沪西极司非而路七十六号。

"七十六号"这次去时，情形就不同了，他们把陈调元的住宅大大地扩宽了，四邻的房屋，都打通了连在一起，因此进入大门后，内部房屋情况，与前时截然不同。屋内刁斗森严，令人不寒而栗。我进入第二道大门时，他们便把铁栅上锁，不一会儿，有两位荷枪实弹的人，跳上汽车，弯弯曲曲地进入内部一所小洋房。车子停了之后，迎面站着的，就是那位吴四宝。他见了我，很坦白地自我介绍道："我从前是世界书局总经理沈知方的司机。"我听了他这话，只得说："啊！我认识。"一面说，一面他就陪我进入内室。

我见到室内有一个病人，俯伏在床上一张小茶几上，不停地作呃，两目凝视着我，似有招呼之状，但是看他的神情，已无力出声，大约是经过了疾病的折磨，令他眼目无神，全身疲乏无力。作呃的情势，每次相距时间极短，几乎成为连续状态，每一作呃，全身颤震无气力，一味用手指着喉头，意思叫我从速替他止呃。旁边侍候的人，对我说出他的病情。说他半月之前，天天发高热，延请过西医治理，发热已经退清，可是在热度退落的那一天开始作呃，一切针药完全无效，一直到今天。

我查阅病历，知道病者的患病经过，最初患的是斑疹伤寒，一共发热十四天，在第十四天热度突然退落时，开始作呃，起初作呃时断时续，后来竟然整日不断作呃，如是者已有三日三夜。患者本来是身强力壮的人，但到此地步，两眼凹陷，目定无神，他觉得生命有不能支持的征象，哀哀切切地泪盈于眶。

看了这般情形，我认为医疗问题只占一小部分，而人事问题，倒占大部分。如果治愈此人的病症，不过是完成了医者的责任；要是病人有三长两短的话，可能给你戴上一个帽子，扣留禁闭起来也说不定，因为那时他们是完全蛮不讲理的。

我又想到这病人，可能在片刻之间，心脏衰弱，大汗虚脱而亡，进服内服剂，有害死他的嫌疑，我就用了一张中国纸（即学生们练习写大楷的黄色土纸，内地称作表心纸），卷成一根烟卷模样，燃着了火，令病者当纸烟一般吸食。这种纸质，完全是植物纤维，点着了之后，呼吸时有浓烈的青草气息，一口浓烟进入肚中，会觉得到极大的刺激力，通常可以令胃神经受到剧烈刺激，影响到横膈膜神经，这是古老的止呃法。可是这位病人吸了之后，依然作呃。

我接着又在口袋中摸出一枚铜元（这是当时上海市通用的辅币，铜质圆形，比香港五毫硬币稍大）。我就用这枚铜币，向患者项背部刺，脊椎骨的第一节之上，在中医书上是名为"大椎穴"的所在，用力摩刮，患者似痛苦，又似爽快，就从那时起作呃渐渐停止。病者欣然作声，说是："毛病有救了！"我说："你要闭目静养。"大约又刮了一小时，病者由俯伏小几，改为平卧床上，不久竟然入睡，这是因为他已三天三夜没有合过眼，作呃一停，终于倦极而眠了。

这位病者作呃停止后，大家高兴得了不得。接着知道，原来这位病者，是掌理警务和特务的高级人物，患病后不敢入公共租界的医院中，所以在七十六号的机关中，延聘三位西医为他治疗。他们对这几位医生的态度，表面上相当优待，实际上当他们俘虏一般，不问他们同意与否，强制留在该处，疾病一天不愈，一天不准离去。三位医生，个个苦口苦面地说不出话来。

我也觉得病者的作呃，虽已暂时停止，但我身入牢笼不易脱身，如果也被他们禁守在魔窟之中以观后效，那么此症以后是否有变化，也未可逆料，夜长梦多，前途未可乐观。因此我同三位西医，互相交换意见，共同做出一个决定后，才向病者家属说："此症寒热早已退尽，作呃也已停止，只要在病室中静卧，因他已三夜未得睡眠，要他断断续续地睡眠，睡眠充足后病体自能恢复的。"幸亏在旁照料的人，已经十数天日夜不得安眠，所以答应我们可以回家。

临走时，吴四宝约定次日早晨七时一定要找我和西医两人，再去诊视。袁履老看出我们都有些不豫之色，就对我们说，以后来往都由他的车子接送。他这样一说，我们就放心多了。

在车中有一位西医同我讲，他们在七十六号时，每晚都听到鞭笞声、叫喊声、啼哭声，这环境真是令人不寒而栗，此人要是患病死亡，诊病的医生一定有意想不到的麻烦。

如是者六七天之后，那个病家日有起色，隔了半月，吴四宝具了一张请柬，请我和袁履登等去吃饭。吴四宝轻轻地对我说："当初请你，你坚持不肯来，我也明白你的意思，你是一个胆小的朋友，怕绑票。所以我今天请了八个陪客，都是各路人马，你吃过这次饭之后，就没有人敢向你动脑筋了。"入席之后，原来潘达也在座，吴四宝为我介绍说："这位是我们的第四科科长。"我说："他是我从小的朋友。"其他七人都不认识，介绍后各人的姓名也转瞬即忘，只有一个叫作"丁锡山"，这人我闻名已久，但是想到这人在浦东专业绑票，横行不法，所以我默不出声，只想从速离开宴会，而且想到上海不是安乐土，最好要离开上海为是。

这一餐饭，我吃得毫无味道，幸亏吃到一半，袁履登说另有应酬，起身要走，并且照顾我说："陈医生你也有份的，要不要同去？"我心里明白他的用意，马上也站起身来，道谢而别。此后，我和这班人就没有再见过一面。

枪击不中 刀下无情

傅筱庵当了上海特别市市长，不久维新政府成立，他仗着日本人的后台，在上海称孤道寡，对南京不加理睬，维新政府的首脑梁鸿志，对他束手无策，特别派了陈群，邀约傅筱庵到南京去，作名义上的"述职"拜谒，费了无数口舌，傅筱庵坚拒不去。

本来梁鸿志想向上海市筹些款项，要他缴付一些税款，但傅筱庵提出一个反要求，说是"上海市政府开支庞大，除了沪西的烟赌有些收入之外，只在北西藏路桥（俗呼新垃圾桥）北堍办了一个蔬菜市场，每月有二十万元收入，其余还是靠日本人办的经济机构补贴着"，要维新政府给他钱。维新政府向他要钱，不但要不到，他还要南京每月给他二十万元，否则他决不到南京。梁鸿志弄得没有办法，只好勉强应允，他才到南京去拜谒一次。

维新政府一再要求日本当局更换上海特别市市长，日方始终没有答应，而且说明各地的政府，多依附在各个军区之下，南京有南京的军区，上海有上海的军区，两个军区的首脑，不愿意这类组织联系起来，只要维新政府挂着一面五色旗，上海特别市政府也挂上一面五色旗也就算了。所以梁鸿志对傅筱庵始终鞭长莫及，一点也指挥不动他。

傅筱庵在上海的工作，只是对日方百般联络，做着迎新送旧的工作，每天晚上大摆筵席，还要提供色情对象，他对这一套工作，做得确是八面玲珑、有声有色。

他的家中，有一个主持厨政的老厨子，名叫阿朱，跟随他已有多年，管理着各式厨师，轮流做着四川菜、北京菜、上海菜、广东菜，所有采办材料的事宜，统由阿朱负责，进益相当可观。阿朱是山东人，为人爽直而有烈性，每天晚上见到无数日本人挟着淫娃荡妇，丑态百出，而且几杯黄汤下肚之后，击掌唱歌，东倒西歪，实在看不上眼。

傅筱庵每天一清早，总是上市府大厦去办公，那座大厦是宫殿式的，前门有很宽阔的石级，他到达时，威风凛凛地走上石级。一天，他从容地步上市府石级，忽然间有一大汉对着他连开两枪，但是这人枪法并不高明，傅筱庵一点没有受伤，而刺客反被卫队包围起来，刺客紧握枪支，还是高呼要"打死傅筱庵"。傅筱庵急急忙忙逃进内室，惊魂甫定，传令下去，把这刺客乱枪打死。

这个刺客被打死后，傅筱庵召集几个秘书和卫队长研究刺客的来历，有的猜测是中央的特务，有些人疑心是日方的特务，突然间傅筱庵拍了下桌子说："我知道了，不必追究，也不要把这消息透露出去，把刺客埋掉就算了。"手下当然照办了事。

后来傅筱庵向秘书们透露说："这刺客定是南京方面派来的。"

上海一般市民完全不知道这件事，我因有一个宁波朋友，在傅筱庵手下任职，当时他也在场，后来是他告诉我的。

傅筱庵受过这次惊吓以后，就有挂冠求去之意，但是他很相信算命，其时上海新闸路有一个姓丁名叫太炎的星相家，傅筱庵便装往访。丁太炎替他排了八字，再看看他的相貌，顿时放下朱笔说道："这是一品大官的命，最近曾经遭到杀身之祸，但是转危为安，有惊无险，而且以后还有十年大运。"傅筱庵听了他的话，心中暗暗佩服，付了相金就走。

就为了这位算命先生的一句话，他就打消辞意，决心依旧做下去，认为大难不死必有后福，将来还有好运。

过了好久，一天，他没有应酬，悄悄地提早回到虹口住宅。不料当他跨进内室，见到一个内眷，正和他的厨师阿朱睡在床上。傅筱庵当时很镇定地默不出声，阿朱反而不好意思，向傅筱庵求情说："老爷！我实在没有面目再做下去，可不可以给我一些钱，让我到别处去做小生意。"傅筱庵当晚就拿出一笔钱，说："这钱就送给你，但是你要若无其事地再做一个星期，等我几次客请好之后再走。"阿朱当然答应了，天天清早上菜场办货，晚间督厨做菜。

到了第六天，这天是民国二十九年（1940）十月十一日，早上五点钟，阿朱忽然烈性大发，手执菜刀，闯进傅筱庵房中。那时傅筱庵独居一室睡得正熟，阿朱提起菜刀，像宰猪一样把傅筱庵杀死了。阿朱走出房门时，还将房门带上，到厨房中拿了几个菜篮走出大门，当时与门前的几个守卫人员还含笑招呼，然后踏上脚踏车若无其事地扬长而去。傅筱庵竟是如此下场。

第六章

维新政府一台戏

民国时期，静安寺路（今南京西路），
宏伟的大楼为华安合群保险公司

前文记述苏锡文和傅筱庵两人先后当伪上海市市长的经过,现在我要讲的是南京成立所谓"维新政府"的一台戏。我这篇文字是以在上海的观察所得为出发点,因为其时维新政府的政令,对上海始终没有影响,只是在这段时期中,有些离奇古怪的事件可以写出来,以反映当时的一般情况。

爱好古玩 斧下丧命

日军侵占南京之后,第一件事是要成立一个政府,因为要是没有这个行政组织,那么对中国的老百姓,就没有一种统治力量;而且苏、浙、皖三省的治安,日军无暇顾及,所以酝酿着要组织一个政府,作为代替国民政府的一个行政机构。虽然"维新政府"已在民国二十七年(1938)三月二十八日成立,但日本方面最高特务头目土肥原贤二,还不满意,因为他早就拟了一个计划,北方请吴佩孚出山,南方则以唐绍仪作为对象,组成一个联合政府,这样就可以统治一切了。他们在北方对吴佩孚的笼络工作,做得很明显,而在南方拉拢唐绍仪的计划,却进行得很秘密,一点也没有消息走漏出来。

唐绍仪在民国史上,身世显赫,他虽然不是国民党的开国元勋,但是做过南北议和的清廷代表,和国民党有密切联系。国民政府成立之时，对他也相当器重，因为当时分驻各国的大使政要，都是他的亲戚故旧，只是对他本人，反而无法安置。

唐绍仪是广东中山县人，后来国民政府就请他做中山县县长，而且把中山县政府的组织，改变为直属于中央的"模范县"，县长是简任职。唐氏对这个职位未必满意，但因一时无事可为，只得勉强走马上任，他内心其实是很委屈的。

唐绍仪当了中山县模范县长之后，就引用中山石岐的许多同乡担任县府大小各职，又因为他是石岐唐家湾人，所以多数职员都是姓唐，他自己就住在唐家湾花园住宅中享清福，对政务极少过问。过了一个时期，这个模范县，不但没有什么模范的政绩做出来，反而当地人的控诉状如雪片一般递到中枢，大概有好几件事牵连甚多，胡汉民力主彻查，于是唐绍仪连小小的模范县长都做不成了。

此后，唐绍仪便移居上海老靶子路（今武进路）的旧宅中，韬光养晦，颐养天年。

唐绍仪的日常生活是很奢侈的，单单每个月的雪茄烟费用，已堪惊人。就因为开支浩繁，积蓄越吃越短，所以日方和他几度秘密接触之后，他就有点半推半就的意思，并且搬到一座很大的洋房中，草拟改组联合政府的计划，消息秘密得很，当时上海极少人知道。

那时节静安寺路上有一幢华安合群保险公司的大厦，巍然矗立于跑马厅前面，这是上海一座极著名的建筑物，这大厦除了下面三层作为公司之用外,其余的都租给西人居住,作为公寓。

"八一三"战事开始之后,小部分西人离开上海,但是大部分英美人还未撤退,这座大厦,就有若干房间空出来。我有几个朋友,把它租了下来,租约是长期的,以一年为一期。租金相当昂贵,因此这几个朋友,就想出一个办法,把它作为十个人共有的集合场所。几个年纪比较大的,一早都跑到那边去谈生意、进早餐,我则每天午餐之后,总到那里去午睡。而且因为有热水设备,各人的家眷常来洗澡,晚间大家约点朋友来聚晤倾谈。那里有连着的四间房,所以有时也在这些房间中设席宴客,其中一间房间,常有人打麻将和玩扑克,所以租金的维持,可以应付裕如,尤其是那时上海很少高楼大厦,大家到了这个地方都兴致很好。

一天,华安公司当局极诚恳地来和我们商量,要求我们退租迁出,并且允诺给我们一些补贴。我们因为有合约在前,当然严词拒绝,华安当局显得很尴尬,次日又继续派员来讲,说是:"这不是我们公司爽约,而是日本人指定要这层楼的房间作为他们办公之用。"我们听了这些话,便觉得这个租约无法坚持,于是就在第三天默默无言地退了租。

初退租时,我们十个人纷纷通知亲友,再也不要到华安大厦来,免得遭到麻烦。但是百密一疏,有一位朋友的岳父,不知道这件事,他仍然闯到这个房间去,见到房间里的人很多，且都不相识。那位老人家气派很好，所以坐在一旁，有人敬茶递烟，待以上宾之礼。他坐了好久，不见熟人来到，心中正在奇怪，突然有一个书记模样的人来说："唐先生现在有空了，请你到里面去谈谈。"那位老人家一时想不起哪位唐先生，施施然地跟了那人进去，看见房中坐着一位正是他的旧友唐绍仪，两人已十多年未见面，当然双方寒暄一会儿，后来唐绍仪问他："你想担些什么职位，我可以代你设法。"那老翁一听此言，心知不妙，就说出："我原是这个房间的常客，我是来看我女婿的。"唐氏才明白，这是一场误会，依然很客气地送他出门。

我们迁出华安大厦之后，本以为是日人借用，后来经这位老人家说明，才知道原来这个房间已被唐绍仪租用。其中有一位朋友心中很不服气，竟然走到华安去交涉，华安当局吞吞吐吐不敢说明真相，只把新租约拿出来给他看，签约的果然是日本人，语气中还隐隐约约表示唐绍仪已经"落水"，那位朋友才无言而退。

不久，报纸上隐约透露出新的联合政府正在组织中，并且显示某元老将出任"总统"。我们朋友间就推测到这位总统的人选，必然是唐绍仪了。

时隔不久，也就是民国二十七年（1938）的九月三十日，报纸上又曝出一件唐绍仪在自己住宅中，被人用利斧砍死的新闻。新闻中说，唐氏爱好古玩，有不少相熟古董商人，常在早晨带了大小不等的瓷器、玉器等向唐氏求售，其中有一个最熟的掮客姓谢，那天早晨手捧着一只四五尺高的大花瓶，坐着汽车，伴同一个姓林的人，手中拿着一个楠木小盒，去见唐绍仪。当时守门的人，因为姓谢的是常客，所以叫他把汽车开进住宅内，即刻再把园门锁上。

谢、林两人进入内室等候。唐氏起身之后，只有一个女佣端茶奉烟，姓林的人就把楠木盒中的八件玉器一一取出，唐氏细加把玩，爱不释手。待女佣退出之后，姓谢的就在大花瓶中，突然抽出一把利斧向唐绍仪后脑劈去，伤痕深达二三寸，唐氏未出一声已经瞑目而逝。之后，姓谢的从从容容地还是捧着花瓶出来，由姓林的人将内室的门锁上，同时还作鞠躬道谢状退出。

守门人问姓谢的人："你的花瓶怎么没卖掉？"姓谢的就说："老爷看不中，也没有办法。"说完这句话，守门的人就开了铁闸让他们登车扬长而去。

唐绍仪总统没有做成，老命反而因之送掉。

翠雕八骏 价值连城

唐绍仪做不成联合政府的总统，竟死于非命，无数人对他的不保晚节深为惋惜。而最感失望的就是日军当局，因为他们认为唐绍仪是组织联合政府的理想人选，现在唐绍仪一死，他们又要伤脑筋了！

唐绍仪惨毙之后，日方着令租界警方全力出动调查侦缉，认为谢、林二人隐伏租界之内，非拘捕归案不可，何况当时惨案现场，还遗留着一盒用楠木盒子装的古玩。

原来盒中的古玩，共有八件，其中一件还紧紧地握在唐绍仪手中。大约姓林的人见到唐氏已经倒在血泊之中，不免有些心慌，就匆匆离开现场，这盒东西，也就留在唐氏陈尸的室中。

这些古玩装在一个很精致的楠木盒中，盒盖上刻着四个大字，下款刻的是"莫釐席氏珍藏"。警方得到这件东西，就召集几个古董商人来研究，问这盒东西的原主是谁。几个古董商人一看见这件东西，都面有难色，不发一言。后经警方再三追问，才有一人说出，莫釐即洞庭山的别称，席姓是洞庭山的大族。警方得到这线索，就传讯一位曾经做过银行买办的席某，这位席某年事已高，一点受不起惊吓，很痛快地说出来："看来这是席裕昌的东西。"于是警方接着就传讯席裕昌。

席裕昌以律师为业，家中十分富有，喜欢收藏古玩，他家中的一切家私设备都是用楠木制成的，而且在苏州自建花园，规模不小。

席大律师在上海本也有相当声誉，可是"八一三"战事之后，一因年事已高，二因业务清淡，所以就靠出售历年珍藏的古玩来度日。在唐氏命案的前几天，姓谢的古玩商人对他说："你的那盒'翠玉八骏'，我已经有了买主，现在我想拿去给他看看。"席裕昌认为谢某向来很有信用，所以就把这盒八骏交给他。后来报纸上一透露这件命案，席氏看到了，不但惊骇，而且大跳其脚，认为姓谢的定会带了这盒古玩逃逸无踪了。

一天，席裕昌正在愁眉不展之时，忽然警方来了四个人，传他到四马路总巡捕房去问话。他本来对捕房中人都很熟稔，但是这一天他也提心吊胆起来，怕牵涉自己头上。到了捕房，他承认这盒东西的确是他的，是由一位姓谢的古董掮客取去代为经销的，当时许多警探都很原谅他，唯有一个日籍警探不以为然，说："这是珍贵的东西，何以会轻易地落在别人手上？"席裕昌迫得没有办法，推说："这件古玩，并非上品，乃玻璃做的，价值不高，所以随便给姓谢的拿去。"日籍警官也看不出是真是假，竟被席裕昌这句话混过去了。后来席氏便把姓谢的店铺以及日常行踪一一告诉了警方，方才脱身。

警方得到了席氏的资料，便大事搜索，但是四处搜寻，都不得要领，大约隔了十五天光景，席裕昌收到一封由香港发出的谢姓来信，笔迹很工整，词句很婉转，向席氏道歉。席裕昌得到这封信，即向警方报案，同时向警方申请发还这件古玩，其中有一个华籍捕头对他说："你申请发还，夜长梦多，不如另外仿制一盒，偷天换日，省事得多。"

事前，席裕昌为了销售这件古玩，早已摄成许多相片，于是连夜请人依照相片雕刻同样的八骏，以假换真，才收回他所失去的原物，只是一只楠木盒子还留在捕房。

后来，捕房得到席裕昌报案的一封信，与在谢姓人家中搜到的许多文件，核对笔迹完全相符，因此也在毫无办法之下销案了事。

那时节，租界捕房贪污成风，连日籍警官也同流合污，可是日籍警官，不知真的古玩已经换去，他提议将这盒古玩大家瓜分，他拿了四件和一只楠木盒子，其余四件由华籍捕头拿去。

这件案子，表面上好像已结束，但事实上完全不是那么一回事。姓谢的人在最初一个月，始终匿居白克路（今凤阳路）一位老中医马寿民家的一间斗室之中，未离上海一步。马寿民即已故名医丁济万的舅父，他原本不认识姓谢的，这个小房间是由当时在上海办小型报的毛子佩承租，姓谢的来居住，也是由毛氏领去。毛对马寿民说："这人是写文章的，他预备在这里写一部书，你们每天只要供给一些茶水，吃的东西有人会按时送来。"马寿民年高龙钟，不以为意，就让他住下去。有一家包饭作（即定做递送客饭的——编注）天天将饭菜送到，他闭门独食，马氏家人始终不曾同他谈过话。

住了一个多月之后，此人才一去无踪。隔了很久很久，连毛子佩也失踪了。直到抗战胜利后，毛子佩为了表示他的功绩，才把暗杀唐绍仪的经过透露出来，连香港发的那封信，也是预先布置好，由香港工作人员代为付邮的。

至于席裕昌掉换回的那八件古玩，原来是价值连城的翠玉雕刻的八骏，这种翡翠，叫作"玻璃翠"。雕刻之精不必说，单就翡翠而论，其价值已经无法估计。现在时势转移，翡翠涨得比一切都贵，如今这盒翠玉八骏，又不知落在谁家了。

唐绍仪死了之后，日本人大为失望，因为这块老招牌的号召力，在华中地区真是不作第二人想；但唐绍仪在死之前，何以拖延着迟迟不到南京去取"维新政府"而代之呢？因为唐绍仪提出的名目，要把新的政府称作"联合政府"，他不愿当主席，要做总统，华北方面已经成立的一切组织，都要归联合政府管辖。这一点就受到华北方面的反对，因为华北临时政府成立在先，认为新来的媳妇，何以竟要做起阿婆来？而且反对用总统名义，认为总统一定要人民投票选举才行。为了这点争执，时间便延宕下来，结果弄出这件惨案。

北方笼络吴佩孚的工作，因南方唐绍仪一死，做得更积极。本来吴佩孚住在北平东城什锦花园，门庭冷落，车马稀疏，但是吴氏的声望，名震全国，所以日本军人要演成这台戏，一定要利用这种大角色的名望来号召。可是，吴佩孚主意甚坚，尽管日本人百般诱惑，仍不为所动。

吴佩孚在那时对时局绝口不提，许多人去访问他，他总是作"王顾左右而言他"之状，满口儒学理教，一会儿说孔子，一会儿讲老子，有时候谈扶乩，有时候论鬼神，使去的人无法谈得入港。这时吴佩孚幕下还设立有八大处，这八大处就是参谋处、军事处、执法处、军械处、政务处、教育处、交际处、副官处，个个处长都穷得要命。追随吴的许多老部下，只有大锅饭可吃，有办法的人早已各奔前程。有关方面屡次拜访后，消息传出，不但若干穷苦的僚属心中跃跃欲试，而且许多多年不相来往的军人和政客，纷纷来拜谒和送礼，吴佩孚仍是高谈阔论，不着边际。吴的太太张夫人则不问什么人什么事，凡是送礼送钱来的，一律照单全收，而吴佩孚对时局的意见却一无表示。这样过了好多时间，始终不得要领，后来到民国二十八年（1939）十二月四日，吴佩孚患了牙疾，请日本医生诊治，得了败血症不治身亡，使得日本军方更为失望。

在"维新政府"成立之前，"华北临时政府"早已在民国二十六年（1937）十二月十四日在北平成立，华北的首脑是王克敏，维新的首脑是梁鸿志，他们的顶头上司，同为日酋寺内寿一。至于华北政府，何以要冠上"临时"二字，据说就是要等唐绍仪主政、吴佩孚主军的联合政府上场。现在唐、吴相继死去，华北临时政府这"临时"二字，也就随之取消了。以下又要介绍一位当时先为"维新政府"首脑，后来又成为汪伪政权的活跃分子的陈群出场。这件事将用倒叙法来写。

陈群潦倒　静极思动

那时节，在上海，大家感到政治的气压渐渐低下来，生活却也有许多压迫，抢购米粮不必说，作为燃料的"煤球"，也贵到几倍，因为上海的存煤越来越少，所以这时电力限制使用，每一户电表，最初限制每月只能用十五度，后来最少限到七度，超过限度，要加倍付费。马路上的霓虹灯及电灯装置，几乎全部停用。我们感觉整个上海快要成为黑暗世界了！

五洋杂货，大家拼命囤积，天天涨价。只有一样东西，不但不涨，反而跌价，那就是出售线装木版书的旧书铺，尽管价格一天天低落，依然无人过问。

我向来有搜集旧书的癖好，业余有闲，常到三马路一带旧书铺去看书。即使售价低廉，买的人还是不多，因为大家认为这些旧书铺，迟早都要关门，那么书价还会低，所以想买书的人，都抱着观望态度。

在三马路书铺中间，有一家专门裱画的铺子叫"米家船"，是我的老友钱化佛开设的。这家铺子市招很雅，取义于大米小米画的山水，名为"米家山"；他这房屋长方，形似一船，借裱画生涯，博升斗之利，所以题名"米家船"。我常常在看书之后，到那边去聊天，那里是一座二层的楼房，下面是裱画店，楼上租给陈群居住，有一个木梯可以登楼。早些时候，陈群不知从哪里弄来了很多旧书，名目繁多，这些旧书是三马路一带旧书铺所求之不得的，陈群就在那里陆续出售，以维生计。

陈群字人鹤，本来是北伐后上海威灵显赫的人物，与杨虎合作。那时有钱的人常常被套上一顶帽子，捉到警备司令部去，加以勒索。因为杨、陈两人杀人杀得快，所以被捕的人用钱也要用得快，杨虎、陈群发财也发得快，因此他们两人被人背地里称为"养虎成群"。

杨虎在杭州西湖畔盖了一座极大的"湖滨别墅"。一天，最高当局到杭州游览，在"楼外楼"望见文澜阁附近添了这座绿瓦红墙的华屋，就问起这是谁家的别墅，有人告诉说是杨虎新造的，当局大为震怒，随即把杨虎撤职，别墅充公，而且认为杨虎的一切罪恶，都是陈群策划的，所以对陈群也定了"永不叙用"四个字的考语。陈群只得匿居租界中，不敢越雷池一步。

陈群失势之后，曾经担任杜月笙办的正始中学校长，但因妻妾众多，挥霍无度，不久正始中学的职位也失掉了，所以潜伏在钱化佛的"米家船"裱画铺楼上，以买卖旧书度日。

"八一三"国军撤退之后，杜月笙曾派秘书胡叙五去劝他到香港，陈群开口就要三万块钱安家费才肯动身，那时杜氏也觉得他有点"狮子大开口"，只能任他留在上海。

我因为常到"米家船"，所以也认识了陈群。陈群生得很斯文潇洒，但是接触多了之后，发现他常常会讲满口粗话，谈的都是男女之私。

陈群又喜欢打麻将，但是来打牌的人很少，入局的老是几张熟面孔，而且输赢很小，足见那时陈群的经济情形并不佳妙，而和他来往的人也不多。有时我到钱化佛处去闲谈，陈群会走下来，拉我们上去一同聊天，谈上两三小时，往往没有人来访。他对战事的看法是，认为日本的泥足越陷越深，打不出什么名堂来的。

但时隔不久，就有无数陌生面孔的人来访陈群，每天晚上总有从妓院中发出的请客帖送到"米家船"来。

钱化佛见陈群忽然活跃起来，已经有些怀疑，又隔了不久，陈群对钱化佛说："我先付你三个月房租，房屋请你代为看管，你有客来往尽可使用，我不一定来，也不一定不来。"交代清楚之后，陈群就离开了"米家船"裱画铺的居处，好久没有回来。

一天，钱化佛告诉我，陈群离开之后，还是有不少人来找他，有人问钱陈群住在新亚大饭店几号房间，电话几号。钱化佛只能回说"不知道"。可是别人以为他不肯讲，苦苦缠着他，要一个答复，钱化佛迫于无奈，就说："据我所知，古拔路（今富民路）他有一个小公馆，你们自己去找他好了。"可是电话打到古拔路，接听的人说："此地没有陈先生，陈先生和家眷都已搬走了。"由此看来，陈群已经落水了。

后来才知道，梁鸿志等一批人都聚集在新亚大酒店，筹备南京新组织，他们认为租界上不安全，所以全部人马都住进虹口日军司令部的大本营新亚大酒店，轻易不肯离开虹口一步。

消息渐渐透露出来，南京的伪组织定名"维新政府"，这是梁鸿志想出来的名目，是根据诗经"周虽旧邦，其命维新"而订定的，意思是要实行新政。

因为日本人的原则，全沦陷区不愿意有一个统一的政府，当初和唐绍仪之所以谈不拢，症结即在此点。所以华北有华北的组织，华中有华中的组织，大家不相联系，只是旗帜都是用红、黄、蓝、白、黑五族共和的老国旗而已。

一天，陈群突然间到"米家船"，邀约钱化佛谈话。他很坦白地告诉钱化佛："两年以来，郁郁不得志，而且战争之后，穷得要命，现在决定落水了，希望你对我谅解。另外我有一个使命，想请你邀约几个报界朋友，到南京去出版一张官方报纸，那边报馆设备俱全，只缺一个主持人，而维新政府的人，一部分来自北方，一部分是南方凑集的，最缺少的是能办报的文人，你多年以来，对报界方面完全熟悉，这件事想来你一定有办法的。"

钱化佛听了他的话说："我一向比你还穷，现在房租积欠多时，战事一起，卖画的生涯等于停顿，我靠的就是你每月付给我的房租挪作家用，现在只求你按月付租，我就能勉强度日。我也不想升官发财，你要我约报界朋友到南京去办报，只怕一开口，就被人家骂出来，所谓鞋子不着落个样，我对这件事实在无能为力。"当时陈群显得很不自在，只批评了钱化佛六个字："硬到底，苦到死！"

第二天，陈群又来说："你有没有现成的画，我要买二十幅，作为送礼之用。"钱化佛认为这是生意不便拒绝，就寻出了二十幅画给他。陈群掏出一大沓钞票，塞入钱化佛袋中，临走时留下一个电话号码，希望他回心转意，要他介绍一个主笔及编辑人员，且说："这个报馆希望由你来当总经理。"钱化佛只能报以苦笑。

我听到钱化佛这番话之后，就觉得维新政府的组织人才，实在寥落得很，连一张报纸都办不起来。果然后来维新政府在南京成立，只有日本人办的《新申报》为他们张目。

宏济善堂 支持伪府

维新政府在南京成立起来，我们住在上海孤岛的人民都没有什么表示。据说上海伪市政府，也不过派了几个代表去道贺。所以南京政府尽管锣鼓喧天地登场，孤岛上大多数人民都不知道。

那一年的冬天，天气很冷，每天早晨总有几十个吃红丸白粉的人倒毙街头，仁济善堂召集开会，要设法募集衣被，救济街头穷人。仁济善堂自从战争开始后，做了许多救济难民工作，经济已经很困难，再加上租出的屋宇收不到租，除了仁济育婴堂以及施诊给药的事情之外，种种工作都无法展开。

仁济善堂开会那天，董事到会的很少，只有普善山庄、同仁辅元堂两个收尸葬埋的团体，派代表来报告，说是英法两租界，每天死亡在街头的平均有四十人左右，而南市、闸北两区死亡的达六十人之多。我们初时只知两租界的情况，南市、闸北根本不知道，因为向来消息隔绝，这个报道，听了令人恻然动容。

可是仁济善堂的财源越来越少，维持一个施诊给药部，每天要施药八百剂，已经十分吃力，仁济育婴堂由于有些外界捐款还能自给自足，要是向街头贫民送棉衣棉被，真是有心无力，那时节一般居民多数自顾不暇，对社会救济的热情也跟着消失。大家面面相觑，认为这件事要是举办的话，又会有成千上万贫民拥到仁济善堂来，所以主席宣布这件事，断然表示不能接受。

这次会议，大约谈了三个钟头，我听到好多消息，都是闻所未闻。

第一件事：上海表面上大家闹着米荒，底层中还闹着鸦片烟荒，因为上海成为孤岛之后，剩余的鸦片越吃越少，一般烟民越吃越穷，既吃不起鸦片，又打不起吗啡针，于是大家改吃白粉和红丸，尤其是红丸，销行更广。有这种嗜好的人，饭可以不吃，而红丸是一天也省不了的，张罗钱财，东奔西走，有些人有家，有些人没有家，只要一到晚间，天气寒冷，这些人两脚就会软下来，瑟缩蜷伏在一个角落里，一动也不动。深夜天气更冷，一阵西北风起，就呜呼哀哉，所以死亡的人数很多。

据普善山庄的人说，所有的"路倒尸"僵直的很少，多数弯曲得像一只虾。租界上的工部局，对普善山庄，有一小部分津贴费，只是限制他们每天早晨九点之前，一定要把这些尸体集体搬运出去，葬在沪西荒地中。

有一个笑话。一天，他们的运尸车正走向沪西途中，突然有声音发自尸棺堆中，仔细一看，原来一人还未死，那个半死的人声声喊着："爷叔，帮帮忙，我还活着，请你把我搬出来放我走。"车上的工役对他说："你迟早会死，车到郊外再说。"那个半死人又说："做做好事，我只要五颗红丸吞下肚，立刻可以起死回生。"那个工役说："我们只管运尸，哪里有红丸供给你？"说着不管三七二十一驰赴目的地。

第二件事：普善山庄收的尸体，向来每一个尸首，都有一具薄皮棺材，但是这一年因为尸体多，木料涨，只好两尸三尸合一棺，车到荒郊之后，开棺把尸体搬出，丢在深坑中，而棺木仍带返市区，再作装尸之用，所以这种棺材，也成了象征式的道具了。

第三件事：有人讲出毒品的来源。在开战前，上海的毒品来自四面八方：最上等的鸦片是"云土"，产自云南，由云南经暹罗、香港运到上海；较次的是"川土"，是四川产的，由四川经长江运到上海；再次等的叫作"红土"，是东三省热河区域的产品，品质劣，其中毒素重，吃的人少，但是经过"浪人"加工提炼，能制成白粉和红丸，专门适应一般贫苦阶级中人吸食。

毒品的推销买卖，都操纵在黑色人物手上，自从上海成为孤岛之后，云土、川土已绝迹，只有红土源源不绝地从关外运来，这是一个巨大的财源，收入是很惊人的。

谈论毒品事件的人说："仁济善堂，现在紧缩得不像样子，可是另有一个宏济善堂，却成为沦陷区中最富庶的机构，他们的收入比海关收入的数字还要大，他们的财富，几十间银行的存款都敌不过。"有人就问："这个善堂做些什么善事呢？"那人就说："这个善堂名为善堂，暗地里却是供应整个沦陷区毒品的机构，主持人是盛文颐，号幼盦，大家叫他盛老三，是一位名门后裔，独家包运包销热河省所出的红土。"

宏济善堂，没有招牌，只是烟土箱子上贴上一张"宏济善堂封"的封条，军、警、政的人，碰也不敢碰它。

维新政府成立初期，收入无着，支出庞大，一切经济来源，都靠宏济善堂拨付，所以所谓维新政府，实际上是靠沦陷区的烟民来支持的，各地大小伪组织尽管表面上冠冕堂皇地欺压民众，实际上这班耀武扬威的官员，都是宏济善堂所豢养的。这许多消息，我听到之后，见闻大开，感慨万千。

弃官不干 腾传众口

维新政府不设主席，由梁鸿志担任行政院院长。梁鸿志是一个著名诗人，民国初年当过段执政府段祺瑞的秘书长，人称安福系。

维新政府成立后，上海租界上的报纸，有些一味攻击，有些只字不提。不过有一次说到梁鸿志提出辞呈，坚决要扔掉乌纱帽，报上还说陈群等也随之提出辞呈。当时我们不知道他们闹的是什么把戏，以为总不外乎争权夺利，哪知倒是一件力争国宝的公案。

当时的上海人，除了看报之外，私底下有一种口头新闻，大家奔走相告，称作"蚂蚁传"，意思说这些新闻的传布，好像蚂蚁传达消息一般。所以报纸之外的消息，也散布得很快。这时节民间传说，国民政府在撤退时有一批故宫博物院的古物未曾带走，保存在"朝天宫"中。这批古物本来藏在北平故宫中，因为当华北情况紧张时，国民政府想把一部分古物运到南京来，但是受到北方政界和文化界的反对，所以一时未能实现。不知道哪几位高明人士和伦敦博物馆洽商之后，要选择故宫的精品运到伦敦去展览，于是组织了一个庞大的委员会，选择历朝铜器、玉器、瓷器、漆器，以及古画、古书千余件，就用这个名义把它运出北平，到伦敦去展览。当时上海商务印书馆出版过好几本彩色精印的图册，载有这批珍贵的古物，并有详细的中英文目录和图片说明。

这批古物展览完毕之后，英国如期运回，可是北平已经沦陷，于是展览品要由船只陆续装运到南京。那时节时局已极紊乱，正是上海"八一三"战事的前夕，国民政府急电伦敦，将运回古物的事情从缓实施，可是英国主办机构已将一部分古物由船运出，直运南京，南京政府就把它们珍藏在"朝天宫"中，用箱笼锁好，再加墙砖封砌，外表不容易看得出来。

"八一三"战事既起，不过三个月的时间，日军就进攻南京，南京政局在很短时间中变得面目全非，哪有时间顾得到这批古物。不过教育部方面派了若干可靠人士抢出几百件名贵的古物，如铜器、瓷器以及石鼓等，由专人运往后方，那十个石鼓，既重且笨，搬运途中经过无数周折，居然也运到重庆。

可是还有无数铜器和几箱古物古书，留存在南京。此外还有大批古物，在重庆政府安定之后，由英国用飞机运到香港，再由香港运到重庆，胜利之后，又由重庆运回南京，不久从南京运到台湾，所以在台湾还保存着大批故宫珍品。

日本军人向来每到一地，必尽其搜掠之能事，把搜劫到的东西，作为"战利品"运日本展览，借以鼓励士气。在进占南京初期，当然也劫掠了不少东西去，可是并没有发现"朝天宫"中的一批古物。等到维新政府成立之后，日本军人忽然发现了"朝天宫"内部暗藏了无数箱笼，打开箱笼一看，发觉原来是一批古董、古书、古画，但是他们不知道是什么来历，只是决定要把它运往东京。

陈群得到这个消息，就告诉梁鸿志这批古物的来历，梁鸿志就向日本人要求，停止搬运。日本人并未加以理会，梁鸿志急得没有办法，只好提出辞呈，说是"不干了"，所有属下各部长也随之提出辞呈。日本人初时不知道这批古物的名贵，见梁鸿志坚决到如此地步，不愿因些破烂的东西，把维新政府拆散，所以这批古物得以保存在南京，待到胜利之后，点收的结果还留存一半以上。

这件事情，上海的"蚂蚁传"讲得有声有色，大家认为梁鸿志究竟还不失为一个读书种子。

陈群藏书 化公为私

陈群在三马路"米家船"楼上的居处，布置相当雅致，中央挂着一个小匾额，叫作"双宋楼"，我常常上去和他闲聊。我说："清朝浙江归安陆心源有一个'皕宋楼'，藏了两百部宋版书，著有《皕宋楼藏书志》，现在你这个'双宋楼'的意思，是不是也藏着两件宋代的古物或是两部宋版书？"陈群轻轻地摇着折扇说："看你年纪不大，肚皮里倒有些货色，竟被你一语道破，我的确藏有两部宋版书。"

当时我就讲出："从前藏二百部宋版书的皕宋楼的那位主人，照书目看来，实际上只得一百二十部书，后来主人逝世，全被日人买去。现在中国人藏有一部宋版书的人已极稀少，而你竟藏到两部，真是难得！"接着我又讲出上海虽有几位收藏家，据我所知只有南浔刘家有一部宋版《史记》；哈同花园曾经藏过一本宋版《孝经》；袁寒云有过一部宋版诗集，卖给丁福保；张菊生的"涵芬楼"也藏有宋版书几种，后来编印成为《百衲本二十四史》，是由几个藏家凑集完成的，但是这件事情已成为学术界空前盛举。现在宋版书已成稀世之珍，民国二十年（1931），北平琉璃厂富晋书铺曾经搜集到一部散佚的宋版《大观本草》，因为残缺不全，铺主人把它拆开来卖给人家，每一张的代价，是银币十元。丁福保曾经买到一张，把它裱成册页，作为医室的装饰品。陈群听我如数家珍地讲了一大篇，点头含笑，极为高兴。我又说："同样是宋版书，也分为几种，一种是南宋版，一种是北宋版，一种是南宋版而元代重印的，一种是南宋版而在元代复刻的，所以版本大有区别。你所藏的两部，可能是复刻的，而不是真正的南宋版。"我这句话一出口，他瞪着两眼说："你怎么知道这样多？"我就说："日本人印过两种书，一种叫作'宋版书影'，另一种叫作'支那宋版书研究'，他们把全国图书馆收藏的中国宋版书，都摄了书影加以评述，北平的中央图书馆也藏有许多宋版书，是根据日本这两种书作为参考鉴定的。"陈群听我讲完，就说三天之后，准定把他藏的两部宋版书拿出来给我看。

后来我看到他的两部宋版书，书名极冷僻，都是南宋的刻本。我告诉他北宋本比南宋本价值高得多，陈群就问我北宋本究竟是怎样的，我立刻就走到隔壁来青阁书店，借了一部恽铁樵影印的"宋版内经"给他看，是北宋的本子。陈群看了之后，呆了些时，因为北宋本的字体粗壮，版口宽阔，鱼尾美观，他自己的南宋版本书，就差得远了。接着他问恽铁樵的北宋版内经是哪里来的，我说："讲穿了一文不值，恽铁樵根本就没有这部书，只是把日本人的影印本复印而已。"后来他又问南北宋版书的纸张怎样辨别，我说："南北宋版本用的纸多数都带些黄色，纯白色的极为稀见，有些即使原来是白色，久藏之后，也渐渐地变成浅黄色了。"陈群高兴起来说："我想看看丁福保医室中的那张北宋版册页。"我说："那很容易，每逢星期五丁氏有一个'粥会'，到时我来陪你同去参加。"（按：粥会，最初是丁福保所发起，因为无锡人晚上都喜欢吃粥，后来吴稚晖也加入了这个会，因此声名大震，第一次参加的，一定要有一个老会员介绍，随到随吃，并且大家都随带一些书画古玩，互相观摩，至今这个粥会在台湾仍继续举行。）陈群由我介绍参加"粥会"之后，对书籍版本之学的兴趣大为提高。

自从维新政府成立之后，陈群就到南京去了，我和他便没有见面的机会，不过听说维新政府的各部部长，多数庸碌无能，对江浙两省的情况，知道得不多，唯有陈群头角峥嵘，是这群人中的智囊。

　　大约相别了七八个月之后，陈群回到上海，又在"双宋楼"出现，打电话找我去看书。我应约而往，只见楼上已经堆了大批旧书，看来琳琅满目，都是善本。我首先看到的是一部陶渊明集初刻本，其版本之佳、纸张之美，已是爱不释手。陈群还在招待别的客人，他说："老弟，你不要光看这本书，在书桌上面有二十多部书，请你观摩一下，这批书是什么版本。"我就不客气地坐在书桌旁，仔细地看了一个多钟头。因为我对日本影印的"宋版书影"印象深刻，就看出这二十多部书的鱼尾，都是宋版，但是我又怀疑不可能有这么多的宋版书集中在一处，后来我忽然有一个灵感，其中有几部书，书的第一页好像见到过，想了半天才想出来，就是在商务印书馆出版的几巨册伦敦古物展览画册图片中见到过，再一想，就想到了这批书可能就是南京"朝天宫"中的东西，被陈群据为私有了。但是我又不便说穿他，所以只是看而不说一句话。

　　陈群周旋在许多客人中，一忽儿已经排定筵席，筵席是由小有天闽菜馆送来的。陈群招呼我入席，对我说："你看了这批书有何意见？"要我用耳语方式轻轻地告诉他是真还是假。我心想这些书真到不能再真，明明是"朝天宫"中北京故宫旧藏的珍品，但是说穿了有所不便，我只能说这是"国宝"而已。

　　我在回家途中想，原来维新政府的内政部部长，已把"朝天宫"中的珍本古书，都化公为私了。

第七章

七十六号成魔窟

民国时期，外滩和南京路交叉口
处的格林邮船大楼

前边文字写的都是上海抗战的前期情况，写到维新政府结束，就是所谓"前汉"时代终了；到了汪精卫登场，一般人称为"后汉"时代。这里围绕汉奸们的动态，分别出"前汉"和"后汉"的界限。

当时我预备一直写下去的，当然"后汉"时代的情况，格外热闹精彩，但是"前汉"的人物大多数已经死了，落笔可以无所顾忌，唯"后汉"时代的人物，至今尚在人间的依然不少，而且有几位还是素所相识的朋友，有的私交很好，有的我对他的才华极为钦佩，况且我又不是他们"圈内"的人，仅凭我当时耳闻目睹和生活上体验到的情形来追述旧事，自知一定会有若干错误的地方，所以当时写到傅筱庵之后，就搁笔了。

自从《银元时代生活史》写完，印成单行本，这虽说是我凭一时兴会所写，但埋头写稿，时间上常感无法应付，所以几次要搁笔不写，可是经不起编者的热诚催促和读者们的函件纷至，只好再抓起笔杆来续写这篇《抗战时代生活史》。

但是先要声明，本文如有记忆错误，记载失实，读者不妨随时加以指正，我是很乐意接受。更要郑重说一句话，我在落笔写到几个素所相识的人时，绝对不会提到他们的真姓名。因为何必提到他们的往事，刺伤他们的旧疮疤？

好在本文不是写抗战史事，要论年月先后，只是以个人生活为出发点，所以希望相识或不相识的朋友，不必介意。

七十六号 首先开张

我首先要讲的是提起来令人心惊胆寒的"七十六号"。这个七十六号，初时是由李士群、丁默邨两人主持的，地点在沪西极司非而路七十六号陈调元旧宅。他们首先向上海的青帮和红帮两个头子招人马，不论强盗、小偷、匪徒，只要会打架、会开枪，有不怕闯祸的勇气，都量"才"录用。他们这种手法，就比早期的汉奸常玉清要高明得多，因为常玉清手下的人，只限于自己的徒弟，范围窄，声势小，权力不大。

七十六号组织，先向"红帮"头子龙襄三收买人马。龙襄三虽是红门山头的首领，但是他穷得很，从前做一件案子不容易，抢也抢不多，偷也偷不大，绑人的事件也不易为，不像目前香港的匪徒可以随心所欲，予取予夺，报纸上天天有抢劫的事件。那时红帮中的坏分子生活很艰难，龙襄三手下的人，做的案子无论是抢是偷，都采取大家庭制度，"有案大家做，有钱大家分"。所以当时上海有人被抢荷包，只要向黑社会中人说明被抢的地段，他们就会替你找回来，或是拿回一半失款，或是收回所有文件。龙襄三虽是帮口头子，但也很穷，所以七十六号一招手，龙襄三就率领他的弟兄们投奔了这个组织。

那时还有一个帮会，叫"青帮"。青帮中的坏分子比较"活得落"，有些贩毒，有些走私，有些开赌台，有些开花会（又名字花），有些办烟窟，有些包妓院，青红两帮比较，贫富相差很大。

上海青帮头子算是曹幼珊，他比较有骨气，开口总是骂日本人，无论如何不肯参加七十六号。那时青帮中掌门人是季云卿，于是七十六号对季云卿就百般拉拢，送上无数珍贵礼物，岂知季云卿也有些不在乎，同样不肯出面去做这种事情，倒是他的司机吴四宝说："老头子，你不做，就让我去做吧。"

吴四宝在季云卿门下，是一个心狠手辣的徒弟，逢到要用枪的事，都由吴四宝下手。吴四宝本来是世界书局沈知方的司机，逢到车子有损坏的时候，都由司机负责修理。那时修车的车行少得很，他有一南通同乡是开汽车修理行的，而且有车床设备，车床的用途大得很，什么零件都可以车出来，吴四宝对车床兴趣很浓厚。

那时青帮中人私藏各式手枪或盒子炮，大约有几十件，凡是损坏了，都交给老头子季云卿想办法修理。季云卿就交给吴四宝去办，吴便转交给他的同乡去修整，每次修好之后，交还吴四宝到郊外试枪，因此吴四宝枪法逐年进步，枪由他试过，万无一失。连吴四宝的妻子佘爱珍都会开枪，而且能左右开弓，双手发射。

季云卿出出入入，也怕冤家寻仇，他不用保镖，就由司机吴四宝兼任保镖，遇到有事，吴四宝开枪还击是百发百中的，所以在圈子里有神枪手之称，因此吴四宝就进入了七十六号。

起初，七十六号的组织还不够庞大，李士群派出去做暗杀的杀手，常常击而不中逃了回来，唯有吴四宝打一个中一个，因此他就坐上了行动组的第一把交椅。

在七十六号中杀人最多、立功最大的就是吴四宝。短短的半年之后，他就成为七十六号的主要人物，只要李士群开出名单来，他都可以按图索骥，置对方于死地。

后来，杀手逐渐增多，吴四宝就很少亲自出马，但是七十六号魔窟的声威，却震惊了整个上海，那时候汪精卫还没有正式登场呢。

国军败退 汪氏变节

我们知道在唐绍仪被杀之后，傅筱庵当了伪上海市市长，我们局促在租界上，这时租界虽说已成孤岛，但敌伪势力，并不直接侵入，一切还算自由，刊登各种反日论调的报纸照常出版，对伪组织百般抨击和讽刺，连日本人也奈何他们不得。

报纸是市民的精神食粮，战争看上去，国军一路败北，日军一路深入，每逢一个重要的城镇失守，总不说一个"败"字，往往说是"转移阵地"，看报的人，明知战事不利，还是抱着一种希望，认为日本人泥足愈陷愈深，大家心里都有一个"最后胜利必属于我"的信念。这种信念十分重要，我们的全部希望，就寄托在这句话上。

一天报纸上登出一个消息，汪精卫脱离抗战阵线，由重庆搭飞机到昆明，这张飞机票是他手下的交通部次长秘密为他安排好的。

汪精卫到了昆明之后，又乘飞机逃出国境，飞到了越南。这个消息来得非常突兀，我们就想到军事上尽管败，要是政治上起了变化，那么败起来真要排山倒海了。这个消息，令大家惊惶而气馁。

报纸上的消息乱得很，但是民间有一种传说，比报纸所载还要详细。说是汪精卫在重庆郁郁不得志，他本来有极大的领袖欲，他的妻子陈璧君一直想做第一夫人，然而在重庆从来没坐过第一夫人的位置，招待外宾轮不到她，招待军政首长又轮不到她，所以她蓄意要推翻原来的局面。但是我们总在想，汪精卫是早期的革命人物，清末在北京行刺摄政王，有一首诗所谓"引刀成一快，不负少年头"就是他的名句。无论如何他即使脱离重庆，一般的推测，或许跳出重庆的圈子，决不会做汉奸，大抵他到了越南，再乘飞机到法国，静候战局的变化，打开一个新的局面。这时候，又有一种传说，认为汪精卫离国出外，是政治上的一幕"双簧戏"，一个扮红面，一个扮白面，大家想来或许是有默契的。这是一般人自然而然的天真想法，实际情况谁也猜不出，总之大家认为汪精卫不会做汉奸的。

可是不幸得很，汪精卫在河内发表了一个电报，主张和平。这个电报发出的日期是十二月二十九日，代日韵目

汪精卫（右三）在东京会见东条英机（左三）

是个"艳"字，就是后来著名的"艳电"，电报的内容含有投降性讲和意思，这电报使大家很失望。

过了几个月，消息又传说汪精卫在河内高朗街一个小住宅中，遇到刺客，他的亲信曾仲鸣，被击中要害。新闻公布出来，就打破了"唱双簧"的传说，因为双簧毕竟是假戏，假戏是不会做到这般真的。而且事后捕获的枪手，曾被越南当局拘捕，都承认是来行刺汪精卫的。

这个事件发生之后，汪精卫惊惶不已，立刻离开越南，搭乘一艘日本小火轮"北光丸"逃离越南，转辗到了上海，住在虹口土肥原的旧居"重光堂"。消息传得很快，因此上海人就想到汪精卫真是要落水做汉奸了。

上海人对汪精卫做汉奸这件事情，起初只是怀疑，希望不会是事实，大家纷纷谈论。有些人说汪精卫是读书人，必然有相当的骨气，不会认贼作父；有些人说汪精卫一生反复无常，叛国也是有可能的；有人考查出汪精卫过去的所作所为，在袁世凯想做洪宪皇帝之前，曾和袁氏长子袁克定结拜过弟兄，幸亏袁世凯只做了八十三天皇帝，活活气死了，否则汪精卫也是洪宪朝廷的一员。在召开北京扩大会议时，他又与许多军阀和民国的败类混在一起，担任过扩大会议主席。后来在武汉政府时代，汪氏又摇身一变成为左派极端分子，以后虽然屡次为南京所原宥，然而总是弄到不欢而散。所以有这些历史的引证，汪精卫做汉奸是有可能的。

不过，别人做汉奸，都起不了什么颠覆国家的大作用，但是汪精卫做汉奸，大家当时都惶恐起来。因为向来做汉奸的人，都承认落水做汉奸，没有国家，没有祖宗，只是为了钱，虽然由日本人拿出钱来经营种种机构，但是都不免要避东避西不敢公开露面，成群结队，只能住在虹口或沪西，苟安一时，租界警方即使知道，也奈何他们不得。但是汪精卫一做汉奸，却高唱和平主义，形势就为之大变了。

托词和平 实行卖国

汪精卫的"艳电"文稿以及一切演讲词，会把极荒谬的主张，说成一套动听的话，这是汪的长处；但汪精卫从重庆、香港带来的人手，实在少得可怜，为了充实他的阵容，第一件事就是伸手向日本人要到一笔"开办费"，拉拢流亡分子，组织一副班底，因为他知道只要有钱，就有人来附从了。

果然在他的组织手法下，许多失意的人钻头觅缝，如蚁附膻地由四方八面走来依附他。最初我只知道在威海卫路有一间"太阳公寓"，好像青年会之类，有公寓的设备，从前是许多高级知识分子寄宿之处，因为花费不大，所以都下榻在这里。太阳公寓内本来有一个中社，此时忽然成为汪派一个招兵买马的驿站，一般伪组织的人，美其名曰"招贤馆"，招贤的风声一传布开，于是许多失意政客，或者托人，或者毛遂自荐投上履历片去接线头。

各行各业中最可怜的人，既不能经商，又不能挑担，说起履历来从前都是什么长什么长，一旦失了依靠之后，就会十年八年赋闲没有事干，所以投奔招贤馆去的人数，实在不少，而且一经录用的话，就可以拿到一笔"卖身银子"，以后月月拿到干俸，静候组织成功，分派职位，袍笏登场。这个组织我就隐隐约约知道有许多相熟的可怜人物都去应征。

汪派最着重的是要吸收从前国民党中做过执行委员或是干事之类的旧员。"八一三"开战之后，上海还是有一个国民党上海特别市党部的地下组织，人数也有一百多人。这批人因为在战时经费不裕，薪俸改削得很薄，而且避东避西苦得很，这类人，除吃"党饭"之外，不要说经营商业，连跑单帮都不会。有钱的党老爷，早已溜到后方去，没有钱的干部留在上海，都是很可怜很清苦。而且做过国民党干部的人，就是日本人要逮捕的对象，这班人正在彷徨无所适从之际，一经接洽，竟然整批地倒了过去。这是汪精卫第一炮"银弹攻势"的收获。

巧立名目 组府还都

我对汪精卫的才能，老实说，在学生时代是很崇拜的。记得在我十多岁时，于南市民立中学读书，民立虽是一座有名的学校，但是没有图书馆，也没有阅报室，四点钟放学，就要到小西门口"少年宣讲团"去看书看报。这个团体相当于青年会之类，不同的是，它并不是一个传道的宗教机构。逢到星期六下午，必请一名人演讲。

当时的名人演讲，我听得很多，只觉得黄炎培（任之）讲得很动听。有一位称为演讲家的戈鹏云，讲得也不错，而且他提倡一种"大粪主义"，说得更是有趣。平时演讲会听的人很少，难得见到满座，只有一次，他们请了汪精卫来演讲，这天却上上下下都坐满了。汪氏登台时节，穿着笔挺的西装，风度飘逸，由他的妻子陈璧君陪同前来，演讲时陈璧君坐在一旁。

汪精卫一开口，就是广东国语，由于他口舌敏捷，说得十分流利，讲些什么，现在我已记不起来，不过对他有一个深刻的印象，就是他说的话，头头是道，极为动听，听罢了他的演讲，大家都有"此人不出，如苍生何"之感。所以我在年轻时代，对汪氏就是倾倒的一分子。

待到民国二十七年（1938）十二月二十九日，汪精卫在河内发出"艳电"之后，大家对他的看法为之一变，我对他虽然失望，但仍希望汪氏变出一套新戏法来。可是传布全国之后，抗战的前途，无论军民人等，心理上都发生极大的变化，若干恐日病的患者，认为从此之后，抗日之战，便要支持不下去了。

我对汪的希望，总以为他必有一套，不会步一般汉奸的后尘，但是待到汪由河内乘日本船来到了上海，避居在虹口日军势力范围之中，我们一班人才发觉他真的要做大汉奸了，对他的变节，认为可惜得很。

当时我们所有的朋友，三三五五相聚谈的无非是汪精卫叛国这件事。我和丁惠康等有一个聚餐会，每次都在法租界"十三层楼大厦"丁的诊所中举行，名义上规定每人都要约一个女性来参加，汪精卫的心腹褚民谊几年来每次都来，有时候还带一些"小电影"来放映。

自从汪精卫到了上海，褚民谊依然从不缺席，不过谈到政治的话，他总是说："叫我唱戏，打太极拳，或是踢毽子，我是个能手，对政治，大家还是不谈为妙。"话虽然这么说，可是褚民谊毕竟是一个糊涂人，用旁敲侧击的方法激将他，他还会无意中透露出消息来。原来汪精卫到上海之前，陈璧君已由香港到了上海，这"和平运动"的策动已酝酿了好久，牵线的人，并不是褚民谊，而是一个大家料想不到的大学教授傅式说。

傅式说纯粹是一位学者，向来不谈政治，也没有做过官，私生活严谨得很。他写的学术性文章也极著名，是日本首相近卫文麿的同班同学。中日战事愈演愈烈，没有一个收拾的方法，那时节傅式说还在上海执教鞭，近卫就要他出来设法斡旋，约定如果汪精卫发出"和平"宣言，近卫就会有同样宣言响应发表，当然还谈定了双方可以接受的"和平"条约，而且日本愿意趁机退兵，结束这场战争。

这一段，是褚民谊在酒后吐露出来的，大家疑信参半，静观其变，因为近卫是一个文人，军人另有军人的一套，特别是陈璧君要求数目惊人的"和平"运动费用，日本特务完全应允，不知其数的钞票，交给陈璧君，于是陈决意听日本人摆布。所以后来伪政府成立，傅式说先做铁道部部长，所辖的铁道只有短短的从下关到城里，后来又调任浙江省政府主席。

从前落水做汉奸的人，都是第三流、第五流的人物，汪精卫到底另有一套，他仍然要保持着国民党的系统，要保持国民政府的名义和使用青天白日满地红的国旗，所以想出来的运动，叫作"还都组府运动"。

干这种事，他向来是有一套的，譬如在反对国民政府时代，他组织过"中国国民党改组委员会"，以后又有什么什么委员会，所以这一次他还要保持他的一贯作风。

首先组织的，就是中国国民党中央委员会，罗致从前吃过党饭的一班人重组一个中委会，好在周佛海早已到了

庆祝汪伪"国民政府还都典礼"游行闹剧

上海，他的改组派的人员流落在香港、上海的很多，这时他极力想法拉拢，褚民谊当过中央委员，当然也是其中之一。

不得已而求其次，就是要罗致上海市党部的一些党委员。

凡是职业界中的人，都有一种职业上的技能，唯有做了党政人员之后，地位一高，做什么生意都拿不上手，闲下来就活不下去。所以汪精卫一招手，大家都抢着要挤入名单之中。

金钱万能　群丑毕集

汪精卫潜伏在虹口时节，最重要的助手，就有周佛海、林柏生、梅思平、丁默邨等，他们虽然都做汉奸，但派系不同，倾轧得还是非常厉害。起初传说汪派要接收海关，因为海关有一笔"关余"，数目大得很。可是那时海关还在英人的势力范围之下，这个念头，终属妄想，幸亏周佛海长袖善舞，想出来的办法另有一套，日本人只能乖乖地从某种款项中，拨出一笔巨款来供给他们使用。

日本人的军票，本已四处推行，可是拿军票出来收买汉奸，还是行不通，所以由正金银行供给大批老法币，也不知这笔老法币是从哪里来的，只知道周佛海弄到了一笔数目可观、连号簇新的纸币。

谁分到多少，局外人不得而知，我只知道有一个朋友，叫江亢虎，在开战之后，穷到一身之外无长物，住在"落上落下"的阁楼上，天天找商务印书馆交际博士黄警顽借钱。黄警顽收入也不多，因此往往在中午时间，同我陪江到饭店弄堂去吃餐饭，吃过之后，还要用纸把残肴和白饭包成一包带回去。

自从汪记招贤馆开了张，江亢虎自以为是一个了不起的人物，他曾创建过社会党，自称党魁，后来还创办过几个莫名其妙的党和当过什么南方大学校长。这时他认为投入汪派一定可以拿到不少钱，可是事实令他很失望，拿到的只是一笔很少的生活津贴。

他多年穷困，一旦有了些钱，便头重脚轻起来，到处招摇，要组织新党，这一下犯了汪派的大忌，所以一笔津贴用完之后，来源断绝，又回复穷汉模样，足见那时的一般人心，对汪派深恶痛绝。（按：后来汪精卫到了南京，江亢虎亲自访汪，在大哭大闹之后，汪利用他有一点点名气，让他当了一个考试院副院长。）

我又认识一位老先生，叫袁希洛，他和袁希濂是昆仲，在教育界极有地位。不过袁希洛有一种怪脾气，喜欢骂人，对国民党的大员，骂得很厉害，可是大家因为他是大教育家，对他还是很恭敬。袁氏以鬻字为生，我也因为要写一些东西，去访问过他。那天正有一个说客，要他参加汪派，出面组织江苏省教育会。他一面听话，一面不出声，把汪精卫从前两句诗改成："引刀何曾快，作了汉奸头。"写出来示人，一时报纸大登特登。大家想起汪过去刺摄政王的一幕，如果真的把他少年时的头颅砍了下来，那就可流芳百世，现在却真的辜负他少年时的头而成了汉奸头子，遗臭万年倒是有份了。

一部分人都为汪精卫可惜，认为他一入日本军人的牢笼，以后任由敌人摆布，汉奸之名总是洗不掉，于是"唱双簧"的说法渐渐没有人再提了。后来汪精卫死在日本，其葬在南京的坟墓，也被人夷为平地。

推测汪精卫当时从重庆退出，蓄谋已久，在上海布置着褚民谊这只留在租界的棋子，在香港又布下了陈璧君这只棋子。这是因为他早已认为抗战要胜利，难过登天，所以还令一部分部下留在港沪两地静观其变。他想军事真正崩溃下来的话，就出来收拾残局，独当一面地干一番，如愿以偿地过一下领袖瘾，即使在日本的卵翼之下，他也不惜忍辱含垢地干下去。

大概在傅式说最初接洽时，日本人样样答应，只要汪精卫肯出来重组南京政府，日本军方肯逐期撤兵，全国的行政完全由汪精卫领导，不但维新政府取消，连华北的联合政府也归汪精卫指挥，重订中日平等条约，一切都照汪的心意。他明知日本人外交与军事方面行动不一致，但只要面子过得去，他就可以当上这个主席。

万不料一到上海，一切都起了变化，北平方面的政局动也不能动，南京的维新政府也霸住不走，只肯合并，上海的市政府，市长傅筱庵也不肯让，因为各有日本军人撑腰，所以最初谈的条件，全部成为幻想。

汪精卫想想住在虹口日本人区域之内，终无法展开自己的手脚，到租界也不会受欢迎，他在无所适从的情况之下，第一个行动就是让周佛海付出巨款，收买了七十六号暗杀机构，而且大事扩充，召集了无数神枪手，准备用手枪来扫除外界一切阻力。所以在我的记忆之中，是七十六号成立在先，汪组织公开成立在后。

七十六号的用处大得很，因为上海租界内外人民都是抗日的，极少数是职业抗日分子，绝大多数的人民，是非职业的抗日分子，全部报纸又都把矛头指向汪精卫，没有一张报纸对他的行动是同情的。

汪精卫做事，第一着重宣传，而宣传方面，竟然没有一个人和他相呼应。汪精卫印了好多小册子，其中有一册叫《举一个例》，看的人很少同意他的主张。而且汪派吸收的行动人员到租界上来，往往一下子就丢了性命，于是汪派在展开行动时，就倚重七十六号的枪手，对于异己，就是用一个"杀"字。

有一个时期，上海天天有暗杀案，首当其冲的目标是租界，一方面发出一张八十三人的黑名单，一方面派人利诱这八十三人，其中也有胆怯的人上了钩，或是避到内地去，不上钩的人就在枪杀之列。

当然还有许多被暗杀的人，不是报界中人便是国民政府留下来的党、政、军人员。后来南京伪府成立，七十六号的"神枪手"都成了伪组织的开路先锋。

国旗之上 多条尾巴

汪精卫签下了中日和平条约，这个和平条约的内容，相当于袁世凯时代的"二十一条"，比较起来还要具体。

原来所谓中日平等相待的说法，全是子虚乌有，但是汪精卫竟然在这种条约上签了字。

一天，黄雨斋（按：黄氏是上海的生意白相人，以放高利贷为生，香港称"大耳窿"。最初他为了掩饰放高利贷的生涯，在门口挂了一块"汇中银号"招牌，后来到了敌伪时期，他又拼命与汉奸打交道，弄了一个银行牌照，成为汇中银行）为了新屋落成宴请亲友，他就推褚民谊坐首席，他又知道我和褚相熟，要我做陪客。我心里很不情愿，可是一下子就被拉到褚的席上，倒也不好意思就走。

席间褚民谊透露了两件事。一件是汪精卫到"满洲国"

去的第一天，作了一次对全满的广播演讲，开口第一句话就是"亲爱的满洲同胞们呀"，接着说："过去你们是我们的同胞，现在仍是我们的同胞！将来更一定是我们的同胞！"日本人听了大为震惊，可是汪精卫却侃侃而谈，令听者黯然泪下。

另一件事是汪精卫参加某一集会，场子上升起了一面青天白日满地红的旗帜，一面日本的旗帜。在日本的旗帜升起时，全场肃静无声，但是在青天白日满地红的旗帜升上去时，在场的人鼓掌欢呼。褚民谊举出这两件事来，似乎是替汪精卫洗脱罪名和表扬汪的才干。

我在旁听了，暗暗想，这面青天白日满地红旗帜之上，是否有一条黄色的飘带，我也不便问。不一会儿，忽然来了一位琴师，主人黄雨斋就请大家随便唱几句，褚氏就高唱了一段黑头戏，再也不谈政治。

汪精卫到南京之前，同日本人谈判种种条约的仪式，名称则决定用"组府还都"四字，意思是国民党重新回到南京，政府的名称仍然叫"国民政府"。汪精卫不担任主席，安上了林森主席的名义，那时节林森在重庆，当然不会来，不过汪氏的"虚位以待"，意思是表示林森受到重庆的包围，不能脱身，迟一步也会来的。这已是很滑稽了。

关于党的方面，重组中央政治委员会，汪当了主席，委员的人选，如陈公博等，确乎是国民党的旧人，但是还有许多人，如维新政府人员临时入党，即刻就做了中央党部的委员，也是很滑稽的。

关于伪府的国旗，仍旧用国民党时代的老旗，日本人却不答应，双方不知争执了多少时间，总是解决不了。后来不知道哪一个想出一个折中办法，就是旗帜仍用国民政府旧旗，不过在旧旗之上，加上一条尾巴，是长三角形的黄带，带上附有"和平反共建国"六个字，这六个字，的确是汪精卫想出来的。

关于"和平反共建国"六个字，"和平"两字是极有意义的好字眼，但是放在了这面旗帜上，和平即变成"投降"，就滑天下之大稽了。

这种形式的旗子，报纸上一发表，大家窃笑不止，认为任何一个国家的国旗，不应该另加什么东西，因此大家就称这种旗为"拖尾巴的国旗"。

在汪精卫到南京袍笏登场的日子，就有许多彪形大汉，到租界上来推销这种拖尾巴的旗子，凶神恶煞般的态度，强迫民间悬旗，但是到期还是没有一家肯把它挂出来，所以有好多人没有看到过。

隔了相当时期，这面旗子上拖的辫子，忽然自动取消了，这是有原因的。据说是日本陆军方面提出抗议，他们认为到中国来打仗，就是要打倒这面旗，上面拖不拖辫子与旗无关，一定要汪彻底取消这面旗。那时节外交部部长就是褚民谊，褚糊糊涂涂地答非所问，问非所答，令日本人不得要领。

汪在政坛上混了这么久，他最痛心疾首的就是他手下没有军队，所以一到南京就要组织军队，名为和平救国，吸收了许多老军人到处练兵。但是可笑得很，兵的人数少得很，倒是几个向来做强盗绑票的人，汪精卫一个个封为师长，到处挂了"和平救国军××师"的招牌，有一队是南京伪府直接训练的，就驻在南京太平门外，天天竖着这面有黄辫子的旗，耀武扬威。

一天，防守南京的日本军人，把这批伪军包围起来，用机枪扫射，所有伪军死得干干净净，于是又由伪府外交部去交涉。日本军人推说是新到的日军所为，他们的任务是肃清国民党，所以见到青天白日满地红的旗就开枪扫射；且日军固执得很，说是以后再用这种旗帜，发生任何事件概不负责。

报纸之外　新闻更多

当时上海的报纸所持的态度，始终是反日反汪，不过大报总有大报的报格，看的人觉得不够刺激，倒是几张下午四时之后出版的晚报，每一件新闻，不仅报道详细，而且标题也颇有刺激性，所以当时有一句俗语，叫作"夜饭吃饱，快买夜报"。因为夜报中常常刊出日报所不刊载的新闻。

战事当然不利，国军一步一步退，日军一步一步进，不过日夜报新闻的写法，已有了一种公式，在节节败退声中，总是说"转移阵地"，或是"我军已完成任务，阵地已无军事价值"，或者说是"转进集中某地"，诸如此类代名词。一部分有心的人，当然肚里明白这是"败兆"，但是大部分人看报，不究其详，只要知道"日军死了多少"，或者"某处日军败退"，就欢欣鼓舞。所以在这个苦闷时期报纸的销数特别好。

在汪精卫紧锣密鼓准备登场前的一段时期，各报纸对汪派人物的动态，攻击得很厉害，许多丑史都尽情发表出来，所以汪派恨之入骨。

七十六号起初的暗杀行动，是以国民党未撤退的人员为对象，到这一时期，枪口就指向新闻界的人物。

他们果然发出一份八十三人的黑名单，准备逐个暗杀掉。

黑名单发表之后，差不多天天有人被枪杀，著名的有朱惺公、张似旭、金华亭等。当然其中也有人与汪派暗中接线，如果接洽妥当的话，不仅可以免得一死，而且月月还可以从有关方面领到一些津贴。

汪派又出版了一张报纸，叫作《中华日报》。最初几天，我也看过，但是主要的新闻说得不够刺激，好多新闻都不登，因此也就不看了。

一天，忽然有三个人到我诊所来，气势汹汹，强迫要我订阅《大陆杂志》和《新申报》。《大陆杂志》是一本日本式的大型书刊，《新申报》是日本人主办的中文报纸。我诊所中的挂号先生见了这班人，吓得呆了，立刻付款订阅，因为不订阅就会有麻烦找上门来。

后来知道，全市的店铺和住宅，家家户户都有人上门推销，要是拒绝订阅，他们就用恐吓的话来威胁，要是出言稍有不逊，他们就会拳脚交加，打到你服帖为止。

我看《大陆杂志》，实际价钱并不贵，而且可以看到许多日本人的动态，虽然明知这许多动态假的多，然而多少也有一些是真的，只可惜出了三期便停办了，这倒不是推销人员动用了订阅费，而是日本国内已经乱得很，对出版物无力维持下去。

《新申报》天天派到，从未中断。《新申报》曾发表一段新闻，说汪氏那年六十岁，当然又有一番热闹，日本人都向他祝寿。日本人饮醉了酒之后，肚里有文才的人都喜欢作诗，汪精卫当时也作了一首六十初度的诗，诗云："六十年无一事成，不须悲慨不须惊，尚存一息人间世，种种还如今日生。"

我觉得他这首诗作得并不好，可是第一句说自己混了六十年，一事无成，倒是真的。

当时我们除了每天看报纸之外，友朋相聚，就谈一些报刊所未载的各种各式秘闻，这些秘闻，一传十，十传百，传得很快。

这种"蚂蚁传"的方式，厉害得很，不要说一传十，十传百，实际片刻之间，可以传到尽人皆知。当然这种传来的消息，未必件件是真，但是有许多消息，事后都经证实，因此大家格外地重视"蚂蚁传"。

有好多消息，我已记不清楚，只记得有两件事情。一件是汪精卫在南京开府之后，每晚都要饮点酒，他不喝点酒就不能睡觉，足见他内心痛苦，是不足为外人道的。

又有一件事，是陈璧君对汪精卫管头管脚，讲话时动辄用命令式，汪精卫从不敢拂逆其意。例如汪精卫喜欢喝两杯酒，但陈璧君时常不许他多饮，且见之于汪精卫的双照楼诗词集，有句云："不辞痛饮醉颜酡，却顾恐被孟光诃。"

这种"蚂蚁传"得来的消息，起初大家不相信，后来我在席间碰到褚民谊，他在饮醉之后，亲口讲出来，证实不但汪精卫时常受陈璧君诃责，连褚民谊也怕她。

同是奴才　互相倾轧

这种消息，传的人很多，汪氏的亲信，称陈璧君为"老太婆"，凡是有什么事，"是老太婆说的"，或"是老太婆要的"，谁也不敢违拗。如此看来，汪精卫怕老婆的程度，远远超过古代的陈季常。

陈璧君贪墨好货，性格怪僻得很，所以伪政府的成立，陈璧君要负大部分责任，因为她是为了利欲权势，决心要做汉奸，为所欲为地干一下，其中还有报复的观念在内，至于国家主权的丧失，她是漠不关心的。

有若干伪府要人和汪在室内谈话，告诉他外面的情形，汪精卫只是流眼泪，可是那个老太婆会大发雌威地闯进室内呼喝来人快走，无论对方是什么人，一听到老太婆的声音，都会避之。这种消息谈的人很多，在我的观念中，从前总认为汪精卫是一个人才，但是到了这个地步，竟然成为老太婆的奴才，真是为他可惜而又可怜！

汪精卫做了傀儡之后，深居简出，倒从来没有听到过要钱的事情，尽管部下个个弄权，弄势，弄钱，弄女人，但是汪本人对女色方面，决不会有一点点放肆，何况有雌老虎日夜看守着，所以他的私生活，也可以算得上循规蹈矩。

梁鸿志对南京伪府的批评说："王叔鲁（克敏）在北平，日本向他讨十样，他还价五样，结果讨了八样去。我在南京维新政府时代，日本人向我讨十样，我还价八样，结果讨了十样去。汪先生上台后，日本人向他讨十样，他一口气就给他们十样，结果又被日本人加添两样，拿了十二样去。"这些话也成为敌伪时期的"名传"。

还有一点，北平的伪政权，一切与南京伪府毫无联系，北平币制完全用"联准票"，和华中的经济，刻画了一个极深的鸿沟。本来汪精卫登场之前，日本人答应他当沦陷区全国最高领袖，维新政府取消，北平政权也由他改组，但是事实上做不到，北平伪政权对他理都不理，一切军、政、党的措施，一些也不能达到北平，就连还都组府成立时，北平也不肯派代表来道贺，不知道经过怎样的交涉，北平才派来几个人作象征式的道贺。这种情况，有人说大家是汉奸，北平还是前辈，汪精卫是后辈，所以后来就有"前汉后汉"之说。

总之，应了一句俗语："同是奴才，老奴才看不起小奴才，小奴才更看不起新奴才。"

实际上华北的伪府，对华北几省，确能有相当的控制。倒是南京的伪府，只控制了江浙两省，安徽、江西、湖北几省，势力就难及，所以南京伪府对整个华中也没有办法。汪无数次向日本人要求，给他一些面子，可是日本人始终是到一省组织一省的伪政权，这种伪政权都成立在汪派之先，所以要想调动的话，简直动都动不得。后来不知经过什么交涉，才允许凡是日军占领的华中省份，或由汪氏加委，或由汪氏派员去当一个名义上的首长，这种被派去的人，也起不了作用，稍稍讲几句话就要被当地人憎厌，所以伪府的声势第一局限在南京，第二在上海，但租界是不在内的。

日本人也有理由充分的说法，说与汪精卫最初接洽时，汪说至少有二十师国军会倒过来，欢迎他的人民至少有几十万，半个国民党也会倒过来，但是后来事实表明，一些都不能兑现。

后来大东亚战争开始，日军进入租界接收一切，海军部接收了《申报》，陆军部改组了《新闻报》，照理《时报》《时事新报》应该由汪派接收，可是汪派一点也没有接收到。

第八章

善堂包销热河土

民国时期，华懋公寓，远东最大的公寓楼

驴场邂逅 识盛文颐

在我写的《银元时代生活史》中，有一段讲述我在失恋之后，常在新世界游乐场骑驴子。原文中说起在跑驴场认识了好多朋友，其中写了第一个朋友是盛文颐，当时我和盛文颐的交往，只是因骑驴子成为朋友，其他的事都没有谈到。

现在要写《抗战时期生活史》，盛文颐就成为我文中一个人物了，他是后来沦陷区的"烟土大王"。他的销行区域，包括"满洲国"、华北政权、南京政权管辖的全部地区，只有广东一省他不曾管到。由于财源广进，声势煊赫，各省军、政、党、警都要伸手向他要钱。

盛文颐是清朝邮传部大臣盛宣怀（杏荪）的侄儿。盛杏荪的财富，包括招商局、汉冶萍煤矿公司，以及在各地的地产和中国通商银行等，真是富可敌国。清朝倒了之后，许多宫廷大臣作鸟兽散，唯有盛杏荪有大量地产，因为在上海租界中心地区，所以盛家仍旧是当时上海数一数二的大富翁。

上海租界上的地皮拥有，以英籍犹太人哈同及沙逊名列前茅，但是中国人在公共租界拥有大批地产的却以盛家为第一，他家就住在静安寺路的中心成都路口的一幢老式

大富豪哈同一家

花园洋房中，房产由成都路到同孚路（今石门一路）几乎全是他的，所以有人估计哈同有半条南京路，而盛杏荪则有半条静安寺路。

盛杏荪的几个儿子，如盛恩颐（行四）、盛昇颐（行七）等，借先人余荫，还有宋子文（初自美国返抵上海，曾一度进入盛家事业圈的汉冶萍煤矿公司任职，兼任盛家的英文家庭教师，因追求盛七小姐，被阻于庄太夫人，但宋不念旧恶），在抗战以前，均在财政部所属税务机关中出任要职。那时在上海的汽车号码，盛家一共占了两个七、三个七、三个九、四个四这四个出名的号码，分属于盛恩颐、盛昇颐及盛毓常叔侄，而盛文颐虽然大家称他盛老三，却是属于别一房的。

我初识盛文颐时年十九岁，他比我大得多，但是人很瘦小，看起来和我差不多大。不过盛文颐有一些偏才，所以我和他相交数载，没有看见他做过一件正当的职业，但是有钱时阔绰得很，没有钱时还是到处借钱，充得很阔气。

盛文颐号幼盦，我虽然和他成为朋友，但看他的经济情况，并不见佳，也不像一位富家子弟。原来他是一个虚有其表的大少爷，要用钱，只有伸手向亲友方面要，所以有时很宽裕，有时却囊无分文。他对吃、穿、嫖、赌，样样都很精，要吃的时候，到菜馆去点他们的拿手菜，吃罢之后，签了单就走，积下来的账项，总是逢时逢节照付清讫的。至于吃鸦片，他说在十八岁时，已经吸上瘾，所以他对烟土的鉴别确有一套。想不到他的这一套，竟成为他后来飞黄腾达的一个主要因素。

至于衣着方面，上海天气冷，他有时穿的是珍贵的裘皮，有时却穿得很平常，竟然只穿一件"阴丹士林"的长布衫，或是一件印度绸长衫，但是衣襟上的纽子，总是嵌上一粒黄豆大的钻石。这是从前阔少爷的打扮，他虽经常欠债，可是这颗金刚钻的纽扣，始终要保持着。

谈到嫖，他还是一个嫖精。从前嫖堂子（即妓院），进门不必带钱，局票账都是每届时节计算的，所以他越是混不下去的日子，越是要到堂子里去度生活。

至于赌，他又有一套，不论牌九、麻将、扑克与番摊，件件皆精，输的时候少，赢的时候多。据他自己说，曾经拜过师傅，别人想赢他的钱是不容易的，可惜不是天天有赌局。

他对我很客气，但是我看他总是一个不务正业的纨绔子弟，而且常常有三五个酒肉朋友跟着他。有时候他邀我嫖堂子，我总是推托不去。记得有一次，是中秋节前一天，他很早就派人送来一张"请客条子"，还打来一个电话说："今晚我请客，你非到不可，届时我介绍几个重要的朋友给你认识。"我当时回答说："好，好，好。"到了群玉坊一家堂子，只见一室之中，尽是莺莺燕燕，既没有打牌，又不见有什么贵宾，只见他躺在烟榻上抽大烟，一见我到来，就叫我也躺下来香两筒。他从怀中取出一个自备的烟斗，十分精致，我虽向不吸鸦片，但是一看这个烟斗，就知道是"雌斗"。所谓雌斗，斗上的口子是凹陷进去的，因为我早年服侍过几位吸鸦片的老师，知道雌斗的好处是容量大，吸起来又轻松耐吸。他就把雌斗装在烟枪上，抽了一个烟泡，但是吸不了几口，烟泡就脱落了，他心有不怿，只怪老板娘的烟膏收得不好，我在旁便插嘴说："这不是烟膏收得不好，而是用的川土，收膏时膏少灰多。"他听了这几句话，竟然哈哈大笑说："你竟然也懂得吃鸦片的道理。"接着我就说："我不仅懂烟膏的成分，而且还会在雌斗上装烟。"他听了更是得意："好，请你装一筒，试试你的功夫。"我就很迅速地装了一个红枣般大的烟泡，他见到我的手法娴熟，大为惊奇地说："雌斗装烟，没有三五年经验是装不上的，你不吸烟而能装烟，真出人意料。"我说："我从前服侍姚公鹤老师，他就是用雌斗的，所以我有此一手。"他大为得意。

正在谈笑风生时，堂子中的鸨母前来百般奉承，他忽然很轻松地说："中秋的节账，你们结算清楚了没有？"那鸨母说："慢慢叫好哉，急点啥。"实际上中秋一定要结账的。他指着鸨母说："这笔账，你明天到陈医生处去收好了。"我迫于形势，实在不便说什么推托的话，只是苦笑，原来他邀我的目的，就是如此。（按：从前堂子里的规矩，鸨母除了请客买票收到一些现钱之外，从不当众收钱的。）

这一晚，我回家，倒担起心来了，不知道他这一节要付多少钱。等到次日堂子里的相帮来收账，一节共计六百余元，我既默许在先，只能设法应付。但是只隔了一天，盛文颐就来了，说："这次中秋，真是窘极了，昨天要不是你解围，我便要大失面子了。"我只是笑笑而已，但不到十天，他又来把钱还清了。

这一时期，我看盛文颐的经济情况，常是靠东拉西扯来度日，既没有正当职业，当然没有固定的收入，虽然是姓"盛"，但是与盛老四、盛老七，及一切门中的人相比，简直是望尘莫及。

不过有时在谈话中，他常常会说出许多近乎幻想的话，要办这个，要办那个，每一个计划都是大而无当之谈。他说要开赌台，又说要贩私盐，一定要赚三五百万，才能发挥他的天才，我觉得他只是痴人说梦，是说得出而做不到的空言而已。这些都是民国十七年（1928）到十九年（1930）间的事情，可以说是我和盛文颐交往比较密切的一个时期。

多年不见 飞黄腾达

民国十九年（1930）底，我和他在湖南菜馆梁园吃了饭之后，他拉着我要上"燕子窝"去抽鸦片。我说："到处可以陪你，唯有燕子窝我是不去的。"于是他就一个人去了，从此就和他没有见过面了。

抗战开始之后，我担任了仁济善堂的董事，仁济善堂是上海最大的一个慈善机构，产业之大，和此间的东华三院差不多，收到的房租，都拨作慈善用途。开战之后，房租大部分收不到，善堂的开支，大为拮据，忽然有人说："这个仁济善堂，要办不下去了，现在出现了一个'宏济善堂'。听说这个善堂，徒有其名，实际上是日本人做后台，包销七省鸦片，财富多得了不得！"几位董事听了皱起眉来，认为善堂原是行善的，现在竟被人利用这名义来毒害同胞，大家愤恨非常。当时就有人说，主持这个善堂的是盛氏后裔，叫盛幼盦。究竟盛幼盦是谁，大家都不知道，但是我心中知道这就是人称盛老三的盛文颐。

一天，我在诊病时间，忽然接到一个电话，声音很熟，他说："仁兄，多年不见了，我是幼盦。"我听不清楚就问："你是谁？"他接着便说："连我的声音都听不出吗？我就是盛文颐。"因为常州话"文颐"两字，咬音不准确，我还是听不清。最后他说了是盛老三，我才恍然大悟，接着说："啊，老朋友老朋友，有什么事情见教？"他说："六点钟开车子来接你，有重要的事和你谈，总之对你是有利的。"

到了六点钟，只见有个人拿了盛文颐的名片来，说："有车子在外面恭候。"我一看来人面孔很熟，就问他："我好像在哪里见过你。"他说："陈先生，你怎么不认识我，我是盛先生的老朋友阿吴，绰号跟屁头小吴。"我才明白他原是当年常常跟在盛文颐后面的酒肉朋友之一，不免大家拉拉手，他就要我上车。

一出慈安里门口，见到停着一辆又长又大的房车，牌子是派克，扯着一面太阳旗，车中前排坐着一个穿制服的司机，旁边坐着一个穿草绿色军服的日本宪兵。我见到这个情形，就不肯登车，阿吴说："老盛现在蹿起了，对你很有好感，你尽管去，对你是只有好处没有坏处的。"我被他半拖半拉地登上车，车子一开，直趋北四川路桥。我想，这事情就大了，因为中国人过桥，一定要下车向岗位上的宪兵作九十度鞠躬，这是我最不愿意的。岂知这辆车子行得很快，车中人不但不要下车，那站岗的宪兵，反而对车中人持枪行军礼，这么一来，我更惊骇起来。阿吴说："现在我们就是到宏济善堂去，一会儿就到了。"

我问宏济善堂究竟在哪里，阿吴说："宏济善堂是没有招牌的，占据了整个中国银行虹口分行原址。"（按：北四川路向来是虹口广东人居住的区域，除了邮政总局之外，最高一幢房子，就是中国银行虹口分行。）

这座大楼有七层高，因为是深黄色的面砖，望上去很是富丽堂皇，本来下面二三层是银行，上层是高等公寓，最高层是一个俱乐部，战前我曾到这俱乐部饮过咖啡。

一会儿，车子已开到这座大楼门前，门前站着两个日本宪兵，顿时使我心中感到不安。谁知这两个宪兵突然大喝一声，举枪致敬，这样一来，更使我觉得战战兢兢，有深入虎穴之感。

下车后，阿吴就和两个日本军人抢前引导我，进入一架电梯，见到又有好多彪形大汉在周围保护着。电梯直上七楼，举目一望，就是那俱乐部原址，只是完全换了日本式的装饰，地上铺的是"榻榻米"，来宾要脱鞋才可以入内。我脱鞋进入玄关（按：日本式大门），首先见到的是一个客厅，中央放着一只矮几，几上置有一个红漆木架，架上横放着两把极精致的日本军刀，看上去军刀的柄是用珠钻玉石镶成的，比普通军刀短，实在可以说是两把剑。

两个军人进入客厅，向着这两把剑肃立致敬，并且两度鞠躬而退。我见了这种情况，心中在想，普通人家无非供的是神像佛像或祖宗神位，才要鞠躬致敬，何以这两个军人见了这两把剑，要作此状态？后来从别人口中才知道，这剑是日本皇室所赐，所以有此隆重仪式。

那时这个俱乐部，已经改为一间间的日本式雅室，阿吴领我走进一间雅室坐下，不一会儿，盛文颐就传令请见。他的办公室是最大的一间，在最里面的一角，室中一切陈设极为雅致，不过，有一点很不顺眼的，就是在中央放着一张红木做的大烟榻，盛文颐正在抽烟，见了我就放下烟枪和我握手，说："仁兄，好多年不见了。"说罢，便拉着我横卧在他的对面。他抽完一筒烟，对我说："仁兄，你难道还在做医生摸小铜钿吗？这种职业，吃不饱饿不煞，一生一世不会出头的，要不要来帮帮我的忙，发财的机会，人家抢都抢不到，我因为和你是老朋友，特地照顾你，已经替你考虑好了。"

我说："谢谢你的好意，我除了看病之外，做生意一窍不通，恐怕有负雅意。"盛文颐又说："你不要说这种寒酸的话，老实告诉你，我现在包销全国烟土，常在北平，到上海来不过耽搁几天。上海区有三个分销站，沪西区成绩最好，南市区也不差，唯有闸北区没有人负责，生意打不开。我想来想去，该交给一个老朋友去做监督，因此想到你，你只要看看账，应酬应酬，一切实际工作，都有人替你去办。"

我听了他这话，顿时觉得周身战栗。我家虽不能夸称书香门第，但总算是清白人家，而且我立定宗旨，一生行医。料不到他竟然要我做一个烟土贩子，这是万万不能答应的。

我虽然这样想，但要考虑用什么适当的措辞来推托他，因为怕说话不得体，得罪了他，也下不了台的。我差不多踌躇了十多分钟，还是无言相对。

盛文颐鉴貌辨色，已看出我不愿意接受，就说："从前你讲过，你有一个堂房姐姐嫁给郑洽记的大儿子，现在此人还在世吗？"我答："早已过世了。"他接着问："那么他的后人呢？"我说："只得一个孙子，吃白粉倒毙在街头。"

盛文颐听了我的话，面无笑容，只是猛抽烟，我看他的面色，很不自然，似乎很不高兴。

我一想，这句话讲得大错特错，似乎暗示贩毒的人没有好下场。只见他深深地呷了一口茶，两眼对我一白，说："你这种人真是书呆子，一点不识时务，一世也不会有出头的日子。"接着他又自言自语地说了六个字："硬到底，苦到死。"

　　在这种尴尬局面之下，只能转移话题来平平他的气，我说："好了，好了，我们是老朋友，你现在飞黄腾达，我只托你三件事，你能替我办到，总算一场老朋友没有白做。"盛文颐才展颜微笑说："不要讲三件事，三十件也能替你办到，你先说说看。"

　　我说："第一件，日本有一部金瓶梅画谱，是七彩木版水印的，我希望你替我买一部。"他听到了"金瓶梅"三字，已开口笑了。我又说："第二件，日本神田区有许多旧书铺，请你派人替我买几幅手绘的春画。"他听得不耐烦，问第三件是什么。我说："第三件是日本大阪有二三十种春药出售，你能不能替我买一些。"这三件事情一讲，我俩间的气氛转变轻松，盛文颐竟然哈哈大笑说："你这人真是胸无大志。好了，好了，算了，算了，我总归想法子替你去办就是了。"当时有几个人听着我们的谈话，也跟着笑起来，就在这种情况之下，我向他告别了。(按：绘图本金瓶梅，中国初版失传已久，刘半农在日本购到一部清代的复刻本，带回北平，影印二百部，当时每部派认银元五十元，一时称为盛事。但日本大地震之前，另外有一部"金瓶梅画谱"，是百多年前一位日本画家绘的，更暴露更精细,用七彩木版水印,名贵之至。后来这一套木版,在大地震时全部焚毁。所以这部画谱,我只闻其名,明知是买不到的,只是为了打开当时谈话的僵局,特地提出这个要求,因为他本来喜欢搜购这种东西,我投其所好,才能脱身。)

贩毒内幕 惊心动魄

阿吴等陪同我坐原车回到公共租界,这辆汽车很大,前面仍然是坐着一名司机和一个宪兵,我和阿吴及另外一个姓郑的三个人坐在后面,前座与后座之中,翻出两个椅子来,坐着两个不知姓名的潮州人。

在车中阿吴说:"陈先生你怎么还是老脾气,我们老板现在成为一等红人,普通人想见都见不到,你一进去,他就请你横卧在烟榻上,这是极少见的款客姿态。他想'挑你发财',而你竟然拒财神于千里之外,而且你讲话不知轻重,随随便便地说出郑洽记小开死在马路上,这话是我们老板最忌讳的。我当时看他的面色,真是替你担心,说不定他拿出尚方宝剑来刺你一刀。"

我说:"我向来知道他喜欢玩手枪,从前他在租界上领过执照,他有一把镶金的小手枪,怎么现在玩起宝剑来呢?"阿吴说:"喏,厅堂上供着的两把剑,是他带了许多古玩字画到东京去进贡,因他与日本首相是从前在上海同文书院同学,首相知道他姓盛,是盛宫保的后裔,家私千万，又曾经在清朝时帮着日本人做很大的生意，所以由首相陪着他去觐见皇室中最高人物，说出他在北平与热河之间，对"皇军"慷慨输财，因此得到皇室敕赐宝剑一对，特许他在占领区经营特殊商业。回来之后，他就由兴亚院保荐做这一行生意，早已发了大财，现在难得到上海几天，部署上海区推销事务，因而亲自打电话给你。这是他念老友之情，财神菩萨送到你面前，你怎么竟然推得一干二净呢？"阿昊一路上唠唠叨叨说不完。

不知不觉，汽车却开到法大马路（今金陵东路）一家潮州菜馆门口，阿昊说："今晚这两位潮州客人要请你吃一餐丰盛的潮州菜。"我明知这两个客人，或有所求，但是上海菜馆虽多，潮州菜馆却只有一家，相传菜肴做得十分好，因为我不会讲潮州话，所以从未去过。车子既已到达，我也只好跟着进去，看他们有什么话讲。

坐定之后，阿昊先介绍一个姓郑的，他说："这是郑洽记的小小开，叫郑芬煦。"我和郑寒暄了一番，他说："陈先生，你是上海人，何以令姐会嫁给潮州人？"我说："你们郑洽记共有四兄弟，老大就是我的堂姐夫，二房三房的人我不认识，四房的小开就是郑正秋。那时节郑洽记开在大东门外大码头，我家住在大东门，算是大族，所以结上了这一门亲。"郑芬煦说："我是三房的儿子，说起来，我们非但是亲戚，而且还要叫你一声爷叔。"

接着他又讲出关于全国运土的情况，说："从前上海吃的烟土，是从四方八面运来的，大宗是由长江而来的'川土'，次之是从暹罗运来的'云土'，再次之是由热河运来的'红土'。自开战之后，长江水路已断，云土久已没有货到，靠的是热河土，热河土的牌子，印上一个硬印'一三八'三个字。但是上海的瘾君子们吃热河土，认为最起码，高等人家是不吃的。我和盛老板的交往已有十多年，他虽吃烟，但早已靠买卖鸦片为生，只是你们不知道罢了。"

我说："我和盛文颐，有一个时期天天混在一起，从没有听他提到买卖鸦片的事，而且看他当时的经济情况，也没有什么本钱来做这行当的。"

郑芬煦说："陈先生，你毕竟是一个读书人，不知道世务，当时盛文颐并没有贩运拆卖的资本，他只是一个捐客性的人物，譬如刘翰怡一死，家藏云土三五百两，遗属对烟土的处理，毫无办法，于是就由盛文颐代他们负责卖出，买进的人就是我。当时清代遗老极多，每一个遗老过世，都遗下烟土，全由盛老板捐来，交给我替他们变了钱。后来周湘云、张澹如、程霖生死后的存烟，都是由他想办法卖出的，所以盛文颐对烟土的买卖很有一手。好几年前他就到北平去摸热河土的路子，因为他是同文书院出身，日文说得很好，人头又熟，所以在华北早已发了财，现在爽性组织了一个全国性的宏济善堂，包销热河土。热河虽然是东北的省份，但是热河省以外所有出产烟土的烟田，都为他一人经销。从此以后，日军打到哪里，他的热河土就跟到哪里。老实说日本人这一次打仗，一方面是要侵吞中国，一方面也是鸦片烟的争霸战。"他这番话，倒是闻所未闻。他又说："从前印度鸦片烟到中国，林则徐在广州焚烧鸦片，结果英军打进中国本土，签订南京条约，我们称之为'鸦片战争'，这一场战争，似乎已成历史陈迹。可是后来民国成立，军阀各据一方，大家打来打去，争夺地盘，在北方也不知打了多少仗，江浙几省在孙传芳统治之下，也打了不少仗，为的是什么呢？表面上夺政权，实际上仍是争夺推销鸦片的地盘。又云南、广西、广东几省各式各样的战乱，是为了什么呢？说穿了还是为了鸦片。"

我想，一切的政权，当督军，当总司令，当省主席，是一件事，政务的收入，最多占到一半，而很大的收入，却是鸦片。所以百年前对外的鸦片战争虽已结束，而百年来对内的鸦片争夺战，始终还存在着。

全国有好几个省都遍植罂粟花，但是产量最丰裕的却在热河省，名为"热河土"，俗名叫"北口土"。抗战一起，各省交通断绝，川土不能由长江运到上海，云土更是无法运销江南各地，唯有热河，是日本人首先占领的地区，所以热河土，是日本占领区的一大资源，不但可以供给华北各省，连华中各地都可以得到源源不绝的供应。

我们在上海，当时买米要排队轮购，或是要长途跋涉到周家桥去购买，可是要买鸦片，就比买米方便得多，因为暗地里有一个大市场，不过要想吃所谓上品的云土，就吃不到了。

名为善堂 实害人民

　　大家在潮州菜馆中谈得很高兴，而且对方几个人都很爽直，讲出来的话头头是道，什么都不隐瞒，因此我就问他们，宏济善堂到底是怎样的组织。

　　他们一个个侃侃而谈，说："宏济善堂只是对外的一个名目，并不挂招牌，各地办公处，也没有招牌。华北分十二个单位，华中分江苏、浙江、安徽、上海等五区，他们的工作，是把热河烟土运销到各地，每一个装烟土的箱子上，交叉贴上两张封条，封条由日本印就运来，用特制的美浓纸印成，上面写着'宏济善堂封'。这种烟土箱子运来运去，不但由各地军警保护，而且连日本军队，也诚惶诚恐地看守着，'满洲国'的行政费用，大部分来自宏济善堂，华北临时政府的收入来源也以此为大宗；从前维新政府一切经费，也是由宏济善堂拨付的。

　　"汪政府对盛老板极不原谅，盛老板也小心得很，所以他到上海只是住在虹口，要请客也只是在虹口范围内的'六三花园'。周佛海、丁默邨等常是他的座上客。但是他从不到愚园路赴宴，也不到南京去拜访汪精卫，所以屡次有谣言，说七十六号要想办法对付他。但是盛老板有日本军人撑腰，只要日本人开一声口，李士群动也不敢动。"

　　盛文颐除了津贴军、政、警三方面经费之外，个人拿到他的钱最多的是陈彬龢，许多事都由陈彬龢去干。后来陈彬龢仗着日本海军部的势力接收了《申报》，声势更大，但在《申报》拿到的钱并不多，一切应酬开支，都是盛文颐接济的。接着我又问："上海方面推销烟土的情形如何？"他们说："沪西方面由三个人负责，一个是潘达，还有两个人，都是直接向盛老板取货的。南市方面由一个潮州人负责，闸北方面向来由常玉清的徒弟负责，但是现在常玉清已经失势了，所以他要换一个人，目的就想挑挑你。你不要以为闸北是一片瓦砾，其实还有一个远大的计划，要你去周旋一下。"我听了就哈哈大笑说："我是一个书生，有什么力量去做这种事。"

他们说："上海方面，唯有公共租界当局不接受盛老板的指挥，因为租界上吸烟的人，吸的都是好土，只有比较穷苦的烟民才肯吃'北口货'，此刻的租界上还剩有各种上好烟土，大约吃三年都吃不完。盛老板向来知道你和某先生交好，现在此公虽然远走香港，但是他有一个重要的人员还留在上海，你是有资格和他说话的，所以盛老板希望你出来做这件事。"谈话至此，我才明白他们请我吃饭，是阿吴等想拉我入局，我决意不上他们的当。于是我就随便和他们东拉西扯，嘻嘻哈哈地饮醉了酒而散。临走时，一个姓翁的潮州人说了几句很公道的话，他说："做过这一行的人，即使坐过牢，出来还是做这行；没有做过这行的人，即使给他发财，也不会沾手的。"我点头称是。接着他又说："我家太太常年多病，以后会常来麻烦你。"我说："应当效劳，这是我的本分。"

毒雾弥漫　鬼哭神号

我现在再来讲讲一般烟民的情况。

本来在民国十五年（1926）之前，一般殷实的富商，或是文人雅士以及家中富有的二世祖，都有这个癖好。有钱的人吃上好的烟土，称作"福寿膏"，意思是只要吃好土，既享福而又长寿。

文人雅士吸鸦片，认为可以助长文思，至于二世祖吸鸦片，可以免得出外寻花问柳，狂嫖滥赌，吃烟花费不多，而可以保守家产，况且民国十五年前的法律是不禁止的，许多出售鸦片的店铺，是堂而皇之挂了招牌营业的。到了民国十五年，禁烟的声浪渐渐兴起，新派的学生们，都不喜欢家中有吸鸦片的人，常常劝父母叔伯快快把它戒掉。

民国十七年（1928），禁烟的法令开始执行，租界上虽然鞭长莫及，但是国际间已经有各种禁烟的组织，指责公共租界当局毒害人民。记得国际联盟会来过一个调查团，于是租界表面上也下了一个禁烟令，捉到烟民，就要判罪的。有一个宗教团体叫"拒毒会"，专门搜集贩毒资料，宣布于世，而且将这些资料供给警局，租界当局碍于面子，一个月之间，总有几次案件发表。实际上富商巨绅，还是有私人烟室，一般人也仍然偷偷地吸。这时候，吸烟的人才觉得这是一件羞耻的事，对外都不肯承认自己是瘾君子了。

"八一三"之战起，跟着宏济善堂就有大量烟土运到，一条愚园路除了"好莱坞""秋园"等几家大赌场之外，三步一楼，五步一阁，几乎全是鸦片烟馆，门口虽然不挂招牌，但是瘾君子自然会按图索骥，联袂而至。

至于南市，虽然经过一场大火，但是沿民国路的房屋都没有烧掉，后面有一条马路，叫作老天主堂街，房屋鳞次栉比，都是从前古老的宅子，由九亩地起，一直到荷花池为止，里面开设的烟窟，总有数百家之多，家家都有红绿灯挂出，名称都很好听，如"一线天""雾中趣""神仙宫""快乐园"，以及许许多多很有趣的名目。这些烟窟，走进去一看，都是三开间或五开间的二三进大宅，里面有不知从哪里搜集到的红木大炕床，一个宅子起码有十几只烟榻，后来连大天井内都搭棚设炕，还有下等的只有一张席，就有人席地而吸了。

有一类烟窟，是商店改建的，店面全部拆光，一进门就是烟榻，吸烟的人，比挤米还要厉害，榻位是要守候着时机抢的。这条大街，我曾经去观光过一次，我心想，不要说别的地方，只是这一条街，从午到晚，出出入入已经有几十万人，足见当时上海毒雾弥漫，已到了鬼哭神号的地步。

隔了半年，一天晚上又和几个朋友走过这条街，情形也不同了，除了这条街光管照耀如同白昼外，其他的横街小巷也加添了无数大小烟窟。最有趣的，那处有一个很大的天主教堂，或说有一天来了三千名安徽难民，难民不问许可人住与否，推开教堂大门一拥而入，上上下下席地而卧，神甫也奈何他们不得。起初神甫们还设法加以照料，

旧上海的"戒烟所"，
其实是鸦片馆

谁知道这班人并不是难民，而全是烟民，一俟占领成功，摊开席铺，就地吸毒，弄得整个教堂全是鸦片、吗啡、红丸和白面的气息，神甫只得望天兴叹，束手无策。

上海人吸毒的情况，既达到这般地步，各条里弄间，虽然不能公开看到，但是偷偷地吸毒，已不算是犯禁了。

究竟上海烟民的数字有多少，我也无从统计，不过，觉得毒雾弥漫，更是变本加厉，已到了不可收拾的地步。

吸毒的人，饭可以不吃，毒却不可不吸，即使把家中的东西当光卖净，也在所不顾。这样，跟着惨事就发生了。冬令的上海天气很寒冷，北风一起，这种人就冻僵了，只要冻上几个小时，就会死去。所以到了冬令，每天早晨，每两三条马路上总可以见到几个被冻死的瘾君子。各条马路总结起来，数目很惊人，弄得租界当局也无法处理，只好拨出款项交由普善山庄办理，南市华界交由同仁辅元堂办理收尸工作，这两家善堂都有几辆巨大的黑厢大卡车，每天早上就分区巡视，见到这种尸首，骨瘦如柴，一束束塞进车厢，一辆车子可以塞七八十具尸体，运到郊外埋在掘好的大坑中。这个地方，俗称"化人滩"，就是说把人化为乌有；报纸上的名字称为"万人冢"，实际何止一万人！

蛇鼠一窝　你争我夺

我和他们分手之后，盛文颐每星期都有一两次召宴，地点都在虹口。我总是推托不去，经过几次之后，他再也不派请帖来了。不过，那位潮州人翁某却常常带着他的太太来看病，他说："你不肯入局，我们有几个小兄弟都感到失望，明知你做医生还过得去，但是医生的收入能有几何？俗语说马无夜草不肥，人无横财不发，你何苦要拒人于千里之外呢？"我说："这件事情，将来吃手枪有份，后果不堪设想。老实说，君子爱财，取之有道，这种横财，对我是不宜的。"

翁某也很爽直地说："现在盛老板的处境更加危险，他对七十六号虽有大量津贴，但是李士群、丁默邨等人，还是蓄意要把贩毒的专利权争夺到手中，所以盛老板非不得已难得到上海来，即使来也小心得很，连到南京去，也有大批宪兵陪他。"

翁某又透露一个消息说，盛文颐第一次从北平回到上海的时候，周佛海表面上要请他到南京去做官，实际上也隐伏着杀机。

在这一段时期内，天天听说打死人。盛文颐本来就是一个多病而瘦削的人，自从办了这件事，气恼更多，体重减到九十八磅，所以在上海稍稍部署一下，就急速要离开，因为当时上海的环境，没有北平来得安全。

隔了一段时间，盛文颐又到上海，我碰到翁某，他对我说："盛老板还提起过你，听说你在办仁济育婴堂，他想捐十万元给你。"（按：初时币制还没有动摇，十万元的数字是很大的。）我对翁某说："仁济育婴堂接收的弃婴日多，开支几繁，但是现在由国际救济会捐助了大批奶粉，情形就好转了。如果接受了盛先生的捐款，一定引起仁济善堂董事会的反对，我反而要受到各方面的指责，但他的好意我很感激。"

不久，果然有人送来一张十万元的支票，票面不具名，只要我们写"无名氏"就算了，别人都可遮瞒，但我心知肚明这是盛文颐的钱，总觉得忐忑不安。

太平洋战事发生，日军进入租界，盛文颐的居处，由虹口迁入法租界金神父路（今瑞金二路）三井洋行买办的旧宅，这是一个有名的私人花园，内有樱花很多株。盛文颐迁入之时，正是樱花盛放，文颐给我一张酒会的请束，我再三考虑，还是不去。后来知道，这一天到的来宾有一两千人，但是盛文颐始终未露面，托词有病。从这件事情看来，盛文颐还是怕有人乘机会暗杀他。

过了不久，翁某又来看病，他开口就说："大事不好了。"我问他："什么事？"他说："盛文颐的后台是兴亚院，鸦片和其他毒品，都是由'蒙疆政府'供应的，最近日本皇室秩父宫派了一个贵族院的议员团来考察占领区情况，他们回国之后报告说，兴亚院委托盛文颐包销烟土，这是日本政府的耻辱，这种贩毒的事情，应该让中国各地地方政府自行办理，如北平临时政府、南京的汪政府等，这样，这种耻辱才不会连累到日本人的面子。此项建议果然为日本首相所采纳，所以现在日本方面来了一道命令，宏济善堂要从速关张，这件事情来势汹汹，连兴亚院都没有办法，看来盛老板只好放手不干了。"

翁某又偷偷地说："这件事最大的因由，还是有人在捣鬼，但是他们还要利用盛老板原有的推销组织，听说要请他到南京去当盐务总署署长，那就有一个落场了。"

我听了，也不置可否，心想，"人无千日好，花无百日红"，这是意料中的事。

在这个时节，我的诊所里附设了一个小型药铺，由药商岑君承办，我看他的三个配药的职员，面色都不好，一望即知已染有毒癖，我偷偷地告诉岑君说："这三个职员情况不对，你要加以注意。"他说："我早已知道了，他们吃不起鸦片，以红丸替代，其中一个人靠打吗啡针度日。但是现在一般药材铺的职员，十有八九染上这种嗜好，换不换都是一样的。"

我对有毒癖的人观察力很强，后来我又看到我那位挂号先生的面色也不对，又有两个学生，竟然也堕入此道中。从此我的诊所中，常有偷窃事情发生，起初只偷一些零星摆设、衣服、杂物，后来竟然连风扇、电炉也不见了。最使我伤心的，有两部名贵的书籍，也被他们盗卖了。在这种情况下，我只能把挂号先生辞去，两个学生也不许他们上门，这样一来，虽然平定了一时，但是后来他们竟厚着面皮来借钱，身上穿的衣服也越来越不像样。这种年轻人，有了这种癖好，死期就不会远。那位挂号先生，死在满庭坊一个陋巷中，两个学生也沦为街头乞丐。我的诊所如此，当然全市情况就更严重了。

害人害己 因果不爽

隔了若干时日，翁某又带了一个人来看病，在我处方之后，彼此又开始聊天。他说："现在华中承销烟土的权力，已经移交掉了，照理盛老板应该不再有心理上的威胁，可是近来却变成一副深度神经衰弱的模样，鸦片时常吃到醉的程度，逢到有日本人来，他还要饮上几杯酒，酒后常会流泪，自言自语地说：'鸦片的生意，真不好做，对外有杀身之祸，对内妻子儿女吃上了瘾，个个成为废物，真是自食其果。'"

他又告诉我说："白粉一共分为三等，甲等是六六六，乙等是六七〇，丙等是七〇七。其中以七〇七为最毒，不

第八章　善堂包销热河土　225

抽鸦片的人，只要吸上五分，就能死亡；有毒癖的人吸了，虽然不会即时死亡，但生命也会缩到极短，从此死亡的人数，要比从前多得多了。职是之故，南京政府虽接收了贩毒权力，但因来源缺乏，利益就要比盛老板时代差得远了。"

最有趣的是林柏生，因为沾不到鸦片烟的光，所以他在一九四三年十一月，领导一群青年团员，在上海等地发动所谓"除三害"运动。哪三害呢？就是烟、赌、舞。一天，他们发起扫毒运动，二三千人开进九亩地烟窟区，搜出了一批烟枪、烟灯、烟土、烟榻等，堆起来当街焚毁，表面上看来，他简直成为林则徐第二了，实际上还是争权夺利的内讧而已。

我和翁某经过几次谈话之后，已觉得因果之说，并不是迷信，倒是符合科学的因果率。之后，我就没有再见到过翁某，关于盛文颐的消息也就中断了。

第九章

到处绑票到处杀

民国时期，博物院路上的阿哈龙犹太会堂

抗战时代的上海，七十六号魔窟天天用暗杀方式来消灭异己分子，每天早晨打开报纸一看，时常有某人在某处被枪杀的新闻。

他们天天暗杀的目标，一种是国民党遗留下来的政工人员，一种是不肯就范的新闻记者和一些手无寸铁的文化人。他们开好名单，将这些人逐个杀掉。因为当时上海的一般报纸，不问大小，几乎张张都对汪派人物大骂特骂，骂得越凶，销路越好，看的人也越痛快。

枪杀方式，实在可以说惨绝人寰，而枪杀的结果，往往更加深人民的反感。因此，他们就想出另一个办法来，一面开枪打死人，一面又开出一张八十三人的"黑名单"，公然将名单派给当事人，因而传播得很快。于是好多报馆，都提高警惕，大家在报馆门口加筑防卫设备，堆上沙袋，深沟高垒，有些加装铁门，有些做上一道铁丝网，日夜派人看守，如临大敌。

但是防卫工作，只能保卫报馆的安全，新闻记者出出入入还是随时会遭到不幸，当然每一个被列入暗杀名单的人都有家室，即使新闻记者带了被头铺盖睡在报馆里，但是他们的家眷所在，暗杀者调查得清清楚楚，家人还是有危险。所以这张名单发表后，名单中的八十三人，心理上感到的威胁，当然解除不了。

这张名单，他们又不断修改，一会儿八十二人，一会儿变成八十五人，当时我也看见过这名单，现在都不记得了。

最滑稽的是名单上有几个人，早已投入了他们的圈子，如陈达哉就早被他们收买，这是他为了要保持原有的岗位，从中传递消息，以便掩护他的真面目。诸如此类的情况，当然不仅是陈达哉一人，因此更令名单上的其他人感到危机四伏，威胁加深。

新闻界中人，硬骨头的也不少，尽管一个个倒下去，他们还是无所畏惧地揭露，使得汪派中人恨之入骨，但毕竟报馆都设在租界，这些人多少还得到一些庇护。

有些人看看风头不对，陆陆续续逃到后方去的也有不少。我对新闻界中一部分人，虽然很熟，但总觉得我不是他们圈内人，所以上面所述的不过是一个轮廓而已。

掳人勒赎 市民震惊

汪伪政权开场之后，除了七十六号，还组织了"和平救国军"，有的称第几师、第几十几师司令部。这些师部并不重视作战，最主要的工作就是逮捕反日分子与反汪分子，名目虽是如此，实际上另有一套，这一套就是变相的绑票行为，说出来也是骇人听闻的。

他们最初开场，就选定若干拥有巨资的实业家，第一个就是五洲大药房主人项松茂。项是做"固本肥皂"起家的，又兼做甘油。甘油本是化学原料，也是做火药的一种爆炸原料，他们知道五洲大药房在虹口有一个附属机构，尚未完全炸毁。一天，项松茂出行，走出租界毗连闸北的铁闸，就被他们认出，绑了就走，从此，项松茂就杳无消息。不久，噩耗传出，项松茂已死于非命。

接着就有许多实业家被绑架，像中国化学工业社的方液仙，公然在租界被绑，他稍加抵抗，就被他们枪杀了。后来大家才知道这种绑架的事情，实际上是可以用银钱赎救的。

到后来，他们已不必再给人套上什么抗日分子的帽子，谁有钱就绑谁，报纸天天披露，总有一二人被绑出租界，结果都是用巨款赎出来的。

这批绑匪和七十六号的打手，初时我不甚了了，不过，其中有一个人，既是七十六号中人，又是绑匪集团中一个首领，此人我是相熟的，就是林之江。我现在正可以把他一个人的事写出来，以概其余。

有一个时期我很喜欢拍照，凡是摄影家多数相识，当然他们学习的是艺术性的摄影，我摄影技术是不够水准的。其中有一个诸暨人，叫许炎夫，他是抗战前市党部的干事，也是社会局某科的科长，因研究摄影，就相熟了。许炎夫口才奇佳，善于演讲，说话声音响亮有力，办事也干练得很，他出入时，常常伴有一个年龄相若的朋友，同样讲诸暨话，这人就是林之江，过去我虽见过几面，但是彼此毫无印象。

自从汪派开市，市党部的旧人全部倒了过去，那时许炎夫在内地，被秘密派到上海，负责重行组织一个抗日性的市党部地下本部。

许炎夫重来上海，没有一个人知道，他扮成病人住到戈登路（今江宁路）劳工医院中。

说起劳工医院的创立，是在"一·二八"之前，有一个抵制日货的时期，由各界人士组织了一个"抗日会"，商界中人最热心，三星棉织厂张子廉是其中重要人物。他厂里的一个职工是一位行动人员，居然能自己制炸弹，这人到一间专售日货的南货铺去丢了一个，不但炸伤好多人，连他自己的臂部也被炸断了，报纸上大登特登，称他为断臂英雄。后来抗日会的行动越来越扩大，甚至到工厂、仓库、码头上，对日本货加以没收。抗日会的声势一时震动朝野，政府当局迫于形势，就令市党部人员也参加在内，没收的东西，最初只有几百几千元，后来动辄几万元。不久，日本提出抗议，外交部就屈服了，即刻下令禁止没收日货的行动，但是没收下来的东西，已接近一百万元之巨。这笔账流言甚多，无法结束，结果由潘公展、吴开先、王延松等出面主持拍卖，把拍卖下来的钱，当作建筑劳工医院的费用，买了一块地，盖成了这间劳工医院。

劳工医院负责的一位西医，名叫范守渊，他原是一个国民党党员，所以院中一切都得到市党部的支持。

许炎夫住进了劳工医院，本来一个人都不知道，但是他的太太与诸暨同乡稍有往还，不免透露了一些消息，林之江本来是他的随从，知道了这件事，非但不念旧情，反而认为是自己立功的大好机会。他预先到劳工医院四周察看，果然见到许炎夫太太时常送东西进去，但是劳工医院房屋高大，四周都是铁栅，一到晚上，铁门紧锁，任何人都不能随意出入。

一天，林之江扮成一个重病人，蒙着被头，带着一个很大的衣包，由两个人扶着送进劳工医院，说是有头风病，常常跌倒在马路中。医生一时查不出他的病原，就让他住院。到了深夜，他偷偷地摸进许炎夫的那间房间，许炎夫睡得正浓，他就拔出利刃，对准许的要害，重重地戳了几刀，许炎夫连声息都没有，就此一命呜呼！

林之江设计得很周密，他在进医院时带去的衣包，内中藏有白布一匹，他先把白布缚在三楼铁栏上，缚紧之后，把成匹白布抛出劳工医院围墙外，事后沿着白布逃出劳工医院。这件案子，当时报纸上大登特登，林之江只顾立功，连同乡老友都出卖了！

但是也有些人物，始终不屈不挠，无论怎样威迫利诱，总是拒绝和他们合作，最突出的一位人物就是王一亭。

王一亭是我家世交，以书画名于时，数十年前日本人到上海，都要带一张王一亭的画回去，否则，等于入宝山而空手回。后来上海一家日本人经营的最大的轮船公司请他做买办，他抱定一个宗旨，做生意无所谓，一旦敌我之势形成，他就跳出圈子，避免卷入旋涡，而且和日本人讲得明明白白，他决不参与政治，日本人也拿他没有办法。

抗战开始之后，他既不逃，也不与日本人交往，日军非但不威胁他，还百般加以保护，不许任何人对王一亭有所侵犯。

伪组织建立之后，一张争取名单中，就有王一亭的大名。林之江为了争功，竟然在日军重重保护之下，突然进入王氏私邸，要他出面参加伪组织。王一亭悠闲得很，与林含笑倾谈，林之江说："你要不要看看我的枪法？"说时就拔出枪来，对准窗外的一棵树，打叶，叶子应声落地，打花，花也跟着子弹落地，当时在外面的日本军人也看得呆了，而王一亭却面不改色，笑着说："你的枪法很准，但你要求我的事，还得容我考虑考虑。"林之江只好失望而去。

不久，王一亭患上了小便癃闭症，足部作肿，他因为与航运界相熟的人多，就偷偷地搭了英商的船只，离开上海，到了香港，后病势加重，就死在香港，始终未曾屈服。

关于王一亭脱身离开上海的情况，传说很多，我已回忆不起来；不过林之江用枪法威胁他就范的一幕，腾传众口，知道的人不少。

林之江不断到租界上枪杀反汪分子，当时死在他枪下的不知其数，据我所知，租界上的某探长就是死在他的枪下。当时某探长所在处戒备森严，而林之江于事后却站在马路中心笑容满面，后施施然离去。据目击的人说，林之江打死了某探长之后，走的时候，手上还把玩着盒子炮，简直无法无天。

绑票盛行　百姓骇然

上海本来每年都有一二宗绑票案，此间称为标参。作案的人，大致分为两帮：一帮是绍兴帮，组织比较散漫；一帮是太湖帮，首领名太保阿书。这些绑票案，都是把肉票绑出租界，藏在四郊，然后议价赎票，不过，这种情况几个月也极难得一见。

到了日伪时期，上海成为孤岛，虽然租界当局到处设置铁丝网、铁栅以及又高又长的砖墙，但是还有许多空隙，普通人不知道，那些为非作歹的人却轻车熟路，视若无睹。

日伪时期开始之后，绑票案大为增加，几乎每天都有一宗，有时一天甚至有两三宗之多。每天打开报纸一看，总可看到某人被绑，或某人在被绑时被打死的新闻，这种新闻使稍有声名的人都惊心动魄。

我们中医界的名医之中，先后被绑的也有好几位，别人我不详知，只谈我的业师丁仲英老先生，他就在这时期被绑出租界，来信索款三百万元。丁老师虽然名声很大，实际上他常做善事，一手来，一手去，并没有多大积蓄，因此绑去之后，这笔赎款无法应付，危险性大极了。

如果被绑者家属不肯出钱把肉票赎回，绑匪往往会割了肉票的耳朵或手指，附在信内送到被绑者的家中，要是仍然不加理睬，被绑者就有被处死的可能，俗名叫作"撕票"。

丁老师的境况，我是知道的，经常收入和付出的钱实在不少，在收支比对后，存下来的款项却是少得出人意料，三百万元的讨价，简直无从谈起。当时我对这桩事情的后果很是担心，整整几晚睡不着觉。

丁老师被绑之后，一直很少有消息，只知道藏身之处，曾经一再更换，多在郊区极冷僻的乡下。每次变更地方时，必然有一个匪徒和他同扣着一个手铐同行。有一次，经过一座小桥时，仲师向来研究大力功，气力大得很，在桥面一跃而投入河中，那个同在一起的匪徒，也跟着坠入河中，于是其他匪徒就想尽方法把他们两人营救上岸。他上岸就说："我家决计拿不出三百万元代价，所以不如投河一死的好。"因此，后来绑匪再送了一封信到丁家，说丁老师是好人，自愿减去二百万元，只要拿出一百万元，就可以恢复自由。丁家见到这封信，还是没有办法。大家正在彷徨无计之时，忽然有电话来，原来是丁老师自己打来的，说是"已脱离匪窟，住在林之江家中"。于是全家人都欢天喜地，马上赶到忆定盘路四十五号林家去探望。

那一次我也冒险离开租界，进入歹土（按：这时上海人称沪西一带为歹土，忆定盘路是歹土的中心）。我到了林之江家，他门前挂了一方很大的招牌，写着什么"和平军第 × 师司令部"，还悬着两面很大的青天白日旗，旗上有一条黄色三角形飘带。门口卫兵极多，这个司令部在一条弄堂底，弄堂中密布着许多便衣探子，我一见这般情形，正想转身回家，可是一些便衣探子，觉得我形迹可疑、踌躇不前，就气势汹汹地问我："你是什么人？到这里来做什么？"我见到这情况，觉得非进去不可，就硬着头皮说："我是来探访林之江先生的，因为有一位丁先生住在这里，他是我的老师，所以我要来见他。"听完这句话，他们立刻改容说："啊！原来你来看丁老先生，那就跟我进去好了。"于是我跟着其中一个人进入林之江家中。

那时丁老师正在林家吃粥，见到我欢喜得很，就向我介绍了躺在烟榻上的林之江。林之江很安闲地起身和我拉手，似曾相识地说："请坐请坐，不要拘束。"其实我和他早已由许炎夫介绍过，但是考虑投鼠忌器，往事当然不提了。林之江横卧在烟铺上和我谈话，他说："近来绑票的案子猖獗，当局密令叫我捉拿绑匪，我摸索到了丁医生的藏票所在，带了手枪队去救出来，那时绑匪有好几帮，有时竟把肉票抢来抢去，所以要请丁医生在我家中住一个月，对外宣称丁医生是我的远亲，以后就安全无事了。"

我听他说话，完全是诸暨腔，心中正在想这种口音，感觉和许炎夫一模一样，不禁感慨万千，心想，你这个杀人王，连同乡老友都杀死，还讲什么道义呢！

绑票之危　险及己身

那时节的绑票事件越来越多，我们中医界只有极少数人在被绑后挣扎逃脱，像现在香港的妇科名医朱鹤皋先生，就是侥幸逃回来的一位，其余的都用了相当多的款项赎身。

我想，若干同业被绑者，论身价，还不如我，特别是我建筑好了威海卫路二号的一座国医大厦之后，更引起了各方面的注意，认为我迟早要遭遇到绑票之祸。

要是一旦真的被绑，房屋不能立刻变钱，家中贮的现款又不多，哪里有钱去赎身呢？想到这里，不寒而栗，有些熟悉我实情的亲友，好意来对我讲，要我干脆离开上海，远走到后方去，免得惹出事来无法应付。

我天天早晨读报，总是见到某人被绑，某人又被绑了，一天两三个人被绑是很平常的事，当时心里不免动摇，决意要避开这个危险地带，免得心理上笼罩着一层恐怖的阴影，日日夜夜担着心事。

在《银元时代生活史》里我讲起过，我曾经到过七十六号魔窟中去为吴四宝医病，在他病愈之后，我对吴四宝说过，以后有什么事，最好请他到我诊所来，我每去他那里一次，就心惊胆战，实在吓不起！况且他的部下众多，姓张姓李，我也搅不清楚。吴四宝的外号叫作"开车四宝"，有几分游侠儿气味，很爽快地一口答应我，后来他果然遵守诺言，有病时，到我诊所来，由我给他开了药方就走。

他的家人有病，幸亏都是在租界范围内，他往往用一张卡片，上写"吴云甫"三字请我出诊，我也应允他。

有一次，他发来一张请帖，是忆定盘路狼山庙落成开光,邀我去观礼和吃素斋。我正在踌躇,吴四宝的电话来了,他说："狼山老爷是我们南通人最崇拜的仙人，在南通邻近各县，无数乡人都去焚香膜拜。现在南市城隍庙都搬到法租界来了，所以我也立誓将我们家乡的狼山庙搬到上海来。现在庙堂落成，很是伟大，你应该来看看，我还准备介绍你认识几个人，免得日后有人动你的脑筋，对你是有利的。"我把他的话再三反复研究，倒觉得有走一趟的必要。

我早已明白，这许许多多上海绑票案，无非是四帮人做的。一帮是打着游击队旗号的丁锡山，这帮人在上海租界四郊地盘极大，所以多数绑票案都是他做的；一帮是林之江做的，这一帮专绑租界上有名的绅商人士；一帮是七十六号，他们的目标，都会被加上一顶抗日分子的帽子；另一帮是浙江帮，这一帮本来是专干这一行的，但是在敌伪时期反而不敢轻易动手，要动手还要先得到吴四宝的同意。

我知道这种情况，但是何以林之江竟然会帮丁仲英老师脱离匪窟呢？这是有原因的。因为林之江与丁锡山向来极不相容，正在那时候，因为绑票事件，闹得满城风雨，有人把这情况告诉了汪精卫，汪就下了一个手令给林之江，要他肃清这种案件，所以林之江就首先向丁锡山开刀，丁老师适逢其会，真是最幸运的一人。

狼山庙开光的那天，我想中午时候去走一走，恰巧那天租界当局不知为了什么原因，突然宣布戒严，把静安寺路口的铁丝网封闭，我就借故不去了。

恰好那时节，吴四宝的婶母病得很厉害，由我诊视渐渐好转，我就托他的婶母带信，说明我对绑票案怕得很，想离开上海不做医生了。

隔了几天，他的婶母带来一张请帖，具名吴云甫，我知道这是吴四宝的官名，席设季云卿住宅。这位季云卿，本来是吴四宝的老头子，因为吴四宝知道我不敢出租界一步，所以就借季宅宴客。他的婶母说，请的客人即是丁锡山、林之江一班人，他的宗旨，是要这班人知道我和吴四宝的关系，免得将来我有什么被绑的事件发生。我见到这般好意，就答应去露一露脸。

到了那天，我约了姚吉光（他也是季云卿的徒弟，是一个报人，人称小爷叔）同去。到了那边，已有十多个人在推牌九，满桌都是黄金美钞作注码，吴四宝只和我点了下头。姚吉光说："今晚这顿饭，非到十一点钟是不会开席的，但是我们两人荡来荡去也不像样，我叫许义桢他们陪你挖几圈花，也可以消磨这一段时间（按：许义桢是季太太金宝师娘的拖油瓶儿子，为人很忠厚）。"因为许义桢曾和人合伙开过中药铺，对我的名字还熟悉，也很客气。

这次宴会中，他们推的牌九，越推越大，满桌虽是黄金美钞，其实全是人家的性命汗血，推到十一点钟，才暂告小歇。吴四宝大声招呼我入座，竟然要我坐头位，各人坐下来之后，吴四宝为我一一介绍。我也弄不清楚谁与谁，只知道丁锡山就坐在我身旁。我听见他的大名，就好像坐在计时炸弹旁边一般，感到深深不安。吴四宝就说："陈存仁不但是我在世界书局时代的老友，我前年生了一场病也是他医好的，所以请在座各位，对陈医生多多照应。"说罢，他就站起来敬大家一杯酒，我也接着立起来还敬他一杯。吴四宝又要我和坐在我左右两边的人碰一下杯，这两人一个是丁锡山，一个我记不起他的名字，总之也是计时炸弹之类的人物。那晚的菜肴很丰富，那些人只吃了四个冷盘和一碗鱼翅，就纷纷回到牌九桌上去。吴四宝对我耳语说："你放心吃吧，以后担保你没有事情。"从这次宴会之后，姚吉光便对我说："老兄，你今天算是吃了一颗定心丸了！"

的确从此以后，不但我的心宁静了不少，而且在沦陷八年中，也不曾受到绑票的惊吓。

几年之后，许义桢常常到我诊所来闲谈，谈起吴四宝已经被日本人毒死，陶雪生被日本人杀了头，什么人什么人都不得善终。其中丁锡山的收场最迟，也死得最惨，头颅被挂在青浦的电杆木上。唯有林之江在胜利来临时，搭上了国民党特务的线路，他知道许许多多汉奸的藏身之所，由他访明避居之所一一加以逮捕，因此又立了功。此时又有人要林之江拘捕陈彬龢，他谎称陈彬龢已逃往湖北某地，当局信以为真，便拨出一笔巨款，叫他到湖北去查缉，他把心一横，就带了款子逃到香港。

所以这一批绑票头子，都没有好收场，只有一个林之江是死在香港的。

精神分裂 魔鬼缠绕

一九五〇年，我已移居香港。某日，在诊病时，一个面目黝黑形容憔悴的病人，到我诊所来，他的后面跟着两个人。他开口问我："你认得我吗？"我看了许久，说："我接触的人多，一时想不起来。"他说，他就是林之江。经他一提，我就想起了当时他在上海杀过许多人，同时也做过一件事，就是我的业师被绑票，是他营救出来的。

林之江坐定之后，请我诊脉，同时以很沉重的表情，等候着听取我的诊断见解。经望闻问切许久之后，我坦白地告诉他："你的身体已经非常虚弱，除了胃病之外，并没有什么严重的病症。"他告诉我说："是的，经过几间医院检查，证明我是没有什么病。"但是他自己觉得死期即在目前，要我救救他，我这时已觉到他的神情完全不正常。

他继续说出，他天天被许多鬼魂围困，白天被侵扰到坐立不安，晚上简直不能入睡。我说："世界上本来是没有鬼的，这许多鬼怪情况，完全是你的幻觉作用，只要你振奋自己的精神，这种鬼怪是不足介意的。"他说："现在的情况，就是无法振奋自己的精神，魔鬼终日追随在自己左右，所以要许多人来陪伴我，否则一天也支持不下去。"他很坦白地说出当年为了消灭异己，每天总要打死几个人，这种暗杀工作，都是由他亲自处理。他当时只为了权势与利禄，根本不信会有鬼魂来报仇，杀人之后，毫无愧怍，而且觉得枪法越准，越是痛快。只是有一次，枪杀了一名壮汉回来，便觉得这个面目可憎的鬼魂，一直追随在他的身旁，已有七八年之久，使他终日惶惶然，后来眼见威胁他的鬼魂愈来愈多，以至今日这般地步。

我就解释给他听："从心理学上讲，你杀人之后，亲眼见到这个壮汉倒下去，当然是张口突目，咬牙切齿，满身是血的恐怖情况，这片刻间的印象，深深印入脑海，是你终身消灭不了的。由这种印象的威胁，渐渐变成幻觉，在你的心目中，就是鬼。这个鬼，可以终日追随在你的身旁，令你日夜不安。"他听了我的话，很是满意。我针对他所患的若干病患，开了一张药方给他，他就走了。

次日一早，他又由家人陪来，他说听了我的解释，当时受到感动，但是一到家里，脑中又乱想不已，自己无法控制，因此又见到了那个面目狰狞的壮汉的鬼影，简直一夜不能入睡。越到深夜，越是骇怕，竟然有许多鬼魂，鱼贯而入，对他身体作种种击撞，清晨起来，看见肌肤上果有不少青紫色的瘀痕，他问这种瘀痕，是否就是"鬼打块"。我说这是你病久之后，气血不调和，整夜受到恐怖心理的缠绕，由于心理的影响，静脉管膨胀，可能有这种现象发生，于是我又为他开了一张药方。

林之江说自己在那个时代，杀过两百多人，到了香港之后，一直闹着见鬼，朋友们劝他信佛，他就信佛，但并不能把围绕他的鬼驱走。有人劝他皈依道教，满室贴了符箓，初时也许是心理作用，能苟安一时，但过了几天，又是攘扰如常。又有人教他信基督，他说只在唱赞美诗的一刹那，脑海中可以略为清净，其余的时间，都是魔鬼在打击他、恐吓他，还引诱他自杀，所以他完全失却了信仰。有一个时期，因为许多不可告人的秘密壅塞心头，他竟然自己走进天主教堂，跪地忏悔，把杀人的经过，坦白陈述。他说经过忏悔之后，心理上有片刻安逸，但是过了一时，又日夜闹着鬼了！

他把这种经过告诉了我。我说："宗教是一种信仰，你并不真诚地信仰却要冀求庇护，这是不可能的。你现在因为旧时作孽太多，心理上内疚重重，无法摆脱，于是造成了魔鬼缠绕的环境。初时不过是幻觉作用，久后变成错觉作用。由于你身体日渐衰弱，精、气、神三种力量完全消失，于是由神经衰弱变成神经错乱，再从神经错乱变成精神病，又由精神病进展到思想崩溃，再由思想崩溃而成为精神分裂。"

我告诉他："什么叫作精神分裂呢？就是你的精神状态分裂成为两个人，在我和你讲话时，尚能倾听和了解我所说的话，一离开我之后，你就成为第二个人，把我先前所说的话都付之脑后。所以你要对付这种情况，先要求身心正常，虽然你身体很虚弱，但是你要放弃现在的生活，另找一种体力性劳动，用劳力来替代劳心。"我举一个例子给他听：有一个曾经做过省主席的人，因为精神分裂，一脑子都是幻想，我劝他要用劳力来替代劳心，他对我的主张完全同意，竟然穿了很旧的衣服，去当敲石子的小工，同一般劳工一起工作，准时而到，准时而退，回家之后，疲乏不堪，倒头便睡，如是者几个月之后，他的精神分裂的情况完全消失了。我对林之江说："你现在过的不是正常的生活，一天到晚求医问药，或者用信教方式来消除你

244

的心病，这都于事无补。"他对我说的话表示理解，后来他就没有来过。

如是者，经过了一年光景，他的同乡来说，林之江的情况已经较为好转了。有一天，他的家人突然出现在我的诊所，要求我去替他看病，我说他患的是精神病，不是内科病症，不如进精神病院，我坚决不肯出诊。他的家人说，他本来已好了许多，最近一月病情突然变化，生命垂危，明知不可救药，无论如何，也要我前去看一次。这一次看他的情况，那真是不可收拾了。

这时林之江移住到一家天主教办的医院中，医院替他检验后，说他除了胃部不良外，并无正式疾病，要他赶快迁出，他坚持不肯离去。我见到他时，他说："住在家中，实在被鬼魂侵扰得无片刻安宁，只有住在这里，鬼魂虽然仍不离左右，但比住在家里平静得多。"我说："你又要鬼话连篇，庸人自扰。"但是他认真地说，最近一月来他所见的并非幻境，简直全是真实感。接着他又讲出许多怪事来。他感到最不可思议的，就是一次他在上海发令枪杀中国农民银行一批职员，当时他并不在场，不料其中被杀的一个职员竟是他的外甥，梦中外甥来向他索命，这时他才知道他杀了自己的外甥。此事本已过去多年，但是现在每天晚上他的父亲坐在他的床边，百般辱骂之外，教他从速自杀，他也屡次想自杀，但为家人所阻，所以痛苦万状。

听了这番话，我仍然告诉他，这是精神分裂的现象，要力事镇定，修养正气，来辟除邪气。他坦白地说，他的正气只剩一分，而邪气竟高扬到九分，除了和我谈话的片刻间，还可以和我对答之外，其余时间眼睛见到满室是鬼。从前要闭了眼睛才能见到，现在白天张着眼睛也能看到，并且还看出许多鬼魂的身上有累累的弹痕，而且还在流血，因此这般的生活，是一天也过不了了。我听见他的说话，感到他的精、气、神完全进入崩溃状态，这就是精神病死亡的预兆，我只有安慰了他几句，就告别了。

我感到这种症候，在他自身体力衰败时，确乎是他无法控制的。生理上即使没有病，而心理上的幻变，更比生理上的疾病还严重；生理上的疾病，还可以用医术和药物来治理，心理上无穷的幻变，简直是无药可救的。世间原本无鬼，但是心境上自己造成了一个鬼域，从此他就被围困在这个鬼域之间。既然他自己无法逃出这个境域，那么这种折磨，必定要使他走上死亡之途。

过了不久，有人来传言，林之江在医院日夜号泣，说是每晚被鬼魂痛击，疼痛非凡，次晨全身都是紫血块，医生认为是神经痛和血管栓塞。他渐渐半身不能转动，筋脉抽搐，言语模糊，举止怪诞，两目直视，一夜，呕血不止而逝。

关于这件事情，知道的人极多，虽然事情有些近乎迷信，但是他的死亡经过，却完全是事实。我觉得鬼魂之说，并无根据，可是因果之说，是很科学的。种什么因，得什么果，这是不可磨灭的"循环律"。

为虎作伥　无恶不作

大小汉奸以外，还有一类人，其作恶的程度，更甚于汉奸，那就是追随日本军人或宪兵左右的人员，大概一个是翻译，一个是跑腿。在开战之前，译员多数是高丽人和台湾人，而跑腿的都是大陆人，这种人靠着主子的声势，狐假虎威，无恶不作，市民见到这类人，真是惊惶不已。这些人都经营着一种副业，就是贩毒。当时闸北警局和租界警局见到这种人，都视若无睹，即使加以逮捕，很快就会有日本军政当局保释出来，所以他们的作恶，更是有恃无恐。

自侵华战争一起，高丽人和台湾人，已有供不应求之势，于是就由那些跑腿递升上去。这种跑腿知识程度极低，可是他们也会讲几句日本话，他们一旦得势，更是如虎添翼，可以随便指证一个中国人，给他套上一顶抗日分子的帽子，就可以大敲其竹杠，诸如此类压榨良民的事件，层出不穷。所以对这种人，我是避得越远越好。

我在绑票的惊惶事件过去之后，庆幸不曾受到牵累，小心翼翼度过沦陷时期的沉闷生活。不料尽管洁身自爱，还是有一件极重大的麻烦，缠到我身上来。

我那时的新诊所，设在威海卫路二号，这个区域旧称"马立师"。马立师本来是马夫聚集之区，此外，有许多梨园中的武行都住在这一带，历来已有一种马夫集团的恶势力存在。从前上海滩的一些特殊人物，都是这类角色，所以打架开片，只要马夫帮出场，便一呼百应，因为跑马厅的马夫宿舍，就在我新诊所的对面（跑马厅边门的里面），所以这个地区，即使是梨园中的武行，也很少有人敢在此惹事。

等日本陆军接收跑马厅，所有军马都在跑马厅马房中饲养，于是这一批马夫，拼命学日本话，讲得好的，就会被升任为日本人的译员或是负责查案的跑腿。就因为如此，为虎作伥的人又多了一批。他们住的宿舍，一间间很小，日日夜夜有不少译员和跑腿进入马夫房，在里面推牌九、赌纸牌。日本人为了使唤便利，明知之而不加禁止，但是一到晚上十时，便不准他们赌下去。这种情况，本来与我毫不相干，坏就坏在我有一名汽车司机，视赌如命，因为彼此对门邻居，他好几年来，晚间总是和他们在一起鬼混或赌博，所以他入跑马厅是通行无阻的。

这个司机自从和这班译员、跑腿们混在一起，性格也为之一变，总要玩到凌晨三四点钟才回家，白天做事如同失魂鱼一般。

有一天我劝他，他非但不接受我的好意，反而说出些很不中听的话，他说："我和这班人交往，对你大有好处，因为那些人可以随便替你加上一顶帽子，那你就没有命了，如果我和他们相熟，他们连一根汗毛都不会碰你的。"他这几句话，简直是有意恐吓我，要我对他屈服。

果然不久，他便常常向我借钱，要是一次不借，他的面色立刻就变，完全是一派流氓气息，我真奈何他不得。

一天晚上，我正在楼上休息，听见楼下人声鼎沸，走下去一看，大厅中竟聚着二三十个赳赳武夫，排起桌子来正在大赌特赌。这个司机还向我介绍一个人，他说，这是日军翻译某某某。那翻译点了一下头，说："跑马厅晚间不许赌，所以借你的客厅一用。"我明知司机引狼入室，以后的麻烦就多了，当时也只能无言而退。果然从此以后，我的客厅就成为他们的赌场了。好好地赌倒也罢了，有时他们还有许多赌博上的纠葛，大声吵闹，简直不把我放在眼中。我对这件事，头痛得很，常常失眠，深恐情形恶化起来，那就不堪设想了。

　　岂知事情竟然出乎我的意料。一天，在我门诊时间，新成区警局局长偕同一个日本籍的副局长来看病，说他们对汉医汉方非常信服，所以特地来诊治。诊断之下，我认为他是因饮酒过多，发生肝病，治疗过程最少要一个月，否则，就会转变为黄疸病。那个副局长听了，认为我诊断很准确，我约他每隔两天来看一次，药剂由我的配药处煲了送去。

　　这个日本副局长，连看了三次之后，又介绍一个日本人来看病，他说："这是警察总局的最高当局，名字叫'乌刀'，他患的也是肝病，现已转为黄疸病。"乌刀能说几句中国话，他看到我两目皆赤，便问我："陈医生，你自己做医生，怎么两目通红也不医一下？"我就说："我两目红赤，是因连夜失眠，由于跑马厅的下级人员，夜夜在我家通宵赌博，令我不能入睡。"乌刀说："这件事很容易办，不过警察局管不着，因为跑马厅的首长，是隶属陆军部的，我时常见到他们的长官，只要轻轻松松地随便提一句，这班人侵犯民居，深宵赌博，一定会被严厉禁止的。"

果然，不到三天，这班人从此绝迹不来。我心想，乌刀的话生效了。

我的司机，白天也见到有几个日本人来看病，只是不知道是谁而已。这两个日本人来的时候，都是坐着大汽车，随从的人不是军装便是便装，他也不知道这班人是何方神圣。

这样一来，司机倒惊惶起来，对我的态度为之一变，而且向我提出辞职。我正中下怀，表面上还加以挽留，但是他却苦苦哀求我多给他两个月薪水，因为他赌到债台高筑，我就照他的意思，多给了两个月薪水把他遣散了。

实际上，我对这件事情已经受够了惊吓，夜夜失眠，这般迅速解决，大有如释重负之感！

领户口米 引起疫病

沦陷期间的上海，大家最关心的一件事就是米。虽然当时许多米铺还有米出售，只是米价以单帮跑来的黑市价格为标准，一月之中米价总要跳三五次至七八次，这对市民的打击很大，所以有些食指多的人家，爽性自己去跑单帮，由租界四周的铁丝网中钻进钻出。运气好的人，能一路平安背了米回家，运道不好的人，就会被站岗的日本军

日伪统治下的上海市民在排队抢购"户口米"

人用枪柄子打得半死，还要把米倒在地上，不许拾回一颗，但是跑的人还是不顾危险，成千上万地到四乡去搜求米粮。最近的买米地点，就在徐家汇。

当局鉴于租界内人口日密，而米粮有限，若是没有人跑单帮，米价还要高涨，会影响币值日益低落，因此又想出一个办法，实行计口授粮，俗称配给"户口米"。

所谓户口米，是按人口配给的，市民凭户口证向当局特许米铺购买平价米，这种米质地不一，有时是普通米，有时是碎米，有时只配"六谷粉"（即粟米粉）。

老实说，米铺中以出售黑市米获利较大，而且早晚市价不同，无非是天天涨、月月涨，赚到满盆满钵。户口米供应制实施之后，大家有了基本的口粮，米价渐渐抑平，但是米铺对这个措施内心并不欢迎，可是又无法拒绝。

起初，每家可以由一人代表去领全家人的口粮，后来，米铺认为计算困难，限定每人要自己凭户口证领米。于是在领米的日期，人人都要一早去排队，等候依次领米。有时因人们争先恐后，秩序大乱，在这种情形之下，旁边监视着的警察，就用木棍打人，因此市民对领户口米，视为畏途，但是又不能不去领。

从前上海秋冬春三季，天气都很冷，大家只好在天未亮时，穿着棉袄棉裤，带着布袋去排队领米，天寒或是有风还无所谓，最惨的是在下雨落雪之时，也一样要站在西北风中撑着纸伞等候领米。

在这种情况之下，很多市民的健康就出现了很大问题。

夏季受暑发痧的多得很，冬季穿棉袄的人，多数会在人丛中感染虱子，这种虱子，繁殖力极快，所以家家户户都闹着虱子之患。热天的臭虫，即此间所谓"木虱"，其祸患还小，只是令人们不能安眠；最可恶的是跳蚤，跳蚤本是斑疹伤寒的媒介，斑疹伤寒比普通伤寒剧烈得多，一经感染上此症，患者就会神志昏迷，热度高到四十度以上，病程到第十天时，即使加以救治，多数还是死亡。所以在这个时期，因斑疹伤寒而死亡的人，不知其数。

医生见到这种病人也很骇怕，只要病人身上有一个跳蚤跳到医生身上，医生也会发病，所以中西医生因此而死亡，也时有所闻。我有几个最亲密的同业，在短短的七八天中突然暴毙，这件事情令我也惊惶起来，但又不能拒绝看病。记得有一个时期，我特地穿着一件很长的雨衣，紧紧裹住全身，战战兢兢地为病人看病，但是心理上的威胁，还是恐怖得难以形容。（按：斑疹伤寒，总是在战争、粮荒期间流行，所以日本人将其译为"饥饿伤寒"或"战争伤寒"，战场上因此病而死的最多。）

司法部长　死于跳虱

战争初起时，苏州有一位乡绅张一麟，为人公正无私，他常在时局动荡中发表呼吁文章，都有相当力量。战争一起，他电请当局组织"老子军"，他将与一班老友，不惜生命与日本人决一死战。当局复电说，他的意义颇能鼓舞人心，但是目前还有许多壮士应付战事，所以用不着组织老子军。这消息一经报纸登载，读报的人都大为感动。

张一麟有一个兄弟，名叫张一鹏，在北洋政府时代任过司法部部长、最高法院院长等职，居官廉洁，正直无私。到了沦陷时期，他住在上海公共租界静安寺路一条弄堂里，住所很小，而住在一起的房客，虽不到"七十二家"之多，但至少也有十二三家，夜夜吵得不能安卧。他清官做久了，一身之外无长物，就靠几个司法界的后辈按月接济。我认识他是由商务印书馆黄警顽介绍的，黄说，现在大家凑份子，按月对这位司法界前辈加以接济。

第一次见面之后，我就请他和黄警顽一同到大陆商场饭店弄堂去吃饭，他很激昂地感叹道，从前当部长、院长以及什么什么长，现在蛰居陋室，竟当起甲长来，真是梦想不到！

有一天，报纸上忽然登载一段新闻，说是汪精卫召见他，并且任他做司法行政部部长，不知怎样的过程，他竟然落水了。从此以后，再也没有见过他。

黄警顽曾经找到他，谈过话。他见到黄警顽初时有些不好意思，后来他说，他和汪精卫约定，登台之后要设法释放一批政治犯。所以他牺牲一切，毅然决然地当上了司法行政部部长，期以半年，决不恋栈。

张一鹏就职后不久，亲自视察监狱，回家之后，忽然发起高热来，经医生诊视后，断为斑疹伤寒，一定是在监狱中染到囚犯身上的跳蚤所致。

当年张一鹏年事已高，经不起几天的高热，惊厥而死。从张一鹏当上司法行政部部长开始，到病死为止，恰巧整整六个月，"期以半年"，一语成谶，天下巧合之事，无逾于此。

第十章

不知人间是何世

民国时期，上海南京路

我们在上海沦陷区的生活，可以划分为三个阶段来讲。

第一个阶段，是傅筱庵当市长的一段时期，这个时期，对租界上的人民，丝毫没有影响；第二个阶段是汪精卫登场之后的一个时期，租界上就受到枪杀绑票的威胁；第三个阶段是日本人向英美宣战，日军开进租界后的一个时期，在这个时期，我们就想到汪派的势力会跟着伸展到租界，但是实际上，日本占领了公共租界之后，除了币制和报纸的言论方面受到控制之外，日本人认为公共租界是日本军人所占，政治与汪政府无关，仍然沿用旧时公董局制度，不过总董却换了一个日本人，副总董名义上由中国人袁履登担任。

英美势力 扫除一空

"八一三"战事初起，国军退到南京之后，日本军人的每一种细小事情，大家传得很快，我记得有三件事。一件是乡民进出租界，日本宪兵一定要他们脱帽鞠躬致敬，同时还要略略搜查一下，搜到香烟，要他们拿出来看一看，如果是英美香烟，便会被掴一下耳光，如拿出来是大联珠，或金鼠牌中国香烟，他们就大喝一声，让来人过去。因此有许多乡下人，为了免除麻烦，特地买一包中国香烟，作为护身符。有些人就在鞠躬之后，出示香烟，简直像是通行证一般。日本人为什么要这样做，初时大家都想不出理由来。

第二件事，是市民经过北四川路桥堍，都要下车向站岗的日本宪兵鞠躬致敬。有一个西侨，昂昂然地走过桥面，略略向日本宪兵点头致意，这种情况中国人也有的，日本宪兵倒并不重视，而对这个西人却大肆咆哮，要他立正脱帽鞠躬，鞠躬之后，还伸出巨灵之掌，啪啪地连打了好几下耳光，而且命令这西人匍伏地上，日本人骑在他的身上片时，才放他走。

第三件事，北四川路桥渐渐放松了，市民坐人力车都可以通过，不过在车子上仍然要脱帽致敬。有一名西人，也坐了一辆人力车，行礼如仪，本来应该无事，谁知道宪兵竟勒令停车，命令车夫坐上车子，反让那个西人拉车。这件事使当时围观的中国人感到十分痛快，因为租界上的西人，一向轻视华人，所以宪兵这一个措施，竟然有人叫好。

后来我们才明白日军的这种行动，都是含有反英美意义的。

珍珠港事变前夕，报纸上反英美的消息越来越显著，只知道日本的来栖大使与美国总统谈判，这时期，朋友相聚，无非谈些报纸不登载的时局推测。有人说日本人这次对中国作战，是陆军部单独主张"南进政策"，而海军部事事掣肘，认为"南进政策"是错误的，他们重大的任务是要采取"北进政策"，扫除英美势力，这样可以轻松地实行大东亚主义，将东南亚所有小国家并吞殆尽。

我对朋友间的推测，总抱着将信将疑的态度。不过几个有资格的朋友说，中日战争，日军曾到过独山，再要打进重庆，时间越来越缩短了，而且看来国军有若干地方，脚步大乱，一切部署都落在事实之后，这个时候真是危险到了极点。想来想去，只有一条出路，希望英美加入战争，才可以解围。这不过是渺茫的希望，谁都不信会成为事实。

料不到日本人以迅雷不及掩耳的手段，大队日舰突然侵入珍珠港，对美国军舰大肆轰炸，美国的海军损失之大，是他们历史上从来未有的。又隔了几小时之后，日皇诏告天下，向英美宣战。

不久，日本人居然把一批英美人关进集中营，原来集中营早已布置好了。

这天报纸被抢购一空，因为报纸上刊有同盟社的电讯，说日军已攻打香港，怎样怎样顺利，又有一则电讯说英国最大一艘威尔斯号母舰，被日军炸沉。

后来，报纸上的电讯，只是说今日日军占领某地，明天占领某地，真是势如破竹，进展之速，出人意料。

当时上海人都敏感得很，形势究竟要坏到什么地步，任何人不敢想下去。汪精卫在这个时候，忽然和日本人发表了一个联合宣言，内容要点有"同甘共苦，同生共死"的话，而且隐约说这是大东亚战争的开始，南京政府必全力支持。这个联合宣言，我看了六七次，心想说不定连我都会被征兵役，那可就不敢想象了。

汪精卫这篇联合宣言，仅是制造一些气氛，实际上，汪精卫所属的和平救国军及杂牌军队为数五六十万，这时逃役的人不计其数。因为这种军人志在领饷，混一口饭吃，而且还可以掳人勒赎，坐收当地烟赌的黑钱，现在既真的要参战，他们就开小差，溜之大吉了。

个中秘密　丑态百出

日本军队进占租界之后，起初还有抗日分子暗中在重要地方放几个炸弹，日军就用结绳而治的办法挨户搜查，过了一个短时期，这种情况也就消失了。七十六号也接到命令，再也不准在租界上开一枪，而且暗中制止几个绑票头子，不准再有绑票行为，因此租界上的一般市民，反觉得安定下来。这是日本人的一贯作风，凡是占领了一个地区，就用这种手段来安定人心，我们一般居民的恐惧感也逐渐消失了。

起初，日军在太平洋作战，打一处胜一处，后来麦克阿瑟采取"跳岛战术"，一步一步反攻跳回。那时节，日本方面在租界上有两种措置：一种是要市民把短波无线电交出；一种是实行宵禁，对我们做医生的，发给夜间通行证。这种通行证检查很严格，中医一共发了二百张，西医发了四百张，所以一到晚上，全市灯光暗淡，人人觉得气闷非常。

战事新闻封锁得越厉害，谣言越是多，日本人接收了租界，含有抗日倾向的报纸即时停办，大家都感觉到心理压迫，有说不出的难过。

四郊的乡民到上海来，传出的消息比我们住在租界的人来得快，而且多数确有一些根据。

我们一般同等阶层中人，反而因为在家的时间多，出外的时间少，好像蒙在鼓中一般，要是利用电话探询，又怕闹出事来。有一个传说：四个人打牌，一个人大输而回，于是赢者打电话给输者说："你高兴不高兴来反攻呀？如果想反攻，还有机会。"这原是打牌者的口头禅，不料电话有人窃听，竟闹出一场大祸来，所以我们打电话时，措辞十分小心。

那时节，明星影片公司经理周剑云，因为公司被毁于炮火，无事可为，就对我说："你的诊所二楼地方宽阔，交通便利，何不用作朋友聚集之所，大家交换交换新闻。"我说："好的。"从此每天下午五六时，总有七八个甚至十多个朋友到我这里来茶叙，我便备一些家常点心供客，大家谈上一二小时才散。

有一个朋友，对汪派伪府的情形相当熟，他说："汪派以开枪杀人取得政权，但是他们自己人却也用手枪打来打去，派别之多，纠纷之多，是大家想象不到的。罗君强时常想打死李士群，李士群又派了许多特工，天天候着罗君强。梅思平又和丁默邨形同水火，而丁默邨又和李士群极不相容。周佛海和陈公博势不两立（按：将要胜利时，两人几乎要召集各方部队决一死战），后大椿被枪毙，耿绩之用手枪自杀，至于熊剑东屡次遭遇危险，林柏生因为分润不到，常在汪精卫面前挑拨是非，因此内部又常有许多自相残杀的事件发生，此外双方或三方还常利用借刀杀人的办法。毒毙吴四宝是李士群的杰作，最后李士群被毒死，又是罗君强的杰作。

"至于第二流角色，只要大家心里有不痛快，就引诱引起事端者到一个地方，砰然一声解决了这个人，然后在郊外掘一个坑埋了就算了事。七十六号里面埋掉的人，更是不计其数。在税警团本部，也动辄打死自己人，用埋葬的手法掩饰事实，外界一点也不知道。"

一位朋友听了这些消息，连声叹息，认为汪派以暗杀起家，由于手枪多子弹多，后来就将这些变成他们自相残杀的工具。

又有一位来自北方的朋友说："汪精卫到北平，他本来以统一政府首领自居，但是一到那边连碰了无数钉子，吴佩孚拒不接见，王克敏原是他幼年时的同学，到这时不谈政治，专门谈汪精卫与袁世凯交往的一些旧事，而且说：'你的拜把子兄弟袁克定（袁世凯长子）住在颐和园内，现在老病缠身，穷得不堪设想，你何不去探访一下？'"

汪精卫听了这些话，明知是王瞎子在揭自己的疮疤，连面孔都红了起来。

日本人又逼他要到"满洲国"去会见康德皇帝（按：溥仪），这是一种更大的侮辱，溥仪本来是汪精卫革命的对象，现在要去向敌人表示友好，这是任何人所不愿意的，但是汪精卫处境如此，也不得不忍辱含羞地去了一次。

又有一位朋友说："日本这一场战事，他们国内的钢铁已罗掘俱空，因此要汪精卫供应钢铁若干若干万吨。汪精卫则说：'我们哪里有这么多钢铁？'日本人说：'单上海一处，所有电车路轨以及钢窗铁门，只要你下令全部拆下来，数量已很可观，你说过同甘共苦，同生共死，这是义不容辞的。'汪精卫当即下令要拆路轨、钢窗以及英美人留下来的铜像。"不久，上海方面果然接到命令，家家户户都要拆铁窗铁门。我记得南市的电车路轨首先拆除，运到汇山码头，整整堆满了一个码头，连日军的行动出入都受到阻碍。虹口区的钢窗先拆，也搬到汇山码头。日军方面又说，目前船只缺少，拆钢窗的事，只能一步一步地来。后来形势日非，运输几乎停顿，所以租界上许多地方的钢窗得以保留，然而这件事已经震动全上海，上海市民无不切齿痛恨。

一个南京来的人说："上海毕竟是福地，每户每月还有七度电可用，南京民间每户限用三度电，而且还要分区停电，常常一个区中连街灯都全部熄灭，洋烛早已被抢购一空，好多人家一到晚上只好乖乖地睡觉。本来夜夜笙歌的夫子庙，到了晚上也寂静无声了，所有舞女歌女都已变成暗娼。"那时节人人都穷，只有少数新贵才嫖得起。

一位朋友说，此时贪污成风，特别是汪派官员们，一掷万金，阔天阔地，但是币值天天在跌，小部分公务人员也活不下去，尤其是若干清闲的官署中人，如考试院、审计处、印铸局等都无公可办，也无粮可出，真是苦不堪言。

诸如此类的谈话，虽说是形容绝倒，但是都与实际情况差不了多少。

股票狂潮 由盛而衰

在抗战极激烈的时候，上海的币值一泻千里，大家都忙着囤货，但这是要有实力才能做到的。我和各界各行的人都有接触，有人劝我早做准备，保持币值，我就依了他们的话，最初每天诊金收入，除了开支，多余下来的钱，可以买白报纸两令，这时白报纸的价格，一天天直线上升，渐渐地我只能买一令，再过几天连一令都买不到了。又曾改囤阴丹士林布、糖精、奶粉之类，这些东西也天天暴涨，后来每天诊金收入，只能买三包洋烛，或仅能买英美香烟一罐。

再后来，多余的一些钱，什么也不能囤，只能买一两个银元。市民在这个时期，开口不讲别的，只问"你囤什么"？似乎除囤货之外，大家没有其他生计。

有钱的人以及新贵钞票太多，为了避免黄金美钞价格日益高涨，于是经济当局就导引这种泛滥货币到三家交易所去。本来上海有纱布交易所、金银交易所、证券交易所，开战之后，交易清淡得很，此时，大家都从事于这项买卖，每天出入数字极大，因为币值跌得快，所以大家都赚了钱，钱越赚得多，参加人也越来越多，当时连伪府的新贵也混入其中做买卖。记得有一件事实，有一回纱布飞涨，七十六号的吴四宝做的是空头，有一位潮州巨商做的是多头。吴四宝这一次蚀本蚀得很多，他便亲自带了许多佩枪的人，到纱布交易所去，口口声声说要取缔投机，捉拿捣乱金融分子，这样一来，市价就在一天之中跌去了一半。其实这是吴四宝为了保持自己财产玩的把戏，那位潮州巨商竟在这次风潮中逃得不知去向。

从前上海上市的股票，大约只有一百种以内，对象有限，币值的泛滥无限，于是股票的飞涨也一天一天不同，一小时和一小时不同，股市中最火的是永安纱厂和新光内衣厂的股票。

新光内衣厂老板傅良骏，在厂子开业时我就认识他，该厂最初的规模仅是小本经济，设在吕班路三德坊弄堂口，占据着一个弄堂的几间房，只有三架缝衣机，他的太太亲自坐在机旁工作，专为法租界一批穿西装的人修改衬衫（按：当时上海的原装衬衫衣袖太长，一定要经过修改），所以这个档口生意很好。傅君脑筋动得很快，就向外国订了裁衣机、缝衣机以及衣料等，在三德坊租了一幢楼，专门制造内衣，牌子叫作"司麦脱"，因为司麦脱三字是洋泾浜英语最流行的"时髦"。

不久，生意源源不断，货如轮转，连南洋及东南亚一带都向他订货，又因为宣传得力，于是他就迁出三德坊，开了一家很大的新光内衣厂。待到股票风潮来临，傅君的股票上市很早，他也相当有魄力，在虹口大连湾路购买一块空地，开始建厂，于是其股票列为小型实力股的第一位。

他在很短时期内，便把这块地皮造成一个大厂，于是开始大量生产，而股票越发越多。

傅君办事能力极强，在与女性交际方面的发展也很大，差不多著名的交际花都和他有相当的关系。老西门方浜路（今方浜中路）有一个姓牛的人家，他的家人有病都由我看。他家有一位小姐，长得好似天仙化人，仪态万千，竟然也是傅君的朋友。傅君的品格和谈吐，实在很粗鲁，料不到所交的女朋友，个个都温柔出众，真叫人艳羡。

后来股票市场停业，无数人手中都拿着一沓废纸。傅君也到过香港，但是他的手法在香港却打不开，最后移居台湾，郁郁不得志而逝，这是后话了。

向导新兴　形势大变

在沦陷时期，忽然出现了一种"向导社"。我第一次见到社中人，是在新雅酒楼吃饭时，邻座有四个朋友，呆坐着并不点菜，我问他们约了些什么客人，他们笑嘻嘻地说："我们用电话叫了四个向导社的女子，她们答应即刻就来。"我就想到在报纸上也曾见到一家向导社开幕的广告，据说在外国也有这种组织，是专供陪伴旅客游览的，在上海这还是一种新兴事业。所以我也在隔座留意着，想看看来的人究竟是怎样的女性。隔了大约十分钟，果然见到四个女子走到他们的座位边来，穿的衣衫，一律是蓝色的布旗袍，看上去好似制服一般，她们入座之后，和客人有说有笑，有一个还大发议论，说导游也是一种正当职业，不过初次出来做这一行，有许多地方不熟悉，希望客人原谅。我听到她们谈吐很斯文，脸上并不涂得花花绿绿，一点也没有妖冶的姿态。

不到三个月，报纸上向导社的小广告，有如雨后春笋，总有百余家之多，这时就完全变质了，许多客人在吃饭之后，就把她们带到旅馆中去了。

当时向导员的收费是每小时一元，到这个时候，客人如果不作非分之想，坐满了一小时，她们拿了一元就走，如果客人另有企图，就要另给酬金十元、二十元，那么客人也得偿所欲了。

从这时起，一般人对向导社的看法就不同了，都把这种组织当作变相的妓院，而且不问你在什么地方，只要一个电话，向导女郎马上应召到来，旧时没有"应召女郎"的名目，实际上倒是开了应召女郎之先例。

向导社营业的进展快得很，顿使各家旅馆都客满起来，而且还有几家向导社便开设在旅馆中，随时有一种刊有向导女郎相片的宣传品塞进房中，有兴的话，就可以与来人接洽，片刻之间，便可达到某种目的。当时上海人将这种女子称作"向大人"，其时干这行的女子，已有几千人了。

不久，便有进一步的招徕。有一家"陶陶向导社"，他们觅到一个畸形生理的女郎，胸前有三个乳头，经小报一发表，居然门庭若市，营业鼎盛，该社的老板大发其财，而这个畸形女子也得到一个外号，叫作"三潭印月"。

又过了一个很短的时期，陶陶社扩充营业，径自在社中辟了几十个房间，让客人可以就地解决。后来好多向导社都响应起来，严重影响了社会风气，这是沦陷时期发生的怪现象。

话剧风行 卖座甚盛

在沦陷时期，外国电影中断，国产电影产量甚少。我记得有一部外国电影叫作《碧血黄沙》，还有《出水芙蓉》等三五部电影，各头轮电影院，因为无片可换竟把这几部片子反反复复重映不已，但卖座依然不衰。

从前上海有一个由唐槐秋领导组织的"中国旅行剧团"，在卡尔登电影院演出话剧，因为剧本好，演员好，以及音响效果好，所以把大批电影观众都吸引了去，生意好到要几日之前订座，否则就有向隅之势。

接着就有许多具有表演天才的人，也纷纷起来组织剧团，分别在各电影院中演出，卖座也很好，后来连歇业的辣斐舞厅也改演话剧了。

日本人有一种观念，中国老百姓都有抗日性，凡是卖座的戏剧，必定要派人去暗中察看，遇到台上演出稍有抗日意义时，就要召集团主谈话，甚至勒令停演。但是编剧都乖巧得很，有一出《桃花扇》，故事虽是明代的人和事，但这种人物的言行，一望即知是在影射当时某些降日的人物。这出戏当时卖座最盛，日军一度勒令停演，但是经编剧稍加修改，换了一个戏名，改称《李香君》，依然场场客满。

我友秦瘦鸥写过一部小说《秋海棠》，这时被改编为话剧演出，担任秋海棠一角的就是石挥，演罗湘绮的是沈敏，演得真是有声有色，一时卖座之盛，打破一切话剧纪录。日本人认为这种戏能这样卖座，一定与抗日有关，由日本文化部派了几个专员去观看，认为戏中的军阀袁宝藩，有影射日本军阀之嫌。经过了一场解释，才得以续演下去，一连演了几个月之久。

当时上海演艺界中，以张善琨最是长袖善舞，他拍摄电影，网罗全上海的电影明星，隶属他的旗下，他见到话剧如此发达，也斥资组织话剧团演出话剧。他的手面一向很阔，所以布景道具都不惜工本。其实，张善琨和后方倒有些联络，他对特工分子，往往供给匿藏之所，并借用汽车等。后来日本人泥足愈陷愈深，重庆分子希望张善琨演出一出爱国话剧来鼓励人心，张善琨就请人编了一出《文天祥》，由张伐主演，场面之大，人才之盛，耗费之巨，又打破了一般话剧的纪录。

张善琨口齿伶俐，任何事情能说得人动心，这出戏的上演，他知道会闯祸，就运用一种机智，在演出的第一晚就邀请日本方面的高级人员二三十名，临场观看，并事先举行一次招待会，说东亚人民爱国性都很浓厚，日本人爱国家，中国人在文天祥的时代，也爱自己的国家，所以这出戏是鼓励人民要有爱国心。这些日本人经他一讲，竟然也大点其头，等到入座观剧，居然也不断地拍手叫好。所

演员英茵

以只有这出《文天祥》没有遭到日本人干涉，听说后方还
有密电来嘉奖他。在将近天亮时节，张善琨到屯溪报到归
队，万不料屯溪有吴绍澍、冯有真两个派系，极不相容，
吴绍澍奉命邀请张善琨，冯有真却利用许多报纸，对张善
琨大肆攻击，认为张善琨是文化汉奸，有不可宽恕的罪名。
终于张善琨、童月娟吃了一场冤枉官司，但是监禁的时日
并不长，经过了大家的保释，不久就出狱了。

在话剧界，爱国分子不在少数。我记得清清楚楚，民
国三十一年（1942）一月二十日，报纸上登出一个惊人的
消息，说著名话剧女演员英茵，在十九日开了国际饭店七
〇八号房吞鸦片自杀，她以演《武则天》一剧出名。还有

一出《海上春秋》，她饰演的角色是唐有壬夫人，该剧影射痛骂陈璧君，剧词痛快淋漓，致使日本人对英茵极注意。

后来在英茵住所，捉到一位担任秘密工作的平祖仁，于是日本人假手七十六号将平拘捕，百般拷打，将其打得死去活来。英茵多方设法营救，七十六号起初索贿二万元，英茵凑足了数目前去，岂知又变化了，加到四万，最后几天，又由八万起递加到一百万。英茵认为这个数目无法凑成，一月八日平祖仁便死在七十六号狱中，英茵在愤怒忧郁交集之下服毒自杀。

英茵是拥有无数观众的，出殡之日很多人捐款，在虹桥公墓买了一块坟地，足见当时的中国人尽管是在敌伪势力之下，具有爱国心的还是不在少数。

前方吃紧 后方紧吃

日本军队侵入中国内地，战争越来越激烈，报纸上天天在显著位置刊出战事电讯，中国军队的确尽了抗敌的力量，每一场战争，死伤的士兵都不计其数。看来最激烈的一场战争，就是台儿庄一役，日本人几度惨败，死伤无算，有若干地方，报纸上连地图都划不出，一般市民只是暗暗推测到国军作战的情况越来越困难。

战况如此恶劣，跑马厅中的日本驻军几乎每隔几天就升起一个大气球，气球下面拖着一条布带，带上面写着"日军攻占 × 地确保治安"字样。这样一来，市民都有些泄气，

中国军队冲入台儿庄，与日军巷战

但是就当时上海市而论，因为各处的富翁以及难民纷纷逃来，房屋挤迫得了不得，而游乐、饮食事业都呈畸形的繁荣，当时市民口头常有一句感慨的话，叫作"前方吃紧，后方紧吃"，有些人鉴于跳舞场的热闹情形，把这句话改成"前方抗战，后方跳舞"。说起来真是感慨系之！

晨舞开始 跳到天光

从前上海的舞场，规模都相当大，一流舞厅，都是自己购地或租地建造的，最著名的如百乐门、圣爱娜、仙乐斯、丽都、大都会、米高梅、维也纳等，皆有富丽堂皇的装饰，尤其是百乐门，舞池的地板是有弹性的，舞客跳舞的时候，更觉得轻松有趣，这种规模在香港是从未有过的。

20 世纪 30 年代的
上海舞女

二流舞厅，数目更多，为大沪、国际、云裳、大东、大华、新大华等，至于三流舞厅，多到不计其数。

以上所说的舞厅，都聘有七至十余人的大乐队，只有三间小型的舞厅是用唱片伴奏的，一个是南京路上的"小都会"，一个是慕尔鸣路（今茂名北路）的"小舞场"（租谢葆生住宅改的），还有一个是北京路的"胜利舞厅"。

当时各舞厅的票价，一流的都是一元三跳，二流的也是三跳，三流的是一元六跳，至于"小都会"和"胜利舞厅"的舞票，一元可跳十二跳或十六跳，唯有同样用唱片的"小舞场"舞票，竟然同一流舞厅一样是一元三跳。

那时舞厅里的舞女，一流舞厅总有六十至一百二十名，二流亦相仿，三流的不过三五十人。

在这个时期，多数舞客是商人，因为当时经营五洋杂

旧时，附设于上海南京路大东旅社楼上的大东跳舞场

货的人，个个赚得盆满钵满，所以夜夜欢乐通宵，挥霍无度，但是论舞客的品性来说，都是斯文有礼，从来没有客人敢胡作非为。

即使客人看中某一个舞女，想追求她，也不容易，有人一天连捧几次场（当时舞女连做午餐舞、茶舞、晚舞），除了给正常的舞票之外，舞票中还夹带现钞，数字都不在小数。

我记得有一个煤业大老板，连捧一个红舞女达半年以上，结果得到的是口头上的谈情说爱，其他什么都谈不上。有人讥笑这个大老板，而大老板说："越是这样,越是有趣。"

类似这种情况，不一而足。

当时上海若干舞厅当局，为了争取有利时间，创行了"晨舞"（早八时至中午十一时），舞客接下去一场连一场，一直可以跳到大天光。

我别的也不多写，舞女之中，竟有做爱国工作的，最著名的一个就是百乐门舞厅的舞女陈曼丽。她亭亭玉立，非常美丽，在上海舞女之中，已红透半边天，每晚去捧场的是一些富翁和官绅名流、汪派新贵以及高层的日本人。

谁知道一天晚上，突然之间，她在坐台时间，被人用手枪砰然一声击倒在地上，血洒舞池，当场玉殒香消。后来有人说，这件事是七十六号的人干的，因为百乐门和七十六号相距甚近，租界当局对这件事，也含含糊糊地不加追究。

妓院冷落　名花转业

抗战前上海租界上，妓院的"淫"业最是发达，三马路四马路小花园，做这行的人说少些总有二三百家，到这种场所去的人是一些大商家、大阔佬和富家公子。

后来"八一三"炮声一起，当时全上海人心惶惶，谁还有心思去逛妓院，因此，各妓院的营业便一落千丈。更糟的是许多负有盛誉的妓女，纷纷转入舞场去当舞女，这时妓院已有不能支持的趋势。

妓院的开销很大，做鸨母的人，早已感到难以维持，

民国时期，上海福州路上的会乐里，是当时的"红灯区"

待到大世界一个炸弹爆炸，死伤枕藉，鸨母们见到这种情况，已无意再支撑下去，唯一的办法就是将妓院的房屋分别出租，按月收取租金度日。

因为那时节，空的房屋很少，风声一传出去，四面八方的人都来租借，也不问这住所前身是什么，这些人一住进这间屋，再也不肯搬出，因此妓院就无形消灭，只有极少数鸨母，硬撑住不肯出租房屋，仍想继续干这一行，但是一切供应已大非昔比。仅就香烟而言，茄力克已变为三五牌，不久，又由三五牌变为白锡包，这样一来，派头就越来越小。本来妓院的收费是论三节结账的，而此时货币贬值，什么账都不能拖，一拖便贬值，所以妓院也就难以存在了。

乱世枭雄 突然死亡

在沦陷时期，吴四宝真可以算是孤岛上的一个枭雄，大家常常说："真不知这种人怎样死法。"可是咒骂归咒骂，他的势力还是大得很，成百成千的人，要设法走门路，向他投门生帖子，有些则走他太太佘爱珍的路线，拜他们做干爹干妈，这使他的声势越来越大。

一天，忽然全上海的人，交头接耳地说："吴四宝已经在苏州被日本军人毒死了。"说得绘声绘色，有些人相信，有些人不相信。

大约隔了三四天之后，有人来告诉我，今天北火车站，运来一口棺材，这棺材里面的死人，就是作恶多端的枭雄吴四宝。大家认为消息真实，一时人心大快，都说"眼前报真快"。

万不料这口棺材运到上海"上天殡仪馆"时，有二三百辆汽车护送，送殡仗仗长得很。后来上海人对吴四宝致死之因传说纷纭，多数说是日本人毒死他的，后来我在上海看到各项书报的记载，说法也不统一，只是存疑而已。

我有买旧书的癖好，隔十余年在日本买到一本胡兰成著的《今生今世》，全书有上下两厚册。胡兰成原是汪派《中华日报》主笔，又当过伪宣传部副部长等伪职，他这部著作写得很坦白，把当时一切故事，写得有声有色，其中对吴四宝致死之因，也有长长的一段记述，我认为这本书香港人看到的不多，所以将这一段节录转载于后：

那一日，吴四宝正在家里，忽然外面日本宪兵二百人到来包围，四宝却机警地逃走了，这就使全上海变得风声鹤唳，到处皆是捉人，李士群则先一日避往南京，且要汪先生也下了通缉令。我在家接到电话，一听是吴太太的声音，才知她亦避匿在外面，七十六号的人不是乐祸即惧祸，她只能联络我去向李士群求援，当时都还不知是李士群要借刀杀人。是日傍晚李士群来到，我去北站接着他，只觉李士群的随身卫士及来接的七十六号部下，以至李士群本人，皆寂寞冷落。及至李家，李太太在苏州，隔壁吴家出事，竟连这里李家亦感觉一股薄暮的荒愁。……

我不疑李士群，还责以大义，"由日本宪兵来提人，国体何存，这件事你必得出来挺"。李要我联络吴太太出来见面，翌日我陪同吴太太到李家。唐生明亦在场，唐生明是靠他哥哥唐生智的牌头，与李士群、吴四宝仿照桃园三结义，拜为兄弟。当下士群说："此事非四宝哥到日本宪兵队自首不能了，我与兰成兄及老四陪四宝哥同去，我以我的纱帽及身家性命当场保释四宝哥回来，日本人怕我反，亦不能不答应。"我与吴太太到隔壁小房间里商量了一下又出来，还是不放心。士群说："你们三位都在此，灯光菩萨为证见，我李士群若出卖弟兄，日后一定不得好死！"焉知此誓后来当真应在他身上。当下是我与吴太太信了他，吴太太才去四宝隐匿的地方把他带了出来，交与士群。翌晨士群与唐生明陪同四宝到宪兵队，吴太太就注意到士群没有叫我也同去。及至士群老四回来，却说是要扣留调查几天，就可去保释的。但士群从此就又避往南京苏州，推说调查统计部与江苏省政府的公事忙，两个月不到上海。

四宝的学生子张国震为救先生，自己投到日本宪兵队，宪兵队把他交给李士群，李士群当即把他绑赴刑场枪毙，监斩官是杨杰。但因李士群推说是日本人必要这样做，我还没有深悟其奸。

我只是觉得对不起吴太太，几次去南京苏州催迫李士群，末一次正值汪先生到苏州巡视，在李士群家驻跸，一干人都在楼上，我只上去见了见林柏生与陈春圃。是晚我在楼下与士群交涉，必要他回上海践约，士群被迫得不能过门，就借酒说胡话，他说，吴四宝无恶不作，吴四宝有的是钱，你胡兰成死了困楠木棺材，我李士群死了困铜棺材，吴四宝让他困金棺材去罢。我听了大怒，发话说："你是真醉还是假醉，还是酒醉出真言？别人也许可以说吴四宝不好，但是你不应当，且你为什么早不说，到现在才说？你既对不起人，我亦不做你的朋友了！"士群笑道："我是与你说玩话，你就发老极。"他随即正色道："我与吴先生比你与他还关系深，我当然去。"于是去睡，我睡在士群夫妇的邻室，卫士在火盆里加了炭掩门出去，半夜里我差一点被炭气窒死，梦魇中挣扎着起来打开了窗门又睡。翌晨汪先生回南京，诸人送上火车后，就在苏州车站，我对李士群说："现在你就同我去上海！"真是"禽之制在气"，他只得依了。

士群倒果然去日本宪兵队领了四宝回来，但是要移到苏州看管，士群说："交给我看管不过是一句话，就请四宝哥在苏州玩一个时期。"当下我与吴太太听了亦无二话。是日四宝回家，沐浴理发更衣，到正厅拜祖先，转身又向士群下跪，谢他拯救之恩，我在一旁，见四宝忽然流下泪来，心里感觉不吉。第二天清晨我又去吴家，因为今天他就要跟士群去苏州，吴太太也陪同去。我一径到楼上卧房里，见吴太太一面帮四宝穿衣，一面吩咐四宝几句话，一种患难夫妻的亲情，我看着心里好不难受。

他们去到苏州之后，第二天下午，我接到吴家的电话，说吴先生已经去世了，我一呆，当即赶到苏州，那时已经傍晚，只见孝堂如雪，吴太太哭成一个泪人。我在灵前行礼毕，还揭开孝帏看了一看遗体，脸上倒是安详干净，不知原曾七窍流血，已经抹去了。好好的一个人，死得这样蹊跷，大家都心头有数，而那李士群，却又避到南京去了。吴太太见我来到，她只与我说起汪先生的通缉令，又伤心痛哭，我就搭后半夜的火车赶到南京去。

天未亮我到南京，先在汪曼云家写了请求取消通缉令的联名签呈，带了去找李士群，士群在家刚吃过早粥，我什么亦不与他多说，只要他签字，他还想推诿说别人签了他再签，我说我没有工夫再找你，把笔递在他手里："你现在就签字！"他只得第一个签字，当即我去找褚民谊、陈春圃等都签了，然后我自己也签了，并催春圃面呈汪先生批准。我得了汪先生批准的字条，当天下午又赶回苏州，给了吴夫人，也算是一个小小的安慰，因为要取消通缉令，丧事才可以铺张。

翌日，专包一节火车，护送灵柩回上海，苏州车站上李士群的部下竟没有一个来送，他们是无论乐祸或避嫌，皆自觉不能见人，连苏州的街道与车站亦为他们惭愧，灵柩先在火车里安置好了，然后众妇女搀扶吴太太上车，吴太太身穿重孝，一进车厢就坐在我身边，叫了一声"胡次长"，头伏在我肩上又哭泣起来。

汪派伪府，看来气势渐尽，他们之间的利益之争，派系之斗，越来越严重，而且渐渐表面化。胡兰成在《今生今世》一书中，还有一段记述李士群的死亡经过，这一段写得比较短，而且对致死的情况也略而不详，原文说：

　　李士群也是给日本人毒杀的，日本人在筵席间，向李士群敬酒时，另外请他吃一个饼，这个饼，日方主人吃了一半，其余一半迫着要李士群吃，表示友好。李士群本来对一切食物，都推说胃不好皆不吃，但是这一次他看见日方主人已吃了一半，未便当众拒绝，只好吃了。

　　日本人吃过一半饼之后，立刻推说要大便就此一走了事。其实这个饼是含有高度毒素的，一发起来什么药都救不了，日本人退出之后，就由医务人员立刻为他洗胃洗肠，当然就保存了性命。李士群吃了另一半之后，许多人还缠着他不许走，一方面由艺伎唱歌，军人则跳舞，李士群就在这种热闹气氛中毒发倒地，当时日军立即派车子把他送回家去，虽然由他家人请了许多医生，但是中毒已深，挽救乏术了。

根据另一段描述，李士群的死因是这样的：

　　那时熊剑东和李士群的斗争相持未下，熊剑东又向我问计，我教他先断绝李士群与日本的勾结。如此又是数月，果然李士群在江苏放纵部下劫掠民间，民间益恨日本人，这事实渐渐促起了东京方面的注意，但对李士群还是无法。剑东只好对我叹气又笑道："这个李士群倒果然厉害，竟是怎么也弄他不倒。"我教他去找周佛海，要周佛海与陈公博请李士群吃饭，即在筵席上杀了他，数以殃民之罪，然后向汪先生自请处分，汪先生见李已死，亦不能把周如何的。剑东果与周、陈商量了，回说周、陈不敢。我道：那么你用什么法子都可以，只要把李士群杀却。我这样说过后，由剑东去与日本宪兵商量，我亦不问。

如此又过了两个月，我在南京，忽一日到罗君强家里去玩，进得客厅，卫士说："部长在楼上，熊先生与冈村宪兵中佐亦在。"就要去通报。我说："没有事情，不必，我自己坐一会就走的。"却见熊剑东已下来，说正要问我一件事。他告诉我："东京方面的复示已到，李事就地处置，唯须避免引致严重后果，现在就是这点不决，你是汪先生的亲信，所以要问你，若杀李士群，汪先生会不会一怒说不干了？"我答不会，政府非可如此随便拆散，且人已死，汪先生亦唯有追悼而已。剑东道："你敢这样判断？"我说当然，他又匆匆上楼去了。我一人在客厅里看了看水仙花，亦随即回家，心知事变即在目前，但是对熊剑东我什么亦不问，此后过得五六天，就听闻李士群从上海回苏州死了，与吴四宝一样，也是被毒杀。他在上海是日本宪兵出面调停，与熊会面，双方讲条件，熊做李的副手，李给熊三千万元，便一道吃夜饭。

　　这些记载，闻者不多，与外传者似乎不一样，因作者胡兰成亦是当事人之一，可见此中人尔虞我诈，见利忘义，早已不知人间何世了！

第十一章

沦陷八年心境苦

南京路——上海租界的大动脉。三座直冲云霄的尖塔分别是新新百货、先施百货和永安百货的大楼

沦陷八年，我们精神上的苦闷，难以言语形容。每隔三天五天或十天八天，只看到日军攻入内地各省，而我军老是转移阵地。徐州失守之后，北方的消息越来越坏。武汉大会战的时间虽拖得较长，结果仍不免败退；豫南会战、中条会战、郑州会战和二次湘北大会战，尽管报纸上形容国军如何英勇抗战，但结尾总是一个"退"字。只有台儿庄一役，才能屡挫日军，予强敌以沉重的打击，看来这一战，日军方面损失必甚浩大。

　　待到重庆开始被轰炸之后，死伤人数动辄数万。也怪不得许多人对"抗战必胜"四个字心理上发生了动摇，总以为日本对英美一宣战，我们抗战的负担一定会减轻，而且与英美结成了同盟国，对战事原应作乐观的认识；岂知美国的珍珠港忽遭突袭，太平洋各岛以及英国在南洋各地也打一处败一处。日本人出版的大陆杂志，期期把不断扩大的占领区的地图刊布出来，我们向来把日本称为"小日本"，料不到他们大力地对付中国之外，还有那么大的力量应付英美，这也难怪群众要气馁了。

　　一班汉奸，最初认为事实俱在，卖身投靠乃上上策。后来美国跳岛反攻开始，日本人的败绩逐渐暴露，汉奸们便又由扬扬得意一变而为相顾失色。

　　中国和日本来往的民营船只，减少到几艘；军舰的来往也不比从前，因为这条航线也受到美国空军的控制。日本的种种败象，汉奸们知道得比我们更详细，他们口头不说，心里明白。这场大战打下去，日本人是占不到便宜了！但是中国的一般老百姓还都蒙在鼓里，只是偷偷地听一下短波无线电，获知一些消息。

孤岛生活　日益艰难

前方战事越是激烈，后方一部分人富的更富，穷的更穷，两种人的生活各趋极端。

手头有货物的人，居奇不卖，天天以小量抬高价格出售，所以这班人的生活，由于赚钱容易，阔绰至极，日日豪宴，夜夜笙歌。当时孤岛上所有的游乐宴饮场所，倒是越来越豪华了。

现在我就要谈谈在那个时期大家的生活和有关衣、食、住、行的情况。

那时节一般无钱无货无业的人都省吃俭用，因为裁缝工钱高涨，外国衣料断绝，很少人添置新装，能保持身上一套旧西装，已经算是运气。

但是当时有许多新贵，一种是属于商界的，所谓暴发户；一种是属于政界的，所谓沐猴而冠的人物。这两种人有的是钱，拼命出高价搜罗，一套套的新西装，换之不休，这种衣料即使价格奇贵，他们也毫不在乎。

普通人都是穿布的衣衫，由于四方八面来的人多，因此在轧米之外，就要想办法买布。但是所买的布，并不专为自己穿用，而是作为囤积的对象。最热门的布就是龙头细布和"阴丹士林"两种。

穷人穿不起衣裳，为了保暖，只有在别人身上打主意，就在冷僻的里弄间，剥取别人的衣衫据为己有，当时上海人称这种行径为"剥猪猡"，相当于此地所谓"劏死牛"，所不同的，一称"猪"，一称"牛"而已。不久，这种剥猪猡的人，因为得来容易，做这种勾当越来越多。不过他们都没有武器，只是徒手来抢夺，也不会把人打伤或是箍伤。被剥的人不过被剥得只剩一套底衫裤，逃回家中而已。至于警方的突击搜索，名为"抄靶子"。

这时候，街头仍有无数乞丐，但是并不向人伸手要钱，他们只是等待在各式各样的食物摊档旁边，见了人家购买大饼油条或白饭馒头，便动手抢，抢到了就朝嘴里一塞。一般居民对这两种事件，认为报警未免小题大做，而且明知得不到什么结果，所以警方由于市民不举报，也只是眼看着这种抢劫不加干涉。

相反地，上海则新开设了无数高档粤菜馆。起初，北四川路桥堍新亚大酒店的主人钟标（粤人），想到万一发生战事，新亚属于日军控制范围，为了照顾一班多年追随他的伙计的生活，所以在一夜之间，定下应变之计，令所有伙计将旅店内中西菜部门用的精细餐具，分别打包带出虹口区，在四马路一间空屋内集中。不久，这位钟君就开设了京华酒楼，装修之富丽，向所未见，价格之高，也为

日伪统治区内讨饭的一家人

各酒楼所不及。最初生意很平淡，不久新贵登场，生意就直线上升，赚了很多钱。接着他又连开了三家，招牌中都有一个"华"字，这时上海一般富有的人，不上馆子则已，如上馆子总是不出四个带"华"字的酒楼。

后来，生意越来越发达，他又开了"红棉酒家"和"康乐酒楼"，因此许多菜馆的营业都受到打击，于是家家都重新装修，风气为之一变。

不久，当局禁止饮酒，因为中国酒都是米做的，但是菜馆仍然阳奉阴违，把酒装在茶壶中供应。后来又进入米粮缺乏的时期，白饭不供应，用麦片蒸成一碗碗的，代饭供客；起初客人都吃不惯，日久之后，也就习惯成自然了。

在这个时期，最感麻烦的是找房子，许多外来人能租到一个阁楼已不容易，而租金昂贵得很，因此，每处住宅总有一二十伙居住，做二房东的人可以赚到不少钱，而且多数不向大房东缴租，一时成为风气。

抗战进入第五年，日军败象逐渐暴露，海运已经不通，存煤量日益减少，当局一道命令下来，每一层楼宇，限制只能用七度电，超过了这个限度就要剪线。这个时候，民心乱得很，在我家中，七度电只能用七天，一个月如何能挨得过去？于是只好规定在吃饭时开电灯，吃过饭便改用洋烛。因此，市上的白色洋烛收买一空，洋烛厂竟大赚其钱。

马路上的街灯也减少了，所有商店的霓虹灯全部停用，整个市面成为黑暗世界。因此，一般市民都认为越是黑暗得早，越是象征快天亮了。

接着的一个时期，就是不断有国军飞机飞临上空侦察，于是日方便夜夜采取防空措施，要家家户户把窗子用黑布掩遮，或是把玻璃涂黑，稍有灯光透出，就要受到干涉，马路上的街灯也全部熄灭。但是好作夜游的舞客，还是天天进入舞场，而舞场之中却依然灯烛辉煌，这里面当然也有黑幕存在，无非是银弹作怪。

后方来的飞机，将要进入上海领空，警报的呜呜声随之而起。老百姓听到这种声音，有些深恐又有炸弹落下来，惊慌万状，有些则认为胜利将告来临，暗自欣喜。

这时上海的火油早已绝迹，汽油存量也日少一日，有汽车的人家，纷纷把车辆改用木炭发动，木炭发动机装在车座后面，又大又笨又污秽，而且要在行驶前半小时先烧木炭，摇动机器，然后才能开行。到了一处地方，木炭机是不能停的，一停又要等候半小时了。这种生活，现在想起来真是恍如隔世。木炭发动机用不了多少时间，就致使汽车纷纷损坏，于是向来坐私家车的人，都改置私家三轮车；还有一种三轮车，是坐者坐在前面，车夫在后面脚踏轮盘，像戏剧中孔明坐的车子一般，因此有人叫这种车为"孔明车"。

至于电车，因为缺电，车辆也减少了，双层"巴士"全部停驶，这些车辆由日本人运往前方改装作为载伤兵之用，这时候交通的不便，可想而知。

被困七年 谣诼纷传

抗战进入第七年，忽然传来一个谣言，就是来自重庆的消息，说国军将反攻上海，陆路由沿海攻入，水路由美军从上海登陆。

上海人在沦陷时期，谣言实在听得太多了！少数谣言短时间烟消云散，而重大的谣言，日后往往应验，唯有这个谣言，大家看得相当重。但是因为内心痛苦已极，要是这谣言成真的话，也只有等吃炸弹、以身殉国而已。因为再要逃的话，多数已无路可走了。

我本来很镇定，但是经不起后方浙江淳安亲友奔走相告，说是真个有此计划，于是倒也有些着急。

我有一个最诚实的萧姓外甥，向来为人谨慎，不轻易发言。有一天他也来对我说："得到淳安来人的消息，反攻已经决定了！我们必须有所准备。"于是商议出三个避难的目标，其中一个目标是最接近上海的青浦朱家角，萧甥有一个同学就住在那边乡下，我们两人就订了日期亲自到那边去探访一下。

当时火车可以抵达松江，但是乘客的挤迫向所未有，不仅车厢中塞满了人，连车顶上也一样坐满。

其时火车上有两种工人：一种"红帽子"，是搬运行李的；一种"蓝帽子"，是管理车辆乘客上下的，他们倚着日军的势力，面孔都难看得很，虐待乘客最为拿手。旅客对这种人，视同蛇蝎。我和外甥二人，进门时忍气吞声，到了月台上，碰到一个"蓝帽子"，使用了银弹政策，由他领带，竟然进入二等车厢，直达松江。后来才知道头等座位全是日本客人，当时伪府人物考试院院长江亢虎，因为不肯花小钱，被"蓝帽子"硬生生地拖下来，虽然他出示了名片，但"蓝帽子"一味不理。那时铁路是日军管理的，伪府人物来来往往也不能不低头。

我们到了松江，松江有一条很长的街道，两旁密密的都是布店、米店、油店、南货铺，地方虽小，看来十分富裕，苏东坡所说出产四鳃鲈的秀野桥，即在街道中间。我俩由于情绪不好，也没有兴趣找馆子吃饭，一路步行到朱家角。朱家角是一个产米地区，郊外都是稻田，我们就在乡下盘桓了好久。萧甥的同学恰巧不在家，我们略略看了看这座屋子，觉得简陋得很，而且也不宽大。我们就在稻田中相商，要是真的上海再发生战事的话，就买一两套老布衫裤，剃光了头，扮作乡下人，暂时搬来此地，或者能避过一时的灾难。后来战事突然一个大转变，日本人吃了两颗原子弹，竟然投降。胜利归来的人，都说上海人有福气。

黄金美钞 极受重视

上海人吃米的情况，即便轧领户口米有些纷扰，米市到此时也安定下来，不过有时大涨小跌而已。倒是币值大大不稳，天天贬值，于是大家渐渐认识到黄金和美钞两样东西的重要。

初时上海，都是老法币的天下；后来中储券露面，大家推来推去不肯用，终于在周佛海软硬兼施的手法下，把储备票在租界上推行开来。所谓软，就是故意推出若干数目的黄金、美钞，储备票特设几个机构，供大家购黄金、美钞，不过有一个规定，非用储备票不可，法币拒不接受，因此储备票就渐渐通行起来。

至于硬，就是一方面派出马仔到舞场餐厅以及大商店去试用储备票，如果不收的话，第二天就有彪形大汉身佩手枪上门交涉，普通生意人哪里敢有一点违拗，只得任其使用。还有一个原因，就是发行法币的银行，如中国银行、农民银行，一天突然闯进一批人，勒令行员分别排列成队，个个面对着墙壁，这班人就开枪把这批行员都击毙，这事是七十六号干的，据说是报复特工分子的袭击。这件事使

20世纪40年代，上海银行门前等待兑换黄金的民众

人们在黑市进行银元交易

全市人大为震惊，暗中虽个个咒骂七十六号惨无人道，但是表面上对敌伪的储备票也就不敢不接受了。这期间，很多人都在偷偷想办法买黄金、美钞。

从前上海通用的黄金，都是十两一条的足赤金，但是金价方面每两超越二万元之后，普通人哪里有能力以二十万元来购买一条黄金呢？因此，金铺便改用化整为零的办法，制成一块块的小金条，大小好像落花生一般，颜色是黄的，大家称十两重的金条为"大条子"，一两重的为"小黄鱼"。

在这种情况之下，金价会直线上升，但是当局又常常制造一些谣言，所以有时金价也会跌。可是当一种新谣言兴起之时，金价又随着上升，少则涨百分之五十，多则涨一倍也不稀奇。

记得有一次，汪伪政权要直辖江苏省，汪精卫自己担任"清乡委员会"委员长，李士群副之。这个行动，原想假"清乡"之名，调集和平军、杂牌军、特工队、保卫队等，把江苏全省的实权抓到手里。

谁知道这一行动，结果是乡未清，民间的箱箧倒被清得一干二净，所以当时人们称"清乡"为"清箱"，倒是很贴切的。

一个谣言传来，说是租界也要实行"清乡运动"，一般人也不辨真伪，便把黄金、美钞抛出来，这一次黄金、美钞跌得很厉害。但是黄金、美钞逐期的价格，总是有升无降，币值越来越不像样了。

接管租界 举行庆典

珍珠港战事爆发之后的一两天，日本军队便堂堂皇皇地进驻公共租界，报纸上登载出这一天军队经过的"路由"，起点由虹口，道经外白渡桥，沿着黄浦滩转入南京路，终点是静安寺路跑马厅。

这时上海人如梦初醒，感觉到租界的靠山已经倒塌，不知将来的日子怎样过。

那天，整个上海的商店几乎全部停业，准备观其变。日本人见到商店不开门营业，认为这是不友好，一个命令下来，不但要各行各业照常营业，而且军队经过的马路要挂出太阳旗，表示欢迎日军进驻。

我的住所虽恰在跑马厅对门，这扇门那天并没有打开，只是由国际饭店对面的大门进出。一早就有成千上万的日本侨民（即所谓居留民团），麇集在跑马厅中。隔不了多少时候，日军就在日本侨民旗帜飘飘、乐声隆隆的欢迎阵势中，进入跑马厅；而且有无数骑兵、炮兵以及各式各样的军车，浩浩荡荡开了进去。

我对家人说："今天我停诊，大家留在家中，切不要出去，免遭是非；而且我们的地区不需要挂太阳旗。"这样一来，我们只听见跑马厅中日本军队的鼓乐声、侨民的欢呼声，见到天空中飘着无数大气球，每个大气球下面都拖有一条布帜，上面写着"×月×日占领×地,治安确保"等字样。

上海租界被占领，它由避难所变为新的囚笼

　　那天，我枯守在家中，苦闷极了！许多老朋友都用电话来探问消息，有人问我："你家正对跑马厅，有什么事情发生？"我回说："纠葛一点没有，只是闷气之极，没有人来谈谈。"朋友们都说："好，我们来陪你谈谈，大家研究一下今后应付之计。"不久，来了六七个同道，大家讨论，认为日本在中国已经泥足陷得很深，再和英美作对，这是自讨苦吃，是不得善终的。有人还以为这般一开场之后，三至五月就可以把战事结束。大家谈得很高兴。我取出酒来，要大家干杯。我的意思是，日本人庆祝他们进占租界，我们庆祝真正和平的日子即将来临。

料不到这天晚间，跑马厅中的日本军民人等，又继续举行狂欢大会，不但鼓乐喧天，而且放射上海人从未见过的日本焰火（中国人称为放烟花），这种焰火，不同于中国的烟花，放出时轰然一声，如开花炮一般，放到高空中，幅度很大，上海远近的人都能看得到。他们的这种狂态，一般有识之士都认为是回光返照的象征。

日本人在第二次世界大战中拖了很多年，他们接管租界之后，七十六号中人便不准进入租界横行不法，暴乱事件反而减少了。日本人接管了海关邮局，以及英美银行和与国民党有关的银行，为了笼络人心，对市民极力避免刺激。

一道命令 全市焚书

日本人进入租界时，力求不惊扰居民，唯有一件事是我最痛心的，就是他们发出一个命令，要租界居民将所藏的抗日书报，以及有关国民党史实的文献，一齐搬出来当众焚烧，并且限定连烧三天。要是隐藏不拿出来烧掉，以后搜查出，就有被处罪的危险。

于是区长通知保长，保长通知各甲长，甲长再挨户通知。我向来喜欢藏书，附带收藏许多画报杂志，都是由第一期起，完完整整装订成册，在这时为了求安全、免麻烦，也只好忍痛一齐搬出来，就在里弄中当众焚烧。这里面有许多资料图片，一并付之一炬，真是痛心得很。然而，我还有若干资料照片，都夹杂在医书中，这样总算保存了一部分。但心中总觉不安，怕一旦有事发生就会遭到麻烦。

文化人士 突受威胁

在这个时期，好多事是从病家方面听来的。有一个浦东人姓严，只有小学文化程度，常到我诊所来看病，是不出诊金的，因为他说经济很困难，不过在市党部当一名门房，专管脚踏车而已。自从市党部全班人马倒向汪派之后，这个人就好久没有来看过病。

有一天他忽然又来了，而且西装笔挺，气宇轩昂。我心中正在奇怪，他对我说开了："我自从'落水'之后，已经变为教育团体的委员，新近汪派组织上海市教育界赴日观光团，我也是其中一分子。"讲毕，他先付诊金，但他说："这次游日归来，实际上没有什么病，只是虚弱到连走路都没有劲，希望替我大补一下，最重要的是补肾。"我听了就含笑问他："你怎么知道是肾部亏弱呢？"他很坦白地说："早晨参观学校，一到下午应酬完毕，日本人已派好了女招待员，供我们寻欢作乐；七点一到，又参加应酬；日本人三杯落肚，已醉到不像样，疯疯狂狂地唱歌跳舞；大约十一时席散，又换了一批女招待员，陪我们到旅店去；这时我们的团员，几乎每一个人都忘记了自己的生辰八字，一个个都晕了大浪，如此一连七天，有些人在日本时已有病象，我还算是扎硬的一个人，但是自己觉得身体也被掏空了。"我一边为他订定一张补方，一边问他日本民间的情况。他接着说："日本人对于人口缺乏，感到非常恐慌，尤其是大批军人出国，人口的生产率剧降，所以他们对到日本去的外国人，大事'接种'的工作，那里的女人，见到外国人来，都是移樽就教，我们一批人，个个都发觉自己被人利用了。到现在懊悔已来不及。"他临走时，忽然对我说："下一批人将去参加大东亚共荣圈操觚人大会，老兄也是他们的目标之一，我想你要准备一下。"我一听这句话，冷汗直流，心想万一被圈定，我也可能被推落水。想到这里，我想离开上海的意念立时复炽。

但是我对这位严君所说的话又有些不相信，因为真有其事的话，事先必定有人来征求我同意。恰好那时节我生黄疸病，面目皆黄，神色很不好看，于是我就到化验所去取得一张小便化验单，准备有人来接洽时，我用这张东西来做挡箭牌。

正在烦恼的时候，丁福保老先生忽然来了一个电话，叫我即去相商要事，我就急急忙忙赶到他的家中。丁先生见了我就说："今天下午六时，忽然来了五个日本人，寒暄未毕，一个日本人送了一个玻璃盒装的银盾，上面刻着'文化交流，中日一家'字样。"

丁先生本来是会说日本话的，日本人说："你译了不少日本书，对中日文化交流有很大贡献。"丁先生正想措辞答复，谁知三四个日本人已经把银盾恭恭敬敬地送到他手中，不由他分说，就连续拍了几张照片，扬长而去。

丁先生说完之后，认为这事将来能大能小，要是国民政府有一天收复失地的话，连吃官司都有份。同时他又告诉我，日本人曾经给他看过一张名单，除了留日名医余云岫、汪企张等七八人之外，末了一名就是我，下面还注着一行小字"皇汉医药丛书编纂人"。我一想，这与严某所说的事相同，可能并非空穴来风，或许是有些来由的。我和丁先生两人愁眉不展，相对无言。

当晚回家，决心离开上海到后方去。次日清晨，我并不看病，只是呆坐着看报，打开一张日本人办的《新申报》，果然看见丁福保先生捧着银盾的图片，还附带一段很长的文章，把丁先生过去留日学医的经过以及译书的成就，写得详详细细，而且还说他对中日文化交流大有贡献，是"大东亚共荣圈"中不可多得的人物。

我看罢报纸，立刻到丁家，丁先生看到后顿时两手都震颤起来，说："这真是飞来横祸，将来有何面目见人？"我见了这个情况，觉得这事相当严重，我说："你既已受害，又不能登报声明，只得暂时忍耐，怕就怕将来还要邀你到日本去参加什么什么大会，那就泥足陷得更深了。我想你最好把名单中的人一一想出来，邀集一起，共同商量一个对策，再作道理。"

丁福保先生想了好久，才想出名单中的七个人，由我

——电话邀请大家到功德林吃素斋一叙，到时不但七个人准时而至，还有几个留日文化界中人也闻风前来参加；大家听丁先生的报告并看了《新申报》的新闻，都显出一副尴尬面孔，不知如何是好。

余云岫说："这件事情，策动者绝不是日本军人，开名单的不出四个人，一个是同文书院院长，一个是内山书店的内山完造，一个是自然科学研究所所长中尾万三，还有一个是日本领事馆的文化参赞。这四个人对中国学术界中人向来很熟悉，不妨用釜底抽薪的办法，请这四位吃一顿饭，告诉他们用这种方式来强迫人家接受银盾，反而会弄得大家不开心的。"

等到拣定的日子，四个日本人都准时出席，宾主双方都用日语交谈，我因为不通日语，只得静坐一旁。其中只有内山完造说中国话，他对我说："这件事，他们是办得不好，我会把你们的意见转达上峰，以后保证不会再发生这种事情。"

将要散席时，果然那位日本领事馆文化参赞要我们自动参加操觚人大会，免费到日本去游览，而且表示各人可以自由决定，愿者即刻签名，不愿者绝不勉强。当时签名的，只有一个姓陶的。

辞去保长 黑名单来

我们在敌伪势力之下求生活，老实说，只要洁身自爱，倒也算安定，怕就怕有人动你念头，替你加上一顶抗日分子的帽子，那就麻烦了。

我们做医生的，天天开着门，静候病人来看病，有许多小喽啰来推销日方和汪派的书报画刊，来的人虽横行霸道，但只要你订阅了一份，也还容易应付。

不过，在太平洋战争开始，日军进入租界之后，推行保甲制度，十家为一甲，十甲为一保，集合若干保为一区，这都是义务职，选中了你，你是无法推诿的。

我住在新成区，地居冲要，新成区的警察局，想让我当保长，因为我家门户常开，对甲长、保长以及区内的人来接洽事务很是方便。

新成区的警务人员来征求我的意见，我说："我每天有许多病人，哪里还有时间来问这些事情？"但是来人很客气，说："你只要顶一个名义，另外用一个人来代替你就可以了。"我说："最好不要由我担任这个职务。"我这般的态度，来人倒也不以为忤，他说："让我回去和局长商量后再说。"那局长还是工部局时代的老人，和我有数面之交，他说："要陈存仁做保长不大适当，要他常常开会，对他来说很不方便，何况医生是自由职业，在他工作时间，我们是无法强制他的。"所以他就把我的名字圈掉，另换别人。

我在那个警务人员来访之后，内心十分焦急，认为一做保长，将来这个污点永远洗不清，因此我走到对门一家很大的堆栈，栈中有一位郑姓经理，我和他商量。此人年轻活跃，他认为当保长也无所谓，而且还能借此出出风头，况且堆栈的办公室很大，职员也很多，倘然作为一个保长办公厅，倒很像样，只是他说："将来怕公事上有往来，叫我写公文，没有一个熟手。"我说："我有一个学生姓张能起稿，又能写得一手好字，可以帮你忙。"于是我就向那位局长推荐郑某担任保长，警方也同意了。

姓郑的保长就职不过三天，就偷偷地到我诊所来告诉我，警局送来一张黑名单，说新成区有二十个嫌疑分子，要他调查之后作一个报告，他就拿出这张名单给我看。我一看这张名单，内中十个是医生，西医陆露沙领头，中医是我领头，其他十个人都是女性。

我一看之后，不觉惊惶起来，郑保长倒很坦白地说："我已经查过这二十人的户口情况，女的都是舞女，男的十名医生中，真正有抗日活动的人，可以说一个都没有，不知这张名单是谁拟出来的。"

当天我就访问陆露沙，因为他是留学生出身，日语讲得非常好。他知道这件事后说："这事除非警局要小题大做，否则，是一点没有关系的。"我问他，这是什么原因呢？他说日本人有一个习惯，向来认为医生与舞女都是特务，所以新成区警局就拟上这张名单，无非吓吓人而已。我说："新成区的局长，我相当熟，副局长是日本人，要不要由保长带领我们去见一见他，说个明白。"陆露沙说："好的。"

到了新成区警察局局长室，保长已先等在那边，室中正局长说话很少，一切问话都是那个日本副局长做主，于是就由陆露沙用日语和他谈话。谈得很久，我看他们两人谈话时神情，好像很投机，我知道这件事确乎不出陆露沙所料。他们谈话完毕，那位日本副局长（操着不纯熟的中国话）来和我说："你是汉医，好来西！"说罢又和我们握手而别。临走时，那位正局长轻轻地对我说："在十天八天之内，我们要派两个便衣警探天天在你门口巡逻，这是做做样子而已，你不必惊慌。"

话虽如此，但我在这半个月中，既不能离开诊所，又不能停止看病，真是如坐针毡，难挨极了。

其中有一天，我的外甥结婚，延请工部局华董袁履登做证婚人，由我担任招待。我对袁老先生提起这件事，他说："这种事各区都有，不过在老闸区和新成区，没有逮捕过一个人，在郊区的警局却按照名单依次逮捕，这是日本人进租界时的一种警戒行为，实际上是吓吓人的。"我说："说不定最后老闸区和新成区也会来这一套，到时要请袁老伯为我做保人。"他立即应诺。

古法今用　结绳而治

可是，在这几天之内，我们附近不断发生炸弹爆炸事件，最严重的一次，是大新公司四楼爆炸两个大炸弹，从此封锁该区十多日。接着规定任何地区有类似的事件发生，日军就要封锁该地区，要该区区长召集各保长甲长，先由

大新公司落成开业，其设备之先进，当时在国内首屈一指

每户推出一名男子担任警卫，用绳子在马路上拦着，一切人等不准越雷池一步，甚至买菜买米，都不能越过这个封锁线。

任何事件发生之后，日本军队就来了，照着绳子所拦的范围挨户搜查。要是查到有嫌疑分子，就加以逮捕。等军队开走，封锁线也开放了。记得大新公司一案，封锁的时间长达十多天，我在这个时期，因为黑名单上有自己的名字，不免为之寝食难安。

我知道日军逮捕中国老百姓，向来都在深夜，趁人家熟睡之际，夺门而入，挟登军车，被捕的人就此不知所终。

在逮捕人之前，先由小汉奸们暗暗监视其出入行动，连这人常去的朋友家，他们都打听得一清二楚。我恐怕受到无妄之灾，决定白天在诊所，晚间却不住在家中，接洽好三四处住宿之所，到门诊完了，就是出诊，出诊之后，也要看明白了前前后后，有无人跟踪，然后进入就近的一个住宿之所。先时还没有调查户口，也没有市民证，所以虽然有种种恐慌，都被我避过。

至于用绳封锁，他们的做法，就是规定十八岁到三十岁的男子，要加入"自警团"，由各区各保甲做好名册，每一个团员都要轮值站岗，岗位预先划好，大约每隔十家二十家店铺的街口，作为自警团的岗位，每个团员都预备一根粗绳，只要警笛一响，或是有什么暴乱情况，自警团就采取行动，用绳子把这个区域四周围住，从此人车都不得通过，交通即刻断绝。与此同时他们要用电话通知警局或军事当局，片刻之间，警车或军车抵达，就在这四条绳的中间挨户搜查。小的事情，一两小时可以解决；大的事情，非搜查到凶犯决不解除封锁，封锁地区一切车辆都要绕道而行。记得有一次某处连续封锁了若干日，还搜不到主犯，封锁区内的老百姓连买菜都不许可，所以家家户户在这个时期，都备有罐头食品以及米粮之类，以应不时之需。

这个方法，果然很有效力，爱国分子的任何行动都受到极大的阻力。

苦就苦了一些自警团，每班八小时，不分昼夜，有事情发生就是他们的责任。但是大家都有家务或职业，谁有工夫常做自警团呢？初时都要本人亲自去站岗，后来也可以出钱请人做替身，因此，就有一些人专以替人站岗为业，日班有日班的人，夜班有夜班的人，我也指定了两三个人，作为站岗的替身，这笔钱也花了不少，真成了古时所谓的"结绳而治"了！

第十二章 新闻封锁更苦闷

民国时期，上海南京
路上的新新百货公司

沦陷八年，我们在沦陷区中，除了生活必需的柴米油盐以及五洋杂货发生恐慌之外，其他情况，有一个时期，因为人口集中，可以说繁荣到了极点。有钱人的奢侈生活，也疯狂到了极点。一般生意人，因为囤积居奇，发财容易，所以也跟着挥霍无度，因此，舞场的生意特别发达，游乐场、书场、电影院、越剧场以及话剧场，场场满坑满谷。这种情况，是上海有史以来所未见的。

前方的战事，到此时期，人们已不大关心，不过人人怀有一种心理，认为"抗战必胜"，因此有钱的人大多数都做着"今天有酒今天醉"的美梦，即使做了汉奸也不例外。

荒淫无度　赌注巨大

落水做汉奸的，老实说来，哪里是为了谋求和平或是为了救国。最初还煞有介事地出版了几种报纸，汪精卫发表了几篇文章，如《举一个例》等，又特地创立了一家蔚蓝书局，出版书籍七八种，这种书多数是赠阅的，但是这家书局的门市部，顾客杳无一人，不久也就成为官方的一个报销机关，再也不见有什么新书出版了。

汪派的报纸，有一张叫作《中华日报》，初时还有一些销路，后来在报摊上连看都看不到了。一般小汉奸们，生活并不宽裕，大汉奸们就阔气了，一部分人喜欢赌，赌的进出数目都是骇人听闻。本来上海有几个出名的豪赌客，人数不多，但是汉奸们豪赌就不同了，他们用老法币或储备票来赌，还算是小儿科，夜夜总有几处地方都是用美钞来赌，后来爽性用黄金来赌，以大条（黄金十两）、小黄鱼（黄金一两）为赌注，一夜间的输赢，动辄讲几百两，甚至上千两。这种赌的场面，当然不是在普通旅馆中，而是在专门为这班人而设的俱乐部中。

这种俱乐部，有些有名称，有些以门牌号码为标记，别处限制用电，独有他们夜夜灯光通明，如同白昼。我只听得人家说有这种情况，从来没有去参加过。

我的岳父家住在法租界巨泼来斯路（今安福路），在这条路中段就有一座豪华的花园洋房，门口停着不少豪华的大汽车，我就觉得有些奇怪（按：这座住宅胜利后成为上海市市长吴国桢的官邸），因为这时上海的私家车已经很少，何以这里有这么多的车辆？别人就说，这是大赌客潘三省的住宅，潘以做内河轮渡（即上海到苏州、镇江或汉口，在长江一带来往的中型客轮）起家，在沦陷期中勾结了日本人，日本人特许他在上海公共租界戈登路口开设一家赌场，里面的规模，比旧时福煦路（今延安中路）一百八十一号还要大。这家赌场是公开营业的，凡是市民都可以进去，这里面摇骰子、派扑克牌以及拨轮盘等，应有尽有，职员一部分是年轻的女性，有几个后来成为交际花和电影明星。

潘三省因经营赌场，积储了不少作孽钱，又在巨泼来斯路自置住宅，成为一个不公开的俱乐部，是专门用来招待日方和大汉奸的，里面设有一座戏台，时时邀请评剧、申曲、越剧、评弹等轮流演唱娱宾。潘的妻子王吉即曾在这台上和程继仙演《贩马记》。顾竹轩从北平请了李少春来上海，尚未登台，潘先要李少春演《战太平》，那是李少春北上拜余叔岩的代表作。顾竹轩起先不肯，但一听潘三省是招待周佛海的，哪里敢违拗。其实周佛海爱看的戏，是筱玲红演的《打花鼓》，等李少春演《战太平》的时候，周佛海早已拥了筱玲红进入密室了。潘三省家里同时还供应若干美貌女子，只要有什么中日权贵赴宴，潘三省便向各舞场选召著名红舞女到他家里来陪客人。这些舞女，每来一次，可以收入一大沓钞票，因此舞场兴起一种风气，认为得潘公馆之召是有面子的事。这笔浩大的开支，完全出于潘三省的私囊，客人可以不花分文。

这个不公开的俱乐部中，不但有中西厨房，并且还特设日本厨房。当时上海市面上的洋酒已极稀见，但是在潘三省家中，各国的名酒一应具备，任由贵客取饮。那时上海最风行的话剧，也到潘家的舞台上去演堂会，话剧素称前进，但慑于潘三省的声势，不敢不演。

日本人最高兴到这种地方，三杯酒落肚，就动手动脚，丑态毕露，原来狰狞的面目，也一变而为小丑模样，而且必定会拍掌唱歌，每个人都吃到七颠八倒，这时早把所谓"皇军"的"尊严"抛入九霄云外，这般的宴会，时时通宵达旦，不以为奇。

潘三省为了讨好日本人，还提供具备各式装置的小房间，有些设有鸦片烟榻，有些是榻榻米，有些特备席梦思床，这些房间做什么用途呢？明眼人也不必细说了。

大汉奸们也在招待之列，所以由南京来的什么部长、什么院长，只要一到上海，潘三省就专车迎迓，接到他的私家俱乐部去。如周佛海玩弄女性向来是老手，但是他怕老婆，从来不敢纳妾，但在潘三省的撮合之下，他居然将筱玲红藏之金屋，后来他家庭间为此闹得天翻地覆，成为敌伪时期一件十分轰动的桃色新闻。

陈公博会写一手革命性的好文章，以前我对他的"革命评论"很是倾慕，向来认为他是一个学者，自从他做了伪府的上海市市长之后，情妇不少，大有醇酒妇人之意。曾经有一位发表"饮食男，女人之大欲存也"言论的著名女作家和陈公博有染，陈设法配给她很多白报纸，作家坐在满载白报纸的卡车上招摇过市，顾盼自喜，文化界一时传为笑谈。还有一位著名的电影明星，也成了陈的情妇。最后陈又染上了鸦片嗜好，烟量之大，高人一等，敌伪收尾几年，陈公博的私生活简直是荒淫无度。

至于其他一般汉奸，向民间搜刮得来的金钱，虽然数字可观，但花在女色、赌博上的数目也很惊人，所以胜利之后，大捉汉奸，有些固然富可敌国，有些汉奸却没有什么财富，早已花天酒地，花得不知去向了！

汪政府中大部分人过着这种荒淫无度的生活，这时代就产生了不少以交际为名，暗中操着皮肉生涯的女人，个个名气大得很。至于评剧界的坤伶，更是奇货可居，这是上海向所未有的怪现象，潘三省即是造成这种现象的始作俑者。

　　汪派这么多的汉奸，搜刮了民间无数财富，应该有些人会积些钱，但是后来枪毙的枪毙，入狱的入狱，很少人得到善终，如潘三省后来居然逃到香港，大家总以为他拥有巨赀，可以终老，谁知他已床头金尽，仅带来少数的钱，所有妻妾，早已先后下堂，他孑然一身，住在铜锣湾华都饭店。他旧时在上海，手下也有一班喽啰，算是他的小角色，此时仅有少数几个在香港经商，日常开支均由他们供给，起初住一间大房，不久就换了一间中型的房间，最后竟搬到一间很小的房间，是由一间工人房改装的，生活越来越紧张。当时要是急病而死，倒也死得干脆，谁知道他却跌了一跤，成为小中风，从此一手一脚动弹不得。这种病本来就不容易医好，而且他一发再发，卧在床上，很少人去探望他。我初来香港，住在铜锣湾舒潆涛街叔父王一吾家中，他是一位外汇掮客，认识的人很多，与潘三省也是老友，他常拉着我去替潘诊病，我一看潘的情况，血压奇高，而且在这种凄苦的环境中更是不利。

　　我对叔父说，这种病只不过是拖延时日而已，后来果然拖了好多日子。他还会说话，一开口说的都是他往年的风光财富。开赌时，赌场有四只落地的大保险箱（即夹万），一只保险箱专藏金条，被大条（黄金十两）和小黄鱼（黄金一两）塞满；一只保险箱专藏美钞，数字巨大；一只保险箱专藏赌客押给赌场的珠宝钻石；还有一只存储法币与储备票，后来因为币制改变，除了大额的纸币之外，小额的就一捆捆堆在旁边地上。另外还有一间房间，专门储藏各色洋酒。谁知他后来潦倒到这个地步。但在我心中，对他无法寄予同情，因为在他经营赌场时，因赌而自杀的人不在少数，他沦落到这般地步，真可以说是咎由自取。后来，潘三省就死在华都饭店里。

行长吃粪　腾笑众口

有一段事情，当时尽人皆知，而这件事的一个当事人，曾经亲自到我诊所来看病，偶尔忆及，不可不记。

在伪政府当政周佛海全盛时代，汉奸们的话剧，一幕一幕，令人回忆不尽。那时节我在上海开业，这班人物因诊病关系，有时难免接触。

有一幕使人难忘的怪剧，就是周佛海在主持中央储备银行发行钞票之外，又投资在上海创立了一家复兴银行，委派他的心腹孙曜东做行长。这家银行调剂金融、搜购货物、囤积居奇，所以这位孙行长，算得上周氏手下极得宠的红人。

周佛海原是风流人物，历年来与许多妇女都有沾染，但是他的妻子杨淑慧凶悍异常，所以他从来没有另筑金屋藏娇之想。有一年，周佛海竟一反常态，收纳坤伶筱玲红为外室，这件事，终被周妻侦查出来，而且查出这件事的牵线人就是那位孙行长。周妻在盛怒之下，以为周佛海在外如此，都是许多撮合逢迎的人促成的。

于是她想出一种极恶毒的办法，决定惩戒这位孙行长。她要筱玲红自愿与周佛海脱离关系，在立据之日，要孙到场。她则指使游侠儿"闹天宫福生"的徒弟跟在她身后，预备了香烟罐装的稀薄粪便，当面怒斥孙行长，数说他的罪行，说出关于拉拢撮合之事他应负其全责。孙行长正想声辩，不料这时一彪形大汉已取出满满一罐粪便，在周妻指挥之下，强制把粪便迎头劈面，作醍醐灌顶式的淋泼。同时，又有一些大汉拳打脚踢，孙行长闪躲挣扎，张口呼吸之际，免不得有粪便流入口中。孙行长是穿中装的，长衫撕破，眼镜落地，狼狈离去。周妻杨淑慧算出了一口气。但事实上这段孽缘的撮合人实在是潘三省，孙某人不过在场先闻其事而已，但因权利冲突，被人诬陷，于是闹出了银行行长吃粪的笑话。

事后，这位孙行长，在家请护士为他洗胃灌肠，但是这件事情瞬息传出，顿时腾传众口。

这位孙行长一向请我诊病，大家本来很熟。他向患两种病：一种是半边头痛，一种是长期胃病。关于头痛，屡经医治，没有痊愈，西医叫他拔除了好几颗牙齿，头痛依然未见痊好。胃病经我诊治后，日见好转。

这次他吃粪后，隔了四五天，邀我去诊治。他不讳言被人作弄的一幕，极忧虑吃粪后的呕吐、洗胃、灌肠会令胃病再发，而且他疑心粪便之中，可能有粪毒，会发生不良反应，引起什么离奇的病症，何况那次吃粪回家之后，自己拼命呕吐，吐后觉得胃部一直不舒服。他问我是否有粪便之毒，究竟对身体有无影响。

我就告诉他，粪便虽是极污秽的东西，但并不含有毒质。孙行长听了我的话，觉得很是安慰。我就替他处方调治胃部，免得他胃病重发，他的狐疑也就消散了。一天晚上，他又发生肌肉抽搐，全身震颤，因此急急地派车邀我诊治，我觉得他并无什么病状，这种抽搐现象，完全是精神紧张所致，简直是心理作用的反应，与生理病理无关。他提出许多问题。他听人说粪便会使人中毒，我说凡是小便大便积滞在腹内，停顿了几天或十多天时日，那么小便会发生尿毒症，大便会发生粪毒症，而你不过被人用粪便作弄了一顿，根本不可能发生中毒现象。

我看他惊惶过度，完全成了神经衰弱状态，失魂落魄，不知所措，因此我提供了一些关于粪便性质的资料，来解除他心理上的狐疑。

我说一切动物的粪便都是食物渣滓和胆汁的混合物，人类的粪便亦不例外。但是其他动物的粪便，在若干情形之下，还有医疗上的用途，我还举几个实例出来，譬如：蚕的粪便，在医疗上称作"蚕砂"，是治小儿惊风的药物；蝙蝠的粪便，叫作"夜明砂"，可治疗青光眼；雀粪叫作"白丁香"，功能治疗破伤风症；鼠粪叫作"两头尖"，也是治小儿惊风的药物。这许多动物粪便，都有解毒功能或用作治疗神经系统疾患。

这类东西在医生处方中虽很稀见，但在民间验方或单方上用得很多。据传说若干乡村间，还把牛的粪便晒干，晒到臭气完全没有之后，留做小儿高热惊风时煮汤应用。

人类的粪便，从来没有人把它作为医疗之用，但是以童子尿治疗吐血症候，是不足为奇的。我告诉他，现在吃了一些粪便，仅是精神上受到痛苦，生理上是不会引起任何病症的。

这位孙行长听了我的话，把肚子里的疑虑扫除一空，大为高兴。他问我，何以动物粪便有治疗功效？我告诉他，大概就因动物本身的胆汁，含有解毒的功能，中国药物中，有几种病是要用胆汁来治疗的，譬如牛胆能治目赤、黄疸，羊胆治赤眼、流泪，猪胆治外科发炎，熊胆可解毒明目，蛇胆也能明目和治疗风湿症候，其中以牛胆作用最大，蛇胆的应用也很广，华南有许多人，是极喜欢吃蛇胆的。

这位孙行长听了我的一席话，就把他怀疑吃粪便会中毒的观念打消，我也欣然告别。

隔了一天，他疑虑又起，再请我去诊视和要求解释，我有些不耐烦起来，我切实告诉他，我生平治病，虽然没有见过一个病是吃粪的，但是我见过若干病人，从口中吐出粪便来，这是一种"交肠症"，近似西医所谓"肠套叠"的症候，这类病人，粪便不由下面排泄，乃从上面吐出，吐出的东西有剧烈臭味，就是粪便。这就证明也有人粪便留在胃中，而由口中吐出，我对他说，这种人与他的情形是仿佛的，并无任何粪毒酝酿的危险后果。

孙行长听了我这一次的解说，才认为完全满意，失魂状态完全消失，于是好久没有见过。半年后在交际场中遇见他，他轻轻地问我，他多年的头痛之患今已消失，是否粪便有解毒之功？我不再多说，只是含笑而别，但回家后，不免大大哗笑了一阵。

封锁新闻 苦闷万分

日本人进占公共租界之后，为了收买人心，整治秩序，市民们平时最痛恨的七十六号的枪杀行为，此时在租界内也暂时偃旗息鼓。

只有一件事，就是所有在租界上出版登载反日消息的报纸，如《申报》《时事新报》《晨报》等完全停止出版。直到日本人渗入之后，《申报》才由陈彬龢接收，他的背景是日本海军报道部，从此第一版上的社论专电以及一切电讯，都一面倒采用同盟社来稿，编排比日本人自己办的《新申报》还要媚日。但是这种报纸的新闻，都是歌颂日本军事的顺利，打一处胜一处，教人看了万分气恼。《时事新报》及《晨报》也经过改组，论调为之一变，不过亲日的姿态比较低些。

唯有一张《新闻报》，日军进占租界后，没有停版过一天，因为《新闻报》向来对政治新闻登得少，态度稳健，从不登激烈的反日新闻和言论，一向由吴蕴斋当总经理。

吴氏是生意人，在商言商，不大谈政治，所以日军进占时，通知《新闻报》不要停版，依然照常出版，当然反日的新闻一点也没有。还有一张《时报》，向来以登社会新闻为主，也没有停版。

至于晚报，在日军进占租界之前，向来以刊载抗日文字为主，标题十分够刺激，其中以《大美晚报》最受读者的欢迎，因为每天有令人欢欣鼓舞的反日文字，即使七十六号枪杀了他们好几个人，《大美晚报》的态度却越来越强硬。直到日军进占租界，报纸的编辑人员才不得不撤走，因此《大美晚报》就停办了。同时还有一张大晚报也以反日为主，就在日军进占的当天停办了。

只有一张《华美晚报》，依然照常出版，因为主办人朱作同一向和日本人暗中声气相通，所以它依然独存，喜欢看晚报的人，只得改看此报。

汪派所办的《中华日报》，向来很少人看。看这种报纸，常会让人生出一肚皮气，真正的新闻是看不到的。因此，一般人只得听收音机短波，才能获得比较准确的新闻，并往往用"蚂蚁传"的方法奔走相告。那时有好多人失业，没有事做，大家就在家中聚谈，交换消息。

日本人进入租界之后，下了一个毒辣的命令，就是家里有短波收音机的人，都要将收音机送到各区警署，一律予以没收。

从前的收音机，都是很大的，小的也有一尺多高，其中装有灯泡式的真空管，普通的都是四灯机、五灯机。我有一架巨型落地收音机，是十四灯的，可以收听全世界的广播。

待到日军要家家户户交出收音机的命令发出，我也有些着慌，因为这架收音机放在客厅中，看起来很是富丽，舍不得交出，因此我只好把它内部的机器拆出来，藏了起来，另外找一个旧收音机的机件装进去，送交警局，拿到了收条，索还这只桃木的空壳。那架大收音机的桃木壳子依然放在客厅中以壮观瞻。这个换空箱的方法，我以为别人是想不到的，岂知很多人家都是用这个方法交差的，所以在无形中，短波收音机依然暗中存在，大家偷听短波，如中央电台、美国之音的消息，作为谈助。所以日本人在某处胜，某处败，上海人都很明白，只是因为在他们的铁蹄之下，不敢公然谈论而已。

贪污成风 上行下效

汪伪眼见日军在各地节节败退，逆料好景不长，在上的大肆搜刮，在下的也拼命捞，简直不成体统，其例不胜枚举，只谈我记忆中的一件事情。

记得日本人组织米统会，向乡间定了一个公价收购白米，这些米一部分被送到日本军队作军米，一部分作为市民配给米。内中有一个负责人叫后大桩，在产米区利用和平军强迫收购，收购的公价米与黑市米价格相差一倍多，乡下人恨之切骨，但也奈何他不得。后来他被民众纷纷控告，日军一查，果然查到实据，有几个大仓库堆满了白米，都是没有账目记录，日军一怒，就把他扣留了，几经苦刑，后大桩只能招认，牵涉的范围很广，审问不过两次，就将他枪毙了。这个消息一传出，好多有关的人都远走高飞、不知去向，松江区的负责人是耿绩之，听到这个消息，也立刻用手枪自杀。（按：耿绩之原是上海市政府法文秘书。）

人们管押送煤球的休班警察叫煤球警察。禁止囤积米粮，就出现了休班警察押送米粮，名为白米警察。诸如此类的事情，市民也见怪不怪了。

最可怕的就是救火员，逢到有火警，救火车一到，首先要对业主"议价开喉"，起火的人家就立刻捧出现钞，毗连的房屋，无论是商店或住宅，都要出相当代价，才能免遭池鱼之殃。否则，他们不开水喉，任它烧成焦土。有些仓库，晚间无人看守，一遇火警，无法可施，只好由它去烧。类似这种事情，当时上海是尽人皆知的。

我总以为有许多事，往往言过其实，或是以讹传讹，都是传说而已。一天，深夜一时，电话铃声大作，一听之下，知道是哈同花园罗迦陵的大儿子罗友兰打来的（按：罗迦陵有一个外国儿子、六个中国儿子）。他非常着急地说："现在花园着了大火，救火车已到，一定要钱，讲妥要储备票一千万，我明知你不会有一千万，但是你能不能多少凑一些数目，或是有什么赌场朋友借一借。"我说："这个问题，叫我在深夜里向哪里去张罗。"他说："现在事关紧急，只要你带一张名片、一个图章，先来做一个保人再说。"说时凄凄切切，好像要哭出来的样子。我就披了衣裳，带了图章，那时车辆稀少，我只好求一个踏脚踏车的人，把我带到哈同花园。那人很热心，片刻之间，就带我到了目的地。

其实，哈同花园除了戬寿堂以及几处楼阁之外，都是园林建筑，但是居住的房屋，弯弯曲曲，里面住的都是哈同的子子孙孙亲亲友友。日本人进入租界之后，认为哈同是英籍犹太人，哈同花园是敌产，改归军方管理，每一房每月可领生活费军票一千元。那时一千元并不值钱，所以六房中国儿子，个个都穷得很，唯有用电是公家开支，而且不限度数，这六房为了节省起见，都把电炉摆在地上煲汤煮饭。

那天晚上，他们打牌至深夜，没有人照顾电炉，走火引起火灾，烧在许多屋宇的中间。我赶去哈同花园，罗友兰住的是前屋，距离火头还有三十多间，几个救火员的巨头，坐在他屋中正在饮酒，一看见我两手空空，没有钱带去，他们说要款项是一千万，即使打图章担保，许多弟兄也是不答应的，况且这些房屋多年失修，烧起来真像干柴一般，而且中间也没有通路，救火车开不进，水喉的皮带也没有这么长。谈话之时，罗友兰只是摇头叹息，顿足不已，后来他忽然想出一个办法说："要钱实在没有，不过我太太有玻璃丝袜三十双（按：这种丝袜，那时节在上海要卖储备票几万元一双），每位救火员送一双。"讲价的巨头倒有些心动，说："还有什么东西？"罗友兰说："我喜欢收集手表挂表，也有三十多件，可以每人送一件。"于是讲价的人说"算了,算了",即下令各救火员把火头切断,其余也就不管了。

经过我亲眼目睹的事情以后,才相信传说的各项贪污事件,十有八九都是事实。

至于当时上海法院里法官的贪污情况,更是无法无天,只要有钱,屈者得直,直者可以变屈,所以大家有什么民事诉讼,决不告到法院,都是在外面相互自行了结,刑事案也都是讲钱的,即使人命出入,只要有黄金、美钞,都可以了结。

在公共租界法院对面有一家茶楼,是专门为刑事案子讲价的地点。出面讲价的人,都是些法院的"执达使",数目讲定之后,就陪着当事人把钱送到法官家里去,只有拿不出钱的穷人,便重重地判他三年五年或是更多年,这是公开的秘密,也是任何人都知道的。

一代名医 死于冤狱

从前上海中医界,有十大名医。其中有一位是外科顾筱岩,每天门诊由儿子学生帮着一起诊病,可以看到二三百号。另一位是伤科石筱山,也可以看到二三百号。还有一位喉科朱子云,和他的弟弟朱仲云,一天也要看到二百号以上。朱子云对喉科的经验很丰富,逢到白喉,验都不要验,一看就知,只要一针贝灵血清针(按:后来这种血清针绝市,他竟然自己设厂制造白喉针,功效一样好),

就能霍然而愈。逢到喉壁肿大，他总是用一把小刀刺一刺，或者划一划，病者吐出两口恶血，病就消失。因为看得多，经验足，手术快捷之至。

有一天，来了一个橡胶厂女工，也是喉壁涨大，兼有喉蛾，一刀下去，就此流血不止，他用种种止血药，仍然止不住。病者面色大变，血越流越多，这时朱子云也急起来了，立刻把她送到虹桥疗养院，由一位喉科专家用电烙法止血，但不能止住，不久就死去了。这个女工的家属要求朱子云赔偿一笔钱，朱子云答应，事情也就平息下来。

万不料橡胶厂老板冯某，本是游侠儿出身，听了这件事，认为是敲诈的机会，便约同四五个人，其中有报馆记者，有律师帮办，组织了一个小团体，讨论敲诈的方法。谁知道这个女工的丈夫，天天勤于工作，不愿停了工来把这件事扩大，于是这几个人横劝竖劝，仍恐他半途退出，便在牛庄路中国饭店开了一个小房间供养他，而且由律师帮办看守他，不准他和外界接触，一方面即进行起诉。

这个组织成功之后，报纸上竟把这件事大登特登，说朱子云滥用刀圭，医死病家。我看到了这些报纸，正在思索，忽然有位姓姚的报馆朋友到我家里来说："医生方面我不熟悉，你和朱子云必有来往，这件事，能不能由你出面谈判，否则，事情越弄越大。"我说："我是医生，同行总要讲义气，这种敲诈的事，我怎能出面做调解人？若是说让朱子云多给苦主一些钱，我可以替你打个电话，要是想敲他一大笔钱，我是决不参加这件事的。"

那天晚上，朱子云备了四桌菜，约中医公会中的许多名医和一位名叫陆起的律师，请大家设法帮忙。席上意见纷纭，说不出一个结果，推定四个人专门为朱子云设法，其中有丁仲英老师。他说："一定要陈存仁参加，因为他足智多谋，从前顾筱岩被吊销执照的案子，便是他出的主意。"筵席将终时，我对朱子云说："我想来想去，有一个办法，只能讲给你一个人听，不但医界不能知道，连律师都要瞒过。"他说："好的。"于是我们便到后面一个小房间中，他一面抽鸦片，一面问我有何妙计。

我说："你这案子，里面夹着一个报界的人物，若是扩大起来，你是挡不住的。"

他说："陆起律师和法官很熟，而且法院传票已到，主审法官常来我家抽烟，彼此很谈得来，大概罚款即可了事，没有什么了不起的。"我说："你的案子初审一赢，可能全上海的报界都会轰动，他们必定还要上诉，那时即使你再用钱，或是罚款，或是无罪，但这班进行敲诈的人，会天天在报上加以攻击，闹到高等法院，你就无法可想了。只要关你三个月，你就抵挡不住。"（按：朱子云有深度鸦片烟瘾，还有糖尿病，天天不吃饭，只吃黑面包。）他听了我的话，问道："照你老弟的意思该如何做？"我说："只有一个办法。你不声不响，向内地一溜，这个敲诈集团，找不到对象，而且还要天天供应当事人食宿，他们就会人心涣散，派人和当事人商量，花一些钱叫当事人撤销控诉，然后你再回来，业务损失虽不少，但你的心境与身体可以得到安全。"朱子云大皱眉头说："办法很好，只是我一来怕到内地乡僻之处，二是吃烟不方便，因我除了治病之外，还有许多生意往来，怎能离开呢？"讲到最后，他拍了拍桌子说："好，决定照你的意思做。"

我和朱子云分别之后，有两天没有消息，不过，有一个叫蒋有成的人，是国医公会的干事，原本是我介绍进公会做事的，他的特长就是奔走，接洽事务有相当的能力，所以我有事，都叫他去办，人很能干，就是每办一件事，多少要给他一些钱，他就起劲非常，朱子云也认他为自己的心腹。第三天，我问起朱子云的事有什么动静，他说朱子云不但门诊忙，出诊忙，而且对这件事乐观得很，昨天晚上由陆起律师约了审理这件案子的法官赵钲铿，待在一处相对抽烟，谈得极为投契，看来事情是不会扩大了。我便托蒋有成带一个口信给朱子云，说如果出诊路过我诊所，务必请他来坐一下。次日，朱子云果然来了，且是和陆起一同来的。他说："老弟，你有什么话？"我说："我要和你单独讲几句话。"于是就带他进书房谈话。我说："听说你和法官谈得很好，但是初审要是胜利的话，二审必然更坏，在形势上是必败的，所以照我的想法，你还是快快离开上海。"朱子云当时也有些心动，只是说："我的生意是烟叶、烟厂、烟纸店、汽油和血清厂等，我一天不在上海，就一天没有人照顾。"正在这时，陆起突然推门而入，我们讲的话他完全听到了，他说："这件事已受到法律的约束，你要走的话，将来就永远不能回上海了。"朱子云听了这话，默不出声。

后来我听说这位法官天天到朱子云家里抽烟，朱子云还送了不少美钞给他。

到了初审之日，谁知道审问的结果是，当堂谕知"朱子云收押，再行定期审讯"。朱子云听到这个决定，几乎晕倒。他认为赵钲锽是老朋友，不料竟是一个毫无心肝的伪君子。

朱子云平日养尊处优，从来没有进过拘留所，这个拘留所，是水门汀地，没有床。经过审问之后，他已经面无血色，加上烟瘾接不上，更是雪上加霜。幸亏那时节贪污成风，拘留所内要什么有什么，用了银弹，床也有了，鸦片也可以尽吸。他是有糖尿病的，向不吃饭，但是有私家菜和黑面包可以送进去，蒋有成也天天去探望他，见他只是流泪说："不听老陈言，吃苦在眼前。现在这件事，非但赵钲锽不是东西，连老友陆起也是一个坏蛋，想不到做了一世医生，年老多病还要进入牢狱，夜间常常失眠，白天度日如年，这件事真不知如何了结，看来我这条老命，要送在这场官司里了。"

第二次开审期排得很远，开审之日，只有原告讲话，赵钲锽连正眼也不望朱一眼，退堂后，朱子云还被铐上手铐，银铛入狱。

报纸对这件事大登特登，这种报纸也可以送进牢狱，他看了只是叹气流泪，没有多时，朱子云就病倒了，两足浮肿，气喘不已。

当时另有一班人，包围他的家属，个个都说有办法。其中有一个集团，为朱子云设计，以治病为名，把他送进一个医院。这家医院小得很，供应鸦片不在话下，但是一天天传来的消息，越来越不利于他，说是这件事南京的司法行政部部长罗君强都知道了。罗君强上任之初，对法院管得很严，传说他向不受贿，有"罗青天"之号。罗认为这件事非严办不可，但是也有人说罗青天是假的，他只是不受小贿，大贿照收。因此，有人为朱子云走了不少路子，花了无数金钱，总是得不到一个确实的消息。

朱子云虽然是一个大富翁，但是平时用钱很吝啬。大家都知道，从前没有限制用电的时期，他家中一样不准多开电灯，他的烟室中连灯都没有，只靠一盏烟灯照明。他想到这场官司家里一定用了许多钱，心痛非凡，疾病也就一天重过一天，经过了若干时日，终于死在这家小医院里。人死了，这场官司也就不了了之了。

朱子云死后，我知道了三个消息。原告事主是一个普通工人，头脑简单，他知道这场官司，要是敲诈到了，须作七份分派，他得两份，其余五份都归那些兴风作浪的人，他不满别人分得多，自己分得少。他天天被困在中国饭店小房间中，也同囚犯一样被人看守，夜间必有一桌麻将打到天亮，这使他不能安眠，而且他也有些良心，说当时已拿过钱，现在再要这样大肆敲诈，于理也不合。有一天，他私自溜出来，想到朱子云家中说明原委，再向朱家要一些钱，朝乡下一走了事。也是朱子云的命运不好，这个原告找寻虹口周家嘴路，但是寻错了寻到周家桥，因此，仍返中国饭店。要是他找到了朱家，一走了之，讼案就此撤销，朱子云的老命可能也保全了。

第二个消息，这五个人为了看守原告，开了中国饭店的房间，也花了不少钱。朱子云一死，花的钱都落了空，其中以橡胶厂老板冯某最受别人的指责，说他是正当商人，不应该参加这种敲诈的事。

第三个消息，虹桥疗养院几位西医讲起朱子云这件事，说橡胶厂那个女病人一刀下去流血不止，原来是"血友病"患者，依照法律而论，要是法医能作公正的证明，朱子云是可以被判无罪的。（按：我到了香港之后，看见有一本书，写汉奸们的下场，审理朱子云的法官赵钲镗，不知为了什么案件，也被枪毙了。）

囤药发财　惨祸俱来

在沦陷期间，各种各样的讼案虽多，最惊人而又令人难以忘怀的，就是上海华美药房的一件弑兄惨案。

惨案的经过，是为了一个舞女陈云裳（按：是上海百乐门舞厅的舞女，并不是电影明星陈云裳），弟弟竟用斧头把哥哥劈死。这件案子闹得满城风雨，结果弟弟被判处死刑，至此徐翔荪的两个儿子全都送了命。

这位徐翔荪，年龄已相当高，是华美药房的独资老板，最初谣传他以贩毒起家，事实也许言过其实。

那时抗战已进入后期，各国与中国海运早已断绝，西药涨了几千倍，甚至几万倍。徐翔荪所生只有两儿两女，哥哥人称"大徐"，弟弟名徐达泉，人称"小徐"，曾在沪江附中读书。哥哥是管华美药房全盘账目的，办事很勤恳，用钱向不浪费，一生没有嗜好，为人也很和善，所以人缘很好，大家都乐于同他接近。

弟弟完全是一个纨绔子弟，少爷脾气十足，起居奢华，挥金如土，脾气很坏，面目可憎，虽然打扮入时，仍不免有些土气。我当时认识华美药房的一名伙计史致富，那时他不过是一个中级职员，小名阿富，我和他年纪相仿，我常托他做事，他也常托我做事，因此我们两人成为很要好的朋友。

有一天晚上，他赶到我家里来，说有一件事，想让大小各报概不登载。我问："什么事？"他说："就是只要说到华美药房的事情，新闻一律抹杀不提，给大小各报本埠版编辑送一些钱，此事应该向何人接头？"我说："报界之中，本来有两条线索：一个是《申报》的唐世昌，大小各报可以一手包办；还有一个是新组织，要抢这种生意做的有九个人，拜黄金荣为师，名为'黄九公'。黄九公中，《新闻报》的杭石君最有力量，但是发起人是《金钢钻报》的施济群，要我去讲这种事情，还要经手银钱，我是不情愿做的。唐、施两人我很熟，不过要深夜去找他们，唐世昌易找，而施济群却不易找到。"听罢之后，史致富掉头就走，看他的样子甚为紧张，而且手里还拿了一个皮包，看上去很沉重的样子。

接连两天我注意大小各报，并没有华美药房发生事情的新闻。我心想史致富的路子走对了，钱能通神，果然被他们掩尽耳目。

不料在第三天，《大美晚报》第一家登出一段新闻，题目是"华美药房发生惊人惨案"，内容说"胞弟用斧头斩死胞兄"。从前上海很少有这种惨案发生，经《大美晚报》这样一发表，全上海的人都引为谈话资料。

各报登出的新闻紊乱得很，综合起来说就是，徐翔荪的财产，已经多到难以估计的程度，连他自己也不知道具体数字，当时家居法租界蒲石路，住宅是一连四幢小洋房。从前上海的小洋房，都是三层楼，前面必有一个小花园。他把三幢小洋房，前后门都用铁闸锁住，徐氏本人就住在第一幢小洋房楼下。这里原是客厅，他自己住在客厅中，看守囤积着的搬入搬出的西药。二楼是大儿子的账房间，其余就是两儿两女的卧室。有时徐翔荪到总店去视察业务，这里就由大儿子和姐妹俩看守，小儿子他向来是不信任的。

有一个时期，小徐夜夜到百乐门舞厅跳舞，他看上了一个由嘉兴来的舞女陈云裳。此女说得好听些，身材苗条、体态轻盈，其实瘦得很，并不特别美丽，可是出身不坏。小徐爱上她之后，每晚叫她坐台子，临走时总是一大沓舞票夹上美金一百元，以博美人欢心。实际上陈云裳有很多舞客，对土气的小徐并不喜欢。

从前在上海玩舞厅，要追求一个舞女，便利的时候很便利，艰难起来，简直难于上青天。就拿追求陈云裳的事来讲，小徐除了猛捧陈云裳之外，还出资帮陈哥哥的忙，把他在嘉兴的一家小米铺改成米行。时机有些成熟，陈云裳还要求两样东西，一样是镶钻手表，一样是貂皮大衣。小徐一口答应，回到家里，次日就和哥哥大徐商量，要借这笔钱。大徐一口拒绝说："你这个月已经用了不少钱，你越借越多，我再也不能答应。"两兄弟闹得面红耳赤，争执起来，室内恰巧有一柄专门开木箱的利斧，小徐拿起这把斧头，对大徐说："你这次如果不借的话，我就拿这把斧头劈你。"小徐原是想恐吓哥哥的，料不到大徐回答说："你用斧头劈我，我也不借。"这样一来，小徐就对准哥哥脑袋一斧头劈去，哥哥当堂就"哎哟"一声，倒地死去。

当时这幢房子里面并无外人，弟弟对着死去的哥哥呆了半天，最后不得不走下去向他爸爸自首。徐翔荪上楼看了之后，悲恸之余，细细一想"杀人者死"，如果闹出来，一场讼案，小儿子的性命也保不住，不如用钱来把这件事铺平，免得断了后代香烟，而且还要被社会人士耻笑。

于是徐翔荪就用电话召集四个学徒，史致富也在其内，先在楼下每人送给一根金条，四个学徒都呆了。因为徐翔荪平素很是吝啬，视钱如命，向来连职工薪金都微薄得很，不知为何忽然如此慷慨。徐翔荪也猜测到他们的心理，说："我有一件事，要你们四个人严守秘密，不要张扬出去，并且还要你们帮忙，事成之后，还有重谢，决不食言。"四个人在重赏之下，唯唯从命。徐翔荪就带他们四人登楼察看，只见大徐倒在血泊之中，小徐呆在一旁痛哭。徐翔荪便对他们说："现在要烦劳你们四人，把大小开身上的血液抹去，用白布全身裹好。"一方面叫史致富去找寻法租界验尸所所长，此人本是徐的老友，所以徐翔荪想到要请他。不一会儿，所长就跟着史致富来了。徐翔荪把这事申说了一番，当场捧出一包条子送给他。这位所长马上就笑着说："老朋友何必如此。"并且对徐翔荪说："你只要把尸首偷偷地运出，选个时候，公然送到验尸所，由我亲自来处理，保你不会闹出事来。"

尸首运到验尸所，所长就把尸首贴上另一个人的名字，又把一个因吸毒致命的乞丐，换为大徐的名字，即刻运到大西路底一个私家坟场，而且叮嘱老徐要用火葬。这个计划等于毁尸灭迹，好到极点。事情谈得很妥当，尸首也运到指定的地方。

万不料百密一疏，在火化之前，忽然潘达手下的一个警察孙照北，见到这个情形，就上前查问，索阅验尸单。一看尸单上写着是因吸毒致死的乞丐，这个警察就疑心起来，说既然是乞丐，怎么会有人替他买棺成殓，而且棺木很考究，因此，就阻止他们火化，一面向局方报告。局长潘达恰巧看到《大美晚报》的新闻，再接到这个报告，立刻派出四个警察前去，不准火化，于是这个偷天换日的计划全部被拆穿了。

这样一来，事情可闹大了。徐翔荪得到了这个消息，急得七窍生烟，竟对史致富破口大骂，说他办事不力，要闯出大祸来了。史致富被他骂得狗血喷头，默不作声，只说了两句话："我和你的师生之谊到此为止，这件事我再也不管了。"徐翔荪一听他的话，当场也软了下来，说："潘达也是你的朋友，只有你再出马用钱去铺平这件事。"

史致富说："我为了这件事，已三日三夜不能安睡，那也无所谓，倒是去联络报界不发表这段新闻，用钱实在太少，现在他们反而扩大其事，拼命宣传，任意攻击，弄得我两面不讨好，再管下去，恐怕吃官司都有份。我现在决计离开老师，准备自己开一家小药房，取名万国药房，对这件事，我不添乱，也不过问。"这些话一说，徐翔荪手足无措，竟然一边抹眼泪，一面屈膝向史致富哀求说："现在大儿子先死，小儿子可能也会判死刑，我也会跟着送老命，黄金成千上万条，要它何用，你既想开药房，我愿意把隔壁一幢房子，第三层楼里面所堆的勒吐精奶粉、法国九一四（按：即新六〇六），还有一百箱金鸡纳霜，全部送给你，可是你对这件事，要帮忙到底。"史致富一想，这许多药物，价值连城，徐翔荪突然说这种话，也有些变态，深恐他生命有不测，于是当场答应。不过说："这些药品，今晚我要全部提出，午夜我去看潘达，潘达方面以送美钞为最得体，请你准备好四万元美钞，并且另派一名伙计与我同去，也可以证明我所做的事。"徐翔荪一口答应。到了深夜二时，史致富偕同另一个伙计，到好莱坞赌场潘达的一间密室中，见到了他。潘达说："你们干这件事，迟了一天，在报纸尚未揭露以前，我可以眼开眼闭，由你们去做。现在报纸已闹大了，我反而不能帮忙。"这时潘达看见和史致富同来的人，手提一个大皮包，心知里面必定有东西，他接着说出一个秘密："这件案子，不但上海各报大登特登，连南京的报纸也发表了，司法行政部部长罗君强号称'罗青天'，他已经注意到这件事，这个人小钱休想用得进，大量的钱财他或许要的。我现在对你不能帮什么忙，明知你有钱带来，也只好日后看情形再讲。"

到了次日，巡捕房提出起诉，法租界法院（那时称第二特区法院）院长陈秉常，已发出传票，对徐翔荪、徐达泉父子加以控诉，并且即日将小徐拘捕。

次日，就宣告开庭，并且将大西路的棺材搬到堂上，开棺验尸，验出死者头部有斧劈痕迹，结果小徐杀人罪名成立，不准保释。

第二天，各报又大登特登，都销路大增。那天晚上，舞女陈云裳还到百乐门去上班，突然有无数新闻记者包围着她，问长问短，令她无法周旋，《时报》记者给她看了一张开棺验尸的照片，她也觉得小徐太狠心了，但她对记者并无表示。

舞女陈云裳回到家中一想，此事牵涉自己头上，日后一定会被召出庭作证。

次日，各报都登出舞女陈云裳的照片，她一看不走不行，于是就避风头避到她的家乡嘉兴去了。

徐翔荪又叫史致富四处活动，并且说："小儿子关两年三年倒无所谓，只要不判死刑，倾家荡产在所不惜。"

于是史致富又去恳求潘达，潘达说："承审的陈推事，我向有往来，我倒可以为你去讨情。"讲定要黄金六十大条。后来初审判决误杀罪名，小徐入狱三年。

料不到判案之后，报纸上大肆攻击，而且字里行间隐约指出这是贿赂公行的结果。

罗君强此时竟然拿出青天的作风，把承审推事陈某加以扣押，提起公诉，而且还将陈押入看守所，与悍匪丁锡山同押在一室中。陈、丁两人密商之下，丁锡山要他十条黄金，当晚就买通狱卒，两人逃之夭夭，于是案件就闹得更大了。

二审开始，换了一个法官重审这个案子，结果改为谋杀。一连开了几庭，徐翔荪仍想用银弹政策，但是这个推事吓得不敢接受，那时节看守所腐败得很，罗君强怕小徐也一走了事，于是每晚加派税警团团员两名，睡在小徐的囚室中，使他无法动弹。

二审判决，小徐被处死刑，后来虽上诉到最高法院，最终却仍然维持原判，结果受绞刑而死。

写到这里，我又想到因果律了。一般人囤米囤煤，虽然可恶，但比囤药好得多。从前一箱金鸡纳霜不过二十四元，内有一百瓶，每瓶一千粒，凡是到内地去的人，一定要买一大批。徐翔荪家中堆满了金鸡纳霜，每天只限出售四瓶，价值论粒计算，每粒不知要多卖多少元。还有奶粉，他也囤了不少，价格也要卖上千万倍，法国九一四市上早已绝迹，他卖的都是假货，像这样一味囤货，不顾人命，会有好结果吗？

再说舞女陈云裳，她心有内疚，要不是她硬要小徐送貂皮大衣和名贵手表，也许不会闹出两条人命来。而且在审案时节，嘉兴人都传说罗青天一定要她出庭作证，她虽避到嘉兴，心中却老是慌慌张张，若想逃出罗君强势力范围，只有逃到广州。想到这里，她就毅然决然离开嘉兴。到了广州之后，她参加华美舞厅，改名换姓，重披舞衫，生涯也不恶，可是她得了严重的神经衰弱症，夜晚入睡之后，常见到小徐的鬼影追随不舍，总是从梦中惊醒。

后来广州吃紧，她又逃到香港，住在跑马地，晚上到石塘咀凯旋舞厅伴舞，但此时已容光消失，收入微薄，生活极感困难，同时又吃上了白粉，深夜一回到家中，总是看见小徐坐在房中。这样见神见鬼，神经极度衰弱，有一晚就死在街头。如此收场，亦云惨矣！

史致富后来也发了财，专收女伶为契女，称为"标准过房爷"。他还用银弹政策，将一箱箱西药献赠市参议员支配人，后来他当选为市参议员，又充任西药业国大代表，嗣后政局变动，他搬到台湾，开设联合药房，几年前患肠癌而死。（又按：罗君强亦死于上海提篮桥监狱中。）

第十三章

因果报应转瞬间

民国时期，上海南京路和浙江路交叉口的永安百货公司

日本侵华战争，已经由高峰转入逆境，上海不时有重庆飞机来侦察，日本人下令全市实行防空措施，家家户户要在玻璃窗上贴纸条，夜间不许有灯光透出，还要每家门前掘六尺深的防空洞一个。因为重庆飞机常来侦察，时时有警报，警报声响彻云霄。警报分两种：一种是戒备警报，一种是紧急警报，声音凄切，有似"呜呜——呼！"，我们都认为这是日本将败的丧钟。

日本军人发出的命令，从前都是令出必行，唯有掘防空壕的命令，大家不睬。军方大怒，召集各保保长训话，有的保长说大家没有铁铲，又不懂得怎样去掘。有一个保长说："我们不要掘防空壕，我们宁愿被炸死，这是汪政府所说的同甘共苦，同生共死。"日本人也奈何他们不得。因为那时上海的日军逐渐调赴前方，留下来的不多，所以这个命令，始终未见实行。

民间三老　活跃一时

上海成为孤岛之后，伪上海市市长陈公博，沉迷声色，而且还吸上了鸦片，烟瘾极大。

这时上海出现了三位闻人，人称"三老"。所谓三老，就是闻兰亭、袁履登、林康侯。这三老在当时上海社会中活跃得很，他们唯一的工作，就是为人家证婚剪彩。闻兰亭从前是纱布交易所理事长，声誉很好；袁履登是一位好好先生，向任上海工部局华董，日本人进租界之后，由日本人当总董，袁履登被推为副总董，这时工部局很少开董事会，一切任由日本人处理，有时开会，他总不出一言签个名就走。林康侯本来避在香港，后来日本人围捕之后，和颜惠庆等数十人一同回到上海，这批人一部分参加汪派组织，而林康侯并未参加，闻兰亭、袁履登也没有参加这个组织，不过担任些纱布商品统制的职务，但胜利之后，都被捕入狱。他们后来都被释放了，闻兰亭因年高患病而死，袁履登在获释之后离开上海到了香港。

袁履登在上海时，有时营救别人，或是为人证婚，是不要钱的，所以穷得很。他的吃喝不成问题，天天午餐、晚餐皆有人请客，但是为了撑场面，不能不坐私家汽车。其实他那辆汽车的真正主人倒是他的司机，汽油费、修理费都由司机负责。因为一天他要为人证婚七八处，每处都给他的司机一笔较大的赏金，所以司机一天的收入很是可观，他为了酬答他的主人，总是在总数中分出一半给袁履老的家人。

这三老都很风趣，酒量也很好，在酒后大家谈笑风生。某次，一位说"我生平不二色"，一位说"我生平五颜六色"，一位不出声。大家看到这情形，不禁哈哈大笑。

林康侯，上海人对他相当敬重，尊为康老，即使他胜利后受到委屈，但是到了香港，苏浙同乡会会长徐季良还是恭恭敬敬地请他当同乡会的顾问，按月致送他车马费五百大元。他做过一次寿，到贺者千人，礼金收入全数捐献给同乡会，作为兴学之用。住在九龙德成街，由老友虞兆兴供奉甚周，直至病逝。

袁履登从狱中释放出来时，形神消瘦，呆若木鸡，有时一天不出一声，本来一个很乐观的人，完全变了样子。到香港来时，身无分文，是由华成烟草公司戴耕莘陪他来的，住在吴淞街一座旧楼的地下，熟人去访问他，他往往会不认识，谈起往事，都不能追忆，每天有一个老妪陪他到加连威老道戴家进午餐，午餐后包了一包余肴回来作为晚餐。他步履困难，走这段路，差不多要花一个钟头。不久，戴耕莘回大陆，他也跟着回去，没多久就死了。

宪兵追踪　间谍累我

日军进入租界之后，认为英法两租界是他们的占领区，所以不容许其他势力插足，尤其是七十六号这班人。日本人为了笼络人心、压制异己，枪杀案表面上少了许多。

一天晚上，我约对面木行中的保长到我家阳台上小酌，他说出汪派特务在租界上已不敢胡作非为，唯有那些日本翻译领着一个宪兵来办案是最可怕的，那就等于生病患的是绝症，拘捕到宪兵队去就很少有生还的希望。不仅如此，在初进宪兵队时，还要受到不少折磨，至少吃"三套头"的苦。所谓三套头，是鼻孔中灌水、坐老虎凳，以及拔指甲。

严重一些的就要吃"五套头"的苦,那名目我已记不清楚,只记得有一种叫作踢麻球,就是将人装在麻袋中,由四五个宪兵踢来踢去,等他们踢到不高兴踢的时候,麻袋中的人,一条性命也差不多了。

还有"七套头",更是惨无人道。所以一进宪兵队,总是活的进去死的出来。我听了他说的种种情况,真是不寒而栗,每次想到就觉得犹有余悸。

日本人办的《新申报》,将重庆的特务分子都称作"蓝衣社",报上常常提到蓝衣社人物被捕的新闻,市民看报,就会想到他们的悲惨遭遇。

那时我只是行医,任何不相识的人都不敢接近,所谓明哲保身,深恐无端发生麻烦,幸亏我对政治不感兴趣,所以心中也很坦然。

不料有一天,忽然有一个翻译带了一个日本宪兵到我诊所来。我一看见宪兵的军帽,两腿已经发软,不知道出了什么事情。翻译问我:"陈先生,你认识我吗?"我说:"想不起来。"他说:"你不认识我,我却认识你好久了,对你的行动了如指掌。现在有一件事,我们要访问一位中医,他姓关名国珍,你认不认识?"我说:"上海的中医,大多数我都认识,可是从来没有听说医生中有个关国珍。"翻译把我这番话传译给宪兵听,宪兵当时面色不大好看,说了一大堆日本话,翻译传给我听,说我是中医公会会长,没有理由不知道的。他要我拿出会员名册给他看。我说:"我并不是中医公会会长,仅是中医师公会常务委员,战事发生之后,这个中医师公会已经等于解散。"那个翻译说:"不行! 一定要看会员名册及志愿书、照片等。"我说:"好。"立刻打电话给一个朋友,他是保存这些旧案卷的。一会儿,名册、志愿书都送来了,翻阅很久,果然发现有一份是贴着有关国珍照片的志愿书。他们看到了,如获至宝,欣欣然离开了我诊所。我心上也放下了一块石头,认为这件事可以告一段落了。

岂知到了次日,我正在诊病,那个翻译和宪兵又来了,要我到贝当路(今衡山路)宪兵队去一次。说完这话,他拉了我就坐上宪兵车。当时只有一个学生在诊所中,听说要我去贝当路宪兵队,他心想这件事非同小可。

在宪兵车中,那个翻译对我说:"这件事牵涉你,能大能小。这个姓关的中医现在还没有捉到,因为他是蓝衣社分子,私设电台,昨天已去捉过,但扑了一个空。这件事,可以说你有份,也可以说你没有份,我认识你甚久,可以帮你忙向宪兵解释,但是宪兵也是要钱的,你肯出些钱,就太平无事,否则,说你通风报信,使蓝衣社分子得以逃走,那么事情就大了。"于是我就当机立断,答应给钱,最后,斟定送他们一千元美金,在当时一元美金几乎值几百万储备票。我说:"我一次拿不出,只能按月付一百美金。"那日本宪兵也答应了,竟然同我握手作为口头协定,好像小孩子钩手指拍手掌为定一样。

我虽然允诺给他们一些钱,但是又怕他们做不了主,而且日本人有一个习惯,逢有人踏进这种地方,必然给一

侵华日军在搜查所谓的"不良分子"住所

个下马威，就是对来人"啪啪"打两下耳光，不管你怎样健壮，也要被打得昏天黑地，如果是瘦弱的人，必然会被打得口中出血，要是再来上三套头、五套头的酷刑，那更是受不了。想到这里，浑身无力，神情迷蒙。一会儿，已进入贝当路宪兵司令部。只见里面陈设很简单，一个司令官模样的人坐在正中，两旁排了许许多多被审问的人，有些一望即知已被打过。地上正跪着一个人，问答时，这人好像已被打得奄奄一息。我一看这个情形，心想不知什么时候就要轮到我。

在极端惶恐之中，我想这一关真是不易逃过，又不知道姓关的捉到了没有，如果已经捉到，他咬上我一口，那么连我的性命都难保。

正在审问跪在地上的那人时，忽然那个司令官模样的人案上的电话铃响了，他提起话筒来听，我观察他的神情，推测打电话的一方是这个人的上级，所以这人态度很严肃，他的语气似乎很和缓，只听他连声说："陈样，陈样。"日本语的"样"字，读为"生"，也就是中国语"先生"两字。这时一位翻译，就急急忙忙地翻案卷，等到那个跪在地上的犯人审问完毕，司令官旁边的翻译就高呼："陈存仁到了没有？"这时我才明白，刚才那个电话，是有人为了我的事打来的，但是我总不会想到会有高级的日本人打电话来营救我。

当时那个司令官模样的人就问我的姓名籍贯，又问我："你究竟认不认识姓关的中医？"我回答："不认识。"这人问了这两句话，就挥手叫我离去。

这时，那个翻译也莫名其妙，那个陪我去的宪兵就问我："你怎么会认识我们的高级长官？"我说："我根本不认识。"于是就上了车。在车中那个翻译和宪兵两人用日本话说了好久，我不懂他们说的是什么。最后，那个翻译重提一千元美金的事情。我说："一千美元我付不出，何况打电话来的人与你们无关。"那宪兵马上面色一变说："绝不能赖掉这笔钱，否则，我们还会来逮捕你的。"我想这是很有可能的，不给钱，麻烦的事会接二连三地枝节横生，但那时一千美金不是一笔小数，我说："你们每月一号来拿一百美元，我分十次付清。"他们两人怕我有什么背景，对我也无可奈何，只好答应了我的要求。不一会儿，我已安然返抵家中。我想何以这件事开始时这样严重，后来这般轻松，真是想来想去想不出，当天也无心继续诊病，就叫姓张的学生代诊。

诊务完毕，姓张的学生走上二楼我的卧室来告诉我："老师，你被日本宪兵逮捕，我想这件事一定很大，没有声张，恐怕吓坏了师母和老太太。我同三楼一个房客商量，这个房客姓谭，是广东人，经常有日本人来看他，所以我就把今天的事告诉他。姓谭的就提起电话来，打给一个日本人，因此你才能安然无事地回来。"我说："当时确有一个电话，但我想姓谭的未必有这么大的力量。"后来我一想，姓谭的一向饱食终日，无所事事，来来往往不过三五个日本人，在日军初占租界的时候，警察当局发给各户一张通告，凡是有藏械的人，都要填一张纸，而姓谭的曾经填过三张纸，原来他有三支枪。后来这枪缴回了没有，我们也不得而知，所以他的身份成为一个谜。直到战事将近结束，我们才知道他是日本黑龙会驻苏、浙、皖三省的首长。

黑龙会等于战争中的一个党部，带有黑社会性质，系统很广，所以他的发言很有力量。这个人沉默寡言，斯文有礼，任何人看不出他是何等人物。胜利之后，他迁出我家，不知所终。介绍他到我家来租屋的是新新百货公司董事姓林的，我随随便便地接受下来，议定房租二百元，后来因为币值狂跌，二百元还不够买一包香烟，所以我也不收他的房租。原来他对我已暗中察看了好久，所以经我的学生一说，他就自动地打了这个电话。

胜利后几年，姓林的传出消息，谭某已被枪决。

经此一事，我虽有惊无险，但在宪兵的车中坐了二十分钟，对我神经上的刺激永远难以忘怀，之后看电影看到鞭打囚犯，或是用烙铁烫囚犯，总好像身受一样。后来我在家不诊病，静卧休养，并且知照我的学生，以后切勿再提起此事，连我的妻子老母都不告诉她们。但我常做噩梦，以致神经衰弱，不要说在路上看见一顶军帽就手软脚软，连看到路上一些工人头戴灰色帽子都会心跳怔忡。

次月一日，那个翻译又陪同宪兵来了，这时我才知道翻译姓刘，宪兵叫松下什么的，来意是要收取一百美元。虽然我可以赖掉这笔钱，但是心里实在害怕，不如付了，也就踏实了。那时节储备票购买美钞，昂贵异常，是由红线袋装满一大包储备票拿去的，我觉得愤激，又觉得肉痛，只是为求息事宁人，也就勉强付了。

又过了一个月，这两人又来收取美钞一百元。这个无耻的刘翻译，等着我中午休息的时候，硬要我请一次客。他说："这位日本先生曾在湖南打过仗，喜欢吃湖南菜。"我说："我不知道湖南菜馆在哪里。"我的意思是陪日本人去吃饭，被人见了不大方便。刘翻译说："我们大家做个朋友，你有什么冤家或是仇人，我们可以为你报复，或是拿到什么把柄，还可以为你出一口气。"我听到这话，勃然大怒。我说："仗势欺人，不是我这种人；要我请客，在目前的情况下也实在不便。"说时声色俱厉，那日本宪兵看到我这种神气，知道无法勉强。日本人有一种脾气，见软欺，见硬怕，此时反而和我含笑相向，我这时细细盯着他，深深地记住了他的面目，他反而作了一个九十度的鞠躬而去。

第三个月的月初，我买不到美钞，只能预备好大批储备票，但是他们却不来收。过了一天，储备票又跌了下去，我又补充了一些，如是者一连补充了四次，他们竟然不来拿取，我觉得这笔阎王债，倒有些麻烦。正在思索，一个头上戴着白花的妇人到我诊所来，一望即知是一个新寡。她拿着一张刘翻译的照片，说是刘某已被日军枪毙，临死时知照她每月来拿一百美元。我就把这事经过略略说了一下，我问："为什么那个日本宪兵不来呢？"她说："那位日本宪兵也被控告，剥夺了宪兵原职，改为作战大兵，开赴前方。"我听到了这话，便说："你丈夫生平以敲诈为业，中国人受累的已不知其数，真是死有余辜，现在他已死，还想要这笔钱，我是不付的。"那个孀妇很可怜，照平常的情况，我也许会给她一些钱，但因为这件事实在令人气愤，我就叫诊所中药材店的人，把这妇人挥之出门，这件事才算告一段落。

我认为日本人的这种随从汉奸是真正的卖国贼，胜利之后，这类人在上海至少有三五百人，他们一听到日本投降，都鸡飞狗走，跑得不知去向。

政府当局对这批汉奸没有追究，让他们逍遥法外，这是我感到最痛心的一件事。

因果不爽　亲眼目睹

姓刘的翻译让日军枪毙了，我已经觉得种什么因，结什么果，他也难逃这个因果律。至于日本宪兵以后的结果又如何，我当然不会知道。

但是，事情有极凑巧的。一九五〇年我到香港，听说日本人战后相当穷困，穷乡僻壤的世家名医，都把家藏的汉医书变钱度日，我多年以来寻求的一部日本书，就是木刻彩色水印的本草图谱（按：即从前荣宝斋曾经印过木刻水印的图画一般）。这时由香港到日本容易得很，所以我在圣诞节前后飞到日本。

那时节已经是日本战败后的第五年，人民衣着朴素，银座最繁盛的大马路上，还有被炸未建的荒地。我到神田区去购书，觉得价钱实在便宜，稀见的本草图谱，也让我买到了一部，计有九十三册，是祖孙三代督印而成的。

那时旅游事业是没有的，市民往来交通都靠脚踏的三轮车。名胜之区，在入口处都站着四个伤兵，每人面前有一个捐款箱，意思是要有钱的人捐一些钱。据说，前两年还要多，到处都是伤兵要钱，而捐款者对有这种侵略行为的军人厌恶得很，很少人肯出钱；国内闹得太厉害，所以后来限制伤兵每一处最多站四名，站得很齐整，肯捐与否，悉听老百姓之便。

有一天，我到某神社之前，看到这种伤兵的惨象很好奇，提起照相机来就照相，谁知道在旁边有一块小木板，

作者游日本时在伤兵捐款箱前　　旧相识宪兵以厚纸遮脸求助

上面好像用日文写着"禁止摄影"字样。我没有看到，即使看到，对日文的意义也不明白。我一本正经地搭起三脚架，正想摄影，有三个日本宪兵咆哮如雷，但是他们都因受伤，行动不便，所以并未打到我身上。其中有一个人吆喝着他们的同伴，意思是随便我照相。我回转头去看这个受伤士兵，他却用一张厚纸遮住了面目，他的另一只手臂已被炸掉。我听见这人的吆喝声，一则好像有些熟，二则有些好奇，特地走到他面前去看，他却回过头去回避。但是我从侧面细细一看，正是从前到过我家诊所来收取一百美元的那个宪兵松下。我心想他一定早已看到我，所以特地用一张厚纸遮住自己的脸。

　　我对这个人，爽性摆出以德报怨的姿态，给了他一些钱。他又惭愧又感激，竟然泪如雨下，但是他右手已废，不能和我拉手，只得用左手和我握手，表示感谢之意。后来我爽性大拍特拍，拍了好几张照片。

我看到这种惨象，就想到因果定律始终是不爽的，否则与这个人怎会在异地重逢呢？

痛饮泄愤　深自悔恨

自从这次宪兵的滋扰后，一则因惊惶过甚，二则是极为愤恨，我晚间常不易入睡，即使入睡，也常有噩梦，半夜里会无端叫喊而惊醒，足见这一次的刺激，对我的身心有极大的伤害。

从前上海有一种热酒店，著名的如高长兴、言茂源、王宝和等。这种热酒店，只供给绍兴酒和几样简单的送酒菜，如发芽豆、豆腐干、香乌笋、海蜇皮等，是不卖热菜的。其中客人最齐整、服务最周到的要算高长兴了。如果客人要吃各菜馆的拿手菜，他们可以代客叫来。

自从这件事发生之后，我连家中母亲都不让她知道，对外也不许学生张扬，所以知道的人很少。但是从此刺激太甚，夜间睡眠不安，于是晚晚六时之后约三五知己到高长兴去饮酒。本来酒是米做的，当局恐怕耗费粮食，曾经下过命令不许卖酒，所以酒店里常把酒装在茶壶里供应客人。后来政令松懈，卖酒的对这种命令一意不理，高长兴等仍然有酒公开供应。

上海人饮酒，都喜欢绍兴酒（即黄酒），当时的绍兴酒味道好得很，现在市上供应的绍兴酒远远不及。饮酒时每半斤装一个锡壶，每人先叫一壶，最后照各人面前的锡壶计算。我最初不过饮两壶，后来渐渐加到四壶五壶，这个数量，有二斤至二斤半，总是饮到烂醉如泥，由朋友送我回家。

这样的生活过了两三个月，不但有害身体，而且仍不能消除我心头的愁虑。

有一天，立下决心每晚改饮啤酒一瓶，那时上海人喝啤酒以"上海啤酒"为最普遍，烟台啤酒是很少人饮的。然而，一瓶啤酒实在不过瘾，还要另想一个方法来作为消遣。

第十四章

电影戏剧受控制

民国时期，上海南京路和浙江路交叉口的先施百货公司

日军进占 垄断电影

　　我觉得凡是一个人，都应该有一种嗜好，否则闲起来会令人陷入颓丧的境地。我不会弈棋，又不会打牌，既然要戒除酗酒，只能以看电影来消遣。

　　抗战开始之后，中美航运断绝，西片的来源完全没有了，存在上海的影片只有少数几部，一部是爱丝脱威妮斯演的《出水芙蓉》，一部是泰伦宝华演的《碧血黄沙》，还有一部是珍罗素主演的，看来看去就这几部片子，我都看腻了。

　　抗战期间，国产电影方面，牺牲得最早、毁灭得最惨的是明星影片公司，公司和器材完全被炸光。联华公司和天一公司无形停顿。这是因为电影软片（亦称为菲林）存货缺少，价格飞涨，而且拍成的电影，只有上海一个市场，因此整个电影事业已陷停顿状态，底片也被日方收买一空，所以国产的新片，这时就一部都看不到了。

　　日本人最初只是组织公司专拍鼓吹大东亚共荣圈的纪录片。伪满洲国运来的作品，如《哈尔滨歌女》《东游记》《大东亚战争特报》等，大家都不去看。就在这个时节，日本人川喜多长政先时不出面，由张善琨创办中华电影股份有限公司，将未曾离沪的电影明星一网打尽，集中到他的公司。那时所有明星分甲、乙、丙、丁四级，薪金虽有高下，但是均比从前为低，由韩兰根拿了合约分别拜访各明星各职工，要他们签约，一时签约的人几乎有百分之七十。因为张善琨向来与明星关系还好，过去虽只拍过一部《红羊豪侠传》，但是很卖座，所以各明星见张善琨出面要他们签约，个个都乐意效劳，况且川喜多并不出面，大家也不知道这是日本人的文化统战。

张善琨足智多谋，思想敏捷，拍了多部影片，有《博爱》《芳华虚度》《牡丹花下》《梅娘曲》《恨不相逢未嫁时》《凌波仙子》等，共五十多部。

后来，川喜多渐渐出面，每部影片之前必定先映一部时事新闻片，放映的全是"大东亚战争"的胜利场面。记得还有过一段纪录片是由十大明星登上出云舰献花，这样一来，就暴露了日本人借电影来做宣传工具的险恶用心。

"八一三"之前，我在闸北办过一座中国医学院，占地五亩，是租地造屋，内有一个很大的广场，专供学员体育活动之用。这座医学院，建筑费用很大，由我和丁仲英老师出面印成公债票向上海十大名医推销。但是医学院地处中日战争中心点八字桥附近的东宝通路，在战争激烈时，我想这个医学院一定是变成一片焦土了，万万料不到在炮火连天之中，中国医学院竟是安然无恙，原来那时中华电影公司就设在中国医学院中，而且在广场中搭盖了一个极大的摄影棚，张善琨的大部分影片，都是在这个摄影棚中拍成的。

在张善琨制作的许多影片中，我难以忘怀的就是《万世流芳》和《木兰从军》。这两部片子中各有一支歌曲：一支是《卖糖歌》，由李香兰所唱；一支是《月亮在哪里》，由陈云裳和梅熹所唱。一九四二年四月，张善琨同新华、艺华、国华和金星等十二家影片公司合并成立了中华联合制片股份有限公司，简称中联。

张善琨的确可以算是电影界的杰出人才，但是他的影片拍得并不快，不能经常供应戏院，所以他又想出办法，在静安寺路仙乐舞厅附近盖了一个"张园"游乐场。当时，大家的生活都很苦闷，所以到这家游乐场玩的人，天天拥挤不堪，但是时日一久，大家又玩厌了。张善琨又向地产大王周湘云家属租得他家在海格路的花园，定名"丁香花园"，举行西湖博览会，园中用搭布景的办法搭成杭州西湖十景，一切由名布景师方沛霖设计，居然有灵隐寺、昭庆寺、苏堤、白堤、武松墓、苏小小墓、湖心亭等，船娘都是年轻女性，游客都去游湖，一时轰动全上海，每天有几万张门票可卖。待西湖博览会结束后，这个花园就改为中华电影公司的摄影棚。

我在这个时候，就以看电影及游览作为消遣，去高长兴饮酒也从此断绝了。

话剧兴起　从此着迷

沦陷期中，我在诊余之暇，不废写作的老习惯，但是那时节印刷困难，尤其是医书，没有一家书铺肯为我出版，只好减少写作，另寻消遣之道。

我觉得除了电影之外，话剧是我最爱看的一个剧种，但是起初只有一个唐槐秋主办的中国旅行剧团，简称"中旅"。他的剧团是游击的，只要各地戏院有空余的日期，他们就去演出。

演出的话剧，不过四五出，如曹禺的《雷雨》《日出》《原野》及俄剧《大雷雨》等，我看《日出》大约有四五次，剧中主角由唐槐秋的女儿唐若青出演，她表情丰富，所以演来精彩纷呈，十分卖座；还有一位女演员是孙景璐，那时孙年轻漂亮，远胜唐若青，所以两人常有争执。因为对孙景璐特别赏识，我曾请人介绍要和她相识，后来我们成为朋友，常有往来。有一家出头痛粉的药厂主人，叫我介绍孙景璐为他们拍一张止痛片的广告，孙景璐就作一个头痛状的姿态，制成彩色的铝皮广告牌，她的美姿，动人极了。后来孙景璐与唐若青闹翻了，出来自组剧团，好在那时节不参加中华电影公司的男女明星还有不少，从此又多了无数话剧团体，分别在许多戏院中演出，因为那时电影院时常无片可映，所以话剧演出的机会很多。

在我记忆中，有一家在辣斐花园演出的剧团，开设了辣斐花园剧场，剧团人才辈出，最著名的是蓝兰、夏霞，演出的新剧本很多。后来还盖过一家专演话剧的丽华戏院。

那时金城大戏院也改演话剧，出演的名角有狄梵、刘琼等，演出的戏剧为《鸳鸯剑》等，给我的印象很深。

上海有一个演出舞台戏设备最完善的兰心大戏院，这时也改演话剧，编剧有姚克等，后来张善琨主持演出的《文天祥》，就是在兰心大戏院公演的，这在话剧史上都是不可抹杀的。

中旅剧团的剧本，由几个杰出人才负责，他们假座璇宫戏院（即浦东同乡会大礼堂）演出，演出的舞台很考究，名剧有《梅萝香》《桃花扇》等。

至于最轰动的一家上演话剧的戏院，是卡尔登电影院，最初演出《武则天》等剧，由营救地下工作者平祖仁不成后在国际饭店饮药自杀的英茵主演，轰动一时。这家戏院买票最不容易，非几天之前预定不可。那时他们的编导阵容有费穆、黄佐临、顾仲彝等，每出戏都精雕细琢，所以没有一出戏是不卖座的。

话剧史上最光辉的一页，就是上海艺术剧团假座卡尔登戏院的演出，该剧团后来又改名若干次，演出的剧本都极好，我常去做座上客。

最初上演的名剧，有《大马戏团》《浮生六记》等，布景、灯光、音响都焕然一新。我记忆最深刻的，是一出《大马戏团》，女主角是韦伟。还有许多名剧由穆宏、韩非、张伐、史原、乔奇、卢碧云等演出，石挥就是在"卡尔登"演红的，红了以后，又被其他戏院"挖"走。这段时间是话剧的全盛时代，上海一地，共有八个话剧团，各出智谋，争奇斗胜，上演名剧，然而卖座方面和演出的成绩，以卡尔登为最盛。

瘦鸥名著　搬上舞台

我有一个自小同玩的秦姓朋友，此人不但和我同年，而且都是二月十四日生辰。他从东吴法科毕业以后，就喜欢投稿，笔名"怪风"，每隔三五天便到我家来，我总是笑着说："一阵'怪风'来了！"他也觉得"怪风"两字不雅，后来就改名秦瘦鸥。

瘦鸥最初是写小品文，后来翻译长篇小说，他有两部译本，一本是《御香缥缈录》，一本是《瀛台泣血记》，原作者是德龄公主，他就由翻译这两部书而成名。

那时节《新闻报》和《申报》是上海的两家大报，《新闻报》刊出张恨水的《啼笑因缘》后很是轰动，《申报》就请秦瘦鸥写一篇精心杰作，他就写了一部《秋海棠》。动笔之前，先将全部内容编了一篇一千字的小说大纲，这篇大纲的原稿他曾和我商量过，记得结尾时，男主角秋海棠不是跳楼自杀，而是隐居乡间贫病而死。这部原稿送进报馆，经过该报若干人的研究，不久就陆续连载。

秦瘦鸥家中有很多儿女，吵吵闹闹，文思不能集中，他和我商量："你的诊所中除内科室之外，另外还有儿科、妇科、外科、痔漏科四个小房间，其中一位痔科医生是由嘉定请来的，每月只来三天，他的房间其余日子都空闲着，你能不能让我在这间房中写稿？"我说："那也无所谓。"于是《秋海棠》的小说就是在我的诊所中写成的。全稿刊登了一大半之后，已经轰动得了不得，他很高兴。这是

"八一三"前几个月的事情。

"八一三"战事一起，报纸的态度大变，各报都纷纷改为"英籍美籍"，借以维护；然而英美两国，日本人已认为是敌人。一天，秦瘦鸥有个朋友和他说："将来无论英籍美籍报纸都要停刊。现在德国方面要办一张大报，名为《政汇报》，缺少一个总主笔，他们想来想去，属意于你。"秦瘦鸥心想自己从未做过总主笔，也想尝试一下，但是一定要提早把《秋海棠》结束。因此，他把《秋海棠》原定的情节改为主角秋海棠跳楼自杀，这样就可以提早把这部小说结束了。

谁知道这一改写，倒把秋海棠生平的苦难提到了极致，结尾秋海棠的女儿梅宝赶来，抱尸大哭等，更加强了悲哀的气氛，读者人人泪如雨下，全篇也就匆匆结束了。

不料秦瘦鸥对办报纸没有经验，花了许多时日，买白报纸，买印刷机，组织编辑部等，很快将德国人提供的一笔巨款化为乌有。《政汇报》的内容并没有什么特色，只出了三天，销路奇惨，而经济来源断绝，第四天就停版了。

秦瘦鸥来和我商量，他说："本来《秋海棠》还能拖长几个月，现在反而无事可做了。"我说："现在话剧兴起，你这个《秋海棠》小说，大可以改编为话剧，一定能够叫座。"哪知写小说的笔调与写剧本完全不同，一部小说改成了剧本，送到卡尔登黄佐临手中。黄佐临说："秦先生，你的小说写得很好，剧本就一无生气，而且场子不够，上演起来时间不会超过一小时。"黄佐临说完这话，就把剧本推了。

秦瘦鸥大感失望，败兴而返，在我家中不断叹气，认为牺牲了许多精力才把它改编为话剧，都白费了。

那时节，我认识很多申曲界中人，他们有病都来找我看。有一个班主叫王筱新，我问他："你看过《申报》上的《秋海棠》小说吗？"他说："我对报纸上的小说向来不看，所以《秋海棠》说些什么我不知道。"我说："有一个剧本，你可以拿去看看。"他看后觉得情节很能感动观众，后来竟然排演起来，于是正式上演。万料不到演了几天之后，观众越来越多，打破了申曲向所未有的纪录，秦瘦鸥也拿到了一点上演费。

秦瘦鸥心里还是想把《秋海棠》搬上话剧舞台，又邀约黄佐临、费穆、顾仲彝三人去看申曲《秋海棠》，这三人本来认为申曲是民间戏剧，很勉强地去看了，但是一看之后，觉得《秋海棠》的剧力的确很强，回来之后就和瘦鸥商谈，认为秦的剧本写得太简单，不如由佐临重写，并由一流演员担任主演，石挥演秋海棠，沈敏演罗湘绮，英子演梅宝，所有的灯光布景，刻意求工，就在卡尔登上演。

石挥演红　英子病倒

当时石挥已经相当红，自从饰演了秋海棠一角之后，更是红得发紫。演军阀袁宝藩的是又高又大的穆宏，演梅宝的是瘦弱而有可怜样的英子，这几个角色，搭配得真是珠联璧合，一上演卖座就旺得很，当时费穆也料不到会有这般盛况，他说："这本戏，大概可以演二十天。"却料不到天天满座，演了好几个月。

照卡尔登普通售座的常例，预售票以三天为限。但是《秋海棠》上演之后，天天挂出一块牌子，写着"今、明、后三天满座"，这种盛况，真是向所未见。连续满座了相当时日后，许多演员都吃不消了，所以全部改为AB制演出，如石挥演秋海棠A角，B角由张伐出演，其他角色也都由AB制演员演出。

张伐的秋海棠也演得不错，其中独有梅宝一角找不到第二个人来代替，只好天天由英子出演，因为演这个角色，又要哭又要喊，所以到后来她声音嘶哑，秦瘦鸥特地陪她到我诊所来看病。诊断之后，我觉得这不是普通疾病，而是肺病的破金音喑，我就对瘦鸥说："这不是小毛病，应该先去拍一张X光片。"

那时节，我于每天看门诊之外，下午五至七时，还在虹桥疗养院担任中医一席，虹桥疗养院九个医生全是西医，中医只有我一人。我约定了秦瘦鸥和英子到虹桥疗养院去拍X光片。照出来的结果，显映出两边肺都有结核的迹象，这是粟粒性肺结核。我轻轻和秦瘦鸥耳语："肺病本来拖二三年无所谓，但是这种粟粒性肺结核，中医名为百日痨，发病之后，病势如骏马飞腾，一百天左右是会死亡的。"瘦鸥听了我的话，急得跳起来说："梅宝一角，实在找不到第二人。"但是病势所致，英子只好请假，后来由另一位女演员汪漪代替英子演梅宝。第二次世界大战开始时发明了盘尼西林，丘吉尔患肺炎，是这东西医好的。盘尼西林又能治肺痨病，所以一般人称其为肺病特效药。这药品起初价格昂贵，有钱的人家，拼命向来往香港、上海的单帮客购买。英子生上这个病，也非注射盘尼西林不可。于是卡尔登及剧团同人，以及话剧迷，都乐于捐款挽救英子的病，曾经筹到一笔很大的数目，虹桥疗养院病房的费用由我负担，医生费用由院长丁惠康负责，筹募到的钱专供英子购药及调养之用。

何以病房的费用要我负担呢？因为虹桥疗养院就是叶澄衷的私家花园，地方大得很，租费奇昂，丁惠康在租借之前，约我同去巡视。我说："地方是适合极了。但要是没有病人的话，不到三个月就会关门。只有一个办法，邀约十个医生，每人负担三个房间的租金底价，要是这个医生介绍来的病人多，那么可向别的医生借用空房间，但是每个医生每月要负担三间房间的租金底价。如此一来，你就不怕支持不住了。"丁惠康说："这个方法好极了，你也担负三个房间吧！"我说："好。"因为有许多伤寒病人需要住院，完全由我开方，我还特设了一个煎药部。当时上海的经济情形虽混乱，但是有钱的人仍然极多，所以虹桥疗养院竟然经常客满，我的伤寒病患者一住总是十天以上，我的房间也不怕空闲起来。

英子被送进疗养院之后，我就和账房谈妥，这个病人算我的，所有费用由我负担。于是英子得到的捐款，全部买盘尼西林，由护士帮她注射，有位西医为她诊视，也不收费用。可惜英子的病进展太快，结果还是死在虹桥疗养院，大家热心一场，都白费了。秦瘦鸥是一个很脆弱的人，竟为之哭了三天。

《秋海棠》越来越卖座，究竟演了多久，我也记不清楚了，只记得许多演员都纷纷病倒，虽采用 AB 制也无济于事，后来不得不停演，改演其他戏。

卡尔登办公室的一部分，辟出一间叫"翼楼"，由经理周翼华作为联络报界之用，院主吴君也借此招待朋友。因此上海一班文人雅士，天天聚集在翼楼中，有许多熟朋友买不到票，先到翼楼一转，就混到后台看白戏，看久了，对每个演员的台词和演出，都能熟练模仿了。

《秋海棠》停演之后，还有人念念不忘想看这本戏，于是有人想出来，举行一次票友客串性的演出，赚到的钱全部捐给慈善机构，居然也来了一次客满，收到大笔钱款。客串的人，都是翼楼常客，包幼蝶演秋海棠，著名坤旦张淑娴客串罗湘绮，汪其俊演的副官季兆雄最惹人憎恨，连送煤球的人，都由周一星客串，史致富则演一跟班，瞿尧康演袁宝藩。台上加台，秋海棠唱"罗成叫关"一段，台上也摆了许多看客的椅子，坐在第一排看戏的人，就是林康侯。所以每人出场，所有亲友掌声雷动，热闹得了不得，于是所有慈善机构，要求一演再演。最盛大的一次，是假座天蟾舞台演出的那次，观众数千，连三层楼都告满座。当时不但上海慈善团体很多，连南京的警察子弟学校也来信要求义演一场。秦瘦鸥因为这本戏演出成功，得意非常。

　　不过其中也有过一次波折。日本报道部高层中人，有一个笼统的观念，认为凡是卖座的话剧都有反日意义，于是特地派人到卡尔登去观看演出，但是这出戏从头到尾没有一点反日的内容，可是报道部中人硬说剧中的军阀袁宝藩的姿态完全是刻画"皇军"，尤其是鞭打秋海棠一段，是影射日本军人，要求停演。后来费了好多口舌，总算没有发生问题。

　　自从《秋海棠》的话剧风行之后，剧艺界中人也纷纷想排演《秋海棠》，连弹词界也想把它改编为弹词。弹词那时在上海，也非常受听众欢迎，特别是新本子，因为老书说来说去,不过《珍珠塔》《三笑》《落金扇》《白蛇传》《玉蜻蜓》《双珠凤》之类,听众都听腻了!而最早为弹词演唱家编新书的就是陆澹盦。陆最先为朱耀祥、赵稼秋改编《啼笑因缘》,大受欢迎,与朱、赵齐名的沈俭安、薛筱卿不甘示弱,也请戚饭牛编《啼笑因缘》,一时形成了弹词《啼笑因缘》的双包案。双方灌制唱片,沈、薛灌得比较多,朱、赵只灌了一张,但在书场上表演起来,朱、赵就生动得多,而且带点夸张,沈、薛远非其敌。接着朱、赵又请陆澹盦续编《满江红》《落霞孤鹜》等,都是张恨水的小说。

这时最红的女弹词演唱家是范雪君,那时她在谢葆生办的仙乐书场(即仙乐舞厅,日间改书场),她也想说《秋海棠》。范雪君因为看病与我很熟,问起我:"《啼笑因缘》弹词本的编写人陆澹盦你熟不熟?"我说:"陆先生是我学生时代的国文老师。"于是她就托我转请陆先生为她编写《秋海棠》弹词,并由我约请陆老师吃饭,和她见面,当面商量此事。

陆澹盦一口答应说:"你要全部弹词,须等许多时日,不如我写一段你说一段,稿费不收。不过,有一个条件,你白天在仙乐唱,晚上要到我兄弟办的一个大华书场来弹唱一场。"两人如此谈判就算成局。仙乐书场的老板谢葆生原是个游侠儿,蛮横得很,他见到范雪君一登台竟然十分轰动,便不许她再在别的场子说夜场,因此形成一场纠纷。陆澹盦本想不再写下去,后来想想又怕得罪了谢葆生,会生出许多麻烦,也就由她在仙乐唱到底。

秦瘦鸥对《秋海棠》的成功很是满意，各剧种的演出也很称心，只是没有拍成电影，认为还是遗憾，于是由黄寄萍介绍和张善琨接洽。张善琨明知这戏有号召力，但是口头上说这部戏已经演到滥了，所以不愿再拍。秦瘦鸥听他这样说，心中暗暗着急，谈到最后，张善琨勉强答应了，但是剧本费出得不多，总算签了合约。岂知张善琨在签约后，竟大规模筹划一切，由吕玉堃演秋海棠，拍成电影之后，卖座又打破了纪录。

这段事情，足以反映当时沦陷区市民的苦闷以及由此形成的戏剧繁盛，特别是话剧的兴旺，它成为话剧史上最特殊的一页。

名导演屠光启先生对本书有关电影、话剧的补充资料如下：

张善琨组织"华影""中影"，其幕后支持人确系川喜多长政，张虽表面与日人合作，但暗中却接受重庆驻港特派员蒋伯诚的指示，为重庆工作。其中《博爱》以及其他诸片，多含深意（反日）。其他所拍之片尚有《红楼梦》《并蒂莲》《侬本痴情》《家》《春》《秋》及朱石麟导演、有暗示反日意义之各类影片。其中有一部以"鸡"为题材的片子，每个导演各导一段影片，片名《压岁钱》，含义更深。因是年为"鸡"年，鸡啼"天亮"，暗示"黑暗"将毕，"天亮"将临。所谓"天亮"，即代表抗日已至成功之期，人民将由"黑暗"而至"天明"

也。此时，其中情况曲折万分，而与日本人及其走狗暗斗之状况，实令人如看一部"间谍斗智"片，非个中人，不能了解张善琨当时对敌斗争之惊险情况。

在若干剧团之前，尚有一在浦东同乡会璇宫戏院演出之上海剧艺社，当时所演者有《赛金花》《沉渊》等剧，此后即由阿英领导，演员有刘琼、冒舒湮、陈琦、徐立、屠光启、慕容婉儿等，为助"中旅"而演出之《葛嫩娘》，该剧反日、反汉奸，借古讽今，曾轰动整个上海，连演三个月，场场客满。日本同文书院（训练日本特工之学校）派学生观看，欲找出其"反日"部分，予以迫害，但因该剧为全上海人所拥护，使得日本特务（同文书院报道部）无法干涉。

此外，英茵在国际饭店自杀，发现后被送往宝隆医院，于半夜通知徐家汇片厂，时值日本人在深夜戒严，厂中我正在拍戏，但不能不冒险赶往医院，幸我当时有宵禁派司，乃与贺宾步行至卡尔登戏院后街之宝隆医院，其中情况（非将现款立刻交出，不加以治疗，而使英茵因不及治疗而死）令人发指。此外，英茵的葬礼在万国殡仪馆举行，影迷前往凭吊者，数以万计，更胜过阮玲玉。又在英茵盖棺时，费穆与我等，因伊系为国捐躯，故在其身上，暗暗覆以国旗，知者不多。

当时轰动不下于《文天祥》之《北京人》剧目，系在辣斐花园剧场公演，英茵所饰演之曾思懿一角，内外行一致推崇，备受观众及内行之赞扬，口碑胜过石挥之秋海棠，盖石挥之秋海棠内行评为"洒狗血"，而英茵之曾思懿实已"进入角色"，台上所见者，已非英茵而是曾思懿，此亦话剧史上值得大书特书的。

至于张善琨合并上海各公司而在川喜多长政作后台支持下所组之中影公司，内有特级导演朱石麟、卜万苍、张石川三人，A级导演有李萍倩、马徐维邦、杨小仲等，B级导演有岳枫、方沛霖，同时又有B、C级导演，明为B、C级，但张善琨暗中另给酬劳，使C级等于B级、B级等于A级等暗盘。

明星则有四大名旦：陈云裳、顾兰君、陈燕燕、袁美云；四小名旦：李丽华、胡枫、周曼华、王丹凤；三大小生：刘琼、梅熹、舒适等。

乡人误会　要掘祖坟

汪伪组织最初成立时，南京有一个中医公会的首长郭受天，到上海来和我们会面，上海中医界设席宴请他。他说："民国十八年（1929），汪精卫、褚民谊借着国民政府的力量，召开中央卫生委员会，议决废止中医，后来大家一致反对，汪褚二人的建议都被推翻。现在汪精卫当了伪府主席，会不会再提出这个政策？"当时上海一般医生大家在租界上行医，认为汪精卫是不会重行提出此议的，况且华北政府表面上算是属于南京政府，实际上一件事都不睬他，汪的实际势力，只不过沿京沪、沪杭两条铁路，江苏只占半省，苏北都是游击队，浙江一过严子陵钓鱼台就是三不管地带。毗连着浙江淳安县，就是重庆政府的哨站，所以汪政府空有其架子，他绝不会贸然发出一个毫无效果的法令，取消中医。我们用这话安慰郭受天，郭也认为是对的。

果然，汪的伪府成立多年，对中医问题从未提到过，而且南京传来消息说，陈璧君常常吃中药，又有一阵汪精卫病势严重，由陈璧君做主，延请一个姓陈的中医诊治，居然有相当效果。汪精卫半个月不能入睡，吃麻醉药情况越来越坏，服中药后忽转好，竟能安然入睡。这个消息秘密得很，不知怎的，京沪路一带腾传众口，都说汪精卫请了一个姓陈的中医诊病。一天，我家在京沪线上安亭乡下祖坟的"坟亲"，突然到家中来，当时我有应酬在外，他有些不信，认为我一定到南京去看病了。直到深夜，我施施然回家，见到了坟亲，他欢喜得很，说："安亭一带乡下人，都说你替汪精卫看病，他们敲锣打鼓地号召几百乡下人，在安亭镇上开会，议决要掘你家的祖坟。当时我就对乡下人说，陈家祖坟已葬了五代，祭田百亩，几十年来不曾叫我们纳一点粮，现在究竟是否陈存仁去看病还有问题，由我亲自到上海问个明白，再行举动不迟。乡下人总算看我老面子，限我在两天之内回去报告，而且还要带些证据回去，否则就要对你不客气了。"我听了坟亲这番话，心想上海没有这个传说，何以安亭镇会有这种谣言，又想到乡下人的感情冲动得很，有时确会不问情由乱来一通的。

我想了好久，就发了一份电报给南京中医公会的郭受天，向他查问谁替汪精卫看病，姓陈的中医叫什么名字。同时我又想到南京名医张简斋已到了重庆，名气比较大些的有陈逊斋，还有一个陈宝华，我也各发一份电报，请他们立刻复电。

到第二天中午，我约同那位坟亲，两人合摄了一张照片，证明我在上海。坟亲在午餐时表示，京沪路一带的乡民，因为清乡委员会以公价收买白米，所以对汪精卫等恨之入骨，既然现在汪病重，应该由他去死，他们得到陈某为汪看病的消息之后，都把积郁在心头的愤恨出在陈某头上，足见当时各地乡人对汪伪政府是恨极了。

中午过后，南京的回电来了，说："替汪精卫看病的是一位粤籍中医陈汉怀。"我当即将这个电报交给坟亲，他拿了电报和照片就搭车回安亭，当夜鸣锣开会，把照片和电报给乡人传观，才将掘坟之议取消了。这一场误会，总算有惊无险。照从前人的观念，祖坟被掘，是不得了的一桩大事，这样一来，也算化险为夷了。

不料五天之后，有一个粤籍人士到我诊所来，给我一张名片，我一看这名片，原来他就是陈汉怀。他说："我现在在南京站不住脚，要到上海来开业，要求你介绍加入公会。"我说："现在敌伪时期，公会已无形停顿，你要开业尽管开好了。"接着他说："上海有一个广肇公所施诊所，想必你一定认识他们的董事，可否为我介绍？"我说："我正忙着看病，你最好六点钟来，我请你吃晚饭。"他说："好，好。"

到了六点钟他果然又来了，我陪他上一家小馆子去小酌。坐定之后，我就说："广肇公所是在闸北日军占领区，施诊所早已停办。"我又点穿他："你曾给汪精卫治病，何以会在南京站不住脚？"

他说："我是广东人，向来为陈璧君诊病，汪精卫虽然病深，初时并没有请我诊病，后来许多人主张要他请中医，经过陈璧君同意，就由我去诊治。我见到汪精卫时，他已经憔悴不堪，瘦得失去往昔那般风采，旧时人称汪为美男子，这时去判若两人。诊脉之后，我说出他的病情是'肝火旺盛，夜不成寐'。汪精卫就说：'对是对的，但是你没有诊到我背部痛、胸口痛、脊骨痛。'我说：'这种痛都是肝气痛，是到处行走的。'旁边就有人问：'什么叫肝气痛？'我说：'中医所谓肝气痛，就是西医所谓神经痛。'问者又问：'这个病是否与以前汪先生体内留着的一颗子弹有关系？'我说：'子弹压住某处神经部位，应该只是局部沿着这条神经线痛成一条线，而不会行走到其他神经的。'汪微微点头，叫我处方。初时服药，稍有功效，并且能入睡。我劝他不能动肝火，汪听了我的话，眼眶中盈盈有泪，大家停着不说话。我看了五六天之后，汪的疼痛仍然未见稍减，只是晚间还能一阵阵地小睡。到了第七天，汪旁边的看护去告诉日本人，说那个汉医用的朱砂很重，红得可怕，担心会有毒性。日本人向专家请示之后，说朱砂虽能起镇静作用，但是如果炼起来会成为水银，这可能有问题。这消息传到我耳中，我深恐汪突然死亡，会惹出一场大祸，所以我对陈璧君说：'诊治以来，未能达到止痛的效果，我认为还要请西医去处理。'陈璧君皱着眉头。当时南京的中医界，对我很是不满，所以我在南京站不住脚，要到上海来就是这个缘故。"

陈汉怀说完这番话，我已略知梗概。我说："日本人对于医生看病，往往扯到政治问题，他们对医生，往往认为是特务，而且他们知道从前华佗为曹操看病的故事，知道华佗因此下狱。所以你为汪诊病，必然凶多吉少，未必能见功，惹出祸来倒有份，我想你还是在上海待一个时期，看看情形再作打算。"小宴之后，我们握手而别。

后来，有许多关于汪病重的传言。汪精卫天天恼怒，又哭又笑，痛起来更令他一点也抵受不住，任何止痛的西药，只有短暂的功效。日本也来了许多专家，后来秘密地把汪载往日本，在名古屋一座医院里，有好多位名医为他治疗，结果还是死在日本。初时秘不发表，后来由日本人把政治方面安排好，才发表汪去世的消息。

不过，日本人最初以为汪精卫一到南京，会有国民党军队十多个师倒过去，可以对重庆政府产生拆台的作用。但是汪登台之后，并没有动摇中国人的抗战精神，所以日本人对汪甚为失望，等到他临死的时候，只剩一点点政治上的残余价值，所以面子上倒做得似模似样，实际上对汪已看成可有可无。（按：日本政坛名人重光葵写过一部大东亚战争回忆录，厚厚的一本有数十万言，其中提到汪精卫的部分只有两页，足见他们认为汪的投降对战事不发生什么作用。）

又有人说，汪精卫从昆明逃到河内，的确想避到法国，认为中国战胜日本是绝无可能，将来一败涂地是必然的。他很想在战败之后回来收拾残局，但是陈璧君不赞成，早已在香港和上海安排了几个人，所以借着曾仲鸣被击毙，决心落水做汉奸。汪精卫精神很不正常，刚一清醒，受到陈璧君的压力，就会把自己原来的想法全部推翻，这是他极度神经衰弱之故。后来在河内，甚至有再次被刺的可能，因此他把心一横，不顾一切，转变了他的意念。再碰到日本特务劝他坐船到上海，他便无可无不可地搭上了那艘日本船，于是就改变了汪一生的历史。汪死之后，葬在南京，胜利之后，坟墓被炸毁，连一点骨灰都不留。

军票祸患 甚于洪水

这时上海居民受到的困扰已如上述，四乡的人受到的压迫如何，我们还不甚了了，大家自己顾自己，谁也顾不了别人。我们从前只知道李士群办的"清乡委员会"在四乡变成"清箱运动"，究竟实情如何，因为我们没有身受其害，所以个中情况并不清楚。但是江苏省各县的乡民，到上海总是说汪伪政府的政治腐败。我家在沪杭路安亭，乡间有一个祖坟，葬下了高祖、曾祖、祖父、父亲，以及同自身一辈已过世的兄弟等，坟地大约一百亩，但是十分之九是祭田。所谓祭田，就是由我们祖先委托当地的农夫代为耕种，一方面可以照料坟墓，一方面把祭田所产的米，一部分运到上海作为合族在清明祭扫之用，一部分用作春秋二祭和耕农的报酬。这些农夫，我们称作坟亲，他们每年到上海来玩一次，由我们请吃饭，请看戏，请坐马车周游全市；春季纯粹是来玩的，秋季则来交租米。但是到了我们的上一代，祭田的米早已不缴了，而春季他们仍然拖儿带女前来，我们总是在泥城桥附近开了旅馆房间，让他们留宿，日间则伴游各地。这件事向来由我嗣父负责，嗣父去世之后，各房推我来负责这件事。但是来的乡下人，姓张姓李我也搅不清，而且每逢秋令，总有几个乡人来说情，说是今年收成不好，无米可缴，但是还免不了招待一番，免得开罪了这班管坟的叔叔伯伯。

抗战一开始，交通受阻，我们族中的人，没有人到安亭去上坟，然而这班坟亲却专做跑单帮生意，不断有人找上门来，他们的目的，只是要在我诊所中住上一宿。我觉得这件事不胜其烦，于是在抗战第二年秋季，召集各个坟亲一共十四家人，一齐到上海，由我联络了叔叔伯伯，建议将祭田的地契一齐分给坟亲，让他们得到一些意外的财产，而我们可省掉缴税和招待应酬的麻烦，各位叔伯竟然大为赞成。

本来"田"是"富"字之基，也是"累"字之头，我们何必负勒收租米的恶名，况且几年来也不曾收到过什么租米。乡下人都重情感而又厚道，这样分妥了地，我家的祖坟当然家家都会照顾。那年中秋节，十四家坟亲以及他们的后人都赶到上海，连当地的地保也来了。我就将一箱地契拿了出来，一家一户我都分清楚，由我和堂兄弟们签据为凭，保长也收到乡下人许多过户费。同时，我声明以后我再没有闲空来招待他们，请他们勿怪。

这一天，乡下人都高高兴兴，认为是一件大喜事，本来预备再到三和楼去请他们吃一餐，不料正在事情即将结束之时，突然有一个高龄的乡亲向我下跪，说他们还有一个不情之请，要我帮忙。我急忙说："起来起来，有话好讲。"这时，乡下人每人拿出一个很大的蓝布包，打开来，里面都是"日本军票"。军票的数目我也懒得看，不过容积都有三四尺见方，一包一包堆满了我的客堂。那长者说："我们种出来的米，三分之一归自己所有，三分之二是归清乡委员会米粮统制局所收购，收购的时候不付老法币，不付储备票，完全付日本军票。可是这种军票，名义上是日本军部发行，任何人不能拒绝使用，如果有人敢反抗拒用的话，就有杀头之虞，可是民间对军票总是推三阻四，谁也不肯接受，因此军票大为贬值。米统局仗着日本人的势力，还带着一个日本人押着一车车的军票，挨户收米。所以我们卖出的米，因为军票不通用，等于送给他们。眼见他们按着田亩的数量，把米几十担几百担地拉去，心头好似刀割一样，但是谁都敢怒不敢言。我们一年汗血所得，完全是这些军票，现在带一部分军票来。推想起来，你们陈家一定有办法使用，所以希望你能为我们换一些钱，多少是不论的。"我说："在上海，老法币和储备票到处皆是，但是军票在上海租界中我连见都没有见过，叫我怎能用去？"

那位长者听了我的话，泪如雨下，许多乡人都跪下来，硬要我想办法。我的叔伯们见到这种僵局，横劝竖劝，这班乡下人总不肯起身，弄得我没有办法。我说："你们的军票一齐包起来，我自掏腰包每户送五元美金。"那时一美金已值到几十万储备票，乡下人也算不出五美金究竟值多少，所以一听见这话，大家都呆了。那位长者就起身作谢，大家也跟着起来，各人将军票包好带回，同到三和楼进餐，皆大欢喜而散。

日本军票，在中国究竟发行了多少，谁也不知道，战后全部成为废纸。我到了香港之后，听说当时香港人个个都用军票，后来香港有过一次索赔运动，无数人拿出几百万上千万军票，准备向日本政府交涉收回，但是这个运动不知道受到了什么阻力，后来就无声无息地消沉下去。

我幸亏住在上海租界，没有受到军票之累，但是在上海租界之外的乡下人，却受到无穷的祸害。这段记载，可以说明日军打到哪里，哪里的人民就遭殃，而汪伪政府，只是装聋作哑，不闻不问。

伪军滋扰　民不聊生

这时，日本大军已开到前方，上海驻军越来越少，汪派的特务组织和"和平救国军"不能到租界区来滋扰，所以民间情形尚称安谧。

一天，汪政府与日军忽然宣布一个新协定，准许有限度的"和平救国军"分驻租界南北各区。初时市民并不觉得怎样，某日与新成区保长一同吃饭，那保长就对我说起这件事。他感到将来必有麻烦，会枝节横生，而且说出就在我诊所斜对面，驻有一个"和平救国军"某旅旅本部。我听了之后，就在当天下午，走过去察看了一下。

我诊所对面的一块地皮很大，一面是马霍路（今黄陂北路），一面是跑马厅路，占地约数十亩。本来当局想在这块地皮上建跑狗场，因为跑马厅反对，一直搁置着，业主只能借给煤炭行作堆栈，建屋只限二层。业主还规定，如果跑狗场计划批准之后，这些租借的人立刻就要迁去。不过在这块地上，有一幢极旧的洋楼，向来我不大注意，那天去察看的时候，发现挂有蓝底白字的和平救国军区部队的招牌，里面还有一根旗杆，居然升起一面青天白日旗，可是这时候已没有那条黄色的尾巴。这屋子的门前有"和平军"站岗，他们穿着灰布的棉制服，我心想这种军队，安民不足，日后扰民有余。

察看的次日，保长又到我家来吃午餐，他告诉我两件事。一件是他们一共有四十名士兵，早晨举行升旗礼，吹着军号。哪知道这个区部对面是日本正金银行华人买办周某的住宅，每天周家人都被号角声惊醒，这个买办和日本军方很有交情，便打了一个电话通知日军，从此早晨的号角声听不到了。可见得这些"和平军"是绝对怕日军的，又可见得所谓"和平军"竟然敌不过日本人手下的银行买办。

第二件事，是那个旅长传令新成区保长到旅部谈话，要求保长把新成区户口名单抄一份呈上。保长当时就拒绝说："户口名单只有两份，一份存新成区警局，一份存在我办公处，你们军队只管军事，民间的事都由警局管理，所以我们不能抄给你。"当时旅长勃然大怒，声色俱厉，大有非听命令不可的神情。保长轻轻地说："你一定要的话，我要通过警局日本籍副局长（按：当时的警局，都是中国人当虚有其名的正局长，实际权力都在日本人的副局长手中）。"那个旅长听到要通过日本人，面色当堂为之一变，显然软了下来，而且很客气地送保长出门。

保长说："户口名册决不能让旅部拿去，否则，区中的市民就从此多事了。"

果然，隔了十几天，我收到一个红色的帖子，下面具名是"和平救国军×师×旅旅长"，还有"×××六十大庆，敬备菲酌恭候光临"等字样，这分明是打秋风的帖子。我想送礼也不好，不送礼也不好，正在彷徨，张姓邻居来访问我："刚才有两名和平救国军来敲门，问我家主人姓什么，开门的人说我们姓张，他们就当场拿出一张红帖子，写上'张先生'三个字，扬长而去。"问我如何办。我说："这种礼送了一次之后，以后将如雪片飞来，如何应付得了，只有向保长请示。"

好在保长办公处就在我的对面。保长说："这件事我已知道了，我现在以保长办公处的名义发出通告，对任何军政机关发来的帖子，一概不得私自送礼。"他一面收集了二三百张帖子，送到警局，请示日本副局长，副局长看了之后，当场拿起电话，把那个旅长痛骂了一顿，这件事也就不了了之。

过了三个月，一天我正在看病，我的桌子对面坐的是写药方的王姓学生，桌子的两端是两个病人的座位，右边的病家诊了病之后，接着看左边的一个，以免浪费起坐时间。这时突然来了一个病家，穿得破破烂烂，很不像样。他坐定之后，就对我说："你且慢看病，我有事和你商量。"因此，左边的一个女病家，也只好暂时等候。

那个穿破烂衣衫的人，拿出一个青布包来，慢慢地打开来，里面赫然一支"莲蓬头"手枪。我一看这枪，心中一惊，只见左边的女病家已吓晕了，我还竭力镇静，语气平和地问他有什么要求。他说："我现在穷得很，实在无以为生，想把这支枪卖给你，随便你给我多少钱。"我心想这分明是来敲竹杠，幸亏我座位后面挂着嗣父的照片，我这时只能扯谎，指着那张照片说："我只是代诊的学生，这张照片才是真的陈医生，所以我不能做主。"那人听见我这句话，觉得事不凑巧，乖乖地把枪包好，连说了两声"对不起"，拿了就走。

这时，我的学生已目瞪口呆，惊惶得不知所措，见我很轻松地把这人送走，那位女病家才安定下来。我说，所谓通权达变，这时候不得不扯一次谎了。

又过了十几天，那位姓王的学生来告诉我说："那天穿得破破烂烂的人，就是对面'和平救国军'中的人，今天正在门前站岗，你要不要去看看？"我说："算了，算了，事已过去，千万不能再去惹祸上身。"

我写这段文字，就是说明沦陷区中的乡民和市民过的生活便是如此。

伪造鸦片 害人害己

以前我讲过盛幼盦主持宏济善堂，包销沦陷区鸦片烟，历有年所。后来经汪伪政府再三交涉，将经销鸦片的权益转移到汪政府手中，岂知这时已经接近抗战的末期。

向来所有的烟土都由华北热河运来，由军人押运。天津到浦口的一条极长的津浦铁路，中段让游击队把铁轨掘了起来丢在江里，工兵在白天修好，晚间就又会让游击队拆了，几乎有一里长的路轨完全拆掉。因此，津浦路的客货车中断，客人还可以步行一段，军人只是抢运军火，而所有的鸦片烟，本来是军方委托盛幼盦主理，此时既已转给了汪政府，他们也不再热心去管，因此，苏、浙、皖三省的鸦片烟来源中断。别的地方我不知道，只知道上海的烟民，白饭可以不吃，但是"黑饭"是一天也少不了的。这时不但烟价飞涨，而且到处买不到。

沦陷期中，烟馆公开设立，鸦片可以在家中冠冕堂皇地吸，因此，烟民的数目增添了十倍以上。鸦片中断之后，这班人叫苦连天，惶惶然不可终日，而且所有吗啡、白粉、红丸之类，都要用热河土来提炼，于是无论想吸什么毒品，到了这时都已濒于绝境。

20 世纪 40 年代的大烟馆

　　有钱的人家吸鸦片，往往还要考究鸦片的质地，贮存数十两或百余两烟膏的，不乏其人。穷苦的吸毒者，往往买一天吸一天，或是当，或是借，或是抢，非过瘾不可，否则的话，吊起瘾来比死都难受。而且还有不少吸毒者，居无定所，冬天蜷缩在陋巷中或破楼中，特别是五马路（今广东路）满庭坊一区中旧屋最多，成为这班烟民的集中地。但是烟民最怕寒风冷雨，不要说大雪纷飞的日子，只要一到冬天，经过几个小时的寒冻，烟民便会冻死，这种路倒尸，一天总有一百数十具。

　　上海有两个专门运尸的善团，一个叫作普善山庄，一个叫作同仁辅元堂，工部局出了钱，限定这两个善团要在上午九时之前，将所有的尸体运至郊外。

有一部分人还买得到鸦片烟。本来鸦片烟都有一种香味，但到了这时，烧出来的烟泡，却是一种臭味，臭得令人掩鼻，因为这样的鸦片已变了质。

　　有一帮南方人，专门贩卖烟土，范围很广，几乎世世代代操此业，这帮人只有两种本领，一种是开小押当，一种是制假鸦片。

　　因为诊务的关系，我时常出诊到这帮人家中。有一天，我到一户人家去看病，只觉得满屋奇臭，臭得我恶心欲吐，从这种臭味之中辨别出来，有一些鸦片气息，我诊完了病之后说："这间屋子里的空气，对病人极不相宜。"那位主人同我本来就很熟，他说："这也瞒不了你，我们一向以制作鸦片烟膏为业，现在烟土来源断绝，因此改制鸦片烟的代用品，制成之后，一包一包一样可以出售，要的人还是你抢我夺。"

　　我就问："这种代用品的成分是什么？"他就带我到下面去看，只见有几十只铜锅，都在炉子上收膏，我一看旁边堆着许多石块，原来完全是"红砒石"。所谓红砒石，磨粉之后，就是砒霜（砒石分为两种，一种是白砒，吃几分就会送命，一种是红砒，其毒更甚）。我很惊惶地问主人："这作什么用？"主人就说出来："所谓鸦片的代用品，就是红砒石加一些红枣肉和一点烟灰，经过煎熬之后，就凝结成和鸦片一样的东西，可以冒充鸦片。"我讶然地对主人说："这种红砒毒得很，普通人吃了就会死的，何以你制成的代用品不会闯祸？"

他说："吸毒的人，吸得年份越久，抗毒能力越强，所以我们是一钱为一包，有人在外推销。吸毒的人吸后不但不会毒死，反而还觉通体舒畅，有些人一包不足，要吸两包才能过瘾。红砒最大的力量，就是一吃之后，通体温暖。所以这种代用品，也很受烟民的欢迎。"谈到这里，我不敢再多问，不过想到旧时马路上一部分乞丐，在大雪纷飞之下，居然赤膊不怕冻，原来他们是常吃红砒的。然而吃过这种代用品，死得更快，每天早晨，黑色大卡车拉到郊外的死尸，达到几百人之多。

回家之后，我逢到吃烟的人，就告诉他们现在的假鸦片烟内有红砒，不可再吃。但是言者谆谆，听者当作耳边风，他们只求过瘾，大有饮鸩止渴之意。

物资交换　换来川土

在抗日战争最激烈的时候，沦陷区的物质缺乏，战区的物质也缺乏，其间不断有人出来想讲和。有一个日军的"嘱托"姓徐，所谓嘱托，近似顾问性质，也类似特务的参谋。这个姓徐的嘱托，本来与重庆很有关系，亦为日军所重视，他提议组织一家公司，专门为双方交换物资，借以打开"谋和"的途径，日本人深以为然。

徐姓嘱托与重庆方面一接洽，居然得到上峰的同意，凡是非军用品都可用来交换，以界首这个地方作为交换物资的中心站。

这种物资的交换，起初我们上海人都不相信，后来居然上海也有分公司，果然后方的物资会运到沦陷区来。徐姓嘱托本来是金融界名人，表面上办事公正，实际上他靠这个物物交换的手法，得到无数的财富。

交换的物资之中，大都是木材、纸张、面粉，以及五洋杂货，不知道是徐姓的主张，或是手下人的偷运，居然把川土夹杂在货物之中运到沦陷区来。但是这种川土并不出售，只供少数新贵作为孝敬上司的礼物之用。

因此，徐姓嘱托家中亦有这种川土供应，徐姓的朋友们都是信佛的，大家劝他说："样样东西都可以交换，运土有伤道德，是不会有好结果的。"徐姓嘱托也怕重庆方面不谅解，所以偷运川土的事情只做过一个极短的时期。

抗战终了之后，徐姓嘱托避居香港，此时他年事已高，已有些精神失常。他孑然一身，独居铜锣湾一座楼宇中，雇用了一个女佣。这个女佣年仅二十岁，其貌说丑不丑，说美不美，孤男寡女，免不了有些闲言闲语。岂料有一个章姓朋友常去和徐聊天，同时搭上了这个女佣，没有两三个月，这个女佣的肚子大了，那女佣一口咬定腹中块肉是东家徐某的骨肉，于是大大地敲了一笔竹杠，花了不少钱，徐某因此精神病发得更厉害。事后不久，徐某服生鸦片烟自杀不成，竟成精神分裂症，后辟室于跑马地旧百乐门旅馆上吊而死，惨得很！

第十五章

一滴汽油一滴血

民國时期，上海龙华寺

我执笔写这节文稿时，全世界都在闹油荒，包括石油、火水、油渣，即所谓"能源危机"。大家现在才明白石油在战争中的重要。其实抗战之中，日本早已感觉到能源的重要，重庆方面也感到不可或缺，我就来讲讲中日双方的能源状况。

一滴汽油　是一滴血

　　从重庆方面传来的消息，后方正在组织青年军，有一支部队已组织成功，这个部队的门前有两行联语，叫作："十万青年十万军，一滴汽油一滴血。"内地来人说，青年军组织，以十万人为一个单位，陆续在各地成立起来。可是汽油非常缺乏，一滴汽油譬喻像一滴血那么珍贵。

　　我们在上海，战争初期，汽油加油站已经无油可加，只有少数人囤积汽油，埋在花园泥土中，别人也不知道。许多新贵拼命买大汽车，他们的汽油来源实在是一个谜。

　　初时一般人仍然要坐汽车，因此，大部分人便把私家车里改装上木炭炉，装在车厢之后，这是一个有二尺高三尺阔那么大的黑铁箱，行驶前半小时，先由司机生火，然后才可以行走，不但木炭的气息难闻，而且坐在汽车中热得像迫近火炉一般，大家在没办法的情况下，也只好坐这种木炭汽车。后来因木炭缺乏，汽车也容易损坏，木炭汽车才渐渐少了，一般看见不装木炭炉的汽车，一定是军人或新贵，市民可以一望即知。

上海的煤都从北方运来，战争激烈时，南北交通断绝，上海的存煤越烧越少，因此家家户户限制用电，每户人家只限用七度电，不许超出，一超出度数要罚几倍的价钱。后来又发布一个命令，超过规定的七度，剪断电线，以后不再供电。

从前上海有许多一上一下的旧楼，多数要住十几户人家，所谓"七十二家房客"，只是一种形容词。为了用电问题，往往引起房东房客的争吵，形形色色，不一而足。

过去上海也有煤气，不过使用煤气的人家以西人为多，此外，只有极少数大住宅才用煤气。到这时，煤气的使用也有限制，因为法租界的街灯都用煤气，所以勉勉强强地维持着。

一个月用七度电，大家都可以想得到，没有多少时间，开亮一会儿电灯，饭吃好了，灯便熄了。街灯也稀少暗淡得可怜，幸亏那时没有什么打劫或箍颈党之类，治安倒没有发生问题。不过有一桩奇怪的事情，凡是大小舞厅、汉奸们的私人俱乐部、沪西歹土的赌场以及游乐场等，依然灯火通明，真叫人莫名其妙。

那时，乡下人到上海，看见上海人家还能用七度电，认为是奇迹。京沪路线的用电是靠常州戚墅堰发电厂供给，沿京沪一带许多县份，早已停止用电，戚墅堰虽继续发电，只供应铁路线火车之用。汪精卫病重时，戚墅堰发电厂的机器损坏了，这下子，乡间谣诼纷纷，说是"战争将要停止了"。后来戚墅堰的机器修复，不然的话，日军的步哨以及汉奸们的安全，必然大成问题。

据南京来人说："南京供电采分区停电制，但是分得很不平均，夫子庙一带供电的时间较多，其余各区甚至几个月夜间不见光。"

我们亲眼看到这种情形，知道战争快要打不下去了！然而，这种情形仍然维持了两年之久，人民的痛苦也可想而知。

我有一个打火机，家中还贮有一小罐电油，上海人称作"机司林"，是我专用来加打火机的，我常把那个打火机放在手中玩弄，当时见者都很稀奇。

这时，街道上出现了无数单车（上海人称脚踏车），连许多舞女也骑了脚踏车上舞厅，十大电影女明星，由张善琨各赠一辆。此时还出现了奇形怪状的交通车，最别致的一种叫作"孔明车"，坐的人在前面，后面就是踏车的人。

至于公用车辆，如电车、无轨电车、公共汽车等，初时依然行驶，不过数量极少，坐的人挤迫不堪，公共汽车都是英国制的红色大车，有单层有双层。但不久这种公共汽车又全部被日本人征用，开出上海之后，从此就没有驶回来。

英美侨民　入集中营

　　战争打到第五年，日军的泥足越陷越深，日本国内闹着两种不同意见，一种是陆军主张大陆进攻政策，一种是海军主张南进东南亚政策，总是陆海军相互嫉妒。当时上海有《新闻报》《申报》两大报，海军和陆军对这两张报抢得很明显，结果这两大报，一个落在海军手中，一个落在陆军手中。当时海军除了运兵运器械之外，在上海已一无作为，谁知日本人打中国，限定军力三分之一，还有三分之二按兵不动。个中人说出这种话，我们嗤之以鼻，以为海军再也不会向东南亚方面有所动作。

　　料不到，他们以为解决中国问题，要依照"田中奏折"，必须把重庆的后方——泰国、缅甸、印度完全解决，否则，各国的供应源源而来，战事永远不能完结。

　　我们偷听无线电广播，知道美国迫着日本退兵，并且要日本驻美大使来栖限期答复。我们以为日本受到美国的压迫，战事可能在短期内结束，岂知期限未到，日本军队就发动了珍珠港一役，同时向英美宣战，实行他们的所谓大东亚战略，占领的地方名为"大东亚共荣圈"。

　　初对英美宣战的时候，上海黄浦江上的日本人炮击英美余留的军舰，炮声隆隆，震惊了全上海的老百姓。那时还有一艘巨型的意大利客轮"康梯浮第"，也奉命自动凿沉。天亮时，大家都惊醒过来抢着买报纸看，这时才知道日本海军已偷袭美国珍珠港。

在此同时，我们人人相信英美的海军势力庞大，总不会吃败仗，上海人都额手称庆，以为战事可以很快结束了。事实上，这种估计完全错误，日本人竟打一处胜一处，香港也沦陷了。菲律宾、缅甸、印度、泰国、新加坡，没有几天或二三个月都被占领。我们看了报纸，知道大战不但不能结束，而且已扩大到全世界。

　　我们住在孤岛上，靠的是英美两国的势力，一经宣战，日军就开入公共租界，一方面全部占领英美人的工商机构，一方面又把所有居留在上海的英美人加以拘捕，送入集中营。我们最初以为集中营是借用建筑良好的提篮桥监狱，岂知他们竟在各处另设临时拘留之所。最大的集中营设在日军后方军队集中的江湾、闵行，利用庙宇寺观及临时棚架屋，日本人的用意，是要让英美飞机不敢滥行轰炸，要是轰炸的话，拘留在集中营的英美侨民也将同归于尽。

　　拘捕侨民的工作不过三天时间，全沪英美籍的男女老幼，由银行大班起至英美籍警察及家眷等，一个也不漏网。

　　拘留外侨，曾经发生好多故事，我举其一件，详述一下：

　　当时上海有一个美国籍的烟叶大王，家产数百万，他有弗吉尼亚烟叶的经销权，当时他属下有一个高级职员，此人姓刘。刘有一种本领，洋人要写任何文件，洋人一面讲，他就一面用打字机打出，讲完了，文件也就交卷了。此人为人诚实，一向为烟叶大王所器重。

　　当烟叶大王知道要进入集中营的前夕，他把所有的黄金以及道契、股票，悉数放在一个大皮箱中，并且告诉刘某他妻子和儿女的地址，说是万一战事终了，他已与世长辞的话，请刘把这大皮包交给他们。刘某接过了大皮包，与这位烟叶大王挥泪而别。

刘某拿到了皮箱，并未打开，很慎重地把这皮箱埋在闵行乡间一间破屋的地下，他又怕日后皮箱会腐烂，特地用水泥砌成一个地坑，皮箱就放在这个很干燥的坑中。

这位姓刘的人，除了精通英文外，别的事情都拿不上手。这时，英文人才已全部不需要了，所以他就在闵行饭馆中当跑堂，收入微薄，生活越来越苦，苦到衣衫都着不齐整，但是他穷归穷，却从来没有想过去动用烟叶大王交托给他的财物。

那个烟叶大王在集中营大约拘留了三年六个月，战事停止，出来时满身是病，骨瘦如柴，红十字会把他拉出集中营时，他已不省人事，被用飞机运回美国，从事治疗。他恢复健康之后，猛然想起交给刘某的一个大皮箱，就命他的儿子到上海来找寻刘某。那时刘某已贫困得好似乞丐一般，到处流浪。烟叶大王的儿子认为这件事已很渺茫，最后在无望之中，他想到登报找寻。不料有一天，竟然有一个衣服穿得好似乞丐的人走到他住的旅店中来。这人对烟叶大王的儿子说："你登报找的就是我。"同时他深恐有人冒领，所以问清他的家人姓名地址，以及到来何事。烟叶大王的儿子一一详答，于是刘某就带领他到家乡闵行的一间破屋中，关上了门，两人一同发掘埋在土中的大皮箱，打开一看，里面的黄金以及道契、股票一点也不缺，烟叶大王的儿子深深地感激说："你穷到如此地步，何不拿出一些来用用？"刘某说："我们中国人最讲信用，即使我穷到死，也不会去动用它的。"烟叶大王的儿子听到这两句话，竟然感动得流出眼泪来。给刘某钱，他也不受，只是说："我还想做老主人的生意。"

烟叶大王的儿子打电报到美国向他父亲报告了掘到皮箱的经过，立刻就接到回电，应允以后全美国烟叶都归刘某一人经销。果然不久之后，第一批数百箱烟叶全部运到。当时上海的烟叶已无存货，听到有烟叶运到，大家争相抢购，刘某也很快成为一个大富翁。

还有许多与英美商业机构有关的人物，由于有念旧之情，经常送食物衣服进集中营给他旧时的上司或朋友，后来获得报答的也不少。其中有一个英国人，战争停止之后到香港来创立了很大的事业，经常忆起当年有一个李某，虽在后方，但不断托人送东西给他。战争结束之后，李某即到香港来，这个英国人不但给他一个居处，同时劝他买地，李某本来也很有钱，再经这位英国人的帮忙，就在弥敦道买了十块很大的方正地皮，上海人拥有地产最大最早的就是这位香港名人。

被关在日本人集中营中的英美人士极受虐待，别的情况我不详知，有一位友人汪君，亲眼见到过两个西人被日本军人剥光衣衫，站在烈日之下，又从集中营放出两条大狼狗，日军一声呼喝，两条大狼狗就向西人扑过去，咬着他们的大腿，一块血淋淋的肉被咬了下来，好像吃牛肉似

抗日战争胜利后，从集中
营释放出来的骨瘦如柴的
英籍居民

的大嚼。执行这种酷刑的日军，咧开了血盆大口，拍掌大
笑，汪君不忍卒睹，回头便走。

　　集中营的伙食，初时每餐都是一个饭盒，日本人称作
"便当"，后来改为一个饭团，西人当然吃不惯，何况其中
有不少是资产阶级大班经理之流，对这种伙食真是难以下
咽，但是不吃的话，又没有其他的东西可以充饥。所以后
来日本投降之时，这些西人由集中营出来，个个都瘦得像
骷髅一般，有些连路都不能走。

　　我想到在对日开战之后的第三、第四年，美国人还把
大量废铁卖给日本，中国人呼吁不要再供废铁给日本人，

可是美国人睬也不睬。

战争最激烈时，英国人封锁滇缅公路，令中国军事当局束手无策，后来受到这种以怨报德的虐待，也是他们始料不及的。

冒牌洋货　多人致富

从前英美商品在上海销售，多经注册，中国人谁也不敢制造冒牌货，自从日本对英美宣战之后，突然间冒牌洋货充斥上海市场。最滑稽的是上海一般人吸烟，多数吸英国货二十支装的"白锡包"和"绿锡包"，普通的人则吸大英牌、强盗牌；中国香烟如大联珠、美丽牌、金鼠牌，销数总是落后甚多。生意人的脑筋动得很快，在短短的时日中，就有一种包装形式仿佛二十支装的白锡包的香烟上市，名为"高乐牌"，烟味很过得去，一时销行极广，凡是稍微体面的人，怀中总有一包，这家烟草公司不久就发了大财。隔了不久，形如绿锡包的香烟也上市了，这家公司也发了不少财。

至于洋酒，本已断档，不知怎么在短时间竟有大批洋酒上市。从外表上看，与真的无异，但是一打开瓶口，就觉得火酒气味极重，后来晓得这种酒的瓶子是真货，不过里面的酒却完全是假货。

当时俄罗斯人专做这种生意，真正饮酒的人都弃而不饮，上当的都是一些向来吃不起洋酒的暴发户。

民国时期，上海滩上的光陆大戏院和英美烟草公司大楼

　　战事持续到第六、第七年的时候，上海人所谓"花旗橘子"（即香港所谓金山橙）久已吃不到了。那时节新贵极多，个个有财有势，一般人就以此当面讥笑他们，说他们尽管有钱，却从没有吃过花旗橘子，被讥笑的新贵们也奈何不得。

　　上海南京路（上海人俗称大英大马路）有一家升发水果铺，老板一向有一个习惯，就是每天要吃四个花旗橘子，所以他把数十箱花旗橘子寄放在茂昌冷藏栈中，准备自己享用。后来中央储备银行行长生伤寒症，想吃花旗橘子，到处访寻，得悉升发老板藏有数十箱，他一面用钱，一面又用势力去威胁他，要他转让几箱，结果每箱以美金一百元成交。所谓一箱，就是现在装花旗橙有孔的纸盒而已。

那时大英牌香烟价格低廉，拉黄包车的人多数吃这种烟，冒牌货不过出现了几个月，从此就绝迹，因为那时不但烟草缺少，而主要是卷烟的纸（上海人叫纸圈），价格涨到战前价格的几十万倍，所以冒牌货也无法再出了。

囤积纸圈的人，比囤积烟叶发财更大。谈到囤积，除了纸圈之外，就是白报纸。本来每令（此地叫作一拈）三元左右，这时价值，我也记不清楚，总之要到几万几十万元，囤纸发财的人，人称"纸老虎"。囤钢铁的人最倒霉，日本人认为是军用品，用极低代价收买，所以发不了多少财。囤铅皮的人却冷门独出，个个成为富翁。

唯有奶粉和糖是假不来的，因此囤积此种货品的人，虽然囤的数量不多，也赚了不少钱。

西药这时已缺货，于是有不少人趁机专门制造假西药，包括针剂、药片、药粉等。从前六〇六、九一四两种西药是医治梅毒的，这时几乎全是假货，但是在战争期间寻花问柳的还是不乏其人，一次次注射这种假剂，仍然梅毒大发，因此送了命的也大有其人。

最可恶的商人，把白色的药轧成药片冒充金鸡纳霜，令患疟疾的人越吃越糟，但是做这种假药的人，因为销售量大，所以发了大财，其实大丧道德。

第一次世界大战时，最发财的人就是颜料商人，所以抗日战争之前，有无数商人都向德国订购大量颜料，因此存货充裕，只在币制崩溃时，赚到的都是币值上的利润，所以这场战争中靠颜料发财的人并不多。

公教人员 苦不堪言

在抗战中，有钱的人皆由囤货发财，没有钱的人，凭两条腿靠跑单帮也赚了不少钱。最苦恼的就是公教人员，既没有钱囤货，更不能凭两条腿去跑单帮，教书的人还是教书，过着清苦不堪的生活。

公教人员，起初为租界当局当差，后来为日本人做事，他们的薪级都有定额，币制发生动摇之后，虽也一次次加薪，但是所得永远追不上物价，其情形也和为人师表的教员差不多。

从前教育界中人，个个都是奉公守法、安贫乐道，可是到了这时，穿的衣服都已破破烂烂，几乎不堪入目。我有好几个朋友在暨南大学任教，暨南大学在上海郊外的真如镇，当时火车班次少，乘客多，所以挤迫不堪，每天到学校去，既不能步行，又搭不起火车，只好把上海的居处顶出或退租，另在真如镇学校附近分租一间农舍居住，几乎个个都成了乡下人。

从前上海工部局办的几间学校，如育才公学、华童公学等，教员的待遇最好，到了这个时候，他们也都度着艰苦的生活。

至于公务员，小部分的人，可以对外百般敲诈捞钱，但是大部分公务人员不会转业，惨苦的情况也是笔墨难以形容。

日本军队 亦闹反战

在抗战中，老幼相聚，无非是谈论各人所得的消息，初听总认为谣言的成分居多，到后来多数谣言却证实是确有其事的。

有一个最大的谣言说："中美两国将合作反攻，目的地是上海，美国空军负责轰炸，中国陆军由川沙、南汇、浦东三路攻入上海。"这个谣言说得煞有介事，信的人果然有，不信的人也不少，但是这个谣言一天紧似一天，所以我特地到青浦朱家角乡间去租定一间房屋。后来因为广岛的一颗原子弹，提早结束了战争，重庆来的人，以及淳安来的人，相遇之下，总是说上海人有福，反攻大计早已决定，以上海为第一个目标，足见当时的谣言是准确的。

回过来说，抗战到了第七年。一天，我诊病将了的时候，外边递进来一张名片，上面三个字写着"余达夫"。我想不起这是谁，但是此人既已来到，只能接见。一见之下，面熟得很。我问他："有何见教？"这位余君说："难道你不认得我了吗？"我说："来往的人多，真是想不起来。"他说："七年之前，你到祁齐路（今岳阳路）自然科学研究所来搜集中药材的时候，对日本人传译的人就是我。"经他这样一讲，我倒记起来了，当时确有一个人既能说上海话，又能说国语，还讲得一口很流利的日本话。我看他一身西装旧得不像样，照我初时的想法，来意无非是借钱，所以我就说："有什么事尽管说，因为我诊务已毕，今晚约了几个朋友在别处吃饭，所以你不必说客气话。"那位余君说："我有重要的事，至少要和你谈一点钟。"我说："也好。"

余达夫就说："你住的二楼很大，能不能借一间房给我，作容身之所。"我说："不行，现在实在已无余屋可以借给你。"接着他又说："你既不借给我，如果我们已经租到了楼宇，你肯不肯替我作一个保人？"我想这也是麻烦的事，俗语所谓"若要好，不做中，不做保"，何况这时房屋都住得满坑满谷。我就对他说："只要你租得到，是用不着保人的。"他说："老实告诉你，我已经租到真如暨南大学堂一座宿舍，租金以金条论，他们坚决要有一个保人，我朋友不多，想来想去想到了你。"当时我就怀疑起来，这位朋友极像一名公教人员，服装也不富丽，怎会有金条租屋？因此，我始终没有答应为他作保，他还苦苦地要求，我断然拒绝。

第二天，余达夫又来了，还是讲这件事。我百般盘问，我说："你一个人，为什么要租这么大的宿舍，而且每月要付出这么多的黄金，你的财源是从哪里来的呢？"他迫不得已说出："这个宿舍并不是我租的，因为祁齐路自然科学研究所，历年搜集到的资料十分名贵，他们（日本人）要我向中国人租借一个较秘密的场所，我也要在市中心区租一间房间，所以向你来情商一榻之地。"

我心中一忖，日本人必然得到情报，中美两国确有反攻的真实性，所以他们正准备作万一之用，那么，反攻一说的可能性显得很大。

我想这个余达夫，在日本人那边一定职位很高，为了探听他们的消息，就预备下三道家常菜，一瓶高粱酒，留他共膳，想详细谈谈，获得一些较为可靠的消息。

那个余达夫，三杯落肚，就现出原形，又唱歌又流泪，真所谓狂歌当泣，原来的学者风度完全消失，竟然一面挥泪一面说他曾经在前方当军医。我就点穿他："日本人决不会用中国人当军医。"他最后吐露真情说："我本来是日本人，因为一向在上海同文书院读书，所以学的都是中文，甚至一切举止都是学中国人。日本军队中，也有反战分子，而且数量很多，大多数的反战分子，都被就地枪决或判罪遣返日本做苦工。我也是反战的一分子，因为他们抓不到证据，仍让我回自然科学研究所做职员。现在日本人对外联络都由我负责，这时日本人对中国老百姓有很大的隔膜，目下要秘密做这件事，不得不由我出场。陈医生你如答应我的要求，索性由你出面租借暨南大学宿舍，因为暨南大学经费不继，已成停顿状态，你不但能够一下子得到几十条黄金，如果将来日本战败的话，这些资料可以归你所有。"我听到他这番话，知道这不是一件小事，将来会有很大麻烦，说不定还要遭到杀身之祸。我很镇定地再添一瓶高粱酒，爽性让他饮到酩酊大醉。余达夫果然中了我的计，一边饮，一边大发其反战言论，最使我难以忘怀的就是他说出："日本军队采取的是杀人的战略，到一处杀一处，太平天国不能成功，也是杀人过多所致。"这个人对中国历史熟得很，我对他很佩服，最后他饮得如玉山颓倒，在我客厅沙发上睡了一晚，到了次晨向我招呼，我看他把昨晚所说的话早已忘得一干二净。早晨我同他共进早餐，他宿醉未醒，只呷了一碗豆浆就走，临走时还问我："陈医生你究竟肯不肯帮忙？"我说："将来再说吧。"他知道我连水都泼不进，也只好垂头丧气而去。

军纪腐败 贪污成风

抗战末期，日军的军纪也大大地走了样。最初日本普通军人从来不知道捞钱，到了这时，也把心横了起来，专事敲诈，军队捉去了人，可以请人说情，纳贿释放。

最滑稽的事，是各警局的日本副局长，特别是老闸区、新闸区的两个副局长，竟然也学中国白相人的作风收起徒弟来，有时还做寿打秋风，由徒弟们分派帖子到各商行各富户，接到帖子的人，都乖乖地送上一份人情。还有他们也常常由翻译等牵东牵西讲斤头，因而从中捞一笔。

我有一个老朋友，姓何，他的父亲早年在棋盘街（今河南中路）科学仪器馆做职员，他们经售的仪器大部分从日本运来。战前他也到过日本，考察到所有的寒暑表（挂在墙上的）、温度计（探热针）都是家庭工业，所用玻璃管由厂家供给，只要略略加工，就可以做成。回到上海之后，他也设厂自己做，厂房初时小得很，只有两个花棚大小，后来逐渐扩大，工人也用到二百多人，取名叫作"中华化工厂"。此时中日交通困难，日货已不再运沪，因此这家厂越来越发达。

日本的骑兵，马匹数量极大，军队出发时，都要备好马匹用的探热针，此种探热针又粗又长，由于交通不便，只好向中国工厂去定造，每次要做五百至一千打之多。有一次何君对我说，现在日本人的风气坏极了，他们来定造马用探热针，不但要从中拿回四成回佣，还要叫他们代报虚账。报虚账的方式是一千打探热针送去，点明之后，次日军人会拿回五百打来兑现钞，这些现钞，都是跑马厅中军人分派的。

有一次，跑马厅驻军调换新人，查出这件贪污案，将何君拘捕，但是也有日本人从中为他说项，送了几根金条，三天之后就放了出来。

谁知道隔了不久，新来的人也来这一套，订定的数量更大，动辄一万打，而拿回来的数量也更大了，他们就赚了好多钱。

日本人投降之后，何君因此被捕过一次，知道的人很多，国军接收之后，他又被捕入狱，罪名是资敌。不但入狱，而且连厂都被当作敌产没收了。何君愤慨非常，病毙狱中。

写到这里，本节已告结束。但是我要声明，以前所写的抗战时代的情况，最大的缺点，就是对于年月我已记不清，譬如前一期，关于日本军票兑换的事情，时间上前后有误差，因为储备票发行之后，军票已渐渐停发，特别是上海，军票根本不通用。这一点我是要顺便更正的。

第十六章

醇酒妇人成风气

民国时期，外滩上的中国海关大楼

由于白报纸缺乏，其价格暴涨，使我联想到抗战时代的上海，也有过这种情形。那时陈公博当市长，忽然结识了一位以撰写《结婚十年》驰誉的女作家苏青，苏青当时为陈公博所激赏的名句是"饮食男，女人之大欲存也"。苏青原名冯和仪，办有《天地》杂志，因为纸张缺乏，就由陈公博下了一纸手谕，特别配给《天地》杂志白报纸五百令。苏青拿了陈公博的手谕，到外滩某大仓库搬运纸张。她坐在大卡车司机位旁亲自押运，招摇过市。次日，某小报忽然刊载一幅漫画，是由漫画家江栋良所绘，画了一个大脚女人坐在一堆满载白报纸的卡车上，神态生动，传诵一时。后来，苏青也曾写过一两篇短篇小说，把自己形容为小说中的女主角，而男主角就影射了陈公博，特别强调了陈公博的大鼻子，腾笑士林。

汪氏遗孀 退居广州

汪精卫在日本病死之后，陈璧君因为江浙两省已被手下人马盘踞着，根深蒂固，插不上手，她在南京日夜哭哭啼啼，吵吵闹闹，好像发癫一般，那些伪府官员都奈何她不得。后来她向日本人提出一个要求，要派她的娘家兄弟陈耀祖当广东省省长，她则在幕后操纵。伪府大小官员，表面上曲意奉承，实际上只求把她送出南京，落一个"眼不见为净"。陈耀祖当上广东省省长，后被人暗杀，再由褚民谊当省长，幕后人也是陈璧君。

有人说敌伪时期广东省的赌场输赢极大，尽管有人出面当老板，而幕后真正的老板是陈璧君。从前她住在南京，不是相熟的人见不到她，等到敌伪时期，见她便比较容易，大家都知道这老太婆"好货"，于是纷纷"进贡"。我听国药行同业们讲，陈璧君喜欢吃参茸，凡是大数目的生意，据说都是人家买来馈赠给陈璧君的，这还是指大官僚进出而言，小喽啰们还不得其门而入呢。

日人养猪 待肥而宰

日本人对一般汉奸的政策，起初是扶助他们，让他们尽管捞，捞到了相当程度，他们便想出一个办法，或是令其内讧，或是令其遭受攻击，一旦时机成熟，日本人就用一个更毒的方法，将其逮捕或暗杀，汉奸们捞到的钱财，结果多数落到日本人手中。

在汪伪政府未成立前，日本方面早已采取这种恶毒的政策，如常玉清捞到饱和点时，就将其财产接收，把他一脚踢开，能保存性命还是幸运的。

后来汪伪政府时代，每个大的机构都有日本人做副手或顾问，汉奸捞到通国皆知时，日本人就用毒死或杀死的方法处理之，总是像养猪一般，养肥了之后，最后还是不免一死。这类汉奸,辛辛苦苦捞了好多年,最后日本人只要一两天,就把这些"肥猪"给宰了。

这种政策,老百姓都看得很清楚,只有局内人还是拼命地捞。到了抗战末期,成为一片捞的世界,最苦恼的就是落水已久的文职人员,始终捞不到钱。

皮帽子军 昙花一现

日本侵占中国大陆的战线越拉越长,日军方面可以说"屡战屡胜",而国军方面则是"屡败屡战",报纸上登出的战事地图,一天一天地广阔。但是日军占领的都是"点"和"线",除了点线之外,仍然是中国人的世界。许多地方是爱国分子组织起游击队来控制着,有些地方则尽是地痞流氓,也以游击队的名义,霸占着收捐收税,胡作非为,少数日军轻易不敢离开点线,否则被杀掉是常有的事。

日军因为这种情况,深感汪伪的和平军毫无作为,因此从北方调来几万穿厚棉袄戴皮帽子的伪满洲国军人。这种军队,纪律坏到极点,一到上海,就以闸北为据点,当天晚上就在闸北散开来,奸淫掳掠,无所不为。次晨,闸北居民成千上万地拖儿带女逃避到租界上来,一时租界上的情形也为之大乱。

这种戴皮帽子的军队,本来驻扎在关外,可以说是"军",亦可以说是"匪",大多数出身为马贼,不仅相貌狰狞,而且毫无军人模样。这一来,上海租界上的人也提心吊胆，怕他们有朝一日会到租界上来横行不法。

我记得清清楚楚，在民国三十四年（1945）二月十八日，因为这一天是我生日后的第四天，合家聚宴之后，又补请几位老长辈，当天有一个老佣人由闸北赶来，他讲出这班皮帽子军人的暴行，大家听了都为之食不下咽。

闸北在战事发生后，本来房屋已坍毁，居民穷困，可是皮帽子军人还认为这里很富庶繁华，与北方原驻地的情况有天壤之别。他们看见路上的小贩，有生果摊就抢生果，有旧衣铺就抢旧衣服，看见妇女就抢妇女，还要向保甲长要"花花姑娘"，供他们发泄兽欲，所以闸北的年轻妇女逃避一空，剩下的只是少数老妪而已。

幸亏闸北的居民熟悉道路，到租界上来有好几个出入口，所以一天之间，几十万人都涌了出来。

这种情形暴露出日军在前方缺乏人力，居然要调动这种戴皮帽子的关东军到上海，可是一到上海，他们却连这一小撮皮帽子军人也无法控制。

本来日军每到一个地方，总是由伪组织安排一个"慰安所"。所谓慰安所，就是罗致一些妇女在某个处所中，并且有军队看管着，任日军排队而入，限时而出。可怜这些妇女，饱受凌辱，一天至少要应付几十名日军，这些日军在慰安所前的纪律反而很好。

皮帽子军骤然而来，先知会当地警察局筹组慰安所，警察局局长一时措手不及，只好召集保甲长讨论。可是闸北向来没有妓女，只有平民，所以保甲长一听到这个消息，只是关照大家从速逃走，不但保甲长一齐逃光，连警察局局长也跟着一齐逃走。皮帽子军不远千里而来，竟然扑了一个空，因此就挨户搜索，见到了女人，不论老幼，拖了就走。

原来日军在闸北和虹口余留下驻防的人数已少得很，要是实行严肃管理，重惩暴乱分子，又恐他们个个手中有枪，可能自相残杀。就因为这个原因，在上海的人也只好由皮帽子军乱搅了半个月，唯一的办法，就是把军队在闸北四周包围起来，这样做是怕他们搅到租界上来。那时节租界之名已无，大权全部落在日军手中。

但是，一到晚上，闸北的灯光暗淡，而朝南一望，灯光虽不像平时那么通明灿烂，却比闸北亮得多，因此皮帽子军也不顾什么铁丝网的围绕，由工兵来破坏铁丝网，蜂拥进入租界区。

租界上这时军队也很少，警察却不在少数，而且民间还留存着工部局时代万国商团队员，本来日本军人对这个组织有些顾忌，不大重用，但到这时也不得不号召所有队员整夜出防，捉到了皮帽子军人，就设法解除他们的武装，送到日本宪兵司令部。宪兵见到这种人，不问情由，即把他们打得皮开肉烂，然后将其一车车载返闸北。

皮帽子军人对日本宪兵毕竟有些害怕，因此旧租界区总算得以暂保安宁。然而这种皮帽子军人也坏得很，他们会改穿民装混入租界，横行不法的事，仍然天天有得发生。我们上海人惊惶得了不得，家家户户都在谈着这件事，小孩子有时哭吵不休，只要说一声"皮帽子来了！"小孩子便不敢再哭再吵。

当时有一部分乔装的皮帽子军人，混入租界之后干脆不归队，幸亏当时保甲制度严密，又没有空屋破庙，他们无所遁形，而且一开口就听得出他们满口都是关外话，所以警方晚间在各处马路上搜查得很严，查到了就捆绑起来，第二天送回闸北。

日军当局认为召来皮帽子军这件事是大大的失策，大约经过了一个短时期，便把这批皮帽子军人开到京沪、沪杭两路各县的乡间去，把人数分散得零零落落，给他们的任务是去打游击队。然而他们非但不打游击队，反而丢掉了皮帽子，加入了一些地方组织，至于扰乱民间的情况，打呀，杀呀，抢呀，奸呀，更是变本加厉。有一点，这种军人对日本人也是恨透了，他们把生命置之度外，把乡间日军暗杀或是干掉的不少，这一点，颇出乎日本人意料。

隔了不久，这些皮帽子军人逐渐落地生根，所以后来这批人都没有回到他们自己的家乡去。

国军撤退　遍地游击

谈到游击队，实在也是一件很伤心的事，大多数游击队都是游而不击，日本兵一到就溜之大吉；日本兵一走，又耀武扬威统治一切。但中国地方大，日本军队少，哪里有多余的兵力来扫除点线以外的各式各样的游击队呢？以整个上海来说，日本兵也只占领了一半，整个上海以黄浦江为界，黄浦江以东叫作浦东，日军为了保证军舰的安全，只在浦东沿岸三四十丈的仓库和渡头有军队驻守，其他地方就全是游击队的天下。照地图来看，浦东只是大上海的一隅，整个浦东的幅员要比租界南市闸北三区大得多。从前"一·二八"之战，日本人也不敢染指浦东，而且浦东驻有张发奎统领的"铁军"，军令极严，纪律很好，整个浦东的老百姓都同他们合作，成为日军后方的心腹大患。那时浦东居民箪食壶浆，供应军需，而且上海租界上的抗日后援会，还不断有粮食以及衣被、毛巾、牙刷等物大批大批地运送过去。

日本兵对浦东沿岸虽然看守得很紧，但是上海市区与浦东之间除了渡轮之外，还有许多小艇私自来往，他们走的路线都是日军所不知道的。我还记得抗日后援会特地买了一辆装甲汽车送给张发奎将军，主持这件事的人，是在浦东出生的名流杜月笙。这辆汽车是装在驳船上载过去的，张发奎对此非常感动，因此在司令部招待一次新闻记者，借以表扬。

有位新闻记者下笔不慎，竟然把张发奎的司令部所在地也发表出来，日本海军便在舰上发炮，把司令部炸成一片瓦砾，幸亏张发奎不在司令部，一点没有受到伤害。但是这次"八一三"之战后，中国正规军在浦东早已撤退，于是就成了游击队的世界。那边的游击队，是残留的国军，或者是当地的流氓无赖，以及各种孔武有力的壮年人，算起来数字也很庞大。起初他们第一个行动，必然是先杀汉奸性的地方维持会的亲日分子，有的人后来逐步变质，他们对乡民耕种的农作物都要抽税，来来往往跑单帮的也要留下买路钱，否则就无法通过他们的防区。

因为浦东地方大，游击队并没有统一的组织，譬如东沟有东沟的游击队，川沙有川沙的游击队，各自为政，互不侵犯。少数日本兵要是巡视到浦东，他们也会成群结队地扑出来，目的只为了夺取枪械，加强他们的实力。日本军队出巡一次，多少都要损失，有时连性命都会断送在他们手中，后来前方军情紧张，日本军再也不去理会他们了。

抗战到了第六、第七年，重庆方面定下反攻大计，于是才有一支由阮清源带领的军队叫作忠义救国军，枪械较为整齐，秘密地分批潜入浦东，然而人数极少，不得不对各村各镇的游击队去加委，因此，这支军队的成员很复杂。日军方面明知有这种组织，因为调遣不出兵力去消灭他们，所以直到日本投降，忠义救国军还是存在。

抗战必胜　信念不变

沦陷八年，上海始终笼罩着黑暗的魔影。这八年我在上海的生活真是度日如年，一天天地挨下去，看报纸，往往越看越怕，日军竟然一路攻入内地，华南一举拿下，长沙、衡阳早已完全失陷，而且沿着湘桂侵入桂林，在极短时间内，进入贵州独山，贵阳也岌岌可危，重庆方面又要准备他迁。报纸上的这种消息并不是夸大，完全是事实。但是无论在前方还是沦陷区的中国人，都相信"抗战必胜，建国必成"这两句话。可是独山一失，一看地图，老百姓的信念就有些动摇了。但是还有一种积极的看法，就是越是黑暗，曙光也愈接近。偷听无线电的人，听到重庆的广播，说是战事至少还有两年才能结束，这种消息真是闷煞人了。

我到香港倏忽之间已二十四年，然而从心理上说来，沦陷八年的时间，过得比二十四年还要长。

有一种很奇怪的情况，就是参加伪组织的人，他们接近日本军人，看出日本人许多破绽，认为重庆必然会收复失地，所以落过水的人，职位不论大小，人人钻头觅缝去找寻线路，争先恐后想和重庆搭上关系，这种情形我也听到很多。

其中居然有一些人半真半假地装成重庆分子模样，不但一些落水的人纷纷向他们求庇护求照顾，连日军方面也会上当，只要是从前与重庆有关的人，不仅不加逮捕，还提供种种方便。有一位是从前上海市党部要员，公然在租界上来来往往，结果虽被日军逮捕，但是许多落水的人想尽办法把他担保出来，并且供给食宿，最后用飞机送他到边界，临走时还送了许多黄金美钞，希望他返重庆后向当局多说几句好话，虽然一无结果，但还是一次次地将这种人陆续送出去。

这种情况，很多上海人都知道，都把这事作为谈话资料；抗战必胜的信念，因此也加强起来。

投机买卖　由盛而衰

上海在正常时期有四个交易所，一个是纱布交易所，一个是物品交易所，一个是金业交易所，另一个是证券交易所。战事一起，物品交易所无声无息，金业交易所因为黄金只升不降，一般人很难参加买卖。唯有纱布交易所，在抗战初期营业鼎盛，无数做投机的人，都混入这个市场，但是时局有变化，谣言又多得很，上落极大，参加的人，买进现货期货，赚钱的人多，蚀本的人少，所以很多人趋之若鹜。若干人稍微赚了些钱就卖掉了，上海人叫作抢帽子，这些人就可以依此为生。若干实力分子，做纱布都是大手笔，一买就是几百包，待到高峰时，一卖几千包，把投机者的头寸都会吸干。其中有几个大亨，他们联起手来，可以翻手为云、覆手为雨。这班人还专门造谣，一会儿说和平在望，说得煞有介事，纱布就会狂跌；而伪府的重要人物也参与其事，一会儿来一个什么禁令，纱布就大跌特跌，一会儿宣布暂缓执行，纱布又大涨特涨，这些要员也赚了不少钱。还有银行已经变质，没有人再去存钱，因为币值贬得快，储蓄银行竟无业可做，老百姓所有的钱财都去做投机，于是每天涨起来，一倍两倍地涨上去，跌下来五成八成地跌。有几件有趣的事，也不妨说说。

前面说过在纱布投机中出了三个大亨，因为他们能操纵市场，同他们敌对的一方，就用绑票的方法，把他们绑出租界。有个人在绑架时抵抗了一下，被人一枪击中脑袋，性命丢了。还有两个大亨，被绑到漕河泾，喂以牛粪，要他们在买卖时同某某几方面一致行动，然后由其家人交付巨款，方才释放他们。

还有一件事情。吴四宝当时也参加做纱布，他做的是多头，不料空头方面拼命抛货，市价连续跌了三天，因为吴四宝做的数目实在太大，他竟然亲自到场，带了无数枪手，勒令拍板的人只许喊高不许喊低，所有在场做纱布的人，个个不敢出声，由他去涨，吴四宝一面又叫几个大户强迫买进，这是天大的笑话。

但是纱布交易，买进卖出数字极大，只有富有的人可以参加，于是证券交易所兴起新的交易规则，参加买卖的人，小额也可以成交，所以参加的人一年多过一年，因为币值贬得快，赚钱的人也一天多过一天。在抗战的最后一年，证券交易所变成了一个庞大的赌场。

上海的证券交易所，本来只做公债票，抗战开始，公债无人过问，跌得不像样，于是有四五十家大厂商的股票上市，股票数额比较大的是永安纱厂、新光内衣、美亚织绸等三家，所以许多人都集中以这三家为目标。

上海的股票买卖，经纪称作掮客，收佣极低，印花税是不要的，交易极为简易，一面拿出股票，一面就付钱，而且买客与卖客都可以入场交易，因此股票市场人头挤迫，喊声震天。从前上海人穿的都是中装，少数人穿西装，在这个市场中，一件中装大概十天半月的时间就会被挤破，一身西装也只能维持一个短时期就破了。

1944 年，中央储备银行的万元钞票，上为正面，下为背面

由这一点就可以推想到当时上海股票市场的热闹与混乱。

有许多朋友，平常只是一个白领，到了这个时候都辞去原有职务，到股票市场去抢帽子，上午买进，下午卖出，赚的钱是打工仔的好几倍。其实，像新光内衣之类，海外的业务早已断绝，三天涨一倍，五天涨一倍，全是人为的因素，但是就为了股票市场的狂升猛涨，令币值一天天地跌下去，有人想到手头放着储备票，等于呆子一般。

但是有一个现象还算好，小户人家不参加这种投机，一味囤货，囤火柴囤洋烛，样样都可以赚钱，不像香港有一个时期，理发师、汽车司机、女佣和开电梯的人都买股票，所以那时上海的股票买卖，受害的人还不算最多。

为了写这篇文字，我打算要找寻几张旧时上海股票做插图，曾经访问过一位著名上市股票的厂商，想借一张旧时的股票，但是他老人家却说："当股票疯狂上涨的时候，市价胜过实际价值数十倍，所以一张都没有留存。"足见当时的厂商，自己尽管做经理老板，而股票却是一张都没有的。

到了最后，因为政局变迁，全部股票不值一文钱。

杀胚黄某 终于被杀

随着币值一天天低落，纸币的流通量越来越大，十元、百元、千元的钞票早已不知去向，搭电车、买香烟、买火柴，都以万元为起点，钞票面额上的圈子一个一个圈加上去，生意人往来，成亿成兆也不足为奇。家庭间买米买菜，都要成捆钞票才买得到，但是还是不够，印制钞票的机构日夜赶印，市面上仍不敷应用。银行往来，就想出一个办法，施用"拨款单"。这种拨款单，就等于是银行本票，数目有大有小，小的几十万，大的几百万或几千万，一般人都觉得一张拨款单携带方便，没有钞票绑扎成捆的麻烦，于是拨款单就替代了钞票在市面上流通起来，连买小菜都用这种拨款单。但是有些不识字的人，"拨款"两字读不清楚，竟说成"八卦丹"，有些人互相谈话，"你欠我多少万八卦丹"，无形之中倒替永安堂做了广告。后来影响所及，连上流社会讲话，也说成八卦丹。

在抗战之中，最发财的一行就是银行。早期银行以吸收存款为主要业务，少的定期五年，多的定期十年。好多人一生心血，存上三五七千，到期取款，连一包香烟都买不到。如此说来，这种银行的业务比抢钱还容易。我又要讲一个故事：

我住在慈安里的时候，邻居中有一位叫黄雨斋的，这个人是生意白相人，开了一间浴室，此外以放印子钱为生。

他一边把银钱放出，一面用了四个孔武有力的白相人向借钱的人收高利，对方要是付不出，这班人就会动武打人，打到半死半活，在租界上是没有办法加以管制的，利息也没有法定标准，所以他的本钱越滚越大，大抵借出一百元，每天要收四元利息，因此欠上一个月，以利滚利的方式，就要还二百二十多元。这种生意，从前是印度人做的，方法是借一百元要写一千元字据。你能如期付利息，便可相安无事；要是到期不付，印度人就凭借据一千元来控诉你，借钱的人总是输的。

黄雨斋认为上法庭麻烦，所以改用拳头政策，谁都怕打，借款的人都按期乖乖地连本带利还给他。

黄氏在慈安里不过做了三四年，已经赚到盘满钵满。黄雨斋有一个外号叫作"杀胚"，他对有钱的人，一味满面笑容，大拍马屁，对穷人则会立刻露出狰狞面目。他没有钱的时候，倒也和蔼可亲；但是一有钱，全部放在面孔上。我因为和他是邻居，三天五天总碰得到，后来见他出出入入，眼高于顶，他家的门口，居然挂起了"汇中银号"的招牌，出门总有几个保镖，他坐在大汽车中，含了一根大雪茄，摆足架子，完全是富翁的模样。

货币一贬值之后，放高利的生意，反而变成蚀本生意，于是他就收买地皮，买房屋，囤货。他在伪政府方面，并无一官半职，但他天天宴客，拼命联络伪政府方面的人，目的是想向中央储备银行借钱。钱借得越多，囤货也越多，因此他的财产日涨夜大地多起来。他又钻头觅缝地拿到一张银行执照，于是就把汇中银号迁出慈安里，居然开起"汇中银行"来了，派头更大，简直比一般中小银行气势还盛。

他为了增强自己的恶势力，还在"七十六号"特务机构中当了一名经济特务，身上竟然佩上两支手枪，气焰之盛，不可一世。

我常常到他家去出诊，自从他参加了"七十六号"之后，看病就不付诊金，猜测他的意思，好像他已成为伪政府有头脸的人物，请我出诊，还算给我面子，到了年尾也不送一点礼物，嘴边常说："陈先生，曾经有人要转你的念头，都靠我一句闲话。"我也只得姑妄听之。

不久，他又在麦根路（今淮安路及沿苏州河向东之西苏州路、泰兴路、康定东路、石门二路至新闸路段）自建一幢住宅。从前汉奸们造的住宅都布置得红红绿绿，像舞台上的布景一般，唯有黄雨斋忽然附庸风雅，专收古董字画，大厅上挂了四幅翁同龢字，铁划银钩，神完气足，这一点倒令我羡慕不已。可惜他家附近是一家安乐殡仪馆，一天到晚，只听到和尚道士的吹打和丧家的哭声，他也不以为意。

黄雨斋有一个大笑话。他开浴室的时候，有一个经常替他剃头的理发师，后来转入安乐殡仪馆，专替死人理发修面。因为习惯关系，黄雨斋想剃头时，就打电话叫专替死人剃头的那位理发师来替他剃头，这件事很多人都知道，认为是极大的笑话。

胜利之后，黄雨斋又摇身一变，变成地下工作人员，专捉汉奸，因为他一向混在汉奸群中，对这些人很熟，所以他就乘机出卖朋友，先后捉到不少人。他自以为立下了大功，面孔上的表现，更加说不出画不出。

他的脑筋敏感得很，看若干同伴都没有好结果，所以一溜就到了香港。但是到了香港，他的一套完全行不通，所以不久又回到上海，最后被起解到他的故乡绍兴，经审判之后，处以极刑，他的头被砍下挂在闹市示众。这也是他聪明太过的结果，而且还应了他"杀胚"这个绰号。

最后一年 畸形繁荣

守本分的公教人员，在抗战的最后一年，简直穷相毕露，几乎连三餐都解决不了。但是事情也有相反的一面，新式的菜馆，如雨后春笋般开出来，价格打破惯例，不但菜式新颖，所用的餐具和点缀也都别出心裁，如在龙虾头上装上彩色小电灯泡，作为龙虾的眼睛，看上去十分豪华。

这些酒家的招牌中，多数有一个"华"字，大家就称之为华字头酒家，事实上，这种点缀装潢所费，还不是出在客人头上。

至于每席酒菜的价格，跟着币制狂涨，有的竟高到数十万、数百万元，吃的人仍然纷至沓来，似乎毫不在乎。向称最豪华、最富丽、开在四马路上的杏花楼，反而落伍了。当时狂吃的人都是囤货致富的商人和伪朝新贵之类。

关于消费事业我毕竟不大清楚，但是可以举一个例子，就是关于我们行医这一行，中医门诊，依着纸币的贬值，高到每一号门诊要收三万五万，而病人的数量也剧增起来，当内科医生的人，门诊每天上百号并不稀奇。小儿科医生，也要看到近百号，最奇怪的是由南市迁到租界的伤科医生石筱山，由兄弟子侄三四人应诊，每天竟要看到三百号。外科医生顾筱岩，也是由南市搬来的，往年他的门诊每天不超过二十号，但是在这个时期，竟也多到每天三百多号，由父子三人料理。

我的门诊，每天一百号是常事，但是有一件苦事，就是每天出诊繁多，特别是法租界的病人更多，我就想到法租界去设立一个分诊所，因找寻新址困难，始终没有找到理想的地方。

西医丁惠康，在法租界格罗希路（今延庆路）开了一个格罗疗养院，业务很旺，他又在霞飞路叶家花园原址开设了一家虹桥疗养院，前面我已写过，但是为了要写市面繁荣情况，再补述一些虹桥疗养院的收入状况。

民国时期，上海外滩和南京路交叉口的沙逊大厦，当时远东最豪华的酒店——华懋饭店就设在大厦内

虹桥疗养院的房间价格极昂，医生介绍病人入住，医疗费用的收入，医生可拿到一半，另一半归医院。手术费不收储备票，小的开刀手术都讲黄金一两二两，大的开刀手术总讲三两五两，因此丁惠康以院长的名义，每天收入黄金少则十两，多则数十两。所以丁惠康对诊病的事完全置之不理，只是坐享其成。他是喜欢拍照的，价值昂贵的照相机有十多架，晚间就专找漂亮的舞女拍照。他的摄影技术相当好，曾在大新公司举行过一次个人摄影展览会，展出的照片都是"非卖品"，朋友向他索取，他总是添印赠送，所费虽大，却毫不介意。

丁惠康挥金如土，最荒谬的一件事，那时节股票市场已进入疯狂状态，他也常常去买股票，有一天买进股票达黄金四五十两之多，就在停车时忘记关上车门，不一会儿全部股票被窃。从前股票经纪，一手来一手去，没有记录，所以他也无法挂失，因此这一大包股票，白白送给了小偷。那天我正和他一同进膳，他说出这事，大家为他着急，他却毫不在乎，一笑了之。

他开医院，有一套特别的宣传法，就是登报免费为人照 X 光，以照肺为限。广告登出来，登记的人动辄达千人之多。他只有一架 X 光机，每天限二百人，由一个值日医生主理。我有时也到 X 光室去参观，见到每一个人来照射，都是不用菲林的，只是透视（按：那时菲林已缺乏得很）。每个人照 X 光的时间不过一分钟，医生就在卡纸上打上一个橡胶图章，少数说是"肺部正常"，多数都说左肺有病或右肺有病。这样，有病的人一个个争先恐后地登记求治。那时有钱的人极多，即刻住院，于是虹桥疗养院把空置的房间都布置起来作为病房。在这个时候，丁惠康岂止是日进斗金，事实上比一斗黄金还多。

这个时候，盘尼西林刚刚发明，价值昂贵，都由跑单帮的人从香港偷带到上海，路途遥远，他们怎样的跑法我也不知道。因为虹桥疗养院用量极大，一个真正有肺病的人，要打上两三个月的盘尼西林针，其代价等于买一座小洋房，因此就有二十多个跑单帮客人，专门为虹桥疗养院来往香港、上海，偷带盘尼西林。

然而，病人毕竟多，带来的盘尼西林还是不够应用，而且香港做的盘尼西林假货多，上海也有人做，因此丁惠康又想出一个办法来，叫作"人工气胸术"，俗称"打空气针"，就是在肺部患处旁边，打进空气来压迫病灶。这个方法极为陈旧，在外国早已废弃不用，而虹桥疗养院却采用这种不用药物的空气针。这种空气针，针尖极粗，怕痛的人叫爷叫娘地受不住。果然有一部分人用了这个方法，病灶竟然停止活动，逐渐痊愈，但是也有一部分人，因为打了此针，转变成结核性肋膜炎，致使病势更形恶化而死亡。

我对他们的 X 光透视检查一分钟就能看出病灶极表怀疑。有一次，我和丁惠康开玩笑，我说每天检查这么多的病人，我倒要问问这位检查的人是什么天才。说罢我拿张报纸要来试试，让一个人一分钟之内在报纸上看二十个小字，并且要他默出来，这是无论怎样杰出的天才也做不到的。丁惠康笑了一笑说："这是个赚钱的生意经，你怎么这样认真地拆穿我的西洋镜呢！"两人为之莞尔，也不再说下去了。

丁惠康如此赚钱，大家也不甚明了，所以那时节掳人勒赎的事虽多，他倒不曾成为这帮人的目标，而他依旧挥霍无度，大部分的钱都是花在女人身上。

各舞场最漂亮的红牌舞女，十个之中至少有六七个和他发生过肌肤之亲。他的一部分钱用来收买古董，真古董假古董，塞满了几房间。他在法租界有名的十三层楼办了一个俱乐部，每隔十天八天，就把陈设出来的古董掉换一次，一方面也借此炫耀他的收藏之富。

本来他的父亲丁福保，在这个俱乐部中每星期举行一次"粥会"，到的人都是当时的文人雅士和江浙名彦。丁福保看到这许多古董，认为张扬开来，容易发生祸端，所以不久粥会就改在他的老宅中举行。

我写这段文字，是说明抗战期间，苦的人极苦，发财的人也发得莫名其妙。

第十七章

日军屈膝遍地哭

跑马厅中　哭声震天

紧急电报　雪片飞来

俄国机构　另有消息

《时代杂志》消息最准

排满小船的苏州河，远处是中国邮政大楼和公济医院

我们中国人，大部分多多少少有些传统的迷信观念，当然是极不合科学的。近年我游览各国之后，发觉各国都有类似的迷信，日本人在抗战末期，我觉得他们的迷信行为简直比中国民间还多。军阀们发动侵略战事，都是由佛教密宗禅师选择日期，他们认为一个"八"字对他们最为有利，所以他们第一次侵略东三省，就是九月十八日，即所谓"九一八"。第二次在上海一战，就选了一月二十八日，所谓"一·二八"。第三次也从上海开始，正巧是在八月份，基本上已经有了一个八字，就在那月的十三日，即所谓"八一三"。所以每次发动战争，都有一个"八"字，这是日本人的迷信之一。

　　日本军队出国之前，预先要由密宗禅师来做一次佛事，念经参拜之后，由禅师授予每个士兵一块木板，名为"御守"（日本人的读音为"欧麻毛利"）。木板上面写些什么字，我不认识，只知道这是作战的"护身符"。这块护身符，无论衣衫如何更换，是永不离身的。据说佩了这块木板，枪炮不入，刀刺不死，这是日本人迷信的又一件事。

跑马厅中　哭声震天

　　我现在要讲他们过去的一件惨事。向来上海驻守的日

民国时期，上海跑马场的公共看台（背面）

本军人，都是海军陆战队，在"一·二八"淞沪协定签订后，他们在虹口公园举行庆祝大会，这个公园相当大，历年以来被包括在他们的势力范围内。那次胜利大会举行时，他们把中国人全部赶掉，但料不到让朝鲜的革命党丢了一颗炸弹，日本的白川大将、重光葵大使等七八人，死的死，伤的伤，自此以后，日本人大集会就很少在虹口公园举行。

况且日本人在这次大战之中，海军与陆军相互嫉妒，各方面都呈现了不合作的现象。我那时住在威海卫路二号转角，正门恰好对着跑马厅的侧门，跑马厅是陆军的总部，出出入入的都是陆军的将校级军官。

抗战末年，我们上海人听到了日本陆军已打到贵州独山，直逼贵阳，重庆国民政府又将迁都，而且当时重庆的广播说抗战至少还要两年。听到这种消息的人，个个都丧气之极。正在大家忧心如焚之际，突然出现一幕日本人的大悲剧。有一天早晨五时，天尚未亮，我在二楼卧室睡得正酣，只听到外边人声鼎沸，我也不问外间发生了什么事，重又蒙被而睡。不一会儿，楼下的学生们闯到二楼来敲门，说："老师，老师，外边出了事，我们不敢开门出去察看，请你起来在露台上看看，究竟出了什么事情。"我只好披衣而起，走出露台一看，本来我的露台外面就是马霍路威海卫路转角，下面有一个三岔路口，这时较宽的那条路上拥挤着三四百个马夫，这些马夫，一望即知是跑马厅里边为陆军骑兵队服务的。但是这天早晨，陆军竟然把所有马夫都驱逐出门外。他们搬了无数木桌木椅放在马路中间，本来这个时候有公共汽车通行，但他们都用铁马拦住，不准任何车辆通行。远远望去，在马霍路有一段路也摆了许多比较考究的桌子和椅子，这是给朝鲜籍和中国台湾籍译员坐的。他们只许坐在这固定的位子上，不许越雷池半步。我一看这个情形，知道今天一定有大事发生。

我就和学生们商量，今天不但不能出门去买菜买肉，看来门诊也不会有病人上门，只有紧闭自家的门户，静观其变。

早上七点钟过后，有成千上万日本人，排了队由跑马厅侧门鱼贯而入，这些人都不是军人，身上都披着一条白布做的横条，上面写的是"日本居留民团"，有些写着"日本爱国××团"，还有一些妇女，身上挂着"大日本爱国妇女团"的布条，像操兵一般走进跑马厅。我很奇怪，他们为何不走大门而要从侧门进入？

我心想，不知这时跑马厅正门又是如何景象，就拿起电话向正门对面的一家广东菜馆"曾满记"的分店一问，这里的主人和伙计我都很熟，他们就告诉我："正门虽然大开，只有军人进出。全部电车由虹口满载着日本男女，天色未明便陆续开到，先在马霍路中段排队，但是正门前的静安寺路交通并未断绝，只有马霍路才有铁马拦住不准中国人进入。"

我一想，他们今天一定有一个居留民团大会，为了掩饰，静安寺路交通如常，使中国人看不出他们在玩什么把戏。

隔了不久，我又打了一个电话给对面木行中的保长，问他："今天到底出了什么事？"那保长回说："今天的事，到现在还不知道，只是我的门口聚集许多高丽和台湾译员，有些来向我借沙发，有些要求烧水冲茶，看来不知要闹到什么时候才能终了。"我刚搁下电话，见到一日本军乐队奏起哀乐，接着有日本僧人二三百人排队进入，一路上敲敲打打，口中好像还念着经。这种日本僧人，大约每走十步就下跪一次，最后，出现许多马拖的车，车上载着许多装骨灰的坛子，还有几架车，上面载着血衣和木匣。我看到这个情形，就想到这些木匣里面装的一定是"阵亡将士"的遗物。

最后一批，跟着三四十个妇女，都是穿着孝服，肩上披着有"未亡人"字样的白布带子。这批未亡人走完了之后，又来了几架日本领事馆的马车，车中所置何物不甚了了，好像是高级将领的灵牌。最后的一驾马车，载的是巨型的骨骼，猜上去大概是大将中将的战马遗骸。我从头看到尾，意识到今天他们举行的是"阵亡将士追悼大会"。

等到所有日本人进入侧门之后，铁门就关了起来，里面响起一阵哀乐，接着不知什么时候运到的一口大钟敲响了，也不知道里面由什么人主祭，在最后一刹那，只听见一阵凄厉的哭声，因为人数多，哭声响彻云霄。这个哭声，大约持续了一个小时之久，足见日本军人的阵亡者数字一定很高。

这天，我家没有人出去买菜，只好凑合吃了一顿。我知照全家的人，非但不许开窗，还要把窗帘放下，那时的窗帘，因为防空关系，用的都是黑布，不但我家如此，整条马霍路的人家都是如此。因为我家露台最受站岗宪兵的注意，所以我也不许人站在露台上窥看。推测日本人的心意，不但不信任中国人，连他们的译员也不信任，深恐虹口公园的惨剧重演。

直到下午二时，他们又排着队，分批坐电车回虹口。次日报纸上一点消息都没有披露，他们这一次的追悼会，比初进租界时的"庆祝大会"，一喜一悲，迥然不同。

这一天，我连下午也停了诊，免得多事。我想日本人这次侵略中国，报纸上一片胜利消息，当然俗语所谓"杀人一千，自伤八百"，这次的追悼会，只是追悼陆军方面有家人在上海的一部分军人，全国各地死了多少，我们完全不知道，海军方面死的人多少，我们更难估计。

紧急电报　雪片飞来

就在这段时期，我家三楼住着一位姓谭的房客，是日本黑龙会的驻沪首要，本来一个月内总有十次八次电报由日本打来，每次都由我的挂号处人员签收转交他，现在电报竟然如雪片飞来，一天总有五六件，甚至半夜里还有紧急电报送来。我们对谭某向来不交谈一语，所以也不便问他。

我的学生对半夜里开门接电报非常痛恨，由于好奇，也曾拆一封来看看，但一点也不懂，再用译电的书来查，但用的都是密码，究竟电报为了什么事，一点也不知道。

那时节，短波无线电机早已全部被日本人没收，但是我家还剩下一架旧机，拆拆装装多加几个真空管（按：从前无线电机都用真空管），学生们便偷偷地在夜间收听重庆和外地的广播，知道日本本土已被麦克阿瑟将军的空军轰炸，东京、大阪都被炸得不像样了，而且还说要开始地毡式的轰炸。这个消息，我们听到，别人也能听到，大约日本国内已混乱得不像样了。

俄国机构 另有消息

日本人败象百出，但报纸上披露的还是"胜利"消息，一切新闻被日本人封锁得很严，所以上海人对真正胜败消息可以说还是疑真疑假。我向来喜欢买书，有一天看到一个朋友手里拿着一本薄薄的杂志，中文名字叫作《时代杂志》，是上海俄国机构出版的。当时俄国尚未参战，一会儿对日本表示好感，一会儿又对盟军送秋波，日本人在上海对俄人一切行动完全不加干涉，所以这本书可以在上海出版。但是俄国人气派很小，每期只印两千本，只有一个地方发售，这个地方在静安寺路斜桥弄底一间小书铺中。因为印数少，一出版即刻销售一空，我总按着他们的出版日期去购买。这本杂志中大半是电讯，小部分透露些战事消息，我就在这些消息中，看到日本"神风特攻队"是支飞行队伍，用的飞机又小又简单，驾驶员都是二十岁的青年，飞机上只带炸弹，只备单程用油，飞出去就不准回来，轰炸的目标是美国军舰。从这个消息看来，日本真正的战斗机已所剩无多。我从这本杂志上得到许多闻所未闻的消息，日本战败之象越来越显明了。

抗战多年，日本的海军在太平洋战争中已显出极不利的态势，日本的陆军却在中国大陆进展得越来越快，老百姓对胜利的信心不免渐渐有些动摇。可是重庆政府电台报告说，抗战不是七八年能完成，还要迁都，再要继续两年的时间，要老百姓们咬紧牙关，度过这个非常时期。重庆电台的报告，大家言之凿凿，但是毕竟偷听收音机的人少，没有亲耳听到的人多，所以还希望这种说法不是真的。

《时代杂志》 消息最准

那时节，我们要得到确实的消息，唯有到斜桥弄那家俄国人办的时代杂志社去买《时代杂志》。这是一本很薄的刊物，内容都是采用苏联电台和塔斯社的电讯，一段一段短得很，但是每段内容都比较准确。

这本刊物，起初没有人知道，每期的印数也有定额，每期逢到出版，就被抢购一空，大家视其为真实消息的唯一来源。

记得有一段最可怕的消息，就是讲到"中美合作所"计划反攻收复沦陷区的策略，是要在浙江、江苏沿海登陆，第一个目标要收复上海，因为这时日本的空军，在太平洋战争中自顾不暇，而重庆方面，则组织了陈纳德的"飞虎队"，要联合关岛的美国空军与中国陆军协同登陆作战。

这个消息谣传已久，却没有得到证实，自从《时代杂志》发表之后，上海人人心惊胆战，认为上海已不是安居之地，租界上的人，也以为从此将不能安居乐业。那时节上海的人口大约是四百万，因此而逃离上海的人日有所闻。从此《时代杂志》格外受读者重视，可是俄国人向来不肯多印，所以买到这本杂志的人便互相传看。

日本人明知俄国人的《时代杂志》影响力很大，但并不加以禁止，因为那时节苏联还没有对日本宣战，日本人还希望苏联将来作为讲和的居间人，所以眼开眼闭地让他们存在着。

俄国人在上海人数并不多，不过四五千人，都集中居住在法租界霞飞路亚尔培路（今陕西南路）附近一带，绝大多数都是帝俄时代逃出的难民，其中有贵族，非贵族当然更多，我们统称为"白俄"，以别于苏联的"赤俄"。

向来我们对这种俄国人极为藐视，他们做的行业，都是手中提一个皮箱，肩上披着一条地毯，到许多中国人家去打门，推销地毯和杂物，家家都拒之门外。最差的是推销他们自制的"去油腻肥皂"，中国人都叫这些人为"罗宋瘪三"，见到他们更是不肯开门，弄得他们只好沿途兜售，或是在霞飞路旁摆地摊，向过路的人兜销，有时竟拉着过路人的衣衫，不问情由，涂上肥皂，作为试验，不论你买不买，只有给他们几毫子，才肯放你走。

白俄人在这个区域，最大的商店就是三五家卖"伏特加"俄国酒的小酒吧，做招待的都是老板娘或是她的女儿，她们能说几句北方话，老板经常介绍女招待给客人，总是说她从前是公主，或是某某皇亲贵族，其实多数兼操皮肉生涯，索价并不昂贵。

我曾经在亨利路亨利坊住过一个时期，那边附近几条马路，部分旧屋曾是白俄女性的卖淫地，所以中国人对这班俄国人久已鄙视。

也不知道什么时候，有少数俄国人暴露他们的身份是赤俄，不但办了中文版《时代杂志》，还出了许多俄文的宣传小册子，要这批白俄转变意志，归属到赤俄旗下。这时新开了两三家出售哈尔滨西菜和北京乳酪食品的商店，其实这些都是间谍和统战机关，我们有时买不到《时代杂志》，就到这些地方去吃一些东西，可以借看最新的《时代杂志》，明白太平洋战争到了什么程度，国际间有什么趋势。这时候，上海人都有一种感觉，要是不看《时代杂志》，简直等于蒙在鼓中，什么也不知道。

因为我住在白俄居住区域，常到一家出售乳酪的食品店去，店里的布置很简陋，客人用的都是藤椅、藤桌。去多了几次，俄籍的女招待招呼也不错，但是常有一个中国人坐在店中一角，偷偷观察往来的客人，有时我吃了出门，这人会跟踪着我，我就想到此人可能是日本人派来的密探，认为不大妥当，从此就不再去了。

但是，《时代杂志》总是要想法子去买，或向朋友借阅。据朋友说，日本人对《时代杂志》虽不加干涉，可是逢到出版的日子，总会派人监视在旁，察看抢购杂志的都是些什么样的人物。又据谣言说，凡是到斜桥弄去排队买杂志的人，都让日本人拍下了照片。这一点，我有些不相信，因为那时节的照相机不像现在的这么精巧玲珑，都是一些很大的方镜箱，而且此时菲林久已买不到，所以我对这个谣言总是不信。然而此说已腾传众口，买的人都具有戒心。

第十八章

深入虎穴幸脱身

民国时期，
外滩上的台湾银行

THE BANK OF TAIWAN

抗战时期，孤岛上的人最重要的，是希望得到一些有关战事的正确消息。自从日军开始南进，所谓"太平洋战争"爆发之后，日军竟开进租界，从此反日论调的报纸，如《大美晚报》，本是靠着美商牌子，到此立即停办。《申报》《新闻报》则对英美两国的电讯稿完全不用，报上只登同盟社一家的电稿，因此报上所见到的全是日军节节胜利的消息，孤岛上的人看了真是越来越气闷。

　　报纸是市民的精神食粮，专看日方的片面新闻，简直叫人又闷、又气、又急、又恼，而日本人办的《新申报》，同样是越看越生气。

　　当时能收听短波的无线电机，早已由日本军方命各家各户自动送到一个地方集中烧毁，所以大家想得到一些真实消息的话，全靠朋友们相聚，各人把听到的新闻互相传述。

　　这种传述倒也快得很。第一个大消息是盟国在雅尔塔举行军事会议，讨论对付德日的战事策略；第二个大消息是意大利投降；第三个大消息是希特勒自杀。这种消息，都是日本无法封锁的。

老友相叙　聊慰寂寞

　　我困居上海，唯一难以忍耐的就是业余寂寞得很，因此我便邀约医界中一向有来往的人，连我十二个人，举行了一个聚餐会，叫作"经集"。所谓经集，就是经常聚会的意思。每月聚集一次，因为这班人都喜欢诗、书、画，大家在进餐之前，擅书者作文，善画者作画，能作诗的就吟诗，进餐时，大家便交换各人所听到的消息。这个经集，由抗战开始，直到胜利为止，始终没有间断，而且每次差不多十二个人都到齐。

　　此外，我又有一班社交上的老友，另设了一个聚会。这个聚会，最初只有六个人，都是洁身自爱的人物。这班人消息就比较多，但是深恐外界有所误会，所以要求参加的人，一定要经过我们六个人全体通过，认为没有问题，才能参加。后来有不少人是志同道合的，陆续增加到二十四人，每次聚会，可以坐满两桌。

　　这两个集会举行的地方，都在我的威海卫路诊所二楼，好在我有一个女佣，做得一手好菜。大家届时先后到齐，餐毕之后，喜欢打牌的打牌，爱好下棋的下棋，要玩到傍晚六时半才散。大家最高兴的，就是有人讲出某项内幕新闻，让人听得津津有味。

　　其中有一个人，是明星影片公司的周剑云。这时明星公司由于战火破坏，厂房被炸毁，电影事业已为张善琨一人独霸，所以在这几年，周无所事事，牢骚极多。有一天，正是聚餐日，他说："今天有一件新闻，就快要曝出来，大家想不想去看一看？"说完，大家就追问他有什么新闻。他说："汪精卫手下派别繁多，各人都捞到盆满钵满，只有公馆派的林柏生，办办报，做做南京的闲曹，他得到汪精卫的允许，建一个类似青年团的组织，在上海居然有三千多青年参加，每人都穿了青灰色的制服，有些还有枪，我们上海人称他为'青泥团'。"

周剑云说："这个组织今天要举行一个反毒运动，将九亩地一带烟窟中所有的烟土和烟枪、烟灯一齐搬到新北门外民国路十字街头，付诸一炬，你们如果要去看，此其时矣。"这两桌人大多是怕事的，只有我和其他三人，由周剑云陪着到那边去看热闹。到了那边，看见这班"青泥团"正在指挥搬运东西，连红木烟榻都搬到街头，引火烧了两三个钟头。这是我们看到汪派中人相互斗法的一幕。（按：本来上海鸦片烟是从热河运来的，中断好久，利之所在，安徽也种了，所以恢复了九亩地的烟窟和赌窟。）

又有一次，罗君强的税警队到爱多亚路（今延安东路）共舞台看戏，因为不买票想看白戏，就和戏院外的警察冲突起来，双方开枪射击，警察死的人多，税警也死了几个。但是警察局的幕后人是日本人，难以下台，所以又派了大队人马来和税警队对峙，双方相持不下。这一天，周剑云又来约我去看究竟如何结局。我说："在这种情况之下，如果双方再开起火来，不是开玩笑的。"周剑云说："你和共舞台对面的商店必有相熟，我倒想看一看共舞台老板张

共舞台地处延安东路,原在大世界游乐场内,1930年独立经营,初名齐天舞台,专演京剧,是20世纪30年代上海四大京剧舞台之一

善琨如何解决这场纠纷。"我说:"好,共舞台对面的房子,都是仁济善堂造的育仁里,相近马路的住户有一两家我是相熟的,我们可以由后门进入,走上晒台去观战。"周剑云说:"你真有办法!"后来到了那边,看到日本宪兵出来弹压,双方才偃旗息鼓。

深入虎穴 幸得脱身

到了抗战末一年,木炭汽车已无木炭可用,我出诊都是坐一辆三轮车,我的座位在前面,车夫在后面踏驶,这种三轮车,俗称"孔明车"。一天,车夫对我说:"陈医生,你天天出诊,总是有一辆脚踏车跟在我们后面,已有好几天了,我认为你要注意一下。"我听了,心中很是惶惑。

我想那时节，租界完全控制在日军手中，绑票的事件已经没有了，这个跟踪我的人目的何在？我想不出一个答案，后来常常留意，有时确乎有人跟着我，有时却半个月没见跟踪的那个人，所以也渐渐淡然忘之了。

我们的一区，对面是一间木行，木行中有一个保长，这个保长喜欢饮几杯，有需要动笔的时候，常叫我的一个学生去帮忙。一次，我就请保长到我诊所来吃便饭。保长说："现在租界上表面很平安，实际上日本宪兵队捉到了人，用的刑罚越来越凶，越来越残酷。从前叫三套头，无非是灌水、拔指甲、坐老虎凳；现在又变为五套头、七套头了，凡人经过他们七套头刑罚之后，性命就难保了。"我问这种被捕的人属于哪一类。他说："有些是汪派中人，有些是所谓重庆分子的蓝衣社。"他又举出一个人，名字我已忘记，此人放出来时，遍体鳞伤，奄奄一息，隔了三天就无疾而终。我听完后真是毛骨悚然，连酒都咽不下去了。

末了，我问他："我在出诊时，常常有人跟踪着我，你天天到成都路警察局去，可不可以代我探听一下，这人究竟是何等人物？"隔了七八天，保长来告诉我说："这事打听不出所以然，总之，你要小心为是，因为日本人有一个牢不可破的观念，凡是医生和舞女，都视为有间谍嫌疑的人物。"

过了两个月，一次，我到麦齐尼路（今唐平路）去出诊，病者是吴姓的老太太，病并不重，但已连续看了四五次，后来我开了一张可以常服的方子。刚走出门，那个经常跟踪我的人就上前来和我谈话。他说："陈医生，你怎么认识这家人？"我就说："我们医生出诊，惯例问姓不问名，更不问病家是什么身份。"他说："我是贝当路宪兵队的人，你每天的行踪，我已调查了好几个月，但是绝不为难你，只要你跟我到祁齐路某处谈一次话，了解一下就行了。"我说："既然你对我的出入明了得很，何必再麻烦我呢？况且我今天还有两家出诊，非去不可。可不可以改为明天下午六时半，我去拜访你呢？"他说："可以。"这天回家之后，我又不敢对家人说，但又不能不同家人说，想来想去，只好打电话找袁履登，可是电话到处找不到，当晚通宵辗转反侧，不能入睡。

到了次晨，看病也没有心思，恰好周剑云来，我就把这情形告诉了他。他说："这件事，总之是凶多吉少。"我说："我无人可托，今天六时半到那里去，要是到晚上十二时还不回家，请你专程到袁履登那里想想办法。"

到了下午六时，我在实在不得已的情况之下，决定依时赴约。到了祁齐路那里一看，是一所花园洋房，跟踪我的那个人，早已候在门口，他陪我进去。里面是日本式的布置，挂了不少日本书画，一点没有军事机关的模样。接见我的是一个日本人，说得一口纯熟的中国话，他见了我，很和善地招呼，而且还敬烟敬茶。茶几上放着一个文件夹，他不停地翻阅，我虽然不知道他翻阅的是什么文件，但是可以推想得到那都是关于我的调查报告，页数不少。看到这个情形，我心中实在有些惊惶。

那个日本人翻阅完毕之后，接着就问我："你是不是从前去过日本，编过一部《皇汉医学丛书》？"我说："是。"他又问我是否在"自然科学研究所"当过中国药物学的顾问，我又说："对的，所长中尾万三是我的老友。"

那个日本人就说："如此看来，你倒是一个亲日派的学者。"我没有出声。接着那个日本人面色突然一变，态度完全不同，很严厉地问我："你何以常常出入于许多蓝衣社分子的家中？"

我说："我是当医生的，谁请我看病，我就到谁家中去出诊，向来照中医规矩只问姓，不问名，看完病开了药方就走，不管病人是什么党什么派。你说的蓝衣社分子，所指何人，住在何处，我根本不知道。"那个日本人听了，接着发出更严厉的质问："你是不是国民党分子？"我说："不是。"又问："你是不是逃到香港去的杜月笙的司库代发经费？"我说："我哪里有这个资格。"说出此话时，我也毫不畏惧，因为我知道日本人的性格，你越是软，他越是硬，如果你硬起来，他反而会软下来。果然那个日本人面色又是一变，这一变，成了一副和蔼可亲的模样，他为我倒了一杯"菊宗酒"，说："我刚才问你的话，都是根据调查报告而来，我明知未必确实，但还是先要经过谈话。不过，有一个问题，你历年当上海中医师公会的秘书主任，或是常务委员职务，何以不参加我们注册的一个中医公会，这一点大有反日嫌疑。"我说："多年以来，我是中医公会重要人员，一部分同业对我妒忌得很，想要推倒我的人也很多，现在他们的组织，根本把我拒之门外，所以我不可能参加。"说到这里，他无言相对，又翻阅案卷。案卷的末页，是一张极详细的新成区地图，我斜着眼偷看一下，看见我的屋宇所在被圈了一个红圈，附近台湾银行买办姓周的住宅，也有一个红圈，这两个红圈旁边各写了一个电话号码。他抬手拨动电话号码，随后和一个人用日语谈话，话讲得很快、很多，我一句也听不懂。等谈话完毕之后，他的神情又为之一变，对我说："刚才许多误会，现在我都已了解，我要特地为你煮一种茶，这是我们日本人敬客的茶道仪式，以表歉意。"我说："这是不敢当的，我只希望早些回家，免得家人牵挂。"那人便起身，我也起身，双方互作九十度鞠躬，临出门时，他对我说了一句话："现在是大东亚共荣圈成熟的时期，希望你也参加我们的组织。"我笑着说："我一天到晚忙着看病，如果我停止诊病，一定参加。"他说："无论你参加与否，我先送给你一份大东亚战争画报。"于是握手而别。这时已经是晚间八时，外面的车夫，看见日本人送我出来，他说："我真为你急死了！"

回到家里，喘息稍停，就打电话给周剑云说："我已经回来了，详细情形明天和你研究。"他说："还好还好，你叫我找袁履登，他在为人证婚，我谈起你的事，他只说陈某人是熟人，警察局的事可以帮忙，唯有祁齐路的特务机关，是贝当路宪兵队的上级机关，根本轮不到他说一句话云云。"

次日，周剑云又来同我研究这件事，是什么来由，想来想去，想不出一个道理，目前这件事是否已经结束，也难逆料。周剑云说："这里面一定有人捣鬼，俗语有句话说'无鬼不生病'，只好处处留神，免得遭受无妄之灾。"

说无来由 确有来由

我诊所的三楼，分租给一个房客，这人姓谭名宏道，是由新新百货公司董事林君介绍来的，当时收他租金每月二百元。他迁入之后，经常有日本人来访问，我心里大不以为然，就去询问林君。林君说："谭君只是我的同乡，我并不知道他做什么事，何以会和日本人往来。"林君年事已高，我也问不出什么，只好忍着让谭住下去。姓谭的经常不出门，我也很少见到他，偶尔见到，彼此只是点点头而已。

我由祁齐路回来的第二天，谭某忽然从楼上打了一个电话下来，约我上去谈谈，我也不能推却，所以在诊余时间，便走上去访问他。他租了我两间方方整整的房间，一间作为睡房，一间就是他的会客室。会客室中除了一张写字台，就是一只大的圆桌，客厅墙壁上悬挂的书画，都是清代书画家的墨宝，一点没有日本色彩。只有一件引起我怀疑的事，就是他的写字台上竟有四只电话机，这就是说他每天除了接见中日人等，还要接听许多外界打来的电话。照我的推断，这四只电话之中，至少有两只是直通的专线，否则一个人有一两只电话已经足够了。

我们两人坐定之后，谭某先是嘻嘻哈哈地和我闲话家常，接下来就问我："你诊所的挂号先生阿汪，同你是什么关系？"我说："这个人是由我的一位江阴籍老师曹颖甫先生介绍来的，说他是一个孤儿，姓汪名新根，叫我加以照顾。来的时候仅十四岁，现在是十八岁，是乡下来的，带些土气，平日沉默寡言，工作还算不错。你何以问起他呢？"谭某说："这位阿汪，人很不错，向来我有朋友来访问，他往往先打电话上来，问我接不接见，要是我接见的话，他就陪着他们上楼，并且还代我天天收受邮电，由他签收之后，送来给我。因为他为我做这种义务工作，我有时送他一些礼物，他坚不肯收。最近半年来，我发觉有许多由日本寄来的挂号邮件和拍来的电报都收不到。起初我疑心是中日交通有阻碍，但是最近我的儿子于中午用回单簿派人送来一封信，簿上由阿汪签了一个十字，到了晚间我儿子来看我，问起这封信，我告诉他没有收到，因此我感觉过去我收不到的邮件电报，可能都被阿汪拦截去了，不知道你知不知道这件事？"

我说："我早晨就匆忙出诊，回来就门诊，午膳完毕又要出诊，接着又是门诊，晚间总要到七八点钟才回家，我和这个挂号小汪，连谈话的时间都没有，怎会知道这些琐碎的事情。既然你疑心这个人不大放心，我可以即刻叫他上来，你当面问他，亦即可以得到一个结果。"姓谭的就说："好，本来我疑心你也有份拦截我的邮电，现在你这样坦白，我倒很抱歉。"不一会儿，小汪就由我叫了上来，我便把谭某告诉我的事告诉他，并且申斥他说："你不应该签收了谭先生的邮电不交给他。"此言一出，不料小汪态度很自然而镇定，一点没有惊惶之色。他说："我接到的文件，件件都亲自送到上边，从来没有拦截过一件。至于你儿子送来的信，我根本没有签收过。"他说话的时候，讲得很着实，毫无慌张的神色，而且富有乡下人土里土气的忠厚相。

谭某看了他的模样，也觉得奇怪，这个人很诚实，不像会吞没他的邮件。他说："我现在也相信你的话，但是儿子的一封信，回单簿上有你签名。"小汪听了，很自然地说："你尽管把回单簿拿来对，就可以水落石出。"当时谭某也拿不出回单簿，一时竟无词以对，小汪就施施然要下楼去，临出门口，回过头来对谭某说："我做的工作，是受雇于陈医生，代你收信，只是一种义务，你既不信任我，可以另派一个人坐在楼下，每日等候收取你的邮电和接待你的来宾。"谭某听了他的话，倒为之一怔，心想多雇一人，耗费太大，只好回过来向小汪说好话，叫他不要生气。

正在这个时候，谭某写字台上的电话铃响了，只听见他用一口流利的日本话，差不多讲了二十分钟。本来我站起想走，谭某用手招呼我，要我再坐一会儿。我坐着听这些话，才恍然领悟，这种谈话方式，与我在祁齐路听到的仿佛相似，因此我想到祁齐路特务机关的那幕戏，可能就是他搅出来吓我的。

谭某听完了电话，就对我说："陈先生，我和日本人交往，为了生活，实属不得已，但是我对你，暗中处处起着保护作用。绑票风行，你没有被绑，日本人进租界之后，你一次没有受到骚扰，都因为我住在你的房子里。一切特务机关、警察局，都奉命对这个屋子加以保护，你才得平平安安，始终没有纠葛。本来我不想讲给你听，但是现在因为我有无数重要文件都没有收到，因此请你对阿汪特别留意，看他是不是蓝衣社安排在这里的间谍。"

我当时就想到谭某一定是一个不出面的大汉奸，所以在特务机关里见到的一张新成区地图上，我的诊所竟有一个红圈。想到这里，我就慷慨激昂地对谭某说："我一向行医为业，从不参加政治，所用的挂号先生，你也看得出这般斯斯文文，是个足不出户的乡下青年，怎能当间谍。是什么人一见就会辨别出来，你阅人多矣，怎样也瞒不过你。倘若你认为他是间谍，可以立刻加以拘捕，我决不偏袒他。现在日本来的飞机少，船只近乎不通，日本货一件也运不到上海，邮件的失落也在意想之中。我明明白白地告诉你，我决不干预你的事，也希望你不要多猜疑。"说完这句话我回头就走。我的这几句话，意思叫他不要玩手段来威胁我。

这次谈话之后，过了四个月，日本本土已遭到美军的轰炸，败象毕露。与谭某往来的人物都是垂头丧气。有一天，我无意中计算电报局前后送来四次电报，那位挂号的小汪竟完全放在抽屉中，一件也不送上去。我见到这种情形，夜里对小汪说："我明明看见有四件电报，你一件也没有送上去，真是太大胆了。"小汪竟然面不改色地对我说："抗战是必胜的，我的父母和哥哥都是在日军人驻江阴时被他们刺死的，后来曹老伯也被刺死，此仇我非报不可。"说着就到我的客厅中，从一张靠墙的候诊人坐的长沙发之下取出十几包东西，打开来一看，全是谭某所说遗失的邮电文件。他很轻松地对我说："我决不会连累你，一人做事一人当，你要是怕事的话，我明天带了这些文件就走。"我看他这种神情，对他肃然起敬："只要你做得机密，尽管做下去，我只当不知道就是。"小汪也默不出声。

现在要补上一笔，就是后来日本投降之后，谭某就失踪了，他的儿子叫了一辆搬场车搬了一部分家私出去，他的妻子却依然单独霸占着我的房子，不肯退租。小汪貌似土头土脑，潜的智慧实在丰富至极，他暗中记住搬场车的公司名称，到那家公司查出谭某搬往虹口狄斯威路（今溧阳路）某号。他还向我借了一只望远镜，告假半月，每天到狄斯威路谭某匿居所在，在对面的天台上伺机观察。那时节国民政府已迁回南京，上海方面则大举逮捕汉奸，同时将日本军人全部缴械。居留在上海的日本人，都集中在汇山码头仓库里，由美国船只一船一船地运返日本，但有一个主要条件：日本军民的财产，包括银钱、首饰以及枪械等等一律留下，不准带出。所有的日本人穿同样的白色布衣，陆陆续续地被全部遣送回去，不准再留一人，私自留下的当奸细办，还有日本人将财物寄存在中国友人处，也有处分。

小汪在谭某所住房屋对面整日守着，而且登上天台观其动态。他看见谭某依然起居如常，楼上还住着七八个男子，面目依稀相识。他想了好久，这七八个男子，就是过去常来寻访谭某的中国通，因为他们的中国话讲得好，所以冒充中国人谁也认不出。他们避居在这个屋子里，没有遵照中国政府的命令迅速回国。小汪再到横滨桥区公所，说是要找寻亲戚，翻看了户口簿，翻到狄斯威路谭某那座屋子，出面的户主是谭某的儿子，职业是军调会员工。原来这个房子是以军事人员名义接收下来的，他的父亲谭宏道改名为×××，职业写的是珠宝商人，其他还有八个日本人，都改用中国姓名，籍贯都用江浙两省，职业写的是珠宝店职员。

小汪调查得清清楚楚之后，顺便把全部名单抄录下来。其时谭某和他的儿子虽已迁出我家，可是他的妻子还是挨着不走，因为这两间空屋，她还想顶出去，有一笔钱可得。我曾经催促她："你们住了五六年，因为货币贬值，等于白住，现在应该客客气气地分手，把房子交还给我。"那个女人凶得很，说："谭先生现在不知去向，但是我的儿子是在党部中央做事，我当然还可以住下去，而且我还要叫很多亲戚住进来。"这话虽不近人情，但也弄得我一筹莫展。

为报亲仇 完成壮举

小汪去了七八天之后，把调查所得的情况过来告诉我，说他准备向各机关去投诉。他拿出来的证据一共有八十多件。第一件是太平洋战争开始，日本军人进入租界后，由警局发出的一张"居民藏枪调查表"，由藏枪者自行填写。当时谭宏道亲笔填写有日本军方发给的自卫手枪两支，职业则写"日本黑龙会驻苏浙皖三省主任"。表格共填有两张，当时小汪将一张呈交警察厅，一张留着作为将来的证据，足见他一心要为他的父母兄长报仇雪恨。小汪的第二项证据有四十件，是日本发来的密电。第三项是一件杭州国军驻扎的地图，当时日军在攻进杭州之前，谭某已派遣许多小汉奸潜伏接应，后来因为谭某布下的间谍网工作毫无效能，大受日本军部的申斥，关于申斥的文件又有一大包。诸如此类的秘密文件，都是几年来小汪有意拦截下来的。

小汪一面给我看证据，一面又递上他写的控诉状给我看，具呈人赫然是他自己的名字，状词写得很好，把谭某的罪行一条一条写得十分详尽，每一条下面都附有照片证据。

我看着他的控诉状，一面看，一面流汗，真想不到小汪竟然有这种沉着而不动声色的能力，而且还有勇不可当的胆量，亲自具名控告。所以我对他十分钦佩，并且为他的状子修改了几个要点。

我说："谭宏道是一个大汉奸，但是他的儿子却在做我方特务，谭某有儿子掩护，你的控诉恐怕会受到阻碍。你的证据千万不可一次提出，我有一家专门为我拍摄药材标本的照相馆，你可以拿去叫他们拍成六七套，以备日后分向六七个机关控告。待到案子成立时，你才可把正式证据提呈上去。"小汪认为我的话是对的，于是就一面拿去拍照，一面自己缮写状子。第一件状子是投到警备司令部，果然警备司令部把它转到特务机构，整整候了很多时日，竟然石沉大海。可见是谭某的儿子托人把这份控诉状搁置起来。小汪天天等候消息，但连调查的人都没有来过。他气恼得很，于是埋头在一间小房间中，继续缮写控诉状，准备分呈南京最高当局、监察院和上海的监察使、警察局以及上海法院等。正在这时，最高当局飞到上海，要在跑马厅开民众大会，警局为了安全起见，在跑马厅附近的高楼上下，派出军警和便衣警探严密驻守。小汪得到了这个消息，一早就拿了一份准备递呈警察局的控诉状，亲自去见警察局局长，说是威海卫路二号三楼，有一位谭姓藏有两支手枪，同时把证据照片呈阅。警察局局长看到了，大吃一惊，因为最高当局开会完毕之后，必由横门而出，一定经过威海卫路二号，恐怕要闹出事来，所以局长就亲自率领大队警察，直奔我家。我知道事情发作了，小汪引导他们登上三楼谭某住处，当然是扑了一个空，只有谭妻一人，严词逼供，要她供出谭某的行踪，那个妇人只承认谭某以前确有两支枪，但他今已失踪，始终不说出他的住处。这样一来，局长格外着急，迫于无奈，只好叫四个警察留

抗战胜利后，受害者家属在战犯法庭设立的临时调查庭为死去的家人讨回公道

守她的房中，等候谭某归来，而且不准她打出一个电话。

　　小汪在旁对局长说，我知道谭某住在狄斯威路某号，改名×××，而且他楼上还住着八个日本人，都能说一口中国话，冒充中国人，不曾回国。局长立刻就打电话给国军宪兵队，双方会合，并且拉了小汪做引导去逮捕。这一来，不但谭某父子双双被捕，而且连住在他那里的八个日本人也一起被捉到，搜出手枪几支，还有大批钻石、饰物、美钞和几箱黄金，一部分是他们自己搜刮的，一部分是日本亲友寄存的，价值相当大。局长对小汪大加赞赏说："你这次功劳不小，日后定有嘉奖，但是你要每天守在家中等候随传随到。"后来以军法审判，在提篮桥监狱开庭，证据确凿，谭某父子和八个日本人在狱中全部被执行死刑。

小汪在罪犯被执行死刑的第二天，在我家中痛饮了几杯，举杯高呼："家仇已报，国仇已报，真是痛快！"这天晚上连我也很高兴地说："上海四百万人口，除了汉奸之外，人人口说抗日，但是没有一个人有能力打死一个日本人，甚至连汉奸都不敢碰一碰，而你竟然以一人之力，杀死了两个大汉奸，八个日本特务，你真是一个抗日大英雄！"谭某被枪毙之后，他的妻子也悄悄溜走了，连收尸的人都没有。

在军事法庭开审时，法官对小汪说："搜出的无数财宝，你可以向法院申请奖励。"小汪说："我只为了报仇，不求财物。"法官听了，当庭对他褒扬。

事情终了，小汪对我说："我要回家扫墓，举行家祭，祷告父母兄长，此仇已报。"我想其志可嘉，要送他一些旅费，他也不肯受，竟向我叩了一个头，只说了一个"谢"字，便告别而去。

这件事当时大小各报似有所顾忌，登得很简略。我后来做过一篇稿子，登在《申报》本港副刊上，现在我觉得有重写的必要，所以详述如上，这是一件难得一见的奇人奇事。

书画古玩 换粮糊口

就在这个时期，经济情况起了恶性的变化，就是通货膨胀。币值一天天地跌，有时早晚市价不同，甚至一日数变，弄到一盒火柴的价格也早晚不同。我渐渐受到经济的压迫，记得那年新春开诊之后，每天收入的钱，除了日常开支之外，囤货已不够资格，只得向外面银元摊上购买银元，每天可以买到二十多枚"大头"。所谓大头，即有袁世凯头像的银币。

到了五月，每天门诊总有八十号以上，出诊还有十二三家，而换到的银元，只有四五枚，这就说明币制已整个崩溃。本来凭了米票可以按期着人排队领到平价米，但是到了这个时期，白米完全绝迹，只配给杂粮"六谷粉"（即玉蜀黍，俗称粟米，又称苞米或珍珠米）。市民们从未吃过这种东西，但是吵也无用，大家硬生生把这种东西吞下去。我第一天中午吃到六谷粉，觉得难以下咽，黯然搁箸。我母亲虽然也吃不惯这种东西，但仍劝我勉强吃一些，免得饥饿。我说："做人做到这般地步，还有什么趣味可言，况且米铺虽不卖米，但是米铺的后门，还是有高价的黑市米可买，现在样样可省，唯有午晚两餐，我一定要吃米饭，不但我要吃米饭，合家都应该吃米饭，连下面的职员和学生，也应该供给他们米饭，我情愿把老本贴出来买贵米吃。"

当时，我在楼下诊所旁附设一间药铺，有职员四人，连挂号先生、学生、车夫共有八人，大家听到这个消息，非常欢喜。不过我声明："大家要轮流去买黑市米。"从此诊病收入的储备票积了一两天，用麻袋装来换米，而换到的米，不过是半麻袋而已。这个时候电台上的节目，播送出无数的歌曲和弹词，都是骂"米蛀虫"。因为大家实在不喜欢吃六谷粉，而黑市米又贵得厉害，普通人吃不起。这时高级的菜馆如"新雅"等都用麦片像米一样蒸成饭，已是名贵非凡了。

我家上下人等吃米饭的风声传了出去，大家都很惊奇，料不到我的至亲们，天天都有人来探望我的母亲，事实上不过借故来吃两餐白米饭。还有四个同学都是单身汉，虽然也做医生，但因收入少，自己开不成伙食，都来和我苦苦相商，说是钱不敢向我借，可否供给午晚两餐米饭。我听见他们这般凄惨的要求，本同学之谊，实在无法推却，但是声明："楼下一桌只以十二人为限，再多就不接受。"这样一来，我天天真是要贴老本了。别人如何，本来也不知道，但是有许多向来属于富有阶级的人物，也常常来向我借钱。我可以举出两个人来，一个是哈同花园罗迦陵的儿子罗友兰，拥有南京路房地产十分之七八，但是到了这个时期，每户房租依照原来租金，已买不到一包香烟，况且所有的收入已归日军管理，每月发给军用票一千元，后来军用票作废改发储备票一千元，真是连一包火柴都买不到了。试想，富可敌国的阔少爷，也要借钱度日，便可知当时的生活情况了。后来，罗友兰每月都会拿一两件古玩来向我换银元若干枚。

苏州桃花坞有名的富翁吴子深，他在苏州的产业不必说，在上海租界拥有梅兰坊、辑五坊两条很大的弄堂，内有石库门大住宅二三百幢，租金早已停止收取，因为收得的钱，连一个收账员都用不起，所以爽性不收。他住在我家左邻，虽也行医为业，但收入不够日常支出，每月都来和我商量。他很会说话，说："现在书画不值钱，越是向来讲风雅的人，现在越是穷得厉害。"我说："大新公司天天有书画展览会，你何不尽出所有，举行一次展览会呢？"他说："初时的展览会都是风雅之士来买，现在他们都变成了穷鬼，如果举行展览会，不要说裱工收不回来，连场地的租金也不会有着落。"于是我和他约定每月来我这里取银元若干，将来随便还我什么都可以。

此外，许多极风雅的人，真是穷得借贷无门，三餐都无着落，我因此想到"雅极必俗"；反过来说，许多目不识丁囤积发财的暴发户，以及一般汉奸，反而"雅"起来了，他们不但把房屋装置得像舞台上的宫殿一般，而且大买其书画，虽然他们不懂得选择，但是画必求唐伯虎，字必求文天祥，因为他们的肚子里只知"三笑"中的主角唐伯虎和话剧中的"文天祥"。但是唐伯虎的画，哪里弄得到真迹，文天祥的字，更是渺不可得，因此有许多书画匠，专门制造假货以供这班人的需要，我因此想到天下事物极必反，真所谓"俗极必雅"了。

市民读报　反面推测

这时上海的报纸，只有清一色的"伪报"，所有的新闻，都是一面倒的日军"胜利"消息，但市民读报已经养成一个习惯，对每段消息，都从反面来推测。譬如说，海军元

日军空袭珍珠港，美战舰被击中

帅"山本五十六"，久久不见他的名字在报上刊出，大家都推测他已经阵亡（后来证实确是事实）。又如日军组织"神风特攻队"，这种特工人员都是二十岁上下的青年，驾了一架小型的神风机，带着炸弹，撞击美国军舰。这种飞机所装的汽油，只供单程飞出去，而没有余油飞回来，报纸上就今天发表击沉美军舰几艘，明天又发表撞沉几艘，市民就从反面推测日本正式战斗机已毁灭殆尽，这时美军军舰已接近日本本土边缘了。

果然，又隔了若干天，有所谓"大日本妇女救国会"，在东京及其他各地参加掘壕工作，从这段新闻中，大家就推测到美军将攻日本本土，当兵的男子已不敷支配，只得出动妇女来负担这项工作。像这类的反面读报法，事后证实竟是十估九中。

但是由后方重庆来的消息，都是由跑屯溪走单帮的人带过来的，消息越来越可怕，甚至说日军已打过贵州独山，国军和老百姓成百万人由黔桂铁路撤退，火车连车顶上都挤满了人，每过一座桥，必有数百人死亡，许多人，把自己的骨肉都抛在荒野间。他们还带来重庆出的书报，纸张粗糙得比旧时的草纸（厕纸）还薄还黑。有一本书叫作《中国之命运》，大家抢着要看，但是只要四五个人看过后，这本书就会变成纸糜一般，所以看的人必须轻轻地翻阅，到后来用蜡纸糊裱起来，互相传观。在这种情况之下，若干有识之士，抗战必胜和建国必成的信念也不免有些动摇。

晴天霹雳　广岛被炸

日本人当时在上海，还出版了两张日文报，一张是《日日新闻》上海版，一张是《每日新闻》华中版，但是中国人都无法买到。我有一个亲戚，任职北四川路邮政总局，这个邮政局周围都是日本居民，贴邻就是新亚大饭店。该饭店抗战时期改为日军总部以及其他一些重要机关所在地，我的亲戚因职务上的方便，常见日本人把《日日新闻》和《每日新闻》寄往日军占领区的前方，因此，他常常留下一两份不代寄递，到了晚间回家时，经过我家，喜欢呷一杯酒，并把这种报纸给我看。那时的日本文字，不像现在全用"片假名"，几乎有五分之三是中国字，即使不懂日文，单看五分之三的中文，也可以连串起来，从中读到大体的内容。

记得民国三十四年（1945）八月七日的报纸，记载了八月六日"暴米在广岛投下了一种猛烈性的地毡弹，死亡人数无算"（按：所谓暴米的"米"字，就是指美国而言。所谓地毡弹，在发表新闻的那天还不知道是原子弹，到了后来才知道原子弹的名目）。这张报纸和平日大有不同，他们把广岛被炸的消息登得特别大，而死亡人数的估计，要达到五六十万（按：后来证明死亡人数是二十多万）。我看到这个消息，就想到普通炸弹炸死一万人都很少见，何以这次轰炸，一下子会死几十万人。到了晚上，朋友们纷纷打电话来说："日本吃了一个原子弹。"这是他们偷听短波无线电得来的消息。我搁了电话，再想打出去探听，电话已经不通，因为大家都在打电话，纷纷传递消息。但人们还不知道原子弹是什么东西，以及它对战事有怎样大的影响，这是我第一次听到"原子弹"的名称。

我在诊病时，对门跑马厅中有一个马夫的头脑叫阿昌，他向来有病，总是不出钱请我诊治，自从日军侵占之后，看病更不付钱，而且头上戴了一项日本低级员工所用的灰绿色"鸭舌帽"，自此以后我就拒绝为他诊病，理由是戴这顶帽子会吓走我的病人，所以我对戴这种帽子的人一律坚决拒绝，阿昌也奈何我不得，从此他就不来了。这天，阿昌的老婆忽然拿了一张白纸到我诊所来，跪在地上说："今天你无论如何要救救我家阿昌。"我一看这张白纸，上面写着"日本陆军本部非常出入证"，并写明"请汉医陈存仁诊病"等字样，下面具名支配人某某。我看了这张白纸，眉头一皱，不知如何应付，再三深思之后决定拒绝，理由是："跑马厅中有的是军医，何以再要找我？"阿昌的老婆说："阿昌死亡即在目前，跑马厅中不但没有军医，连兽医都已调了出去。"我说："不管！"阿昌的老婆也只好含泪而去。我心里虽然觉得太过残忍，但是因为我恨这班戴灰绿色鸭舌帽的小汉奸，所以不得不下此决心。

当天晚上八时左右，法租界的朋友们又纷纷来电话，说"苏俄已向日本宣战"。这一个消息传来，我就觉得要和几个好朋友讨论讨论，大家相约在法租界霞飞路 DDS 咖啡馆会面，因为那个区域是俄国侨民的世界，借此看看他们的动静如何。我到了那边，朋友四人已先我而至，看见俄国人开的小商店和酒吧依然照常营业，日军并没有把他们当作敌人送进俘房营。大家在观察商讨之下，认为这个消息未必可靠，因为几年前日本外相松冈洋右到过苏俄，签订过互不侵犯条约，松冈回国时，斯大林还和他拥抱而别，拥抱的照片在报上登得很大。所以对这个消息，初时不敢深信，后来才知道和苏俄签的条约，简直是一张没有用的废纸。

这个时候，敌伪的报纸也遮不住丑了，新闻中大大地攻击美国不人道的轰炸和苏俄的投机加入作战，而且还讲日本人沉着应付，必能打破这个难关。然而到了八月九日那一天，美国第二颗原子弹又在长崎爆炸，向来我对门的跑马厅侧门是终日开放的，而这一天重门深锁，好多日本人都在静安寺路口的正门出入。我就想象到日本军人已经惊惶得狼狈不堪，但是我们只担心此后的日子一天比一天难过。

喜讯传来　不知所措

八月十日，上海的情况一如往日。因为那时节用电已从每月只限七度缩减到每月只能用五度，所以一到垂暮，马路上就一片漆黑，一般人不敢出门，恐怕治安上有什么问题。不料老友何君（他是生化药厂的人），打电话来约我到霞飞路E.B.C菜馆晚餐，讨论他们出品的胚胎素，因为原料断绝，可不可以用中药紫河车（即人胞衣）来替代。我勉强答应他五时半准到，吃到六时半一定要回家。他答应说："好。"我到了霞飞路，俄国人设的商店还是开着，马路上一片平静，苏联对日宣战的事毫无迹象可寻。六时三刻我回到家里，车夫对我说："今天我要回家。"我说："好。"

因为屋子里的电灯只有在晚餐时间开一阵，所以我只好秉烛看书，预备九时入睡。到了九时，已经睡在床上，突然一阵电话铃响，原来又是何君打来的。他说："好消息！

日军代表黯然退出受降会场

好消息！日本宣布接受中美英等国波茨坦公告愿意投降。"
我问："你在哪里得来的消息？"他说："这是俄国人方面
来的消息，现在霞飞路一带的商店已不顾电力的限制，家
家开灯如同白昼，爆竹之声震耳欲聋，你要不要再到 E.B.C
来看看这般出人意料的热闹光景。"我听了这个电话，初
时还半信半疑，继而走出阳台向外一望，全市漆黑，唯有
南面法租界中心地带，灯光通明，这一来我就深信不疑了。
这时我的心情，实在难以描述。我心想要是日本人果真投
降的话，真是我生平从未有过的最高兴最开心的事情。

于是重新穿上衣服，告诉家人日本已投降，走到楼下，又告诉挂号先生和两个学生，他们也兴奋得像发狂一般。我说："可惜车夫已回去，否则，我一定要到霞飞路去看一看。"那三个人说："先生，我们三个人轮流踏三轮车，送你到霞飞路去。"片刻之间，他们一人踏车，两人跟在后面飞奔，转瞬间已到达霞飞路。只见马路上人山人海，叫的叫，喊的喊，有些人在马路中心狂跳狂舞，还有许多俄国人竟然拿了酒瓶在马路上狂饮，因为人挤得太厉害，我的那架简陋的"孔明车"无法前进，只好下车，自己去挤，但是又因为爆竹燃放得厉害，一堆一堆的人，避的避，拥的拥，好些人为爆竹所伤，可是受伤的人也毫无怨言。我和同去的三人也失散了，那架三轮车也被人潮挤烂了。我好不容易挤到了 E.B.C 餐厅楼上，这里早已被先到的人占满，店主人不供给菜肴，只是把啤酒一杯杯免费地送给客人饮，秩序之乱，无与伦比，哪里还找得到友人何君。这时酒杯缺乏，我好不容易找到了一个水勺，在啤酒桶上抢酒饮，我一口气连饮了三勺。但是餐室内的人潮汹涌得很，一拥过来，我就被他们拥离啤酒桶，再想饮已饮不到了。不过我觉得这三勺啤酒味道之佳，向所未有。饮罢之后，又在人潮中挤来挤去，一直挤到亚尔培路转角，因为这个转角，是从前白俄侨民的中心区。只见无数白俄人，在马路中央大跳其俄国哥萨克舞和各式古典舞，一时欢呼叫好之声惊天动地。

最有趣的是，有一队白俄人，穿了沙皇时代的军装，

1945 年 8 月 15 日，伦敦，一群中国餐厅侍者在阅读日本投降的消息

戴上了好多勋章。还有一班乐队（上海人称作洋琴鬼），奏着俄国国歌，不过这队人步伐整齐，所有围观的人也让出一条空道让他们通过，后面有许许多多俄国妇女跟着，唱歌的唱歌、跳舞的跳舞，这是一个激动人心的行动，我高兴得连眼泪都流了出来。

当时中国人开的商店，店主都回到铺子里来，也把灯光开得很亮，各自挂起一面中国国旗，人们高呼各式各样的口号，当然其中有"打倒日本帝国主义"等语，这个时候，日本军人一个都看不到了。

在这般光景之下，时间过得很快，已是深夜二时，我毫无倦意，但深恐家人牵挂，所以从小路步行回家。沿途逢到俄国式的小酒吧，依然挤着好多人，我再走进去饮一杯啤酒，这时俄国人慷慨得很，总是另外加送一杯俄国的伏特加酒。这种酒上口极易，可是一股热性剧烈非常，令人周身发热。本来平素要我步行这么多的路是走不动的，但是这夜一路走，一路想，居然很快就抵达家门。家人们纷纷来问我究竟是否确实，我说："确实！确实！明天的报纸一定大有可观。"

那个晚上，我实在太高兴了，睡都睡不着，躺在床上，迷迷蒙蒙地胡思乱想。想到日本这回如此下场，又想到日本退兵时可能会来一次大屠杀，真是一则以喜，一则以惧，半夜间越想越开心，但是又越想越怕，哪里还睡得着，只好眼睁睁等着次日的报纸。

日军拍门　饱受惊惶

大约清晨六时光景，天尚未明，一个学生奔到楼上，说："老师！不好了！有个日本宪兵模样的人，在前面打门，初时打得很急（按：这扇门特别厚，表面是木门，隔层实际是一扇铁门，因为有一个时期，日本人要拆除铁窗铁门，所以我连夜加上前后两层厚木，尽管打门，声音并不很响），后来打门的军人，又用皮鞋乱踢，我们起身朝窗外一望，才知道是一个日本'正规军'，我们不敢开门，特来请示。"我这一惊，真是非同小可。我向来知道日本军人捉人，总是在半夜或拂晓之时，所以我匆匆穿上了衣裳，想从后门逃走。岂知我刚打开后门，那个日本军人已到了后门口，我惊慌得不知所措，真以为大祸临头了。

幸亏我略略镇定一下，看到这个军人后面带着一个老太婆，这老太婆就是前两天来求我看病的阿昌老婆，这时我才稍稍安定下来。而且想到向来日本军人对要逮捕的人，首先必定重重地打两下耳光，但那军人却对我行了一个军礼，说的是日本话，我一句也听不懂。我就问阿昌老婆，这个军人来做什么。阿昌老婆说："因为前两天请你出诊，你不答应，现在阿昌是伤寒症肠出血，泻了一便桶的血，我向军部求救，所以现在由这个军老爷陪我来，带了非常出入证，请你去看一次。"我说："伤寒症肠出血在一百个病人之中，能活的十个也不到，这是不治之症，我不去，你自己向那军人说罢。"阿昌老婆说："我也不会说日本话，求你去走一次，免得这个军老爷发脾气，害你吃眼前亏。"我心中实在不想去，但是她的话倒也有道理，这种军人发起兽性来，只要铁蹄踢我一脚，我已受不了。我就指指身上的睡衣示意，并且用中国话说："我要换一件衣服，你等一等。"那军人也懂得我的意思，我就上楼穿了一套长衫马褂，还想带一个学生同去，那军人摇手示意这个非常出入证只限一人。我想到跑马厅中已紧张非凡，便带了一些伤寒末期的急救药，如紫雪丹、神犀丹等，跟着他一路由静安寺路正门入内。

这时曙光微吐，街上行人稀少，加上我一夜未曾入睡，所以觉得很疲乏，拖着沉重的脚步，进入跑马厅正门。那边的大门开得很小，只容我们三人依次进去，只见里面有宪兵多人，把我这张非常出入证详加察看，经几个宪兵商讨研究好久，才准我入内。

我知道，马夫的居处是南边一排红色砖墙的矮屋，距离正门极远。那时只见无数日军正忙着搬东西，情况混乱，好像有大事情发生似的。幸亏陪着我的那个阿昌老婆指着钟楼对我说："阿昌就躺在那个钟楼下的一个小屋中。"

我进入钟楼，那个与我同去的日本军人随手把那张非常出入证递给了我，示意我藏好，随后他慌慌忙忙地离去了。于是我就跟着进入那间小屋，在门外已经闻到一种极难闻的臭宿之味，我知道这种气味，就是伤寒症到了危急的时候必然会有的一种虚脱性出汗的臭味，料到阿昌已病入膏肓。果然，我走到他的面前，见到那人奄奄一息。本来阿昌有个绰号叫作"塌鼻头阿昌"，其身强力壮，是马夫中有名的打手，此人在日人侵华前后，声势之盛，远远超过从前小马夫马永贞。马永贞在马霍路的时期，不过有一种"两腿夹马"的功夫，死后竟被笑舞台编剧演绎成一个大名人，其实塌鼻头阿昌，其勇，其狠，其猛，其恶，兼有几段假仁假义之事，从者之众，远胜于马永贞，可惜未经小说家渲染，所以只是一个寂寂无名的人物。

阿昌到了这个时候，神志昏迷，骨瘦如柴，看他的情况，已濒临死亡边缘。我想，即使是真的英雄，也怕疾病折磨。这时我在不得已的状态之下，为他按一按脉，觉得他六脉已乱，脉息有如游丝，有如鱼跃。我对阿昌老婆说：

"阿昌生存的时间极短促了。"说罢我就吩咐她把紫雪丹捣粉用水灌他饮服。我想立即脱身，料不到钟楼之下的小门，在那日本军人出去时被他掩上了，只得暂时止步，等候他来陪我出去。在这几分钟的时间内，外边军靴声越来越大，我心想外面的情况一定比先前还要紧张，只身拿着这张非常出入证出去，未必能允许我通过。正在进退维谷时，阿昌的老婆已大声啼哭着奔出来告诉我："阿昌还没有服药已断气了。"我说："这是预料中的事，你最好不要大声啼哭，现在日本人个个紧张得精神失常，见你大哭说不定会进来打你一顿。"阿昌老婆说："我一个人站在尸首边，实在害怕。"我说："你不如走出房外，陪我等一会儿再说。"于是两人同在钟楼下等候来人。

一场惨剧 亲眼目睹

正在这时，只听见外面军人的呼喝之声，无数大卡车由远而近，轧轧声络绎不绝。于是我就从钟楼的楼梯盘旋而上，在横角之间，四周都是小窗，从窗口望出去，跑马厅的正门已经大开，无数运兵大卡车接踵而入，门口站了两行宪兵，见到一辆车开入，便高喝一声，举枪致敬。这时，我知道非由那个军人来陪，绝难出门，只得更上几层楼，登上钟楼的顶层。原来最高的地方，本是日军的瞭望台，此时已渺无一人，而窗口上倒留有好几个极精良的望远镜，我就随手拿了一个向四周观察。此时天色已明，朝东望是不见尽头的军车陆续入门，朝西望也有无数军车等候着。待军车进入跑马厅后，军人下车分别列队，站在一个固定的地方，而海军空军也开到指定的地方，排列得很整齐；大约东面进入几十辆军车之后，西面也有二三十辆军车，依次进入，源源不绝。我看了这种情况，又回到另一个窗口，遥望南面的情形，在最远的一隅，有不计其数穿着白色衣衫的人，排队站立着。我手中的望远镜实在很精密，我调整更远的焦点望过去，这些穿白色衣衫的人都有手铐和脚镣，细细地点一点数目，每行是十二个人，有铁链串着，但是因为人数太多，究竟有多少人，实在数都数不清楚。

阿昌的老婆，呆坐在我身边的地上，我就叫她来看一看，这些穿白衣的人，是中国人还是日本人。阿昌老婆看也不看，只说："这些人向来是囚禁在马房中的，半年来，陆续增加到一两千人，晚间由宪兵押解到看台的坐阶上，让他们睡觉，这些都是日本的造反军人！"我想阿昌老婆所谓"造反"，即传说中的"反战军人"。从前我不信日本军队中有反战分子，现在一看倒是事实；我又想到从前传说反战军人在进入战区时，一经发觉都是就地正法，而这些反战分子想是在附近战区被捕的，所以留到现在。

阿昌老婆像在喃喃自语："昨天晚上，全跑马厅中的日本老爷（按：这是附敌马夫们向来的口头禅）没有一个睡觉，只见他们纷纷忙着做各种工作，最气人的，就是一班马夫，向来忠心耿耿地为他们做事，直到昨晚半夜，日军突然下令叫他们全体收拾铺盖，立刻离开跑马厅，而每人应得的若干遣散费一句不提，对当翻译先生（按：这种称呼也为马夫们所惯用）的高丽人、台湾人，同样叫他们离去。这时大家感到前途茫茫，不知如何是好。而且一般马夫对日本人怕得很，加上没有一人出头，弄得一点办法都没有。幸亏这时有两位高丽翻译先生挺身而出，向日本人索取遣散费。哪知道日本老爷看着这班马夫暗暗抹眼泪却不为所动，尽管高丽翻译一直在讲，那个日本老爷却闭着眼睛不出一声。讲了好久，他才打出一个电话向上峰请示，电话搁下之后，说每人发给十个银元，这时大家哗然，认为只给十个银元难以为生，而且跑出去被老百姓打死倒有份（按：平时这班马夫戴了灰绿色的鸭舌帽，狐假虎威地欺压平民）。当时高丽先生又对日本老爷讲了很多话，日本老爷说，我自作主张，每人再加十元。高丽先生还是不肯答应，岂知那个日本老爷竟然面色一变，拔出手枪，砰的一声把那高丽先生即刻打死。这样，大家也就不敢作声。那个日本老爷叫人搬出几箱银元，发给每人二十元，大家忍气吞声而去。那时阿昌卧病在床，连二十元都没有拿到，他的后事真不知如何了结？"

听完她的一番话，大约已经过了十分钟，再拿起望远镜来望，情况又不同了。外边排列的空车，最少有一二百辆，军人排得密密麻麻，以军车的数字来推算军人的数目，有近万人，都是一方一方排得很整齐的。在远处中央搭着一个台子，台上放有一把椅子，这把椅子看来像是跑马厅售票人坐的高脚椅子，椅子的靠背上披着一条黄色的东西，但我看不出这是一件什么东西，台子的旁边竖起一根很高的旗杆。这时候，又有无数名贵大汽车开入，车上坐的都是高级军官，每辆车停下来，军人们便举枪致敬。军官们昂然步行站在一般军人前排，每一个军官到达时除了军人呼喝致敬之外，全场肃然无声。看这班军官的服装显然各有不同，想来海陆空军所有军官已经到齐，有人便把跑马厅正门锁上，宪兵也加入队伍中站立，连开车的勤务兵也列队站齐，片刻间升起日本国旗，在场的军人同唱国歌。唱毕，一个军官对着话筒讲了一番话，当然我也听不懂，只见远处一隅地上，摆着一排计算不出数目的机关枪，对准那些穿白色衣衫的囚犯，旗帜一挥之下，跟着就是一阵轧轧的机关枪声，无数白衣囚犯纷纷应声倒毙，也不知道死了多少人。之后，有一个长官模样的人在话筒前讲了几句话，只见剩余的白衣囚犯，立即跪到地上，戴着手铐表示降服，这些囚犯就算逃出鬼门关了。

我看到这幕人间大惨剧，真是周身冷汗，心想他们对自己的同胞已经残酷到如此地步，将来对我们沦陷区的人民，不知要残酷到什么地步。想到这里，真不敢再想下去。

原来这幕惨剧，是做给全体军人看的，即俗语所谓"杀鸡给猢狲看"。接着一声号令，上万个军人寂静无声跪在地上，台上已经放着一架唱机和话筒，由几个高级军官，诚惶诚恐地捧着一张用黄巾包裹着的唱片，放上唱机，播出一篇"演说词"（按：后来才知道是日皇宣布投降的诏书）。

演说词播完，全场军人都抱头痛哭。只见许多军官依次抽出指挥刀放在台上那把椅子的前面（按：那把座椅原来即代表日皇的皇座），这些军官的人数几何，这时我也不敢看了，深恐他们散会时发现我这个穿长衫马褂的中国人，不知会引起什么祸端，想来总是凶多吉少，不如趁着所有日本军人哭成一团的时候，想办法尽速离开。因为钟楼上望下来，军人坐的汽车卡车，已经塞满了外面的通道，我大可以利用这些车辆来作掩护。于是我手里拿着那张非常出入证作为护身符，向跑马厅另一面（即新世界南部的后门）走去，看到跑马厅外面国际饭店、金门饭店等高大建筑物的窗口中、屋顶上都挤满了人，我敢说这悲惨的一幕，并不是我一个人看到，看到的人至少有千人以上，不过没有人像我那样亲历其境。

上海的"跑马厅"，要比香港的"马场"大得多，所以我走得很辛苦，等走到新世界后门时，一看大门早被日本人封锁，这一点出乎我的意料，但是我站的地方已是日军视线所不及，我的胆子也大起来，心想我必定可以安全地逃出重围。那时我顾不了许多，因为跑马厅沿静安寺路一带没有围墙，只有铁栅，便决心爬出铁栅。栅高约六尺，不过绕着有刺的铁丝出去大有困难，我就把衬绒袍子马褂脱了下来，盖在铁丝和铁栅的尖头上。这时也不知哪里来的一股勇气，我一下子便爬了出来，跳到栅外的沟中。这条沟极狭，不过一尺深，下雨时有水，天晴时只有干枯的野草，我一跃而下，跳在干草之中，一点没有受伤。举目四顾，还怕外面有什么日本军人守着，所以仍把那张非常出入证拿在手中，以防万一。但是望了好久，根本不见日本军的影子，连警察也没有。

八年怨气 一旦倾吐

走出重围之后，我反而周身无力，举步艰难，好容易挨到国际饭店，先上三楼孔雀厅坐下来。也不知道大家从何处得到消息，在窗口目睹了日军的悲惨下场，孔雀厅中早有成百人在那边大开香槟，一个个碰杯狂饮，庆祝抗战胜利。这时我的精神也为之一振，但是身上未带分文，不能买酒，幸而相熟的朋友很多，虽然见我只穿了短衣衫，狼狈非常，大家也不问情由，纷纷拉我去同饮。原来那时国际饭店中人，也如痴如狂地随便客人取饮，不给钱并不在乎，这时候的情况，真所谓普天同庆。八年来的怨气，大家得到一个倾吐的机会。

兴奋过度 情不自禁

我想到了回家。可是日本投降的刚才那幕惨剧已经结束，无数日本军车由跑马厅中开出，所有军人都已把枪械缴出，一车车开回虹口和大西路，这时静安寺路交通已断，我无法回家。打电话到家中，电话线已挤得根本接不通，足见上海人都在打电话互相传播日本人投降的消息。幸亏

同盟国美国军舰开进上海黄浦江。日本宣告无条件投降，抗战结束了

上海南京路上庆祝抗战胜利的游行人潮

国际饭店的经理卢寿联君和我很熟，我要他替我开一间房间，不过我说不能先付钱。他说："昨天房间还住满了日本大亨，到了下午七点钟左右，陆陆续续地都搬走了，所以空房间多得很，你付不付钱已不是问题了。"他就立刻替我开了一个房间，我进房倒下去便睡着了，不过睡了约半小时，心头怦然一跳，一跃而起，想起家人一定牵挂着我的行踪。于是我不顾一切不断地打电话，大约打了半个钟头才打通，我告诉家人说："我现在睡在国际饭店，安然无事。"打罢了电话，重新入睡，不到一刻钟又惊醒了，因为迷蒙之中，幻现出一批白衣囚犯被枪决的情况，觉得恐怖得很，再也睡不着。于是又跑到顶楼一个名叫"云楼"

的小酒厅，再向上走一条小梯，即是天台，在那里眺望跑马厅的情况。只见那边有很多正在焚烧的大小火头，因为没有望远镜，看不到在烧什么东西，只见许多纸灰飞扬在天空中，照我的推测，是在烧毁卷宗。一部分火头是架着木头烧的，而且随风吹来一阵恶浊气息，我想可能是烧反战囚犯的尸骸（按：后来据我的家人说，烧尸体的臭气，历时很久才消失）。看过之后，我回到房间中，家人已将衣服送来，两个学生也赶来问我经过的情形。我说："现在我没有精神再说了，你们赶快替我去买报纸。"可是一倒在床上，反而觉得先时饮的酒，酒性开始大发，一会儿昏昏入睡，直睡到傍晚才苏醒过来。醒来一看床边一张报纸都没有，后来才知道报纸出版后一抢而光，足见那时上海人已经开心到发狂一般，人人争先恐后地要看报纸。

到了晚餐时间，我的家人来了，我说："大家这般开心，我反而感觉到有一种极端的恐惧，深怕日本人在大撤退时发起一次兽性大屠杀。我们总要找一个安全的地方躲避一个时期，可是大旅店太不安全，住人家又不方便，该怎样才好呢？"家人说："不要管他，八年的恐惧都过去了，还怕什么？"我们正在商量的时候，外面一片爆竹声震耳欲聋，我的恐惧心理也被爆竹声冲淡了。后来才看到报纸上说，日皇诏书的唱片引起主战派军人入宫搜索，而事实上这套唱片早已移藏别处。为了这事，主战派和主降派双方开枪，死了不少人。同时南京伪府已瓦解，陈群自杀，陈公博带了一个情妇莫国康飞逃日本。事后又知道日本在上海和其他地区撤退的军队约一百万人，广岛的一颗原子弹死了二十万零几千人，虽然辐射的遗毒还要传二三代，但中国军民死亡近一千万人，伤的更不计在内。当时中国宣明的是"以德报怨"的伟大精神，许其重整国体，唯时至今日，日本反而暴露"以怨报德"的姿态。

写到这里，抗战时代生活史也要结束了。不过我要申明，我写这篇文字的初期，搜集了不少参考书，可是临到执笔之时，总是因交卷日期所迫，没有时间去查书，全凭个人的见闻情况回忆写出，所以对年月与日子，以及事件的具体情况，错误在所难免，希望识者加以指正，这是我最感激的。

原版后记

值此父亲 100 周年诞辰之际，谨重刊此书以为纪念。

我的父亲名保康，字存仁（又名承沅），于 1908 年出生在上海老城厢一个世代经商之家。祖上饶有资产，祖父及其五房弟兄在大东门一带开设了两家衣庄和两家绸缎庄。然而，在父亲八岁那年，由于经营不善，家道中落，两家衣庄及绸缎庄全部变卖还债，而祸不单行，祖父又罹急病遽然西归。孤儿寡母，没有了经济来源，全靠亲友接济度日，艰难困苦，可想而知。幼年的父亲便是在这样贫困的环境中成长起来的。父亲十多岁时，中学毕业后，在伯祖的资助下，根据祖父要让父亲学医的遗言，投考了由丁甘仁先生创办、由谢利恒先生任校长的"上海中医专门学校"。

为了阅读中医典籍，父亲又先后拜姚公鹤先生和章太炎先生为师，补习国文。由于家境贫困，父亲在读书之余还应征为丁福保先生做过抄写和剪贴工作，并时常忙里偷闲，写些短文，用"存仁"或"绿豆"作笔名，投寄当时《申报》的副刊"常识"和小报《晶报》《金钢钻》等，以获取一些稿酬，补贴生活之需。由于生活的磨炼，父亲从小养成了勤奋好学和写作的习惯，他一生除行医外，每天至少花两个小时写作，从不中辍。很多年后，父亲青年时代的朋友秦瘦鸥世伯，在一篇文章中回忆说：我和陈存仁年龄差不多，"加上都爱爬格子，向大小报投稿，于是很自然地碰到了一起（这也许就是佛教所说的缘分吧）。可我们在性格上毕竟还有差别：他沉着稳重，克制力很强，我则大胆好奇，喜爱热闹。另外有几个游侣如姚克、鄂森等经常和我去餐馆或上跳舞厅，甚至跟着别人闯进赌场或妓院去，竟想在堕落的'雪坡'上试一试'滑翔'的滋味。陈存仁却从来不愿同行，几次之后，我们也不再邀他了。当时，我们都还纯真坦率，并没有为此责怪他没有哥儿们的义气。后来我变得懂事了，一经追想，更不由不对陈存仁的富于定力，不随波逐流，感到是一种可贵的品质，也使他在十几年后便功成业就，从无数的同道中脱颖而出"（《上海滩》1992 年第 6 期）。诚如秦世伯所言，父亲的这种品质正是他日后事业成功的基本条件，而父亲这种优秀品质的形成，除了其幼年失怙、家境贫寒的客观环境的逼迫外，还得益于其所拜之师丁甘仁、丁仲英、谢利恒、姚公鹤、章太炎、丁福保诸位先生的教导和熏陶，这在父亲的著作《银元时代生活史》中有所反映。

父亲在上海中医专门学校毕业后，先后跟随丁甘仁先生和其哲嗣仲英先生写方实习。在实习阶段，父亲就筹划创办一份医药防病保健卫生常识方面的报刊，名曰《康健报》，这个想法一提出来，便得到了丁仲英和丁福保先生的支持。父亲经过周密的筹备之后，终于刊行了中国历史上第一份医药报刊。这份报纸有很多名医名人撰稿，且"编排格式新颖，大小标题做得引人注目，因此，才发行了二三期，就在社会上激起了一定程度的轰动"(《上海滩》1992 年第 6 期)。《康健报》第一期就发行了一万四千份，以后，又获得八千户固定订户。

实习两年后，父亲获得了一定的诊病经验，获师同意后，便在山东路二号（南京路口）租得两间屋子，独立开设诊所，正式挂牌行医。由于初出茅庐，加上诊费订得较贵，开始一段时间病家并不多，每天只有三五个病人。当时父亲才二十岁，而人们选择医生总以为越老越有经验，为了适应这种心理，父亲有意识地成年穿着深色的长袍马褂，架一副平光眼镜，戴一顶瓜皮帽，俨然成了一个"小老头"。在父亲的苦心经营下，数年以后，诊务有了较大的发展。这期间，父亲曾医好了于右任先生的伤寒病，与右老结下了一段友情。

1929 年 3 月 17 日，为了抗议国民党政府中央卫生委员会提出的"根本提倡西药，推翻中医中药决议案"，全国医药界代表聚集上海总商会，召开"全国医药团体代表大会"，商讨对策。父亲便是这场抗议运动的发起组织者之一。大会推举了五名代表赴京请愿，父亲是为代表之一。事后，父亲撰写了《三一七国医节事件回忆录》一书。这一事件后，父亲被卫生部聘为顾问。

1935 年，父亲积数年之辛劳，主编出版了一部三百多万字的《中国药学大辞典》，由世界书局出版。《中国药学大辞典》一版再版，前后达二十七版。但为了编撰这部药典，父亲疲劳过度，得了严重的神经衰弱症，休养了数月之久，才逐渐康复。两年后，父亲又主编了一部《皇汉医学丛书》，其中收集的汉医书籍达四百多种，亦由世界书局出版。秦世伯在他的文章中也谈到了父亲编撰《中国药学大辞典》之事，他说："他的规划如此细致周密，不由我不觑着他那张镇定的脸，怔了好一阵子。孔子曰：'毋友不如己者。'这个陈存仁，岂但我所不及，简直使我五体投地了。"（《上海滩》1992 年第 6 期）

1948 年底，上海物价狂涨，货币贬值，生活无以为继，父亲不得已决定离开上海，到香港另谋生路。1949 年初，父亲举家迁往香港。当时父亲所有的积蓄总共是九千港币，连订一间小公寓也不够。我一位在香港的外叔公问我父亲："沅哥，看你在上海时气派还不小，你真的只有这么一点点？好了，我现在有些事去美国几个月，你一家四人就暂时住在我这里，不必付租。唯一条件就是我这个广东用人跟了我多年，你用下去。"总算住的问题暂时解决了。在人生地不熟的香港，一切得从零开始。父亲又开始觅房设诊所，挂牌行医。香港多广东人，通行粤语，父亲深知，要赢得病家，必须克服语言的障碍，他特地聘用了两名粤籍少女做助手，一位担任挂号，一位充当翻译，自己则拼命地学广东话。同时，在行医之余，父亲仍勤奋地写作。他在香港销路最大的《星岛晚报》上辟了一个专栏"津津有味谭"，专门谈如何吃的问题，提倡在汤菜中加些中药的饮食疗法，这颇受素来讲究饮食的粤籍人士的欢迎。至今，香港五十岁以上的人对"陈存仁"这个名字仍很熟悉。

这个专栏一写就是二十年，天天一篇，一年三百六十五天，从不间断。父亲从不收取一文稿酬，但文章刊登的版面位置是从不变更的，他希冀的是一种广告效应。很快，父亲便在香港打开了局面。

父亲一生致力于弘扬祖国的传统医学。1935年，父亲任中国医学院常务董事兼总务主任，为扩建学院，他亲自起草了集款建院的计划书，并自捐巨款，与各位董事倡导集款筹建了五座大厦。他一手创建的国医图书馆，所藏医书甚多，管理先进。然而惜逢"八一三"事变，新建大厦全部毁于战火。在香港，他参与创办了香港针灸学会，并被推举为会长。1978年，墨西哥芭蕾舞团应邀到香港访问演出时，应当时的香港总督夫人要求，父亲曾派自己的学生去为他们针灸疗伤，针灸几次后，该团几位首席舞星的腿伤霍然痊愈。数月后，这个学生被邀请到墨西哥为墨总统针灸。这件事也多少影响了香港英国人对中医药的看法。香港中文大学创建"中药研究中心"，聘父亲为"建筑基金会主席"，父亲非常高兴，不遗余力，以一人之力，筹得捐款达一千二百万元以上，为中药研究作出了贡献。

父亲一生致力于整理和研究祖国的传统医学，他除了早年编纂的《中国药学大辞典》和《皇汉医学丛书》外，到香港后，又陆续编纂了《中医师手册》《医药常识丛书》《中国医学史》《中国药学大典》等著作。其中，《中国药学大典》是1978年应日本讲谈社之请而编纂的，当时父亲已年届古稀，他整整耗费了三年的时光，编纂完成了这部四大册的皇皇巨著。为了编纂这部巨著，父亲由于用脑过度，曾两度小中风。

除了医学著作之外，父亲还曾接受香港《大人》杂志之邀，连续撰写了《银元时代生活史》和《抗战时代生活史》两部关于旧上海生活的札记类书。父亲是老上海，生于斯，长于斯，又因工作关系，阅人无数，交游甚广，上至达官贵人，下至三教九流，几乎都有接触，加上他每天记日记，保存了丰富的资料，所以关于老上海的故事，往往信手拈来，便是一则兴味盎然的趣事。20世纪70年代初，香港拍摄了一部电视连续剧《上海滩》，轰动一时，而片头打出的特别顾问就是"陈存仁"，虽然他们并未征得父亲同意，但他仍很得意。

父亲一生行医，他的经验很丰富，诊断力很强，经过父亲诊断的病人，如中医药无法治疗，父亲就会告知病人，你得的是某某病，应找某某科专家，不然会误事的，许多次以后，连香港最有名的西医也不得不佩服父亲的诊断力之强。其实，父亲是一个很注重学习的人，他不仅注重中医药学的学习研究，而且同样认真地学习西医的理论和知识，早在1946年，他就曾聘请一位西医每天为他授课两小时，学习西医的病理学知识，如此坚持了两年之久。

父亲一生还参加了很多社会活动。1929年，他发起组织了"三一七"国医抗争活动。1948年，父亲被沪中医界选举为国大代表，他在大会中，对国事倒行逆施，感慨不绝，除中医提案外，不发一言，选举总统时，竟未投票，并将选票带回。1957 年，父亲又被选为东华三院高级慈善机关总理。20 世纪 70 年代中期，父亲被聘入选为香港苏浙同乡会副会长，这是在香港上海人的民间组织，历来由工商界的顶级人物担任名誉职务。

1985 年，因年龄和健康的关系，父亲宣告退隐，并移居美国洛杉矶市。1990 年 9 月 9 日，父亲在睡眠时因突发脑溢血而逝世。正如秦世伯在文中所言："他走得很匆促，也很潇洒。"

父亲生前一直希望我能继承他的事业，跟随他学医，但因那时我就读于上海南洋模范中学，对理工科有兴趣，故未能听从父亲的意愿，弃理从医。几十年后，我却为此感到十分后悔，为当时放弃了这样好的条件，未能继承父亲的事业而深深遗憾。1992 年，经朋友介绍，我在成都结识了对中药颇有研究的四川企业家李星炜先生，我们合资成立了一家生产中成药的制药公司，并发展成今天的三勒浆药业集团，以先进的生物技术来分析中药的有效成分，使中药更能发挥其效用，造福于人类，以此稍补我心底的遗憾。

陈树桐